ESTHER FREUD

GROSSE BESETZUNG

Roman

Aus dem Englischen von
Anke und Eberhard Kreutzer

BLOOMSBURY BERLIN

Zitate von Shakespeare stammen aus: William Shakespeare, Sämtliche Werke in drei Bänden, nach der 3. Schlegel-Tieck-Gesamtausgabe von 1843/44, Artemis & Winkler Verlag, 1993.

MIX
Papier aus verantwortungsvollen Quellen
FSC® C083411
FSC www.fsc.org

Die Originalausgabe erschien 2011 unter dem Titel *Lucky Break*
bei Bloomsbury Plc, London

Umschlaggestaltung: Rothfos & Gabler, Hamburg
unter Verwendung des englischen Originaldesigns und
einer Fotografie von © Getty Images
Typografie: Birgit Thiel, Berlin
Gesetzt aus Perpetua von Greiner und Reichel, Köln
Druck und Bindung: CPI – Clausen & Bosse, Leck
Printed in Germany
ISBN 978-3-8270-1053-7

www.bloomsbury-verlag.de

BLOOMSBURY
LONDON • BERLIN • NEW YORK • SYDNEY

Meiner Freundin Kitty Aldridge, die vom ersten Tag an dabei war

Hamlets Rat an die Schauspieler:

Seid so gut und haltet die Rede, wie ich sie Euch vorsagte, leicht von der Zunge weg; aber wenn Ihr den Mund so voll nehmt wie viele unsrer Schauspieler, so möchte ich meine Verse ebensogern von dem Ausrufer hören. Sägt auch nicht zuviel mit den Händen durch die Luft, so – sondern behandelt alles gelinde. Denn mitten in dem Strom, Sturm und, wie ich sagen mag, Wirbelwind Eurer Leidenschaft müßt Ihr Euch eine Mäßigung zu eigen machen, die ihr Geschmeidigkeit gibt. Oh, es ärgert mich in der Seele, wenn solch ein handfester haarbuschiger Geselle eine Leidenschaft in Fetzen, in rechte Lumpen zerreißt, um den Gründlingen im Parterre in die Ohren zu donnern, die meistens von nichts wissen als verworrnen stummen Pantomimen und Lärm. Ich möchte solch einen Kerl für sein Bramarbasieren prügeln lassen; es übertyrannt den Tyrannen. Ich bitte Euch, vermeidet das.

William Shakespeare

Rat an einen jungen Schauspieler:

»Es ist nicht fair, und komm nicht zu spät.«

Michael Simkins

Teil I

1992–1994

DIE AUSERWÄHLTEN

Nell zog dieselben Sachen wie beim Vorsprechen an. Ein großes blaues Baumwolljersey-Top zur verwaschenen Jeans, dazu das Haar oben am Kopf zusammengebunden, so dass ihr jedes Mal, wenn sie den Kopf wendete, die hellen Spitzen ins Gesicht fielen. Ja, gut so, bescheinigte sie ihrem Spiegelbild und zog unter jedes zaghafte Auge einen schwarzen Strich, während sie sich an den Gedanken klammerte, dass sie, dieses pummelige Mädchen mit den Sommersprossen, vor genau einem halben Jahr dem Kollegium der Drama Arts einen Shakespeare-Monolog sowie etwas Modernes vorgetragen hatte.

»Schon weg?« Ihr Vermieter, der einen Stock über ihr wohnte, lehnte sich über das Geländer. Nell zwang sich, dem unrasierten Mann mit dem Kaffeebecher in der Hand ein Lächeln zuzuwerfen. Es war ihr unangenehm, dieses plötzliche Interesse an ihrem Leben. »Mein erster Tag«, erwiderte sie, hängte sich die Tasche über die Schulter und war mit Schwung zur Tür hinaus.

Der Bus war brechend voll. Nell bahnte sich einen Weg durch das Geschiebe und stieg die Wendeltreppe zum Oberdeck hinauf, wo sie ziemlich weit hinten an einer Stange Halt fand, während sich der Bus langsam und schwankend auf der Holloway Road in Bewegung setzte. Ein Mann neben ihr kämpfte mit seiner Zeitung und rammte ihr dabei den Ellbogen in die Rippen; eine Frau auf einem Sitz in der Nähe hatte ihre liebe Not mit einem kleinen Jungen. »Sch«, sagte die Frau, »hältst du wohl still?«, während sie versuchte, das sich windende Kind auf den Schoß zu ziehen. Keiner weiß es, dachte Nell, als sie auf die vorbeieilenden Köpfe unter ihr blickte. Niemand weiß, dass ich auserwählt bin, dachte sie und wäre, als der Bus an der nächsten Haltestelle hielt, beinahe nach vorn gestolpert. Mit leisem Zischen öffneten sich die Türen, die Fahrgäste strömten hinaus, und ein schönes Mädchen mit einem Seidentuch um den Hals stieg zielstrebig ein. Nell krampfte sich das Herz zusammen. Wenn sie die nun auch genommen hatten? Nell wusste, dass der Gedanke abwegig war, aber dieses Mädchen entsprach genau dem Typ, der an die Schauspielschule passte, und sie sah im Geiste vor sich, wie sie zusammen dort eintrafen und zu hören bekamen, *tut uns leid, aber wir sind überbelegt und können nur eine von Ihnen nehmen*.

Sie schwenkten auf die mittlere Fahrbahn und bogen am Gefängnis nach rechts ab. Vor ihnen lag eine breite, dreispurige Straße, und mit ächzendem Motor donnerte der Bus in beschleunigtem Tempo die Steigung hinauf. Große Häuser mit abblätternder Farbe und notdürftigen Gardinen säumten den Weg; an einer gelben Tür hing ein *Bed & Breakfast*-Schild. Genau hier, am höchsten Punkt von Camden, hatten ihre Eltern einmal gewohnt, bevor sie – Nell war noch ein Baby – nach Wiltshire, in ein schmuckes, laubgrünes Dorf, umzogen, wo ihr Vater nur ein Jahr später erklärte, er halte die Enge nicht mehr aus. Nell begann die Straßen zu zählen, um ja nicht die Stelle am York Way zu verpassen, an der sie unter einer Brücke hindurchkamen. Sie spähte zu dem Mädchen hinüber, das sein Gesicht in die Sonne hielt, und drückte auf den Haltewunschknopf. Das Mädchen rührte sich nicht, wendete nicht einmal den Kopf; in einer Woge der Erleichterung drängte sich Nell an ihr vorbei und rannte die Treppe hinunter.

Dan war nicht sicher, wieso er den Brief einpackte, doch im letzten Moment steckte er ihn zusammen mit einer schwarzen Strumpfhose und einem Paar flachen Ballettschuhen Größe 45 in die Tasche. Vielleicht brauchte er ihn ja als eine Art Eintrittskarte zum College, vielleicht würden sie einen Zulassungsnachweis fordern. Er stellte sich eine vermummte Gestalt vor, eine Art Wegelagerer, der, mit einem Tuch über dem Mund, aus seinem Versteck sprang und ihm den Eingang verstellte.

»Wer ist da?« – »Ich bin's«, würde Dan beteuern und auf die Unterschriften der Direktoren zeigen. Doch niemand versperrte ihm den Weg. Niemand versuchte, ihn von seinem Bestimmungsort zurückzuhalten, als er auf der belebten Straße Richtung Norden lief, eine Abkürzung über das Gelände eines Wohnblocks mit schmalen olivgrünen Eingangstüren nahm, um an viktorianischen Reihenhäusern entlang zu den breiten, flachen Treppenstufen der Schauspielschule zu gelangen.

Der Bau, von dem inzwischen allerdings nur noch die Fassade und die Eingangshalle mit ihrer Gewölbedecke und dem Steinzeugboden übrig war, hatte ursprünglich einmal als Krankenhaus gedient und verbreitete immer noch eine Atmosphäre von Not und Panik. Die Studenten, die im Foyer umherliefen, unterhielten sich im Flüsterton, und während manche von ihnen das Portal im Auge behielten, standen andere am Anschlagbrett und starrten auf eine Namensliste. Dan ging sie ebenfalls durch, bis er auf seinen eigenen Namen stieß und beruhigt in den schmalen Flur zur Kantine schlenderte. Dort hackte eine hektische Frau mit Schürze und zu einem Knoten aufgestecktem Haar, aus dem graue Strähnen herunterhingen, die Champignons für eine Suppe. »Ich hab ab der ersten Pause geöffnet«, sagte sie zu ihm. »Am besten frühstücken Sie, bevor Sie herkommen, ich kann nicht eher aufmachen, das ist einfach nicht …«

»Nein, kein Problem …« Dan trat den Rückzug an und folgte einem Mädchen in einem Spitzenkleid, das er in diesem Moment entdeckte, in einen großen, ovalen Saal. Dort befand sich in der Mitte ein Stuhlkreis, in dem mehrere Leute in wechselndem Abstand zueinander saßen. Dan und das Mädchen tauschten einen Blick und suchten sich achselzuckend Plätze.

»Hi«, sagte sie. Ihr dunkelblondes Haar war gelockt, ihre Beine unter dem Kleid nackt. »Ich bin Jemma.«

»Dan.« Er streckte die Hand aus und bereute es im selben Moment. Linkisch berührten sich ihre Finger. »Ehrlich gesagt«, gab er zu, »hab ich keine Ahnung, was ich hier soll.«

Jemma lächelte, und in ihrer Wange bildete sich ein Grübchen. »Bei meinem Vorsprechen sollte ich mir ausmalen, ich wäre ein Schneemann, der langsam schmilzt. War für mich hart an der Grenze.«

Dan rutschte auf seinem Sitz ein wenig herunter und sah zu, wie sich der Raum allmählich füllte. Ein großes, rothaariges Mädchen kaute an den Nägeln, ein Junge fiel ihm durch seine unnatürlich grünen Augen auf. Sogar von weitem konnte Dan sehen, dass sein Gesicht mit Make-up zugekleistert war, das in seinen Nasenfurchen Grate bildete. Er wandte sich an Jemma, um mit ihr einen schmunzelnden Blick zu wechseln, doch sie beobachtete gerade eine Gruppe langbeinige Blondinen, die nebeneinandersaßen und bereits miteinander plauderten. Sein Blick verweilte einen Moment auf Jemmas sahnefarbener Haut, die durch die gedehnte Wolle ihres Kleides schimmerte, doch als sie sich zu ihm umdrehte, sah er weg.

Es gab einen älteren Studenten, einen Mann in einem gestreiften Hemd. Er saß mit verschränkten Armen da und hatte ein tiefrotes Gesicht, als stellte er sich schon einmal darauf ein, in Verlegenheit gebracht zu werden. Neben ihm saß ein einschüchternd schönes Mädchen mit kurz geschnittenem Haar, hohen Wangenknochen und vor Langeweile halb geschlossenen Mandelaugen.

»Hier noch frei?« Ein Junge mit schottischem Akzent ließ sich auf der anderen Seite von Dan nieder.

»Klar.«

Er streckte die Beine aus. »Ich bin Pierre.« Pierre hatte eine goldene Kreole in einem Ohr und eine Kollektion mattierte Silberringe an den Fingern. »Man sollte eigentlich annehmen, dass an unserem ersten Tag jemand da ist, um uns zu begrüßen.« Er kippelte mit dem Stuhl, und Dan folgte seinem Blick zu einer Galerie über ihren Köpfen, auf der ringsum Spinde wie Wachposten standen.

»Wahrscheinlich haben sie da oben ihre Spione versteckt.« Pierre grinste, um Gelassenheit zu demonstrieren. »Wollen uns wohl von Anfang an zeigen, wo's langgeht.«

»Wie meinst du das?«, fragte Dan irritiert.

»Die haben hier eine Theorie. ›Brich sie, bevor du was aus ihnen machen kannst.‹«

»Im Ernst?« Dan spürte, dass Jemma ihnen zuhörte. »Wie, brechen?«

»Keine Ahnung.« Pierre zuckte die Achseln. »Uns unsere Flausen austreiben, um die echten Gefühle rauszukitzeln, ans Eingemachte zu kommen. 'ne Freundin von mir war vor ein paar Jahren hier. Sie sagt, es war ganz schön heftig.«

»Ich hab mir mal eine Abschlussaufführung angesehen«, sagte das rothaarige Mädchen gegenüber und beugte sich vor, »wie sie so weit gekommen sind, kann ich nicht sagen, aber es war echt genial. Für mich ist es die einzige Schauspielschule, die sich lohnt.«

Die Tür ging knarrend auf, und ein Mädchen streckte den Kopf herein. Sie trug einen blauen Pullover, der ihr fast bis zu den Knien reichte, und riss ängstlich die Augen auf. Sie entdeckte den letzten freien Stuhl und steuerte ihn möglichst unauffällig auf Zehenspitzen an.

Dan sah sich um. Inzwischen waren dreißig Studenten da, fünfzehn Mädchen und fünfzehn Jungen. Es schien eine bunt zusammengewürfelte Gruppe zu sein.

»Aber stimmt es …«, Jemma lehnte sich an ihm vorbei zu Pierre hinüber, »dass sie Leute einfach so, ohne einen ersichtlichen Grund, auffordern zu gehen?«

»Kommt schon mal vor«, Pierre senkte die Stimme. »Ich meine, du weißt, dass sie ein Paar sind, die beiden Männer, die den Laden hier leiten? Na ja, wenn sie jemanden mögen … dann werden sie schon mal … besitzergreifend. Gab mal einen Jungen, den hatten sie richtig ins Herz geschlossen, vielleicht hast du sogar schon mal von ihm gehört, Ben Trevelyn, er ist umwerfend und richtig gut, aber jedes Mal, wenn er eine Freundin hatte, war's das für das Mädel. Keine zwei Wochen, und sie war weg.«

Inzwischen redeten alle durcheinander. Manche Studenten erzählten von ihrem Vorsprechen, ihren Absagen, davon, bei welchen anderen Schauspielschulen sie sich noch beworben hatten und ob sie schon eine Unterkunft gefunden hatten.

»Die haben sie rausgeschmissen?« Jemma schien entsetzt. »Hat sich denn niemand beschwert?«

Pierre lachte. »Mein Freund meinte, die betroffenen Mädchen hätten es sowieso nicht gebracht. Ich glaube, von einer hat der Vater tatsächlich einen Brief geschrieben, aber Patrick Bowery hat ihm geantwortet, sie hätten ihr letztlich einen Dienst erwiesen, indem sie die Tochter nicht in einer falschen Berufswahl bestärkten, wo ihr jedes Talent abgeht.«

»Gott!« Jemma schnaubte. »Das ist furchtbar.«

»Aber ich dachte immer ...«, flüsterte die Rothaarige, »ich meine, schwule Männer mögen doch normalerweise Frauen?«

»Schon«, bestätigte Pierre und hob eine Schulter. »Aber manchmal mögen sie hübsche Jungs noch mehr.«

Die Tür am anderen Ende des Raums knallte zu. Alle sahen auf, und es wurde mucksmäuschenstill, als Patrick Bowery höchstpersönlich – größer und dünner, als Dan ihn in Erinnerung hatte – durch den Raum schritt. Am Rand des Stuhlkreises blieb er stehen und ließ mit hochgezogener Augenbraue den Blick langsam und eindringlich von einem zum anderen schweifen. Als er sie alle gemustert hatte, zog er ein Päckchen Zigaretten aus der Tasche.

Es war eine ausländische Marke, die Dan nicht kannte. Patrick Bowery klopfte mit dem weichen Päckchen gegen die Handfläche und steckte sich die Zigarette, die herausglitt, zwischen die Lippen. Er griff zum Feuerzeug, zündete sie an und nahm einen tiefen Zug. Die Studenten entspannten sich. Pierre grinste, und ein zartes, blondes Mädchen fing an, in ihrer Handtasche zu kramen. Patrick stieß lässig den Rauch aus. »Ich rauche.« Er sagte es laut und legte eine bedeutungsvolle Pause ein. – »Sie nicht.« Die Wirkung war erstaunlich. Alle saßen senkrecht. Niemand lächelte mehr. Patrick nahm noch zwei Züge und trat die Zigarette auf dem Fußboden aus. »Also.« Er blieb stehen. »Heute fange ich mit den ersten Gehversuchen Ihrer Ausbildung an, indem ich Sie in die Wunder und die früheste überlieferte Ära des Theaters einführe. Und auf die Gefahr hin, dass Sie es unhöflich finden, so etwas offen auszusprechen, will ich Ihnen auch den Grund dafür nennen: Junge Menschen, also Sie, verspüren in den meisten Fällen eine Neigung zum Schauspielerberuf, weil sie verdammt noch mal zu nichts anderem taugen.« Als die ganze Runde in derselben Sekunde heftig einatmete, wurde die Luft im Raum plötzlich dünn. »Aber damit wir uns verstehen: Hier an dieser Schule werde ich Ignoranz nicht tolerieren.« Dan registrierte, wie der ältere Student unbehaglich die Stellung wechselte und Jemma die Hand in die Tasche steckte, um nach einem Stift zu suchen. Dan hatte außer seinem Zulassungsschreiben kein Papier für Notizen dabei; als Patrick Bowery nun zu einer detaillierten Beschreibung des Dionysos-Kults im sechsten Jahrhundert v. Chr. ausholte und sich in der Schilderung von Orgien, überlebensgroßen, aus Holz geschnitzten Phallus-Darstellungen, Männern, die in den Bergen bis zur Besinnungslosigkeit tranken, und ihren wundersamen Visionen Unzucht treibender Götter erging, hielt Dan seine neuen Erkenntnisse quer über die abgewetzten Falten des Dokuments fest. Als das Blatt bis an den unteren Rand vollgeschrieben war und er nervös in die Runde blickte, riss Jemma ein Blatt von ihrem Block ab und reichte es ihm. Danke, formte er mit den Lippen und versuchte, den Anschluss zu finden.

Patrick sprach von der Bedeutung des griechischen Chors und der Tänzer, der Musiker und der Instrumente, die sie spielten. Er erzählte von seinen Lieblingsdramatikern Aischylos und Euripides und wachte darüber, wie die Studenten sich bei der Mitschrift abmühten. »Natürlich wurden«, fuhr er dann fort, »wie Sie wissen, drei Tragödien und zum Schluss eine Komödie an nur einem Tag aufgeführt, und das berühmteste Theater war das von Epidauros. Also, für jeden von Ihnen, der seine Zunft von ganzem Herzen liebt, sollte ein Besuch an diesem antiken Monument ganz oben auf der Wunschliste stehen.«

Epidauros besuchen, schrieb Dan, und der Gedanke an einen azurblauen Himmel, an antike, umgefallene Säulen lenkte ihn einen Moment ab. Wo waren sie? Er spähte zu Jemmas Blatt hinüber, deren Handschrift sich blau und schön in leserlichen Zeilen über die Seite ausbreitete. Komödie, las er. Zotig, satirisch, messerscharf. Als er die Stichworte abgeschrieben hatte, war Patrick bereits bei den College-Regeln angelangt. »Pünktlichkeit …«, er blickte kampflustig in die Runde, »… ist außerordentlich wichtig. Wer zu spät kommt, wird wieder nach Hause geschickt. Wer sich im Laufe eines Semesters mehr als drei Mal verspätet, sollte damit rechnen, zu einem Gespräch ins Büro zitiert zu werden. Nun«, er senkte die Stimme und wechselte in einen nachdenklicheren Ton, und Dan wurde klar, dass alles, was er sagte und tat, bis ins Letzte einstudiert war, »nicht jeder in diesem Raum wird das Studium bis zum Ende durchhalten. Ich möchte Sie warnen. Es wird sich zeigen, dass nicht jeder die Voraussetzungen mitbringt, die wir für nötig halten, um ins dritte Jahr zu kommen. Und Sie sind am schnellsten *draußen*« – das Tempo zog wieder an –, »wenn Sie gar nicht erst hier *drinnen* erscheinen.«

Während Patrick Bowery den Kreis der Studenten musterte, herrschte Schweigen. Einige sahen unverwandt zu ihm auf und reckten ihre blassen Gesichter wie welkende Blumen in die Höhe, während andere verschreckt auf ihre Hände starrten.

»Das hier ist kein Spiel.« Er verzog den Mund und wirkte selbst bleich. »Da draußen. In der Welt. Da weht Ihnen ein scharfer Wind entgegen, es wütet ein rabiater, gnadenloser Konkurrenzkampf, in keinem anderen Beruf erkämpft man sich so schwer seinen Platz, und wenn Sie sich nicht einmal so weit im Griff haben, dass Sie pünktlich sind, dann war's das für Sie. Sie werden ersetzt. Das gehört zu den Dingen, die Sie hier lernen.«

Erst nach anderthalb Stunden entließ er sie. Sie rappelten sich auf und flüchteten in die Kantine, wo sie Becky, die inzwischen ihre grauen Strähnen hochgebunden und ihre gepunktete Schürze festgezurrt hatte, mit Tee und heißen Würstchen versorgte.

»Also ehrlich«, Pierre verdrehte die Augen, »gnadenlos, rabiat, kämpferisch, man sollte meinen, die hätten uns für den Special Air Service rekrutiert.«

»Ich rauche. Sie nicht«, traf jemand anders den Ton nicht schlecht.

Dan nahm seinen Tee und zwängte sich mit seinem langen Körper in eine Ecke, von wo aus er den schrillen Schreien der Empörung, den unterschiedlichen angenommenen oder echten Akzenten, dem Luftschnappen und Prusten seiner Kommilitonen zuhörte, die den bisherigen Verlauf des Tages sezierten. Er zog seine Notizen heraus und überflog sie, dann schloss er die Augen und sah sich im Geiste auf der Bühne, inmitten der Steintribüne von Epidauros, und jede messerscharf prononcierte Silbe, jedes seiner Worte hallte bis zu den obersten Rängen, auf denen die Zuschauer gebannt und hingerissen seiner machtvollen Stimme lauschten.

Nach der Pause war Patrick Bowery milder gestimmt. Er bat jeden Studenten, sich vorzustellen, bevor er ihnen Zettel austeilte und sie aufforderte, sich eine andere Person im Raum auszusuchen und mit drei Worten zu beschreiben. Behalten Sie es für sich, forderte er sie auf; irgendwann werden wir sie Ihnen zurückgeben und sehen, ob der erste Eindruck stimmt oder täuscht.

»Haben Sie das mit uns vor?« Das rothaarige Mädchen lächelte kokett. »Uns ein Etikett anhängen, um zu sehen, ob wir uns entwickeln?«

»Nein. Haben wir nicht«, schnauzte Patrick zurück. Sein Blick war eiskalt. Er wandte sich ab und zu Pierres Freude bat er ihn, die Zettel einzusammeln. Der ganze Kurs sah zu, wie er einmal den Kreis abschritt und die Blätter in einen Beutel steckte.

»Gut«, Patrick wechselte die Stellung, »ich verrate Ihnen ein Geheimnis. Ich will Ihnen etwas erzählen, was Sie vielleicht noch nicht wissen. An der Drama Arts werden Sie lernen, in Ihren Figuren zu leben. Sie werden sie nicht spielen. Sie werden auch nicht in prächtigen Kostümen herumstolzieren. Es wird bis zum dritten Jahr keine öffentlichen Aufführungen geben, und im ersten Jahr sieht Sie nur das Lehrpersonal. Falls wir irgendwann im zweiten Jahr den Eindruck haben, dass Sie so weit sind, dürfen die anderen Studenten Ihre Bemühungen sehen, sonst niemand, und zwar, weil wir alles daransetzen, Ihnen den Wunsch auszutreiben, etwas vorzuspielen. Wir wollen Ihnen beibringen zu *sein*. In Ihrer eigenen Welt auf der Bühne zu existieren.«

Patrick schüttelte den Kopf. »Und nun verrate ich Ihnen gleich *noch* ein Geheimnis. An anderen Schauspielschulen, und mögen sie noch so renommiert sein, bringen sie Ihnen nichts bei. An anderen Schauspielschulen werden Sie durch eine Reihe von Stücken gejagt, und man vertraut einfach blind darauf, dass irgendetwas hängen bleibt. Hier dagegen – und ich hoffe, Ihnen allen ist klar, wie glücklich Sie sich schätzen dürfen, hier zu sein –, hier werden Sie etwas *lernen*. Sie lernen nach der Spielmethodik von Stanislawski. Sie werden lernen, eine vierte Wand aufzurichten. Wenn Sie sich auf der Bühne bewegen, dann haben Sie eine Absicht und einen bestimmten Aktionsablauf vor Augen, und das wird zum Geheimnis Ihrer Kunst werden. Mit diesen Werkzeugen werden Sie ausgestattet, und Sie werden sie hüten wie einen Schatz. Sie werden niemals ohne sie anfangen. So wie Sie im echten Leben mit allen Ihren Gedanken und Bedürfnissen, Ihren Lastern, Ihren Schwächen und Stärken einen Raum betreten, genauso werden Sie auf die Bühne treten. Wenn Sie heute Abend«, fuhr er fort, »oder an irgendeinem anderen Tag in unserem berühmten West End ins Theater gehen, werden Sie jede Menge nichtssagender Darbietungen sehen – Schauspieler, die keine Vorstellung davon haben, wo sie sich befinden oder wohin sie gehen, sondern die im Grunde nur versuchen, während sie sprechen, nicht gegen das Mobiliar zu stoßen, doch ein Student von Drama Arts hebt sich von dieser farblosen Schauspielertruppe ab. Ein Student von hier weiß, was er will, er hat Energie, die ihn vorantreibt, deshalb denken Sie daran, wie gut es das Schicksal mit Ihnen gemeint hat, wenn Sie mal wieder Abend für Abend bis spät in die Nacht Proben haben und sich beklagen, dass Sie frieren oder Hunger haben oder müde sind. Sie lernen tatsächlich etwas. Sie werden *ausgebildet*!«

Patrick blickte sich um. Alle sahen ihn mit glänzenden Augen an. Alle Gesichter glühten. Ja, dachte Dan, deshalb bin ich hergekommen! Und dann hob zu seiner Überraschung Jemma die Hand. »Ich wollte nur mal fragen, ich meine, manchmal sehe ich wirklich gute Stücke, na ja, mit Schauspielern, die nicht von hier sind ... ist das dann einfach nur Zufall, dass sie gut sind?«

Dan sah, wie das Mädchen ihm gegenüber – Nell – den Kopf hob, als hätte auch sie schon Schauspieler gesehen, die sie bewunderte, und wäre drauf und dran, sie zu nennen. Doch Patrick Bowery stand wie angewurzelt da.

Er holte tief Luft und hielt sie wie ein Kind im Schockzustand an. »ZUFALL?«, brüllte er.

Jemma fing sichtbar zu zittern an.

»Nein. Das ist *kein* Zufall. Es ist Ihre Unfähigkeit, zwischen Kunst und Interpretation zu unterscheiden. Und wenn Sie nichts Intelligentes zu sagen haben, dann halten Sie in Zukunft BITTE, solange Sie nicht gefragt werden, den Mund.«

Es herrschte Stille im Raum. Niemand rührte sich oder sagte ein Wort.

»Gut.« Patrick Bowery hatte sich wieder gefasst. »Wenn sonst nichts anliegt, keine weiteren Fragen … können Sie jetzt gehen.«

Am Nachmittag wechselte Dan zusammen mit den anderen Jungen in Ballettkleidung, zwängte seine Beine in die ungewohnte Enge einer Strumpfhose, hopste und lachte und vermied es, den Blick auf die Wölbungen und Mulden zu richten, die der Lycrastoff nachzeichnete. Als sie irgendwann alle fertig waren, schlurften sie in ihren Ballettschuhen hinaus zu den Mädchen und hofften darauf, dass die mattschwarze Rückwand des Studios ihnen etwas Tarnung verschaffen würde. »Bitte«, Silvio Romanos Stimme war sanft, sein Tänzerkörper zu sichtbaren Muskelpartien modelliert. »Bitte sagen Sie mir, wie Sie heißen.«

Er nickte jedem, der sich vorstellte, zu und musterte ihn, sog ihn förmlich mit den Augen auf, während er in seinen flüsternden Tanzschuhen die Reihen hin und her glitt. Er war älter als Patrick, mit einem ausgezehrten Gesicht und gefärbten stumpf-braunen Haaren, doch wenn er sich bewegte, war er so agil wie ein junger Mann. Das zarte, blonde Mädchen mit dem starken Manchester-Akzent hieß Hettie, der stille Kanadier mit dem Make-up Eshkol. Den Namen des französischen Mädchens, einer der drei blonden Schönheiten, vergaß Dan, sobald sie ihn genannt hatte. Doch die Rothaarige hieß Samantha. Dann war Dan an der

Reihe. Silvio lächelte ihn an. »Daniel, natürlich«, und Dan spürte, wie er dahinschmolz, als hätte ihn jemand berührt. Jemma stand in einem herausfordernd tief ausgeschnittenen roten Trikot wieder neben ihm und auf der anderen Seite das schwarze Mädchen, Charlie Adedayo-Martin. »Ah, Charlie«, Silvio legte eine Pause ein. »Ich erinnere mich an Sie«, und die gertenschlanke, linkische Charlie mit der weichen Karamellhaut erwiderte seinen Blick mit einem trockenen Lächeln.

Der etwas molligen Nell, die sich ein T-Shirt über das Trikot gezogen hatte, nickte er nur flüchtig zu und ging zu Susie, Tess und Mikita weiter. Auch die Jungen standen in einer Gruppe zusammen. Pierre hieß, wie Dan inzwischen wusste, eigentlich Pete. Dann war da der ältere Student Jonathan, seit kurzem schwul und seit kurzem von seinem Buchhalterleben befreit, und der drahtige, kräftige Jermaine, der sich die Hand vor den Schritt hielt.

»Und jetzt«, sagte Silvio, als sich alle Studenten vorgestellt hatten, »möchte ich, dass Sie unsere Begleiterin, Miss Louise Goeritz, begrüßen.« Eine winzige, uralte Frau hockte hinter dem Klavier und nickte rhythmisch zu Musik, die nur sie hören konnte. »Miss Goeritz, würden Sie uns etwas vorspielen? Miss Goeritz?« Doch erst als Silvio sie an der Schulter berührte, erwachte sie zum Leben, ihre Finger hüpften wie automatisch die Tasten rauf und runter und schlugen ein überraschend kraftvolles Crescendo an. »Danke.« Silvio verbeugte sich und forderte die Studenten auf, ihr zu applaudieren, doch die alte Dame sackte erneut auf ihrem Klavierhocker zusammen und hing ihren eigenen Träumen nach.

Silvio wartete, bis absolute Stille eingetreten war – aus

den schwarzen Reihen kein einziger Seufzer, kein einziges Füßescharren zu hören war. »Was ich Ihnen jetzt beibringen werde, wird nicht leicht sein«, sagte er und wirkte dabei in seiner Wollhose und dem schwarzen Oberteil plötzlich klein und traurig. »Einige werden es unmöglich verstehen, doch wenn Sie es verinnerlichen können, dann haben Sie etwas, um Ihre Kunst darauf aufzubauen.« Es raschelte, als alle gleichzeitig die Stellung wechselten. Es war schwerer, als es aussah, still zu stehen. »Und jetzt möchte ich, dass Sie sich über die folgenden vier Begriffe Gedanken machen.« Silvio breitete die Arme aus, als wollte er fliegen. »Sinneswahrnehmung. Gedanke. Intuition. Gefühl. Diese vier Ideen offenbaren sich in unseren Bewegungen im Zusammenspiel mit den Faktoren Gewicht, Raum, Zeit und Fluss.«

Dan sah sich um. Die Gesichter seiner Kommilitonen wirkten erwartungsvoll, eifrig und ratlos. »Es gibt viel zu lernen«, fuhr Silvio fort. »Aber zuerst will ich Ihnen etwas über die Charaktertypen erzählen. Die ganze Menschheit«, erklärte er, »lässt sich in sechs Charaktertypen unterteilen. Jeder Charakter wiederum setzt sich aus Bewusstseinszuständen zusammen. Wir werden noch reichlich Gelegenheit zum Lernen haben …«

In der Reihe vor Dan sackte Pierre ein wenig in sich zusammen und ließ im selben Moment, wie um das Gesicht zu wahren, den Kopf langsam kreisen, so dass es laut knirschte und Dan unwillkürlich zusammenzuckte.

»Nun kann man jeden dieser bewussten oder unbewussten Zustände«, fuhr Silvio in seinem samtweichen Tonfall fort, »durch Körperbewegungen aktivieren. Nehmen wir uns jeden Charaktertypus zu seiner Zeit vor und arbeiten damit. Wenn wir sie alle analysiert haben, kommen wir auf sechs Grundtypen, jeder mit seinem eigenen Rhythmus, auf dem Sie dann die Rolle, die Sie spielen sollen, aufbauen können.« Für eine Minute ließ er den prüfenden Blick über die Gruppe schweifen, als wollte er sichergehen, dass sie seiner Mühe wert war. »Nummer eins zum Beispiel, den ich als *dicht dran* bezeichne ...«, er besann sich wieder auf sein Thema, »ist leicht und schnell, ein nicht besonders tiefsinniger oder komplizierter Mensch, dessen Rhythmus sich aus schnellen, leichten Takten zusammensetzt.« Silvio ahmte die Stimme eines jungen Mädchens nach. »Ich werde nicht für dich zum Einkaufen runtergehen.« Dabei milderte sein melodiöser, italienischer Akzent die Wirkung. »Du kannst mich mal«, fuhr er fort und unterstrich seine Worte mit einem spitzen Zeigefinger. Vor Erleichterung, etwas zum Schmunzeln zu haben, lächelte der ganze Kurs.

»Und jetzt«, Silvio grätschte die Beine und streckte die Arme seitlich in die Höhe, »fangen wir mit den Bewegungen an. Halten Sie den Kopf vollkommen still und wenden Sie den Blick nach rechts. Nur den Blick. Jetzt nach links. Links unten. Links oben, geradeaus rechts, rechts unten. Und nach links.«

Dan hatte Angst, er könnte ohnmächtig werden. Er hatte die letzte Nacht auf dem zu kurzen Sofa eines Freundes verbracht, den er am Jugendtheater kennengelernt hatte. Sie waren lange aufgeblieben und hatten auf seinen Neubeginn, sein neues Leben angestoßen und nur zwischendurch einmal bei den Fernsehnachrichten über John Major gelacht, der mit bleichem Gesicht und kaltem Schweiß auf der Stirn das Land mit der Zusicherung beschwichtigen wollte, dass die Zinsen nicht über zwölf Prozent steigen würden, auch wenn gerade mehrere Milliarden Pfund verkauft worden waren, um den Kurswechsel konstant halten zu können. »Der Mann, der aus dem Zirkus weggelaufen ist, um Buchhalter zu werden«, hatte Dans Freund gewitzelt. »Möchte wetten, dass er es inzwischen bereut.« Und als er schließlich gerade schlafen gehen wollte, waren drei Mitbewohner in Partylaune hereingepoltert und hatten die nächsten Bierdosen aufgemacht.

»Auf diese Weise unterstreichen wir unsere Gedankengänge in einem Zeitkontinuum.« Silvios Augen wirkten lebendig, schienen zu staunen, als er erklärte, wie man durch einen Blick nach oben und nach rechts das Publikum in die Zukunft mitnehmen könne oder umgekehrt in die Vergangenheit. Dan taten alle Glieder weh. Man konnte sich nirgends anlehnen, und er überlegte, was wohl passieren würde, wenn er sich auf den Boden legte. Und dann tanzte Silvio. Er ging, mit kerzengeradem Oberkörper, in die Knie und stampfte fest mit den Füßen. Die Verbindung von Reglosigkeit und Kraft war verblüffend. Er bewegte sich im Kosakentanz vollkommen symmetrisch, indem er die Arme verschränkte, mit den Füßen zur Seite stampfte, hoch und nieder wippte. Davon wurde auch Miss Goeritz wach, und als sie ihn einholte, stieg Silvio auf die Zehenspitzen. Er sprang in die Luft, drehte sich, wirbelte herum, bog dabei den Körper nach hinten, stemmte sich mit dem ganzen Gewicht gegen den Boden, um im nächsten Moment wieder hochzuschnellen und sich in der Luft zu drehen.

Wie alt mag er sein?, überlegte Dan und schüttelte beschämt die müden Beine.

»Und so sehen Sie«, sagte Silvio, während er nach einer vollendeten Pirouette mühelos zum Stillstand kam, »von nichts kommt nichts. Nur mit Hingabe und harter Arbeit erreicht man etwas im Leben.«

Es herrschte ehrfürchtiges Schweigen.

»Wir treffen uns morgen und übermorgen und überübermorgen wieder.« Silvios Blick glitt über sie hinweg. »Wir werden bei jedem von Ihnen – sofern sie in Ihnen schlummert – zum Kern Ihrer Begabung vorstoßen. Und jetzt ...«, er sah sie an, als wollte er ihnen ein letztes Geheimnis anvertrauen, »gehen Sie und ziehen Sie sich um.« Als er hinausschlurfte, war er wieder ein alter Mann.

DER UNTERRICHT

Babettes *Method Acting*-Kurs fand im großen, ovalen Saal statt. An einem Ende war aus hohlen Holzquadern eine Bühne aufgebaut, und die Studenten sollten sich einer nach dem anderen daraufbegeben, um vor Babettes Kennerblick ihr jeweiliges Verständnis von Stanislawskis *Handlung* und *Absicht* darzustellen. »Ach, Nell ...« Pierre beugte sich zu ihr vor und knuffte sie in die Rippen. »Ich muss es jemandem erzählen ...«

Nell wandte den Blick nicht von der Bühne, wo Samantha gerade aus ihrem Mantel schlüpfte.

»Es ist eine Qual«, nahm Pierre, dem die Tränen in den Augen standen, einen zweiten Anlauf, und Hettie, die auf der anderen Seite saß, zischte: »Spar dir das für deine Improvisation auf.«

»Kannich«, presste Pierre kaum verständlich hervor. »Ich glaub, ich pack das nich ...«

Nell drehte sich mit aufgesetzt strenger Miene zu ihm um. »Was hast du?«

Über Pierres Gesicht legte sich langsam ein verklärtes Grinsen. »Ich bin verliebt.«

»Tatsächlich?« Nell wurde neugierig. »In wen?«

»Schsch.« Ein schwedisches Mädchen wirbelte auf ihrem Platz herum. Pierre ignorierte sie. »Komm schon«, sagte er lachend. »Rat mal.«

Nell blickte sich im Raum um. Die Studenten waren über den Saal verstreut, einige für sich, andere in Gruppen. Babette, ihre Lehrerin, saß in der Mitte an einem Tisch und hatte ihre persönlichen Sachen um sich ausgebreitet, Jacke, Mantel, Tücher, eine vollgestopfte Tasche, einen Hund mit passendem blassblondem Wuschelkopf. Sie erweckte den Eindruck, als arbeitete sie an einem Projekt mit unterschiedlichen Textilien, als webte oder strickte sie ein riesiges Schultertuch, während sie in Wahrheit jede Übung äußerst aufmerksam beobachtete, sich Notizen machte und ihre Urteile mit kehliger, gedehnter amerikanischer Aussprache von sich gab. Nells Blick fiel auf Jonathan, der mit seinen einunddreißig Jahren ein Auto und ein Reihenhaus in Fulham besaß, in das er letzte Woche eine Gruppe von ihnen zum Abendessen eingeladen hatte, es gab ein Eintopfgericht, das er den ganzen Tag auf seinem Aga-Herd hatte köcheln lassen. Oder war es vielleicht der kleine, gedrungene Stuart mit der perfekten Altstimme, der jeden Abend auf der Suche nach einem neuen oder möglicherweise demselben Nervenkitzel in seinen Motorradstiefeln zum Hampstead Heath aufbrach? Das waren außer Pierre die einzigen bekennenden Schwulen, auch wenn es möglicherweise noch andere gab, die sich vielleicht noch outen würden – Cecil mit der leisen Stimme, der in seiner Freizeit stundenlang im Bewegungsraum freiwillig Pliés trainierte, oder Giles und Kevin, die sich gegenseitig darin überboten, in säuselndem Ton Gedichte vorzutragen. Rick mit seiner Lederjacke und der Haartolle schied schon mal aus. Auch bei den beiden Windhunden Billy und Jermaine hielt sie sich nicht lange auf. Ihrer beider Namen standen seit neuestem wegen wiederholter Verspätung an der Tafel, und ihr Verbleib an der Drama Arts war schon jetzt gefährdet, auch wenn Jermaine quer durch den Bewegungsraum einen dreifachen Salto hinlegte und keine Woche gebraucht hatte, um Silvios Kosakentanz zu meistern. Nell sah zu Dan hinüber, dem verträumten, in sich gekehrten Dan, der das dunkle Haar zu spitzen Büscheln aufgegelt hatte, doch im selben Moment, als ihr Blick auf ihn fiel, beugte sich Jemma zu ihm vor und flüsterte ihm etwas ins Ohr. Nell seufzte, während sich ihr vor Sehnsucht der Magen zusammenkrampfte, und wandte sich wieder der Bühne zu. Samantha hatte ihre Jacke aufgehängt und stand vor einem imaginären Spiegel. Nell wusste, dass es ein Spiegel war, weil sowohl Hettie als auch Charlie schon hineingesehen hatten, doch Samantha bürstete sich nicht das Haar oder schminkte sich, Samantha knöpfte die Bluse auf. Es wurde still im Raum, jedes Gemurmel oder Füßescharren verstummte, als Samanthas Finger einen Knopf nach dem anderen öffneten, bis die Bluse herabglitt und einen leuchtend dunkelroten Spitzen-BH enthüllte. Als Nächstes zog sie den Reißverschluss ihres Rocks auf. Auch ihr Slip war dunkelrot. Sie hatte das hier offensichtlich geplant.

»Das haut mich um«, zischte Pierre, als sie den BH aufhakte. »Typisch. Das stellt alle anderen in den Schatten. Wer ist als Nächstes dran?«

»Du«, antwortete Nell.

Samantha wandte sich ab und warf ihren BH aufs Bett, bevor sie in einer schnellen, fließenden Bewegung den Slip herunterzog. Ihr Körper war von hinten weiß und kräftig, mit orangefarbenen Sommersprossen auf jeder Schulter. Nell hielt den Atem an. Würde sie sich zu ihnen umdrehen? Würde sie sich wie jede normale Frau in dem unsichtbaren Spiegel betrachten? Nein, stattdessen lief Samantha seitwärts zum Schrank. Sie suchte nach etwas, das sie darin aufgehängt hatte, ein Unterkleid aus grauer Seide, das sie sich über den Kopf zog, wo es nur einen Moment hängen blieb – lang genug, dass alle im Raum sie genüsslich beäugen konnten, ohne von ihr gesehen zu werden. Ihre großen weißen Brüste mit den erstaunlich kleinen Nippeln, das schmale Dreieck leuchtend kupferfarbenen Haars. Und dann glitt die Seide des Nachtkleids über ihren Körper, und unter einem allgemeinen Seufzer war Samanthas Blöße wieder bedeckt. Sie lief durchs Zimmer zurück und schlüpfte ins Bett.

Es herrschte kurzes Schweigen, und Pierre packte Nell am Arm.

»Gut gemacht, Samantha.« Babette nickte. »Dann lass mal hören, was war deine Absicht?«

»Mich ordentlich auszuschlafen.«

»Und deine Handlung?«

»Mich vor dem Schlafen fertig zu machen. Mich auszuziehen. Mir das Negligé anzuziehen, ins Bett zu gehen.«

»Sehr gut. Das ist ausgezeichnet.« Babette drehte sich um und warf den Blick in die Runde. »Der Nächste?«

Pierre stand auf. »Weiterraten«, sagte er zu Nell, als er mit seinen spindeldürren Beinen zur Vorderseite des Zimmers lief.

Pierre wartete eine Weile, bevor er auf die Bühne sprang. Er lief nach vorn und stolperte fast über eine Ecke des Betts, dann stellte er einen Kassettenrecorder auf den Boden. Er drehte sich mit dem Rücken zum Publikum und nahm eine Pose ein. Der Kurs hörte das Schleifen und Zischen des sich drehenden Bands, doch es kam kein Ton.

Hettie und Nell wechselten einen Blick. Das Band zischte weiter. Pierre wartete. Schließlich wandte er sich mit rotem Kopf um, drehte an einem Hebel, und plötzlich brach die Musik hervor, so dass alle zusammenzuckten und selbst der Hund zu bellen begann.

Und Pierre tanzte, bog sich wie eine Schlange, stolzierte umher, wirbelte um die eigene Achse, legte einen Stepptanz hin und nahm die albernsten Posen ein, bis sämtliche Schüler des ersten Studienjahrs sich vor Lachkrämpfen nicht mehr halten konnten und Babette sich aus ihrem Wollnest erheben musste, um dem Treiben Einhalt zu gebieten.

»Was machen Sie da?«

Pierre sah sie triumphierend an. »Tanzen?«

»Und Ihre Handlung? Ihre Absicht?«

»Ehm … Sie alle zu unterhalten.«

Babette schwieg einen Moment. »Aber Sie erzählen uns keine Geschichte, Sie zeigen uns nichts. Pierre, Schätzchen, Sie ziehen hier nur eine Schau ab.«

Pierre stahl sich wieder auf seinen Platz. »Blöde Kuh«, zischte er, »nur weil ich meinen Pimmel habe stecken lassen.« Doch Nell wusste, dass er sich schämte.

Das Pub, in das die Drama-Arts-Studenten einkehrten, war warm und schummrig beleuchtet, mit Quasten an den Gardinen und dicken Polstersitzen.

»Ich hab richtig Angst«, sagte Hettie, sobald sie hinter den heiß begehrten Ecktisch gerutscht waren, »bis morgen muss ich entscheiden, wer Thea ist. Ich meine, abgesehen davon, dass sie ein Känguru ist. Jedenfalls hab ich mir schon mal ihre Vorgeschichte überlegt, wenigstens etwas, aber ich weiß immer noch nicht, welche *inneren Einstellungen* sie hat, und unsere Szene kommt morgen vor Patrick Bowerys Richterstuhl.«

»Also.« Pierre drehte einen Bierdeckel um. Er hielt sich etwas darauf zugute, Silvios eifrigster Student zu sein. »Was ist die erste *innere Einstellung*?« Nell und Hettie beugten sich vor, als beabsichtigte er, ein Zauberkunststück vorzuführen. »Es ist *dicht dran*.« Er bohrte seinen Kugelschreiber in die weiche Pappe. »Das steht für Gespür und Intuition. Und sind nicht alle Kinder *dicht dran*? Ich meine, Thea ist im Grunde ein Kind, nicht wahr? Jedenfalls mehr als Moritz zum Beispiel, der wahrscheinlich Nummer sechs ist – *beweglich*.«

»Meinst du?«

»Na ja, beweglich heißt, Gefühle wahrzunehmen. Mit der inneren Beteiligung von Absicht und Anwendung. Bewegungsfaktoren sind Gewicht und Fluss und Fragen – was, warum?«

Hettie runzelte die Stirn, und Nell hielt die Luft an. »Ich wünschte, ich würde es so wie du verstehen.«

»Ja«, pflichtete Hettie bei. »Du bist phänomenal. Wenn Moritz also *beweglich* ist, was sind dann seine Elemente?«

»Leicht und stark, frei und abgegrenzt«, schlug Pierre vor.

»Das ist genial.«

»Wenn Thea also *dicht dran* ist«, versicherte Pierre, »dann gehören zu ihr die Elemente leicht und stark, ausdauernd und schnell.«

»Stimmt.« Hettie zwinkerte. »Ausdauernd und schnell. Und da wir gerade beim Thema sind, wer möchte noch was trinken?«

»Ich hol uns was«, sagte Nell. »Noch mal dasselbe?«

Nell stellte sich auf die Zehenspitzen, um die anderen zu überragen und die Aufmerksamkeit des Barkeepers auf sich zu lenken. Doch trotz ihrer Anstrengung wurde der Mann neben ihr, der erst später eingetroffen war, zuerst bedient. Er war stämmig, untersetzt, trug Mantel und einen Paisleyschal. Niemand, den sie aus der Schauspielschule kannte. Aus seiner Tasche lugte ein Paperback-Roman hervor, dessen Titel sie nicht lesen konnte. Er bestellte ein Guinness und ging zu einem Tisch nicht weit von ihrem, wo er sich eine Zigarette drehte.

»Was für ein Glück wir haben«, sagte Hettie gerade, als Nell das verbeulte Metalltablett mit den Getränken auf den Tisch schob, »dass wir mit alldem arbeiten können. Ich wüsste ehrlich gesagt nicht, was ich sonst anfangen sollte.«

»Sehe ich genauso.« Pierre verzog beim ersten bitteren Geschmack des Biers den Mund. »Meine Vorgeschichte hat mir so viele Einblicke in das Wesen von Moritz verschafft, und jedes Mal, wenn ich probe und einfach nur meine Absicht vor Augen habe – ich weiß, ich hab heute über Babette hergezogen, aber es ist tatsächlich wie eine Art Mantel, der einen warm hält.« Seine Augen verklärten sich. »Eine Art Zaubermantel, so was wie Urvertrauen. Wenn man bedenkt, dass manche Leute einfach auf die Bühne marschieren, ohne zu wissen, worauf das Ganze hinaus laufen soll.«

»Ja.« Hettie war aufgeregt. »Wisst ihr, in dieser Szene mit dem Seilspringen, mit den anderen Mädchen, na ja, da soll ich eigentlich meine Großmutter besuchen, ich lass mich ablenken, aber die ganze Zeit …«

Sie bekam ein rotes Gesicht und erhob die Stimme,

»… habe ich ein schlechtes Gewissen und denke, Mist, Oma wartet auf mich. Und natürlich steht nichts davon im Drehbuch.«

»Ja«, pflichtete Nell bei. »Das ist genial.«

»Und wenn Thea *dicht dran* ist«, fügte Pierre hinzu, »hast du automatisch auch ihren Rhythmus. Ihre Schattenbewegungen sind Boxen, Schlitzen, Schweben, Gleiten, Drücken, Wringen, Tupfen, Schnippen.«

»Mein Gott.« Hettie riss eine Tüte Chips auf. »Ja, damit kann ich jede Zeile ihres Textes austüfteln. Na ja«, sie lachte, »nicht, dass sie sonderlich viel Text hat.«

»Wohingegen Moritz«, Pierre schob eine Hand in die Tüte, »*beweglich* ist, und dazu gehören die Schattenbewegungen Boxen, Drücken, Schweben, Schnippen, Wringen, Schlitzen, Gleiten und Tupfen.«

»Mann, ich werd nicht mehr. Hat Silvio eigentlich eine Ahnung, wie überragend du bei deiner Arbeit bist?«, fragte Nell. Ihr war schleierhaft, wie er sich an all das erinnern konnte, wo schließlich so viele dieser Begriffe nahezu austauschbar waren.

»Keine Ahnung, aber ich hab mir gedacht, ich streng mich besser an. Im dritten Jahr müssen wir aus seinen sechs Grundtypen ganze Figuren konzipieren.«

Hettie schien alarmiert.

Pierre seufzte. »Ich glaube, ich spiele meine Mom, alles, was sie sagt, klingt, als ob sie ein Betttuch auswringt.« Er zwirbelte ein imaginäres Laken und verzog vor Anstrengung das Gesicht.

»Du lieber Gott, Junge«, seine Stimme klang gepresst, »wann ergreifst du endlich einen richtigen Beruf und hörst auf, Unfug zu treiben?«

»Du bist ein Genie.«

»Klar. Na ja, ich hab mir gedacht, ich plane lieber gut und gehe vernünftig an die Sache ran. Ich meine, was fangen die anderen bloß an? Diejenigen, die nicht richtig zugehört haben? Schätze, die sitzen bald auf der Straße und können froh sein, wenn sie eine Statistenrolle in einer Weihnachtspantomime kriegen.«

»Ehrlich gesagt, tun mir die Leute an der Guildhall leid, wo sie nichts von dem lernen, was wir wissen. Das Einzige, was sie denen da beibringen, ist, Arsch und Titten zu zeigen. Vielleicht sollten wir versuchen, denen ein paar von Silvios Theorien zu erklären.«

»Ich weiß nicht.« Nell hatte Bedenken. »Und wenn wir nun irgendwas falsch verstanden haben?« Sie stellte sich vor, wie sie versuchte, Silvios Arbeit wiederzugeben, diese komplexen, vielfarbigen Diagramme, Schaubilder und Tabellen, die dreidimensionale Zeichnung eines Kubus mit Kürzeln für die Winkelzüge der Gedankenbahnen.

»Stimmt.« Pierre riss noch eine Chipstüte auf. »Vielleicht sind wir noch nicht so weit. Wie auch immer, du hast immer noch nicht erraten, wer mein Schwarm ist.«

»Ich.« Hettie leckte sich über die salzigen Lippen.

»Warm.« Er legte einen Arm um ihre schmalen Schultern und schmiegte den Kopf an ihr feines, helles Haar. »Wenn du ein Junge wärst, könnte ich mir keinen besseren wünschen.«

»Ich überlege gerade, ob wir je alle zusammenarbeiten werden.« Nell blickte in die Runde. »Ich meine, in Zukunft. Wenn wir fertig sind.«

»Wär schon irgendwie seltsam, mit Leuten auf der Bühne zu stehen, die nicht von der Drama Arts School sind«, sagte Pierre. »Schätze mal, wir fallen aus dem Rahmen. Oder die. Mit unserer Ausbildung haben wir ein ganz anderes Niveau.«

Ja, dachte Nell. Sie nahm einen letzten Schluck von ihrem Whisky Mac und fühlte sich vollkommen glücklich. Es würde Schauspieler geben, die spielten, und auf der anderen Seite sie, die in ihren Figuren lebten, die ihre Charaktere mit ihrem psychischen Innenleben, mit ihrer physischen und geistigen Beschaffenheit klar vor Augen hatten. »Das wird sicher seltsam. Vielleicht sollten wir unsere eigene Truppe gründen. Wir drei!«

Ein Schatten fiel über ihren Tisch. Sie blickten alle auf. Es war der Mann von der Bar, der Mann im Mantel und mit dem Paisleyschal. »Wisst ihr was?« Er schenkte ihnen ein mitleidiges Lächeln und beugte sich, während er die Stimme senkte, noch weiter zu ihnen herunter. »Ihr labert nur Scheiß.«

Nell merkte, wie sie rot anlief. Neben ihr bekam Pierre den Mund nicht mehr zu, auch wenn er kein Wort sagte. Der Mann zog spöttisch und wie zur Warnung die Stirn in Falten, dann nahm er einen Zug an seiner Selbstgedrehten und verließ durch die Schwingtür das Pub.

Keiner von ihnen sagte ein Wort. Es gab nichts zu sagen. Was für ein schrecklicher, verbitterter, zynischer Mann, dachte Nell. Doch sie fühlte sich schmutzig, als hätte sie jemand bei einer obszönen Handlung ertappt.

»Wahrscheinlich ein gescheiterter Schauspieler«, kommentierte Pierre, der sich als Erster fing.

»Bestimmt.« Hettie war blass geworden. »Vielleicht war er an der Guildhall.«

Nell lachte, doch die Verunsicherung saß ihr in der

Magengrube, genau da, wo sie eben noch der Whisky gewärmt hatte.

»Er ist im zweiten Jahr«, sagte Pierre nach einer Weile.

»Wer?«

»Meine Entdeckung. Den müsst ihr euch merken. Gabriel. Der kommt mal ganz groß raus.«

»Tatsächlich?« Nell sah zur Uhr. Sie wäre eigentlich gerne heimgegangen, doch der Gedanke an den Zettel, der fast jeden Abend an ihrer Tür hing und sie zu einem Plauderstündchen und Schlummertrunk nach oben einlud, schreckte sie ab.

»Merkt euch, dass ihr hier und heute zum ersten Mal von ihm gehört habt. Der Engel Gabriel. Gabriel Grant.«

»In Ordnung.« Nell hatte ihres Wissens noch keinen Gabriel zu Gesicht bekommen. »Wenn du meinst, wird es wohl so sein.«

Die Tür schwang auf, und eine Horde Studenten fiel ein, vornean Dan und Jemma, dicht gefolgt von Charlie.

»Macht Platz für die anderen.« Pierre und Hettie rutschten auf der Sitzbank von ihr weg, und im Gedränge verlor Nell sie aus den Augen.

DIE PROBE

Charlie Adedayo-Martin war das schönste Mädchen in ihrem Jahrgang. Es gab andere Mädchen, von denen manche mehr ins Auge stachen, andere vollkommener waren – die Französin, Marvella, mit ihrem sinnlichen Schmollmund, Jemma mit ihren zerzausten blonden Locken –, doch Charlie hatte Glamour. Sie war groß und kantig, mit karamellfarbener Haut und blond gefärbtem, sehr kurz geschnittenem Haar. Es gab das Gerücht, sie sei die Tochter einer abessinischen Prinzessin, doch Nell hatte herausgefunden, dass ihre Mutter eine Anwaltssekretärin aus Cheltenham und ihr Vater ein nigerianischer Geschäftsmann war, den sie geheiratet hatte.

»Dieser Mistkerl Rob.« Charlie standen die Tränen in den dunklen Augen. »Er ist in jemand anderen verliebt.«

»Nein!« Nell nahm sie bei der Hand und geleitete sie auf die Eingangstreppe des College hinaus, wo ihnen der Wind um die Ohren pfiff und Charlie ihr stockend und schluchzend erzählte, wie sie im Tagebuch ihres Freundes geblättert und mehrere gequälte Versuche eines Gedichts – eines Liebesgedichts – gefunden habe.

»Nein!«, wiederholte Nell, auch wenn sie Charlie eigentlich fragen wollte, ob Rob häufiger Gedichte schrieb und ob er je eins für sie verfasst habe. Doch sie wusste, dass solche Fragen unter den gegebenen Umständen herzlos erschienen wären. »Der Mistkerl«, sagte sie stattdessen, »wie konnte er nur!« Sie legte den Arm um Charlie und atmete den kühlen, blumigen Duft ihrer Haut ein.

»Er zieht aus. Er leiht sich dieses Wochenende ein Auto und holt seine Sachen.« Ihre Nase wurde rot, und ihre ohnehin schon geschwollenen Augen füllten sich mit neuen Tränen. »Ich werde alleine wohnen.«

Nell wandte den Blick ab. Sie überkam ein Anflug von Befriedigung, als sie sah, dass selbst Charlie, die beneidenswerte Charlie, unattraktiv aussah, wenn sie weinte. Wenn Nell heulte, bekam sie ein aufgedunsenes Gesicht, einen fleckigen Hals und rote Ohren, so dass sie alles daransetzte, sich zu verstecken. Es sei denn, sie spielte ihren Kummer nur und ihre unechten Tränen rannen ihr sehr verhalten, tröpfchenweise seitlich die Wangen herunter. Das kam nicht immer gut an. »Du bist eine Milchmagd«, hatte Patrick gebrüllt. »Und keine feine Dame. Zieh ein Taschentuch raus. Lass Rotze sehen!« Nell war bis zum Dekolletee hinunter, das in einem rechteckig ausgeschnittenen, weiß paspelierten Mieder steckte und bestens zur Geltung kam, errötet. Unter den vielen Schönheiten in ihrem Jahrgang kam sich Nell wie ein kleines, plumpes Pony vor, und nach nunmehr sechs Monaten an der Schule hatte sie noch nichts als Dienstmädchen und andere Hausangestellte oder aber Kinder gespielt, auch wenn sie einmal, nachdem sie sich beklagt hatte, die Rolle einer betagten Mutter bekam.

»Nell?« Charlie hielt ihren Arm fest. »Hör mal, mir kommt da eine Idee. Wie wär's, wenn *du* bei mir einziehen würdest?«

»Ich?«

»Bitte! Das wär toll. Du kannst am Sonntag rüberkommen, sobald Rob seine Sachen geholt hat. Oder auch schon vorher. Jederzeit. Du kannst das freie Zimmer haben.«

Nell biss sich auf die Lippen. Bei ihrer jetzigen Unterkunft gab es eine Kündigungsfrist, wenn auch keine lange. Diese spätabendlichen Unterhaltungen vor dem Badezimmer, wenn ihr Vermieter, egal, um welche Uhrzeit sie nach Hause kam, wieder einmal auf unerfindliche Weise gerade im Haus herumlief und sie abfing, musste sie auch nicht mehr über sich ergehen lassen, wenn sie bei Charlie wohnte.

»In Ordnung«, sagte sie. »Einverstanden. Mach ich. Übernächste Woche.«

»Danke.« Charlie wischte sich die Tränen aus dem Gesicht, und Nell sah zu, wie ihre Schönheit mit einem einzigen zarten Lächeln wiederhergestellt war.

Charlie wohnte im Dachgeschoss eines Hauses in Willesden. Von außen fiel es nicht weiter auf – die Farbe an den Fensterrahmen blätterte vergleichsweise stärker ab, und bei der Haustür war eine Glasscheibe durch eine Holzverbretterung ersetzt, doch sobald man das Haus betrat, schlug einem das ganze Ausmaß des Verfalls entgegen: In den modrigen Geruch, der einem die Luft abschnürte, mischte sich der stechende Gestank von faulendem Holz. Charlie ignorierte das. Sie trat mit dem Fuß die Tür hinter ihnen zu, fegte an leer stehenden Wohnungen vorbei die zwei Treppen hinauf in ihren Stock, wo leise das Radio lief. Das ramponierte Sofa war mit cremefarbenen Baumwolltüchern bedeckt, zwischen einer Reihe Fotos, ausgedienten Henkelbechern und dem einen oder anderen Dekorationsobjekt – darunter eine blaue Glasflasche und eine Schnitzerei von einem nigerianischen Gott – standen Trockenblumensträuße.

Nell war schon ein paarmal nach dem College zu Besuch da gewesen, um mit Charlie ihre Texte durchzugehen. Sie hatte am voll aufgedrehten Gaskamin auf dem Schaumstoffpolster des Sessels mit seinem weißen Überwurf gehockt, während es sich Carlie selbst mitten im Winter barfuß in einer Armeehose passend zu einem Unterhemd bequem machte, das ihre breiten Schultern und braunen Arme zur Geltung brachte. Bis jetzt hatte Nell von einer leeren Mansarde nichts gewusst, sondern nur das Schlafzimmer gekannt, das sich Charlie und Rob geteilt hatten – mit dem stets ungemachten, niedrigen weißen Bett, den antiken Spitzengardinen an den Fenstern, den Kleidern vom Flohmarkt sowie dem schlammfarbenen Trenchcoat, die an Wandhaken hingen. Doch heute stieg Charlie eine weitere Treppe zu einer kleinen Dachkammer hinauf. Es hatte ein Fenster mit Blick über den Garten sowie ein Gasfeuer, das in die alte Kaminumrandung mit einem Riss in der Mitte eingebaut war. Es gab ein Bett und einen Schrank. Das erhabene Muster der Tapete war unter der cremeweißen Wandfarbe nur noch zu erahnen.

Nell ließ ihre Tasche fallen und sank auf den Bettrand. Charlie kauerte sich auf den Boden vor den Kamin, zündete ein Streichholz an, und das Feuer flackerte zuerst, dann flammte es richtig auf. »Ist das auch sicher?«, fragte Nell, die sich dunkel an die Warnungen ihrer Mutter vor den Gefahren von Gas erinnerte, doch Charlie blies ein wenig daran, damit sich die Flamme ausbreitete, und sagte, sie hätte hier schon oft nach einem Streit mit Rob geschlafen und das Feuer immer die ganze Nacht angelassen.

»Dieser Mistkerl. Mistkerl.« Sie krabbelte über das Bett und streckte sich aus. »Gott sei Dank ist er weg. Dieser Wichser! Weißt du, wie eitel der war? Er hatte einen Tick mit seinen Ohren. Meinte, sie stünden zu stark ab. Er hat sie sich immer mit den Fingern angelegt und mich gefragt, wie ich es fände.«

Bei der Vorstellung musste Nell lachen. Sie war Rob schon drei, vier Mal begegnet, doch er konnte sich immer noch nicht an sie erinnern. Er gehörte zu den Männern, die nur schöne Frauen zur Kenntnis nahmen. »Fickbare Frauen«, hätte er wahrscheinlich gesagt. »Jetzt, wo du's sagst, mir sind seine Ohren tatsächlich aufgefallen«, sagte Nell aus Rache. »Hat er mal an eine chirurgische Korrektur gedacht? Willst du ihm nicht vorschlagen, sie sich richten zu lassen?« Sie lagen händchenhaltend auf dem Bett und blickten glucksend zur Decke.

»Also ...«, fügte Nell nach einer Weile hinzu, »was nun? Du bist wieder zu haben. Seit zwei Wochen. Hast du schon ein Auge auf jemanden geworfen?«

Charlie seufzte und drehte sich zu ihr um. Die Flammen warfen Schatten auf ihr regloses Gesicht, und dann fing sie plötzlich an zu weinen. Sie verzog das Gesicht und drückte die geballten Fäuste in die Augenhöhlen, als wollte sie mit aller Macht die Tränen zurückhalten. »Mistkerl«, sagte sie. »Wie konnte er nur? Ich dachte, er wär so in mich ...« Sie schnappte nach Luft und wischte die Tränen ärgerlich weg. Nell beobachtete sie und musste die ganze Zeit denken, dass sie, wenn sie ein Mann wäre, Charlie nie verlassen würde. Was in aller Welt brachte einen Mann dazu, ein so schönes Mädchen zu verlassen?

»Er ist ein Idiot«, sagte Nell in sanftem Ton. »Das wird

er noch bereuen, so viel steht fest.« Spontan legte sie den Arm um ihre Freundin und küsste sie auf die Wange. Schniefend drückte sich Charlie an sie. Das immer noch nasse Gesicht an Nells Hals geschmiegt, die Schulter fest an ihre Brüste gepresst, blieb sie liegen und atmete flach, bis es fast dunkel im Zimmer war. Irgendwann standen sie auf und gingen in die Küche, wo Charlie wortlos einen Topf Wasser aufsetzte.

»Kann ich irgendwie helfen?« Nell sah sich um.

»Nein, nein.« Charlie hackte eine Zwiebel klein. »Das hier ist dein Begrüßungsessen, geh rüber und mach's dir bequem.« Nell ging ins Wohnzimmer und hörte, während sie wartete, eingängige, endlose Melodien im Radio, dazwischen so leises Gemurmel, das man es nicht verstehen konnte. Auch hier brannte das Feuer. Nell setzte sich in den weichen, verhüllten Schaumstoffsessel, schloss die Augen und lauschte auf das einschläfernde Zischen im Gaskamin.

Nach etwa zwanzig Minuten kam Charlie mit zwei Tellern Reis herein. Der Reis war mit Gewürzen, Speck und Paprika gebraten und mit ein paar zusammengekratzten Petersilienstängeln verziert. Sie stellte die Teller auf den Boden und holte eine Flasche Weißwein und zwei Gläser aus der Küche.

»Prost«, sagte sie, »auf die Freiheit«, und füllte die Gläser bis zum Rand.

Das Essen war ungenießbar. Fetttriefend und nicht ganz gar. »Tut mir furchtbar leid.« Charlie wand sich. »Bitte lass es lieber stehen. Ich bin die lausigste Köchin aller Zeiten.« Sie schob ihren Teller weit von sich und nahm einen großen Schluck Wein, als wollte sie den Geschmack hinunterspülen. Nell aß teils aus Höflichkeit, teils, weil sie furchtbaren

Hunger hatte, noch zwei Bissen, dann ließ sie ihr Essen ebenfalls stehen.

»Weißt du, auf wen ich wirklich scharf wäre, wenn ich mich für jemanden aus dem College entscheiden müsste …« Charlie zündete sich eine Zigarette an. Nell folgte ihrem Beispiel und kauerte sich in ihren Sessel. Das hier war definitiv besser als ihre alte Bude, wo sie, wenn sie erst einmal zu Hause war, außer dem armseligen Vermieter oder seinem pickeligen Sohn niemanden zum Reden hatte.

»Auf wen?«, fragte sie und führte sich im Geist den ganzen Jahrgang in einem Stuhlkreis vor Augen.

»Na ja, wenn ich mir nur so für eine Nacht einen aussuchen müsste … also, wenn sie mich zwingen würden … dann nähme ich wahrscheinlich Dan.«

»Dan Linden!« Nell zog sich der Magen zusammen. »Nicht dein Ernst!« Sie merkte, wie ihre Wangen rot anliefen. »Aber du weißt, was ich für Dan empfinde. Du weißt doch, dass ich vom ersten Tag an in Dan verliebt bin!«

»Oh mein Gott!« Charlie legte die Hand auf den Mund. »Ja klar. Hatte ich ganz vergessen. Tut mir echt leid. Vergiss, was ich gesagt habe. Bitte!«

Sie kniff die Augen zusammen und sah sie mit einem flehenden Blick an. Um auf Nummer sicher zu gehen, schenkte sie ihnen beiden noch einmal Wein nach.

»Außerdem«, sagte Nell bei dem Gedanken, wie Charlie Dan mit einem einzigen Augenaufschlag herumkriegen konnte, düster, »ist er wieder mit Jemma zusammen. Gott. Wieso gibt es in unserem Jahrgang keine anderen annehmbaren Jungen?«

Ihr Magen fühlte sich immer noch leer an, doch sie hatte

kein heißes Gesicht mehr, sondern fror und legte die Arme um die Beine, während sie ins Feuer starrte.

Charlie streckte sich auf ihrem Sofa aus. »Tut mir wirklich leid.« Sie spähte zu Nell hinüber. »Wahrscheinlich bin ich viel zu lange um mich selbst gekreist.« Und als Nell nicht antwortete, sagte sie: »Hey, wie wär's, wenn wir einen Plan schmieden? Ihn zu verführen. Ich meine, für dich?«

Nell sah sie verständnislos an. »Aber wie? Er ist mit Jemma zusammen. Die sind unzertrennlich.«

»Also ... warte, ich lass mir ein Bad ein. Im heißen Wasser kann ich besser denken. Komm schon.«

Das Bad lag neben der Küche, und als die Wanne voll war und der Erdbeerduft des Schaumbads den Raum erfüllte, schlüpfte Charlie aus ihrem Hemd. Sie trug keinen BH, ihre Brüste waren klein und fest, genauso sanft getönt wie ihr übriger Körper. Sie trug auch keinen Slip. Sie schlüpfte einfach aus ihrer Hose und beförderte sie mit dem Fuß in eine Ecke. »Oh, oh, oh«, sagte sie glücklich, als sie ins Wasser tauchte, »ganz schön heiß.« Schon lag ein rosiger Schimmer auf ihrem Gesicht und ihrer Brust, und die feuchten Locken auf ihrem Kopf kringelten sich hübsch an ihren Ohren.

Nell setzte sich auf den Rand und ließ die Hand durch die Schaumbläschen gleiten. Charlie schloss die Augen und legte sich zurück. »Hmmm«, sagte sie, und als sie die Lider wieder öffnete, ertappte sie Nell dabei, wie sie die Freundin musterte. »Wieso kommst du nicht auch rein? Es ist herrlich hier drinnen.« Sie streckte die langen Beine zur Seite, als wollte sie ihr zeigen, wie viel Platz in der Wanne war.

Nell kehrte ihr den Rücken zu, um sich auszuziehen.

Sie hatte eine Strumpfhose und einen Jeansrock an, dazu Stiefel und mehrere Unterhemden sowie T-Shirts übereinander. In dem beengten Raum mit den vom Dampf feuchten Fliesen an Boden und Wänden hatte sie ihre liebe Not, bis sie nackt war und sich für ihre vollen Oberschenkel und schweren Brüste schämte. Obwohl sie mindestens zwölf, dreizehn Zentimeter kleiner war als Charlie, schien an ihr so viel mehr dran zu sein. Charlie lehnte die Knie an den Wannenrand, und Nell glitt langsam ins Wasser. Es fühlte sich gut an. Die Hitze, der süßliche, rosa Duft und die sanfte Berührung ihrer Oberschenkel. Sie legte den Kopf zwischen die Wasserhähne ans Fußende der Wanne und lächelte.

»Also«, sagte Charlie grinsend. »Wie kriegst du Dan ins Bett?«

Nell antwortete nicht. Sie hatte keinen Schimmer. Sie war nie auf den Gedanken verfallen, darauf Einfluss zu nehmen. Das Schicksal, so hatte sie immer gedacht, würde sprechen.

»Was hältst du davon …« Charlie sann nach. »Wir bitten ihn, noch mal hierherzukommen, um eine Szene zu proben. Nach dem College. Dann gehen wir ins Pub, um darüber zu diskutieren, hinterher hierher zum Abendessen, ich mach eine Flasche Wein auf, du führst ihn rum, und wenn ihr in dein Zimmer kommt … schlägst du zu! Warte.« Charlie erhob sich aus dem Wasser, und zwischen den Schaumresten glänzte ihr ganzer Körper. »Bin gleich wieder da.« Sie lief nackt in den Flur.

Nell hörte, wie Charlie die Musik lauter stellte, bevor sie mit einer neuen Flasche Wein erschien. Sie stieg wieder in die Wanne. »Und?«

Nell hob ihr Glas und nahm einen großen, kalten Schluck. »Also gut.« Sie grinste, und obwohl sich ihr im Kopf alles drehte, erhob sie ihr Glas erneut und trank es aus.

»Weißt du was?«, fragte Charlie und lächelte sie an. »Du bist wunderschön.«

»Nein!«, protestierte Nell ungläubig und hocherfreut. Doch sie erwiderte das Kompliment nicht, weil sie es nicht hätte sagen können, ohne rot zu werden, weil sie Charlie nicht dabei zusehen konnte, wie sie den Schaum abschöpfte und ihn sich mit anmutigen Bewegungen über den Hals, unter die Arme und über die Brust rieb.

Dan Linden war groß und schlaksig mit dunklem, zerzaustem Haar. Er hatte dieses verhaltene, schiefe Lächeln, das Markenzeichen seines Charmes – und war unter den Jungen seines Jahrgangs, die nichts anderes im Kopf hatten, als ihre Jonglierkünste zu vervollkommnen oder mit tiefer, sonorer Stimme Shakespeare-Sonette zu rezitieren, praktisch ohne Konkurrenz. Die meisten Mädchen hatten einen Freund im Jahrgang über ihnen, in dem ungerechterweise reichlich heterosexuelle Naturtalente anzutreffen waren, oder sie hatten sich wie Charlie für ihre Liebesaffären außerhalb des College umgesehen. Doch seit dem ersten Tag des ersten Semesters war Nell in Dan verliebt gewesen. Sie hatte gewartet, ihn gelegentlich angelächelt, hatte ihn beim Schlangestehen in der Mensa gestreift, bis sie eines Tages erkannte, dass sie zu lange gewartet hatte, weil er inzwischen mit Jemma Händchen hielt, Jemma, die seinen Schal um den Hals trug und mit ihm an der Bushaltestelle stand. Sicher, gelegentlich machten sie Schluss, doch jedes

Mal gab es nach wenigen Tagen eine stürmische Versöhnung, und verlegen und ungekämmt kamen sie wieder zu spät ins College.

»Dan …« Nell passte ihn im Flur ab.

»Hallo.« Er kam mit lässigen Schritten heran und begrüßte sie mit diesem breiten, freundlichen Grinsen. Er trug die Hose tief auf der Hüfte, und wenn er sich räkelte oder gähnte, was er oft tat, enthüllte er ein Stück von seinem flachen, glatten Bauch.

Nell brachte es schnell hinter sich, bevor sie der Mut verließ. Sie erzählte ihm von den Szenen, die sie und Charlie gerade probten, und dass sie für – sie zögerte – die männlichen Figuren nach einem Mann Ausschau hielten. Sie schlug Dienstag vor. Nächsten Dienstag. Nach dem College.

Dan zuckte die Achseln. »Geht klar.«

»Ein Freund von Charlie filmt es vielleicht«, warf sie ein, damit das Angebot verlockender klang. Dan nickte, als sei ihm das egal. »Bis dann«, sagte er und ging den Flur hinunter.

»Geschafft!«, flüsterte Nell Charlie zu, als sie in der Ballettstunde an der Stange standen, und zog damit den Adlerblick und eine unfreundliche Bemerkung von Olinka auf sich, der Lehrerin, die einmal mit dem Stock auf Nells Bauch getippt und sie laut aufgefordert hatte, ihn einzuziehen. Bei der bloßen Erinnerung brannten Nell immer noch die Wangen, und sie hätte zu gerne den Stock genommen, Olinka damit verdroschen und ihr ins Ohr gebrüllt: ›Ich will Schauspielerin werden und keine verdammte Ballerina‹, doch stattdessen hatte sie nur mit Schamestränen in den Augen an der Stange gestanden und den Moment gefürchtet, in dem sie in einer diagonalen Linie zum anderen Ende des Raums springen mussten.

Am Montagabend lagen Nell und Charlie in der Wanne. Nell hatte den Raum mit Vanille-Duftkerzen übersät und Charlie eine Moschusessenz beigesteuert, das Doppelte der empfohlenen Menge.

»Und was proben wir dann?«, fragte Nell. »Sollten wir nicht ein Drehbuch oder so was haben?«

Charlie versank unter dem Schaum und kam glatt wie ein Seehund wieder hoch. »Och, wir können ja ein paar Seiten aus ...«, sie überlegte, »... keine Sorge, mir fällt schon was ein.« Sie massierte sich Shampoo ins Haar und tauchte, indem sie die Füße fest gegen Nells Wannenende stemmte und dabei mit angewinkelten Beinen Nell den Oberschenkel fest an die Schulter drückte, noch einmal unter. In den festen Kräuseln ihres Schamhaars schimmerten winzige Bläschen, und Nell kam der Gedanke, dass sie ihre Hand nur ein paar Zentimeter zu bewegen brauchte, um sie zwischen den Beinen zu berühren. Nein! Die Vorstellung versetzte ihr einen Stich und schnürte ihr derart die Kehle zu, dass sie nach Luft schnappen musste.

»Entschuldigung«, sagte Charlie lachend, als sie auftauchte, und auch Nell glitt unter Wasser, um ihr eigenes kräftiges Haar einzutauchen und ihr puterrotes Gesicht zu verbergen. Auch wenn sie sich gegen den Wannenboden drückte, ragten ihre Brüste immer noch aus dem Wasser. Würde Charlie doch nur leicht mit der Hand darüberstreichen oder sie mit dem Mund berühren, musste sie denken, doch sie tauchte auf, als wäre nichts, und schäumte sich energisch den Kopf ein. Bevor sie ein zweites Mal untertauchen konnte, stand Charlie strahlend schön, mit dampfenden Schenkeln über ihr und stieg aus der Wanne. Sie wickelte sich das Haar in ein Handtuch und verließ den Raum. Nell blieb allein in der Wanne zurück und fühlte sich ernüchtert. Sie wusch sich halbherzig und routinemäßig unter den Achseln, zwischen den Beinen, und jetzt, da der Tag fast herangerückt war, bekam sie es mit der Angst zu tun. Diese lächerliche Idee, einfach zuzuschlagen.

Nell und Charlie standen auf der Treppe zum College und taten so, als sähen sie nicht, wie Dan und Jemma sich verabschiedeten. Jemma schmiegte sich an Dan, und Dan flüsterte ihr, übertrieben lange, wie Nell fand, etwas ins Ohr. Nell kehrte ihnen den Rücken zu und schüttelte den Kopf, während sie krampfhaft überlegte, was sie sagen sollte, als er endlich, die Tasche lässig über die Schulter gehängt, die Hose tiefer denn je auf der Hüfte, in ihre Richtung kam. Genau in dem Moment bog der Bus um die Ecke. »Schnell«, rief Charlie, und sie rannten kreischend und unbekümmert darauf zu.

In Windeseile waren sie auf dem Oberdeck und setzten sich vorne in eine Reihe, wo Charlie mit funkelnden Augen eine perfekte Imitation von Samantha hinlegte, die davon träumte, ans Musicaltheater zu gehen. »I can't say no.«

»Schmerz lass nach.« Dan lachte. Und Nell rief ihnen den schwerfälligen, großen Kevin und seine Darbietung von »Somewhere over the Rainbow« ins Gedächtnis.

»Ich dachte, ich überleb das nicht.« Charlie griff sich an den Bauch, und so sezierten sie weiter jede Minute des Musikunterrichts am Nachmittag, jeden schrägen Ton, jede linkische Bewegung und wiegten sich im Wohlgefühl ihrer

Überlegenheit, bis sie an der Ecke ihrer Straße waren und die Treppe hinuntersteigen mussten. »Stopp, anhalten!« Sobald der Bus langsamer fuhr, sprangen sie am hinteren Ende ab.

»Zuerst was trinken oder gleich proben?«, fragte Charlie, und ohne die Antwort abzuwarten, stieß sie die Tür zum Pub auf. Sie begannen mit einem Hellen, für Charlie und Dan ein großes und ein kleines für Nell, die an einem Ecktisch zwischen ihnen saß und ihnen die Szene erklärte, die sie proben wollten. Wenn sie erst einmal so weit waren, erklärte ihnen Nell, würde ein Regisseur der Filmhochschule sie filmen, um sie vermutlich allen vorzuführen, die in der Branche einen Namen hatten, so dass aller Wahrscheinlichkeit nach jeder von ihnen bereits zu Starruhm gelangen würde, bevor sie auch nur mit dem College fertig waren! Während Nell redete, drückte Charlie den Arm an sie, und als ein Drink dem anderen folgte und sie von Bier zu härteren Spirituosen wechselten, nahm sie Nell bei der Schulter und strich ihr mit den Fingern durchs Haar, als wollte sie ihre Freundin Dan als eine begehrenswerte Schönheit präsentieren oder aber, wie Nell plötzlich hoffte, selbst von ihr Besitz ergreifen.

Es war schon fast elf, als sie zur Tür des Pubs hinaustaumelten. »In welche Richtung?«, fragte Dan, ein wenig unsicher auf den Beinen, und Charlie hakte sich bei ihm unter, während sie den anderen Arm um Nells Taille schlang. »Ist sie nicht süß«, flüsterte sie laut, »ist sie nicht unheimlich schön?«, und als Dan etwas daherstotterte, zog sie Nell an sich und küsste sie auf die Lippen. Nell öffnete erstaunt den Mund, und Charlies Zunge glitt hinein – schmal und fest und scharf wie Whisky, während sich ihre Lippen weich und leicht wie Daunenfedern anfühlten. Als Charlie sie küsste, zog sie gleichzeitig Dan heran, um sie beide abzuschirmen; dann schob sie Nell die freie Hand unter die Jacke, um ihre Brust zu streicheln.

»Ich werd verrückt«, murmelte Dan.

Nell drehte sich der Kopf. Sie wollte Charlies Hand auf ihrer Haut spüren, wollte den BH aufhaken und ihr die Brüste an die Lippen drücken, sich auf den Boden knien und ihr mit der Zunge die vollendeten Schenkel entlangstreichen, doch Charlie hatte die Kontrolle übernommen und lenkte sie beide zum Haus.

»Ich werd verrückt«, wiederholte Dan, als die Tür hinter ihnen ins Schloss fiel und sie in den Flur mit dem zersplitterten Holzboden und dem kaputten Treppengeländer traten. Er hielt sich gegen den Geruch von Moder und Gas die Nase zu und wurde, als er ihnen nach oben folgte, ein wenig blass. Auf dem ersten Treppenabsatz nahm er Nells Hand, doch ihre Leidenschaft für ihn war abgekühlt, und die lang ersehnte Berührung mit seiner Haut fühlte sich klamm und fremd an.

»Also, ihr Hübschen«, rief Charlie aus der Küche, »Wein oder Bier?« Mit beidem gewappnet, führte sie Nell und Dan ins Wohnzimmer.

Vom Treppenabsatz blickte ihnen plötzlich ein bleiches Gesicht entgegen.

»Mein Gott.« Nell wich unwillkürlich zurück und drückte sich an die Wand.

»Hallo.« Es war eine Männerstimme, tief und amüsiert. »Mal auf die Uhr gesehen?«

»Rob!« Charlie stand da und starrte ihn an. »Was … ich meine …«, doch er packte sie fest am Handgelenk und zog sie ins Zimmer. Hinter ihnen flog die Tür scheppernd zu, und Nell und Dan standen allein in der Diele.

»Ich hab mein Zimmer da oben«, sagte Nell, der plötzlich kalt und ohne Abendessen flau im Magen war. Sie führte ihn die schmale Treppe zur Mansarde hinauf.

Dan setzte sich aufs Bett, während sie versuchte, Feuer zu machen, indem sie pustete, wie Charlie es zuvor getan hatte, nur dass bei ihr die Flamme lediglich flackerte, dann schwächer wurde und sich nicht richtig entfachen ließ. »Meinst du, das ist sicher?«, fragte Dan. »Gas kann gefährlich sein.« Nell warf ihm einen vernichtenden Blick zu, bevor sie sich geschlagen gab. Rücken an Rücken zogen sie sich, so weit sie sich trauten, aus und krochen ins Bett, wo sie nebeneinanderlagen, bis Dan schließlich sagte: »Macht es dir was aus, wenn wir nicht ... es ist nur wegen Jem ... es wäre ihr nicht egal.«

»Nein, schon in Ordnung. Tut mir leid.« Damit richteten sie sich Rücken an Rücken für die Nacht ein und versuchten, das Stöhnen und die spitzen Schreie von Charlie und Rob zu überhören, die im Zimmer unter ihnen zur Sache kamen.

Als Dan und Nell am nächsten Morgen fürs College aufstanden, war Charlies Tür fest verschlossen, und als sie später – nachdem sie einen Tag lang den übelsten Kater sowie die vorwurfsvollen Blicke von Jemma und ihren engsten Freunden ertragen hatte – nach Hause kam, räkelte sich Charlie auf dem Sofa. »Ist das zu fassen?« Sie warf Nell ihre Packung Zigaretten hin. »Er ist zurückgekommen! Ich hoffe, es macht dir nichts aus, ich meine, du kannst natürlich bis zum Wochenende bleiben, aber danach musst du dir was anderes suchen.«

Nell starrte sie an. »Aber …«

Charlie krabbelte über den Teppich zu ihr. »Er hat sie abserviert, ist das nicht toll? Er hat gesagt, dass es ihm leidtut.« Sie grinste. »Sogar ungefähr zehn Mal. Aber egal, wie war's letzte Nacht?«

»Letzte Nacht?«

»Dan! Wie war's?« Sie sah Nell mit großen, neugierigen Augen an.

»Toll.« Nell fasste sich. Sie brachte sogar ein Lächeln zustande. »Wirklich gut.«

»Und willst du dich nicht bei mir bedanken?« Sie legte den Kopf schief. »Dass ich euch zwei zusammengebracht habe?«

»Doch, natürlich. Danke.« Hastig stand Nell auf und ging in ihr Zimmer hinauf, wo sie mit dem Fuß so fest gegen die Kaminumrandung trat, dass die rissigen Stücke auf den Boden fielen und die Gasleitung und zwei Kamelhöcker aus Kabelsalat zum Vorschein traten.

DAS FESTIVAL

In London war es drückend heiß und schwül, in Edinburgh dagegen herrschte strahlender Sonnenschein und es wehte ein eisiges Lüftchen. Nell zitterte in ihren Sommersachen, und ihre Sandalen klapperten auf dem Kopfsteinpflaster, als sie die Festival-Karte studierte. Sie drehte sie herum und fuhr mit dem Finger das smaragdgrüne Rechteck des Parks nach, von dort die breite gerade Princes Street entlang, die ein Stück weiter oben parallel verlaufende Royal Mile und beschloss, nachdem sie kein bisschen schlauer war, einfach den steilen grauen Hang zum Schloss hinaufzusteigen. Noch bevor sie oben war, hatte sie eine Gänsehaut an den Beinen, und ihre Fersen waren in dem unpassenden Schuhwerk voller Blasen. Sie zog erneut die Karte heraus, brütete darüber und versuchte, im Geist die fehlenden Straßen, in denen es keine Theater gab, einzufügen, fragte sogar einen Passanten, einen Mann mit Schottenmütze, der sich als Däne erwies. »Schon gut, nicht so wichtig«, rief sie, als er schon die eigene unhandliche Karte entfalten wollte, und lief zügig weiter, nahm Abkürzungen zwischen Häuserfluchten, schleppte ihre Tasche eine schmale, steile Treppe hinunter, um sie den nächsten Hang wieder hinaufzuwuchten, bis sie an einem Halbkreis hoher Häuser ankam. Zwischen so viel Stein war es kühler denn je, und es lag ein bittersüßer Geruch in der Luft, als brodelte irgendetwas in einem riesigen Topf. Nicht weit von ihr befand sich eine weitere Treppe, und von dort aus konnte sie die Linie der Eisenbahn sehen, die sie hinter sich gelassen hatte, mit Zügen, die sich wie glitzernde Bäche durch die Landschaft schlängelten. Nach reiflicher Überlegung hatte sie sich für eine Richtung entschieden und war schon darauf gefasst, wieder im Kreis gelaufen zu sein, als sie sich plötzlich zu ihrem ungläubigen Staunen in der Straße wiederfand, nach der sie gesucht hatte und in der das Veranstaltungslokal MacDillons lag.

MacDillons sah geschlossen und irgendwie verwahrlost aus. Das Neonschild war ausgeschaltet, doch als sie sich gegen die Tür lehnte, ging sie auf. Drinnen konnte sie Umrisse und Gestalten ausmachen und den Schatten einer Frau, die ihr entgegeneilte, als die Tür hinter ihr zufiel. »Schsch«, als Holz auf Metall schlug, flogen ihre Hände – zu spät – in die Höhe, doch als die Frau Nells Tasche sah, nahm ihr Gesicht einen freundlichen Ausdruck an. »Wir wollen gerade mit dem Probelauf anfangen. Sie müssen Nell sein. Kommen Sie rein und setzen Sie sich.«

In dem Stück gab es vier Schauspieler, zwei Männer und zwei Frauen, und alle Amerikaner. Sie umkreisten einander, flirteten, quälten sich und verstrickten sich in Lügen, Missverständnisse und gelegentliche angedeutete sexuelle Handlungen. Der eine männliche Schauspieler war groß und tapsig, der andere klein und geschickt, und sobald sie nebeneinanderstanden, musste man unwillkürlich lachen. Die Frauen sahen mitleidig auf diese Männer herab, vertrauten sich an, dass sie vielleicht den Falschen geheiratet hatten, doch jedes Mal, wenn eine von ihnen diese Theorie mit dem Ehemann der anderen auf die Probe stellen wollte, führte es zu einer heftigen Szene und einem Racheakt, bei dem der kleinere Schauspieler sich nackt in ein viel zu großes Bett kauerte, während die beiden Frauen einander mit Gegenständen bewarfen und schließlich, als er einzugreifen versuchte, ihn zur Zielscheibe machten. Ein Kissen, ein Buch, ein mörderisch aussehender Stöckelschuh, dem er mit knapper Not ausweichen konnte, bevor sein Freund ihm ein rüschenbesetztes rosa Nachthemd zuwarf und ihn kurz vor der Ohnmacht aus der Schusslinie schaffte.

»Gut gemacht. Alle miteinander. Gut gemacht!« Der strahlende Regisseur trat aus dem Schatten, das Licht ging an, und klatschende Zuschauer lösten sich aus dem Dunkel.

Nell stand applaudierend neben ihrer Tasche, und als das nicht länger angebracht schien, tat sie, als sei sie vom Bühnenbild wie gebannt. »Aha, sollte das Nell sein? Unsere angehende Schauspielerin?« Der Regisseur hatte sie entdeckt. Er war klein, mit gelichtetem Haaransatz und einem festen Händedruck. »Ich bin Dominic, wir haben telefoniert.«

»Ja.« Nell stellte sich vor, dass er sie mit Hettie verglich, die im Vorjahr denselben Job gemacht und, wie Nell vermutete, beim Austeilen der Broschüren und an der Abendkasse mit ihrem schlüpfrigen Humor sowie dem frechen Lächeln alle um den Finger gewickelt hatte. Sie hatten Hettie wieder gefragt, doch ihre Mutter war krank, und so war sie nach Leeds zurückgegangen, um sie zu pflegen.

»Also …« Dominic sah sich um. »Du hast deine Komplizin noch nicht kennengelernt, nicht wahr?« Er rief ein großes, hellhäutiges, blondes Mädchen in Sportschuhen und weißer Jeans herbei, das gerade mit dem tapsigen Schauspieler sprach. »Cath, komm mal eben rüber.«

Die beiden Mädchen begrüßten sich, und noch während sie sich anlächelten, durchzuckte Nell das bange Gefühl, dass sie und Cath nicht das Geringste gemeinsam hatten.

»Gut.« Dominic rieb sich die Hände. »Dieser Mann hier wird euch sagen, was ihr zu tun habt.« Er zeigte auf den Inspizienten, der mürrisch nickte. »Wenn ihr auf ihn hört, werdet ihr euch gut verstehen. Wir brauchen euch, um das Geschäft anzukurbeln, Flyer zu verteilen, Poster zu kleben, auf die Straße zu gehen und euren Körper zu verkaufen, falls ihr meint, das hilft.« Er stieß ein schnaubendes Lachen aus. »Kurz gesagt, tut alles, um Ärsche auf diese Sitze zu kriegen.«

Nell und Cath nickten beide. »Dann …«, fing Nell an, doch Cath kehrte ihnen bereits den Rücken.

Die Schauspielerinnen hatten sich umgezogen und durchquerten jetzt forsch den Raum, so dass ihre langen Stiefel unter den Röcken klackerten, während sie schweres Gepäck in den Händen trugen. »Wir können leider nicht zum Abendessen bleiben.« Sie waren selbstbewusste Profis und, wie sich zeigte, keine von beiden Amerikanerin. Zum Abschied umarmten sie den Regisseur. »Wir wollen in unsere Bude zurück, um an dieser verflucht schwierigen Szene zu arbeiten.«

»Ihr werdet großartig sein.« Dominic küsste sie beide. »Ihr *seid* großartig«, und kaum waren sie weg, sah er sich nach den Männern um. »Die Snakeskin-Truppe müsste in einer halben Stunde da sein«, sagte er zu ihnen. »Sobald sie eintreffen, gehen wir irgendwo zusammen was essen. Um sie willkommen zu heißen.« Er erspähte Nell und Cath. »Ich hoffe, ihr beide kommt auch mit, aber bis dahin könntet ihr vielleicht diese restlichen Stühle da stapeln, und falls ihr irgendwo einen Besen findet … in einer Stunde ist das hier wieder ein Nachtclub.«

Der Inspizient reichte Nell einen Besen und ging wieder zu seinem Klemmbrett zurück, um beim Einsammeln der Requisiten jedes Stück mit Bleistift abzuhaken. Nell und Cath tauschten einen Blick und arbeiteten sich langsam durch den Raum, indem sie die verstreuten Stühle einsammelten, in einer Ecke stapelten und anschließend den dunkelgrauen Boden fegten. Dominic und der kleine, geschickte Schauspieler, Kyle, saßen an der Bar und öffneten eine Flasche Wein. Sie steckten die Köpfe zusammen und diskutierten mit großem Ernst, was an dem Stück funktionierte und was nicht, während Nell sich fragte, was für eine Ausbildung Kyle genossen hatte, ob er von den sechs Grundcharakteren, den bewussten und unbewussten Zuständen wusste und wieso bis jetzt niemand an der Drama Arts erwähnt hatte, wie wichtig es war, den amerikanischen Akzent zu lernen.

»Mädels«, rief der große Schauspieler, Richard, ihnen zu, »wenn ihr fertig seid, kommt auf einen Drink dazu.« Also gingen sie hin und stellten sich an die Bar, während Dominic ihnen einen warmen Weißwein kredenzte. »Auf uns.« Er erhob sein Glas. »Prost.«

Snakeskin ließen auf sich warten. Sie hatten von einer Tankstelle aus angerufen, um Bescheid zu geben, dass nicht weit von der Grenze ihr Motor heißgelaufen war. Wenn sie vorsichtig wären, würden sie es wahrscheinlich schaffen, ohne noch einmal anzuhalten.

»Wo sollen wir essen?«, fragte Richard besorgt. »Die müssen ausgehungert sein.« Doch Dominic winkte ab und sagte, es würde sich schon etwas finden. »An der Ecke gibt es ein kleines italienisches Restaurant. Da können wir hin.«

So öffneten sie noch eine Flasche Wein, hockten auf roten Plüschsesseln und sahen zu, wie die Angestellten des Nachtclubs eintrafen und das Licht so einstellten, dass der Raum in Rosa erstrahlte. Sie testeten das Stroboskop über der Tanzfläche und dimmten die Spotlights rund um die Bar; als dann auch noch dröhnend laut die Musik anging, gab sich Dominic geschlagen und drängte, während er sich selbst aufrappelte, auch alle anderen zum Gehen.

Nachdem die Sonne längst untergegangen war und am grauen Himmel das letzte Licht verblasste, war es auf der Straße eiskalt. »Ich rieche Seeluft.« Dominic hielt die Nase in den Wind, und sie alle drehten sich in die Richtung um, in der vermutlich das Meer lag. Nell zitterte. Sie roch nichts anderes als den Duft von Backkartoffeln aus einer Tasty-Tatty-Imbissbude am Ende der Straße. Vor Hunger zog sich ihr der Magen zusammen. »Können nicht mehr lange brauchen«, sagte Dominic, und Nell überlegte, ob sie den Reißverschluss der Tasche zu ihren Füßen aufmachen sollte, um sich eine Jacke und ein Paar Strümpfe herauszuholen. Ich halt's noch aus, beschloss sie und steckte die Hände unter die Oberarme, um sich zu wärmen.

Der Kleintransporter hupte, als er um die Ecke kam. Er klapperte langsam über das Kopfsteinpflaster, und aus den heruntergekurbelten Fenstern reckten sich ihnen Köpfe und Hände entgegen. »Juhu, wir sind da! Wir haben es geschafft.«

»Gut gemacht!« Dominic lief zum Wagen. »Willkommen«, und riss die Tür auf. Ein großer Junge, dessen Beine offenbar von der Hüfte an steif waren, stolperte heraus. Einen Moment blieb er grinsend stehen, dann beugte er sich wieder in den Wagen und zog zwei graue Krücken heraus. Als Nächstes erschien ein zartes Mädchen in einer ebenso zarten rosa Bluse, sie hielt einen weißen Stock vor sich und fuhr mit dem dünnen Ende über das Pflaster, so dass es ihr über feine Vibrationen Botschaften in die weiße Hand aussandte. Der Fahrer holte gerade einen Rollstuhl aus der Hecktür und hob, als er ihn fertig aufgeklappt hatte, einen Mann aus dem Wagen. Der Mann schien älter als die anderen zu sein, er hatte ein stolzes, dunkles Gesicht, lange Arme und riesige, kräftige Hände. Der Fahrer griff ihm unter die Arme, und als er ihn aus dem Transporter schwenkte, sah Nell, dass er keine Beine hatte. Anstelle der Beine hatte er zwei nackte Füße, die aus einer hochgekrempelten Shorts hervorlugten. Die Füße waren verdreht und wie Handflächen nach oben gerichtet.

»Anish, mein Freund«, rief Dominic. »Wie schön, dich zu sehen.«

Anish ließ den Blick über das Empfangskomitee schweifen. »Verdammt gut, endlich da zu sein.«

»Ihr kommt vermutlich alle um vor Hunger, nach der Odyssee, die ihr hinter euch habt.«

Inzwischen holte der Fahrer einen weiteren Rollstuhl heraus, und diesmal ging ihm Dominic zur Hand, als sie ein älteres Mädchen auf den aufgefalteten Sitz hievten. »Helen«, sagte er. »Willkommen.« Und mit erschöpftem, bleichem Gesicht nickte Helen zum Dank.

Nachdem nun alle draußen waren, setzten sie sich die

Straße entlang in Bewegung. Der Fahrer schob den einen Rollstuhl, Dominic den anderen, der große Junge holte auf seinen Krücken zu großen Schritten aus, das Mädchen tastete sich neben ihm über das Pflaster.

»Mist.« Dominic hielt die Tür zum italienischen Restaurant auf und stellte fest, dass dahinter eine steile Treppe ins Kellergeschoss hinunterführte. »Wartet einen Moment. Ich seh mal, ob es noch einen anderen Zugang gibt.« Einen Moment später kehrte er zurück. »Tut mir leid, Leute. Weiter. Hier gibt's keinen barrierefreien Eingang.« So rollte die Gruppe weiter die Straße hinunter und hielt nach einem geöffneten Restaurant Ausschau. Sie fanden ein Bistro, dessen Speisekarte am Eingang hing, und sie lasen sie für das blinde Mädchen Amelia und auch für Anish und Helen, für die der Aushang zu hoch war, vor. »Irgendwas Vegetarisches?«, fragte Amelia, doch als sie die Tür öffneten, kam eine Kellnerin herbeigeeilt, um ihnen zu sagen, dass sie gerade schließen wollten und sie ohnehin nicht über die notwendigen … Einrichtungen verfügten. Sie fuhr entsetzt zurück und wandte den Blick ab, schaute jedoch gegen ihren Willen noch einmal zu Anishs nackten, braunen Flossenfüßen auf dem Sitz seines Rollstuhls.

»Macht euch nichts draus.« Als die Tür sich vor ihnen schloss, zuckte Anish die Achseln. »Wir sind es gewöhnt, die Nicht-Krüppel zu erschrecken.« Er drehte die Räder seines Rollstuhls mit den Händen und führte die Gruppe an. Sie versuchten es bei zwei weiteren Restaurants, einem Pub, das bereits voll besetzt war, und einem Fish-and-Chips-Restaurant, dessen Tür sich für einen Rollstuhl als zu schmal erwies.

»Jemand Lust auf Backkartoffeln?«, fragte Dominic verlegen, doch Anish hielt quietschend an. »Der erste vernünftige Vorschlag!« Schon arbeitete er sich wieder die Steigung hinauf, und die anderen schlossen sich ihm, hellauf begeistert, an. Von Dominic und seiner Gefolgschaft flankiert, eilten sie mit einem wachsamen Blick auf das graue Metall, die Räder und den dünnen weißen Stock, plaudernd, witzelnd und lachend voran. »Sie sind alle eingeladen, meine Damen und Herren.« Dominic war als Erster an der Theke. »Suchen Sie sich aus, welche Füllung Sie wollen, wonach Ihnen der Sinn steht, Kaviar, Foie gras …« Eine wohlig zufriedene Stimmung legte sich über die Gruppe, als sie draußen auf der Straße Krabbencocktail mit Eiermayonnaise, Käse mit roten Bohnen und Salat mit Thunfisch aus den heißen Backkartoffeln schaufelten.

Nells Wohnung lag nicht weit vom Schloss im obersten Stock eines Hauses, dessen Eingangstür sich zu einer steilen Treppe hin öffnete. Mit dem nackten Bretterboden, den billigen, allzu kleinen Möbelstücken und den gardinenlosen Fenstern im Wohnzimmer mit Blick auf den Wall des Schlosses wirkte sie steril und unbehaglich. Durch diese Fenster waren kurz nach elf Uhr die Explosionen des Feuerwerks am Himmel zu sehen. Es bildete den krönenden Abschluss des Edinburgh Tattoo, eines schottischen Militärspektakels, mit Kilts und Sporrans und Dudelsackspielern, marschierenden Soldaten, Trommlern und Fahnenschwenkern, das jeden Abend stattfand. Nell stand am Fenster und sah, wie der Nachthimmel von einer Salve Feuerwerkskörpern beleuchtet wurde, die ihre roten und grünen Leuchtfeuer entluden und einen Funkenregen in die Schlucht darunter sprühten. Neue Kaskaden stiegen, diesmal in Silber und Blau, wie Springbrunnen auf und verglühten mit zischenden, schwirrenden Geräuschen, bis schon wieder Raketen krachten und die Fensterscheiben zum Erzittern brachten, dass es in den fast leeren Räumen widerhallte.

Nell wartete das Ende ab, bevor sie schlafen ging. Sie und Cath teilten sich ein Zimmer, und während sie schon mit einem Buch im Bett lag, sah sie aus dem Augenwinkel heraus Cath dabei zu, wie sie sich auszog. Makellos, der Schulsprecherinnentyp in weißem Höschen und Sport-BH, einen Snoopy auf dem T-Shirt, das ihr bis zu den Schenkeln reichte, ein schwacher Pfirsichduft, als sie ihre Kleider zusammenlegte. Nell drehte sich zur Wand. Sie mussten am nächsten Morgen um zehn im Theater sein. Die Premiere fing um siebzehn Uhr an. Sie ließ die Lektüre aus der Hand fallen, und in dem Moment, als sie eindöste, kam das entsetzte Gesicht der Kellnerin auf sie zu. »Wir verfügen nicht über die notwendigen Einrichtungen.« Die Stimme der Frau war schrill, und dann sah sie nur noch die glühenden Augen von Anish, der sich von der geschlossenen Tür wegbewegte.

Mit druckfrischen Hochglanzbroschüren bewaffnet, durchforsteten Nell und Cath die Stadt, stießen mit Jongleuren und Männern auf Stelzen, mit Clowns, Verrenkungskünstlern und Feuerschluckern zusammen, um den Passanten Werbe-Flyer für *Eine höllische Ehe* in die Hand zu drücken. Sie liefen vom Schloss zum Holyrood Palace hinunter, von dort aus zum Grassmarket weiter und schließlich die Reihe von Läden entlang, die in einem Bogen den Hang hinaufführte. Sie überquerten die Princes Street und stießen dort zu ihrer Überraschung auf Leute, meist Ortsansässige, die zum Einkaufen unterwegs waren und kaum etwas vom Festival mitbekommen hatten. Ungläubig starrten sie auf die dargebotenen Flyer, beklagten sich über die frühen Spielzeiten und murmelten, da seien sie noch bei der Arbeit oder beim Nachmittagstee. Nell and Cath liefen durch den Park zurück, wo sie stehen blieben, um die Blumenuhr zu bewundern, deren Ziffernblatt mit Stiefmütterchen und Primeln bepflanzt war und deren großer Zeiger, wenn er tickte, laut knackte. Sie kamen am Bahnhof vorbei, wo sie den Neuankömmlingen Broschüren aufnötigten und sie mitleidig ansahen, als hätten sie selbst schon ihr ganzes Leben in Edinburgh verbracht.

Gegen Mittag nahmen sie über eine gepflasterte Auffahrt eine Abkürzung zum Theater, als würden sie die Stadt und ihre Bewohner wie ihre Westentasche kennen. Im selben Moment sahen sie Dominic in einem leuchtenden Hemd auf sie zukommen. »Mädels!«, rief er ihnen entgegen. »Gutes Timing«, und zeigte dabei auf eine Gruppe von Leuten, die an der Ecke die Köpfe zusammensteckten. »Habt ihr nicht Lust, die Snakeskin-Leute zum Mittagessen zu begleiten? Sie wollen ihr Glück im *The Stag* versuchen.«

»Oh.« Cath wurde rot. »Ich hab versprochen …« Sie blickte Richtung MacDillons zurück. »… ich treffe mich schon mit Richard.«

Nell und Dominic sahen einander an. Das ging schnell. Doch keiner von beiden sagte etwas. »Nell? Hast du noch nichts vor?« Dominic tätschelte ihr geistesabwesend den Arm und deutete mit dem Kopf auf das Pub.

Nell schluckte. Was wurde von ihr erwartet? Was sollte sie sagen? Oder machen? Das Herz schlug ihr bis zum Hals, doch als sie auf die Gruppe zuging, sah sie, wie Anish sich umdrehte und durch die Flügeltür der Saloon-Bar rollte und sie aufstieß wie ein Cowboy im Film. Nell rannte los und betrat genau in dem Moment das Pub, als eine einsame Männergestalt einen Krug Bier entgegennahm und ans hintere Ende der Gaststube schlurfte.

Die Snakeskin-Truppe machte es sich rings um eine Gruppe kleiner Tische bequem, indem sie ihre Rollstühle zurechtrückten und Krücken beziehungsweise Stock ablegten. Nell setzte sich auf einen freien Hocker. »Würden Sie uns ein Guinness besorgen?« Anish drückte ihr etwas Geld in die Hand.

»Kann ich noch jemandem was mitbringen?« Nell fühlte die Stelle, an der Anish sie berührt hatte, die Kraft seiner kühlen Finger, die Schwielen am Daumenballen.

Amelia tastete nach ihrer Tasche. »Ich hätte gerne eine Limonade und ein Käse-Toastie.«

»Ich stehe auf Toasties«, beteuerte auch David, der große Junge. »Mit Toasties kann man nicht kleckern«, sagte er und kam, ohne seine Krücken unter dem Tisch hervorzuholen, schwankend mit zur Bar.

Es waren nicht viele Menschen im Pub, doch Nell spürte, dass alle Augen auf sie gerichtet waren. Jedes Mal, wenn sie aufsah, zuckten Köpfe oder wandten sich Blicke ab. Snakeskin schienen nichts davon zu merken. Ihre Vorstellung fing in drei Tagen an. »Ich sehe ehrlich gesagt nicht«, meldete sich Amelia zu Wort, »ich meine, ich weiß, dass ich nicht sehe, Gott«, die anderen kicherten, »ich wollte sagen«, sie verschluckte sich an ihrer Limonade, »ich sehe nicht, wie es funktionieren soll.«

»Wird es auch nicht«, fiel ihr Anish ins Wort. »Es sei

denn, wir alle legen uns noch einmal übermenschlich ins Zeug.«

»Versuch ich ja«, wehrte David ab.

»Sicher. Nicht genug.« Anish starrte ihn mit strenger Miene an. »Hab ich hier von irgendjemandem den Vorschlag gehört, ab jetzt jeden Abend zusätzliche Proben einzulegen?«

Helen, das an den Rollstuhl gefesselte Mädchen, nickte. »Ich bin dabei.«

»Ich auch.« Amelia neigte den Kopf. Ihre wolkentrüben blauen Augen standen in ihrem herzförmigen Gesicht weit auseinander und wirkten traurig. Sie erinnerte an eine Hofsängerin, eine Lautenspielerin aus einer Ballade. Nell ertappte sich bei der Frage, ob sie wohl wusste, dass sie schön war. Ob sie mit ihren feinen Fingern spürte, dass die Kleider, die sie sich aussuchte, die zu ihrer Haut passenden zarten Farben hatten. David beugte sich dicht an sie heran und flüsterte ihr, während er die Beine seltsam verdrehte, etwas ins Ohr. »In Ordnung«, gab er sich geschlagen, »wenn ihr meint, das hilft. Aber ich will keine Neuauflage von *Backerjack*. Danach war ich einen Monat lang krank.«

»Da mach dir mal keine Sorgen.« Anish zuckte die Achseln. »Sei ein Mann.« Und er hielt sein Glas hoch. »Zum Wohl. Auf die Premiere beim Edinburgh Fringe. Auf uns.«

»Zum Wohl«, stimmten die anderen ein.

Als die Toasties endlich kamen, schmeckten sie köstlich, vielleicht schon deshalb, weil es in der Wohnung an der Castle Terrace nichts zum Frühstück gegeben hatte. Nell verbrannte sich an ihrem die Zunge und kühlte sie sich mit Gurkenscheiben mit einer Lage Kresse.

»Und«, Nell sah auf, »worum geht es bei Ihrer Show?«

Anish wischte sich den Schaum des Guinness von der Oberlippe. »Das ist eine sehr gute Frage.«

»Ehrlich gesagt«, warf David ein, »sind wir nicht ganz sicher.«

»Ganz ehrlich gesagt«, fügte Helen hinzu, »hat keiner von uns einen Schimmer.«

»Kinder«, Anish schüttelte den Kopf, »lasst gut sein. Es ist immer noch möglich, diejenigen von euch zu ersetzen, die ihre Rolle schmeißen. Da draußen laufen jede Menge Leute rum, die sich alle Finger danach lecken, zu Snakeskin zu gehören und euren Job zu übernehmen.«

»Sicher«, räumte Amelia ein, »fragt sich nur, wie du sie hier raufkriegst. Wir haben fast den ganzen Morgen gebraucht, um dieses Pub zu finden.« Sie, David und Helen bogen sich vor Lachen.

»Also gut.« Anish nahm noch einen Schluck Guinness und wandte sich an Nell. »Es ist eine Art philosophische Meditation … ein herzzerreißendes, aber unterhaltsames Spektakel, eine Achterbahnfahrt …«

Nell nickte feierlich. »Ah.«

»Es ist Scheiße.« Er grinste sie an und trank sein Guinness aus. »Oh, hätte beinahe vergessen, dir die hier zu geben.« Er beugte sich vor und kramte ein in braunes Papier eingewickeltes Päckchen aus einer Tasche, die an seinem Rollstuhl befestigt war. »Wir verlassen uns jetzt ganz auf dich, was die Besucher betrifft.«

Nell sah, dass sich darin Flyer befanden, mindestens fünfhundert Stück. Sie steckte die Hand hinein und zog einen heraus.

»Ich weiß ja nicht, wie's euch geht«, Anish räkelte sich, »aber ich könnte noch was zu trinken vertragen.«

»Gut.« Nell stand auf. »Noch jemand?«

Die anderen schüttelten den Kopf.

»Ach, und noch einen Toastie, nur zu.« Anish lächelte.

»Vielfraß«, stichelte Helen.

»Ich bin noch im Wachstum.« Er zwinkerte Nell zu. »Ein bisschen schwach auf den Beinen, schlechter Futterverwerter.«

Bevor Nell an sich halten konnte, prustete sie los. »Der war übel!« Sie fuhr mit der Hand an den Mund, drehte sich um und eilte zur Bar. Während sie auf ihre Bestellung wartete, betrachtete sie das Faltblatt.

So was kriegen Sie das ganze Jahr nicht mehr zu sehen.
Ein neues Stück von Snakeskin.
Nicht wegsehen.

»Wie war das Mittagessen?«, fragte Cath sie, als sie an der Fringe-Kasse Schlange standen, um unverkaufte Karten abzuholen.

»Gut. Wie war's … mit Richard?«

»Nett.« Sie runzelte die Stirn. »Er wollte, dass ich seinen Text mit ihm durchgehe. Er hat wegen heute Abend wirklich Lampenfieber.«

»Tatsächlich?« Nell konnte sich nicht vorstellen, dass einer der Schauspieler von *Eine höllische Ehe* nervös war. Sie schienen alle so selbstsicher zu sein. Sie fragte sich sogar, ob überhaupt jemand von denen an eine Schauspielschule gegangen war oder ob sie die geborenen Darsteller waren, die durchs Leben rauschten, Schätzchen sagten und ihren Text durchgingen.

»Ich werde mir auf jeden Fall die Premiere von Snakeskin ansehen«, sagte Nell.

Cath zitterte leicht. »Wie hab ich mir die Aufführung eigentlich vorzustellen?« Als Bewegung in die Schlange kam, senkte sie die Stimme. »Muss man sich mal klarmachen.« Sie schlang die Arme um den Oberkörper. »Wenn wir ein paar Jahre früher geboren wären ...«

»Ja.« Nell atmete langsam aus. »Meiner Mutter war ständig speiübel, als sie mit mir schwanger war.«

»Die hätten ihr glatt auch diese Pille gegeben. Contergan.« Cath wurde blass. »Wenn sie drum gebeten hätte. Selbst wenn sie es nicht hätte.«

Ja, dachte Nell. Schon seltsam, dass sie selbst in diesem Fall den Wunsch gehabt haben könnte, Schauspielerin zu werden. Sie arbeiteten sich schrittweise voran.

Fünfundfünfzig Karten waren für die Abendvorstellung von *Eine höllische Ehe* weggegangen. Der Raum bot siebzig Plätze, und vielleicht verkauften sie noch Karten an der Abendkasse. »Wäre es nicht toll, am ersten Abend ein ausverkauftes Haus zu haben?«, sagte Cath, und von diesem Gedanken beflügelt und ermutigt, drückten sie Passanten Flugblätter in die Hand und riefen unterwegs: »Heute Abend Premiere. Sie werden es bereuen, wenn Sie das verpassen. Nur eine Stunde lang.« Jedem Flyer, den sie austeilte, fügte sie einen für Snakeskins *Seht nicht weg* bei, unter dessen Überschrift das Bild einer Schlange prangte, die ein vollkommen nacktes Baby ausspie.

Auch am nächsten Tag traf sich Nell mit der Truppe zum Mittagessen.

»Wie läuft's denn so mit den Proben?«

»Schrecklich.« Anish schüttelte den Kopf. »Das Stück wird die reine Katastrophe.«

»Das stimmt nicht«, warf Helen ein. »Du bist nur so ein Perfektionist.«

»Jetzt hör mir mal gut zu«, schnauzte Anish zurück. »Von übermorgen an bezahlen die Leute, um uns zu sehen. Das ist keine Wohltätigkeitsveranstaltung. Wir sind eine Theatertruppe. Ich weiß ja nicht, wie's euch geht, aber ich bin nicht auf Mitleid aus.«

Sie saßen schweigend da. Nell hätte gerne gewusst, ob sie irgendwie helfen konnte. Sie schüttelte den Kopf. Vielleicht könnte sie mit ihnen den Text durchgehen?

»Bist du wohl so gut«, sie zuckte unter der Berührung seiner Hand zusammen, »mir einen Saft zu bringen?«

»Heute kein Guinness?«

»Nein, heute nicht.« Er sah sie traurig an.

David kam dazu und bestellte Toasties nach. »Den darfst du nicht zu ernst nehmen, er ist ...« David legte eine Pause ein. Nell wartete gespannt. Ein frustriertes Genie? Eine schreckliche Nervensäge? David seufzte. »Ein selbstgefälliges Arschloch.«

Nell stellte Anish den Drink hin. »Du kommst doch zur Premiere, nicht wahr?« Er beugte sich zu ihr hinüber, und sie merkte, wie ihr Herz schneller schlug, als er ihr mit den Fingern über die Hand strich.

Snakeskin hatten ihre Aufführung in einem Saal auf der anderen Seite des Grassmarket. Sie sollte um sieben Uhr beginnen. Dominic und die Schauspieler gingen los, sobald sie sich umgezogen hatten, während Cath und Nell noch länger bleiben mussten, um aufzuräumen. Die Requisiten mussten eingeschlossen, der Boden gefegt und das Theater so hinterlassen werden, dass es wieder mühelos zum Nachtclub werden konnte.

»Fertig?«, rief Nell optimistisch, doch der Inspizient sah sich erst noch einmal um, er entdeckte einen Schmutzfleck auf dem Boden, fand den mörderischen Stöckelschuh hinter einem Pfeiler und ließ sie endlich widerstrebend ziehen.

Nell rannte los, wartete aber alle paar Minuten auf Cath, während sie aus Angst, zu spät zu kommen, immer wieder auf die Uhr sah. »Wo sind wir?« Sie hatten den Grassmarket erreicht, doch ein Theater war nirgends in Sicht. Sie blickte sich nach einem Passanten um, den sie fragen konnte, schaute auf ihrem dürftigen, zerfledderten Stadtplan nach, bis ihr plötzlich wieder einfiel, dass es oberhalb des Grassmarket war. Sie liefen erneut los, stapften zur Hauptstraße hoch, rannten über das Pflaster, bis sie sich vor einem Gemeindesaal mit einer Rampe auf den Stufen wiederfanden, an deren Anschlagbrett ein großes Poster hing.

Der Saal war halb voll. Richard drehte sich um, winkte sie beide heran und warf Cath ein Lächeln zu, bevor er zwischen den Stuhlreihen herüberkam, um sie zu begrüßen. Die Lichter wurden gedimmt. Es herrschte Stille, und dann rollte sich Anish auf die Bühne. Langsam drehte er, wie ein Schausteller in seiner Manege, eine Runde und ließ im gedämpften Licht seinen kurzen, breiten Körper, seine kräftigen Arme und sein feierliches Gesicht auf die Zuschauer wirken – bis er plötzlich herumwirbelte und ins Publikum grinste. Im selben Moment erstrahlten die Lichter. Die Zuschauer erwiderten sein Lächeln. Sie war zu hören, die Erleichterung. »Willkommen, meine Damen und Herren.« In seinen schwarzen Augen funkelte es, er verzog boshaft den Mund, und alle zuckten zurück. Er war ganz offensichtlich Herr der Lage. Hinter ihm fing, in einem Lichtkreis, Amelia zu singen an. Während die reinen, hohen Töne ihres Lieds aus ihrer Kehle strömten, drehte sie die Augen zur Decke. Anish legte einen Finger auf die Lippen und verschwand im Schatten, während Helen, die lautlos hereingekommen war, aus ihrem Rollstuhl glitt und mithilfe ihrer Hände und der kräftigen Schultermuskulatur zu tanzen begann. Sie tanzte wie kein Zweiter. Sie wälzte und bog sich und rutschte über den Boden, eine Mischung aus Breakdance und Ballett. Schließlich kam David schwungvoll auf die Bühne. Er blieb stehen, ließ die Krücken fallen, stemmte die Beine auf den Boden und streckte die Hände Helen entgegen, die sich wie eine Meerjungfrau daran aufrichtete. So tanzten sie im Zeitlupentempo miteinander, rutschten aus, fingen sich wieder und drehten sich im Kreis, während Amelia hinter ihnen stand und mit ihrer engelhaften Stimme den Saal erfüllte, bis genau in dem Moment, als das Publikum in eine Art Trance gefallen war, Anish die Peitsche eines Zirkusdirektors über den Boden schnellen ließ. Sie knallte laut, und für einen kurzen Augenblick erstarrten die Schauspieler zu einem Tableau voller Anmut und Schönheit, bevor das Licht ganz ausging und der dumpfe, harte Rhythmus einer Bassgitarre ertönte.

Im Anschluss an die Aufführung fand in der Wohnung der Snakeskin-Truppe eine Party statt. Dominic hatte Bier besorgt, Ellie, die Kostümbildnerin, stand in der Küche, schmierte Brote und schüttete Chips in Schüsseln.

Nell musste sich durch eine Traube von Bewunderern arbeiten, um an Anish heranzukommen.

»Ihr wart fantastisch.« Sie kniete sich neben seinen Stuhl, und vom stürmischen Beifall sowie dem Glas Bier, das sie heruntergekippt hatte, beflügelt, nahm sie seine Hand.

Anish zerdrückte ihr fast die Hände. »Verfluchte Amateure, hast du David gesehen? Er hat in der Szene mit der Auto-Verfolgungsjagd, kurz vor dem Schluss, eine Zeile vermasselt.«

Nell starrte ihn an. »Bist du verrückt. Es war wirklich genial.«

»Nein.« Er hob ihre Hand an die Lippen. »Ich bin nicht verrückt. Ich will nur, dass es gut ist.«

»Aber es war doch gut!«

Er sah sie an. »Das ist sehr freundlich von dir. Aber wenn ich nicht mein Bestes gegeben habe, wenn ich weiß, dass die Show nicht so gut ist, wie sie hätte sein können, dann interessiert mich nichts anderes. Jedenfalls nicht so richtig.«

Nell merkte, wie ihr die Tränen in die Augen traten. »Verstehe«, sagte sie und löste ihre Finger aus seinem Griff. »Natürlich.« Und nachdem sie sich von ihm abgewandt hatte, kehrte sie durch die Menge zurück, um sich noch ein Bier zu holen. Sie drückte die kühle Flasche an die Wange. Beim Anblick der bewegten Menschen, die das Stück inspiriert hatte, musste sie an die Geschichte denken, die ihnen Patrick Bowery erzählt hatte, wie vor langer Zeit der Schauspieler Henry Irving alles geopfert hatte, was zwischen ihm und seiner Leidenschaft zum Theater stand, und sich von seinen Eltern lossagte, die seine Wahl nicht billigten, bis hin zu seiner schwangeren Frau, die er verließ, als sie bei den unzähligen Verbeugungen nach der Premiere von *The Bells* am Lyceum ihre Ungeduld nicht verhehlen konnte. »Willst du dich für den Rest deines Lebens so zum Narren machen?«, hatte sie ihn später in der Kutsche gefragt, und ohne zu antworten forderte er den Fahrer auf, anzuhalten, hüllte sich in seinen Umhang und trat in die Nacht hinaus. Von da an widmete Henry Irving jeden Moment seines Lebens dem Theater, setzte alles daran, Shakespeare wieder unters Volk zu bringen, gab neue Stücke in Auftrag, überwachte die Entwürfe aufwändiger Bühnenbilder und zog mit seiner Schauspielertruppe bei Schnee und Eis und mitsamt der Bühnenausstattung für bis zu siebzehn Stücke in Planwagen-Konvois quer durch Amerika. Er führte ein langes, fruchtbares Leben und starb, ohne seine Frau je wiederzusehen, am Ende nach einer Becket-Aufführung auf einer Tournee durch Nordengland, von der sein Arzt ihm abgeraten hatte.

Es war schon fast Mitternacht, als Nell wieder in der Wohnung eintraf. Als sie den Schlüssel in die Haustür steckte, krachten die ersten Feuerwerkskörper. Sie rannte die Treppe hoch und stand am Fenster, als eine Kaskade roter und orangefarbener Blütenblätter vom Himmel fiel. Als die Leuchtkugeln allmählich verblassten, erschien auf Zehenspitzen Cath in ihrem Snoopy-T-Shirt. »Hallo«, formte sie mit den Lippen und kam in ihr gemeinsames Zimmer. »Gute Nacht.« Als sie wenig später mit bleichen, nackten Beinen das Zimmer verließ, wurde sie rot, bevor sie zu Richards Tür hinüberlief. Nell wandte sich wieder dem Fenster zu. Es war dunkel, die Nacht war still. Doch dann entflammte eine Salve goldener Raketen und riss den schwarzen Himmel auf.

DAS AUSWAHLGESPRÄCH

»Weißt du, dass die planen, nur vier Mädchen fürs dritte Jahr zu behalten?« Samantha sah sie mit großen, angsterfüllten Augen an, während sie auf der Bank zu Nell herüberrutschte.

»Wer sagt das? Woher weißt du das?«

»Ich hab's von Charlie gehört, aber alle reden davon. Patrick weiß offenbar, was er aufführen will, und da sind nur vier weibliche Rollen dabei. Die Zeiten für die Auswahlgespräche hängen aus, schon gesehen?«

Nell ließ ihr Mittagessen stehen und sprintete zur Frontseite des Gebäudes. Traditionellerweise wurden Informationen an ein Anschlagbrett in der Eingangshalle neben dem Hauptportal geheftet, und da war es – ein weißes DIN-A4-Blatt, auf dem die Namen der verbliebenen Studenten standen. Nell ging die Liste durch. Sie stand in der zweiten Spalte. Fast am Ende. Sie kam vor Jonathan und nach diesem Irren Eshkol. Sie merkte, wie sie erblasste.

»Da«, sagte Samantha und zeigte auf die Liste, »ich bin als Zweite dran.« Sie lachte nervös, und an ihrem Hals bildete sich ein roter Fleck.

»Aber was heißt das?« Pierre kam dazu. »Wieso haben sie uns in dieser Reihenfolge aufgeführt? Es ist nicht alphabetisch. Auch nicht nach Geburtsdatum … ist es vielleicht irgendein Code?«

»Wahrscheinlich«, sagte Nell finster. Instinktiv blickte sie zu dem Balkon hinauf, wo Gerüchten zufolge Patrick zwischen den Schließfächern lauerte. Was wollte er denn von dort aus hören? Tratsch und Späße oder verzweifeltes Schluchzen.

»Ja«, Samantha kaute an einem schon abgeknabberten Fingernagel. »Na ja, mit Sicherheit werden sie Charlie behalten. Und Hettie? Was meint ihr?«

»Vermutlich«, bestätigte Pierre. »Und Marvella steht auch recht hoch im Kurs.« Erst letzte Woche hatte Silvio ihre »innere Ruhe« gelobt. Innere Fügsamkeit ja wohl eher, musste sie denken, doch für einen Mann, selbst einen schwulen Mann, war es schwer, hinter die Fassade ihrer sonnengebräunten Glieder und ihres gewellten blonden Haars zu blicken.

»Ja. Und ... und ... wer noch?« Samanthas breite Schultern waren vorgebeugt, ihr großflächiges, eigentümlich leeres Gesicht hager.

»Sie mögen dich«, versicherte ihr Nell. »Die schmeißen dich nicht raus.«

»Meinst du wirklich?« Der kurze Freudenschauer über den schwachen Hoffnungsschimmer trieb ihr das Blut ins Gesicht. »Dich auch!« Die Höflichkeit siegte. »Die behalten dich. Die können gar nicht anders. In *Othello* letztes Jahr warst du unglaublich. Niemand hätte die Emilia besser spielen können.«

»Echt?« Nell merkte, wie sich ihr Magen beruhigte. »Aber das macht fünf.«

»Ihr wisst, dass sie zehn Jungen behalten«, Pierre schüttelte den Kopf. »Muss ja für denjenigen, der gehen muss, schrecklich sein.«

Beide Mädchen drehten sich zu ihm um, doch keine konnte das nötige Mitgefühl aufbringen. »Das ist vollkommen lächerlich«, jammerte Samantha. »Die meisten Jungen in unserem Jahrgang sind ziemlich hoffnungslos, das weiß jeder.«

»Ja.« Nell hoffte, dass Patrick es hörte. »Als ob es keine Stücke für Frauen gäbe. Man muss nur ein bisschen intensiver suchen, ein bisschen Fantasie aufbringen.«

Eine Tür flog krachend ins Schloss, und Jemma eilte durch das Foyer. Sie hielt den Kopf gesenkt, als gelte ihre ganze Aufmerksamkeit dem Tutu, das sie in den Armen hielt. Sie stieß die Tür zur Straße auf und stand eine Minute lang da, so dass sich ihre Silhouette gegen das Licht abzeichnete und die Staubkörnchen um ihren in der Sonne strahlenden Lockenkopf tanzten.

»Weiß *sie* von der Liste?«

Samantha seufzte. »Und was ist mit Tess und Mikita? Und Susie? Wenn sie nun Susie rausschmeißen?« Susie war Veganerin und der schiere Anblick der Würstchen in der Kantine konnte sie zu Tränen rühren.

Nell drehte sich um. Vielleicht stimmte es ja gar nicht. Vielleicht hatte Charlie sich das Ganze nur ausgedacht. Andererseits – wieso sollte sie? Nell stellte sich vor, wie sie mit den anderen über Charlies mutmaßliche Motive spekulierte. Einige erhoben die Stimme. Es lag Empörung in der Luft. Eine nie da gewesene Fassungslosigkeit. »Wir sprechen hier immerhin von Charlie Adedayo-Martin«, verschaffte sich Nell Gehör. »Warum sie so etwas machen würde? Ganz einfach: Weil sie es kann.«

Nells Suppe war kalt, der Salat in ihrer Schüssel matschig geworden, doch sie aß trotzdem alles auf.

»Nell.« Noch einmal Samantha, die ihr auf die Schulter klopfte – ein mitleidiges Schulterklopfen, unverkennbar, das ihr sagen sollte, du bist Nummer fünf. »Ich geh mal eben zu Woolworth rüber, um mehr Glitzer zu besorgen. Brauchst du noch irgendwas?«

Nell schenkte ihr ein nachsichtiges Lächeln. »Nein, danke, ich brauche nichts.«

Die Generalprobe für *Grease* war auf den Nachmittag angesetzt. Überall rannten Mädchen hin und her, stellten Kostüme zusammen, übten Tanzschritte, machten Fotos, staunten über ihre Verwandlung – nicht die innere Verwandlung, die sie mithilfe von Silvios gestaffeltem Lernprogramm meistern sollten, sondern die atemberaubende Wirkung eines Pferdeschwanzes, einer streng nach hinten gekämmten und mit einem zitronengelben Haarband zusammengebundenen Frisur, von nackten braunen Beinen in Söckchen und einem engen Gürtel um die Taille. Nell spielte Sandy – na ja, einen Teil von Sandy, zusammen mit Charlie und Marvella –, sie hatte den ersten Song, ein Duett. *»Summer lovin', had me a blast«*, sang sie zwischen zwei Happen Salat, *»Summer lovin' happened so fast.«* Zum ersten Mal in ihren zwei Jahren an der Schule durfte Nell eine Hauptrolle spielen. Sie hatte das als ein gutes Zeichen gewertet, doch jetzt war sie sich da nicht mehr so sicher. Und dann kam ihr ein Gedanke: Vielleicht hatten sie sich noch gar nicht entschieden. Vielleicht war diese Inszenierung der letzte Test. Die Erkenntnis traf sie wie ein Schlag. *»Summer days, drifting away«*, zwang sie sich, weiterzuüben, *»bu-ut oh, those summer nights.«*

Um fünfzehn Uhr waren alle fertig kostümiert. Ihr Regisseur, ein winziger Australier, den die Schule für ein Semester angeheuert hatte, hielt ihnen eine letzte flammende Rede. »Also, Leute, jetzt geht's um die Wurst. Versteht ihr? Ich will, dass ihr euch konzentriert, okay? Ich will Einsatz sehen, klar?« Er schnippte mit den Fingern. »Und ich will sehen, dass ihr Spaß an der Sache habt. Ja, Spaß!« Er ließ den Bizeps an den muskulösen Armen spielen und boxte, während er auf der Stelle tänzelte, in die Luft. Dabei bekam er nicht mit, wie Patrick Bowery auf der anderen Seite des Saals die Tür geöffnet hatte und sich von hinten näherte. »Und *ich* will ...«, Patricks Ton war beißend ironisch, »kurz etwas sagen.«

Der Australier wurde rot und trat mit einer knappen Verbeugung zur Seite. Patrick nahm seinen Platz ein. Na los, dachte Nell, spuck's aus, doch Patrick schwieg. Stattdessen musterte er sie von oben herab, zog angesichts der geschniegelten Haarpracht der Jungen, die in ihren weißen T-Shirts und den Jeans endlich einmal gut aussahen, und den pastellfarbenen, mit einem einzigen Knopf geschlossenen Strickjacken der Mädchen, den spitzen Büstenhaltern unter den Blusen, bedenklich die Stirn in Falten.

»Nun«, begann Patrick leise und ominös. »Es hat in der letzten Zeit viel Gerede darüber gegeben, dass Leute rausgeschmissen werden, und ich möchte, bevor das so weitergeht, allen versichern, dass niemand *rausgeschmissen* wird.« Ein Seufzer der Erleichterung ging durch die Reihen. Jemma krallte sich an Dans Arm, Samantha wirbelte herum und starrte Nell triumphierend an. »Gleichwohl möchte ich Ihnen ins Gedächtnis rufen, was in dem Prospekt stand, den Sie zweifellos alle gelesen haben, bevor Sie sich bei der Drama Arts eingeschrieben haben. Darin steht, dass sich nicht alle für die strengen Maßstäbe des dritten

Jahres eignen werden und dass einige deshalb gut beraten sind, andere berufliche Wege einzuschlagen.« Zweiundzwanzig Augenpaare senkten sich zu Boden. »Und wie vorauszusehen, hat sich gezeigt, dass manche Schüler nichts mehr von uns lernen können und daher von ihrem Studium der Schauspielkunst freigestellt werden, damit sie, von nächster Woche an, die Welt auf anderen ereignisreichen Lebenswegen erkunden können.«

Niemand sagte ein Wort. Sie hatten aus bitterer Erfahrung gelernt, dass Fragen selten willkommen waren. Wir werden also tatsächlich rausgeschmissen, dachte Nell, und dass es im zweiten Jahr geschah, machte es keinen Deut leichter. Sie erinnerte sich genau an diese Klausel im Prospekt und daran, wie sie sich beim Lesen absolut sicher gewesen war, dass sie niemals auf sie zutreffen würde. Sie traf auf Leute zu, die zu spät kamen oder ihren Text nicht auswendig konnten, die ständig aneckten oder Sinn und Nutzen dessen, was ihnen beigebracht wurde, infrage stellten. Kaum einer dieser Studenten hatte das erste Jahr zu Ende gebracht.

»Gut.« Selbst der Australier wirkte kleinlaut. »Also, denkt dran, Kinder, habt Spaß.« Damit begaben sie sich auf ihre Plätze für die Show.

Die Auswahlgespräche waren für den folgenden Dienstag anberaumt. Ihr Jahrgang hatte an diesem Tag keinen Unterricht, während der Jahrgang unter ihnen das normale Pensum absolvierte und mit Olinka im Ballettstudio arbeitete oder im Saal mit Babette Stanislawskis methodische Übungen durchging. Der dritte Jahrgang bereitete sich auf seine letzte Aufführung vor, die öffentlich war, so dass Freunde und Angehörige, Agenten und Besetzungschefs kommen und sie auf ihrem Weg voranbringen konnten. Nur der Musikraum war frei und bot sich als Wartezimmer an. Er war mit Spiegeln ausgestattet und fungierte als Garderobe wie auch als Künstler-Maske. Und er lag gegenüber von Patricks Büro.

Als Nell eintraf, warteten dort bereits drei Studenten. »Und?«, fragte sie mit einem Blick auf die Uhr. Jonathan sah auf und flüsterte: »Es ist Pierre, der ist schon seit Stunden da drin, verdammt. Wenn du die Ohren spitzt, kannst du ihn auf Knien rutschen hören.« Und sie horchten alle. Ein hohes, hysterisches Betteln drang durch die Tür. »Das stimmt nicht, bitte ... ich flehe Sie an, wenn Sie mir noch *eine* Chance geben, ein einziges Semester ... ich habe so hart gearbeitet ...« Doch er wurde von leisen, unerbittlichen Worten und dann von Silvios säuselnder Stimme übertönt. Wenn sie mich rausschmeißen, dachte Nell, werde ich sie nicht anbetteln. Den Gefallen tue ich ihnen nicht. Ich marschier da einfach raus. Ihr wurde eiskalt, und sie merkte, wie sich unter ihren Armen ovale Schweißflecken bildeten. In dem Moment erschien Hettie an der Tür. »Hey.« Nell klopfte einladend auf den Stuhl neben sich. »Wie sieht's aus? Weißt du, ob Samantha bleibt?«

Hettie nickte, Nell ebenso, um von ihren zitternden Lippen abzulenken.

»Das ist alles so schrecklich.« Hettie war den Tränen nahe. »Susie ist raus, Tess und Mikita auch. Sie sind alle im Pub. Dan ist natürlich weiter dabei, aber er droht damit zu gehen, wegen Jemma.« Nell sah auf die Uhr. »Wann bist du dran?«

In dem Moment ging die Tür auf, und Pierre schlich

durch den Raum. »Die haben nicht zugehört«, sagte er und sackte an Nells Schulter.

Eshkol kam mit seinen funkelnden grünen Linsen und seinem Make-up-verkleisterten Gesicht an ihnen vorbeigerauscht. »Wenn sie den Irren behalten, bring ich mich um«, weinte Pierre. »Gott, was sage ich nur meinen Eltern? Die haben die zwei Jahre hier bezahlt, und ich hab nichts vorzuweisen. Keinen Agenten. Kein Foto im *Spotlight*. Keine Kontakte. Als wäre ich nie da gewesen.«

Hettie nahm ihn in die Arme. »Hör mal«, sagte sie. »Ich weiß, das klingt nicht besonders hilfreich, aber auch nach dem dritten Jahr gehen hier viele ohne Agent oder Kontakte.«

»Sicher«, schluchzte er, »aber wenigstens haben deren Eltern einen Grund, nach London zu kommen. Um sie zu sehen. Um zu applaudieren, um ihren Namen in einem gedruckten Programm zu lesen.« Nell und Hettie mussten lachen und Pierre unter Tränen auch. »Ach, die Träume, der Glamour.«

Doch die Tür ging bereits auf, und Eshkol kam mit maskenhaft erstarrter Miene heraus, wandte sich zur Tür und lief die Treppe hinunter. »Geh hinterher«, zischte Pierre. »Krieg raus, was passiert ist.« Und Hettie jagte davon.

»Du bist dran.« Jonathan sah ruhig von seinem Platz am Fenster auf.

»Gut.« Nells Herz raste, ihre Bluse war schweißgetränkt. »Auf geht's.«

Nell war noch nie in Patricks Büro gewesen. Es war kleiner als erwartet; an einer Wand waren zwei Schreibtische zusammengeschoben. Dahinter saßen Patrick, Silvio und der für die Einschreibungen zuständige Mitarbeiter

Giles. Für einen Moment fühlte sie sich an ihr Vorsprechen erinnert, doch da hatten sie gelächelt, sie ermuntert, wohingegen sie sich jetzt in die tragische Aura besseren Wissens hüllten. Nell nahm Platz und merkte, wie sie auf dem weichen Kissen des Stuhls nach hinten sackte. Verwirrt richtete sie sich auf und hockte unbehaglich auf der Stuhlkante. »Nell Gilby.« Patrick zog nachdenklich seine Papiere zu Rate, als müsste er sich vergegenwärtigen, wer sie war. »Wir an der Drama Arts sind uns ziemlich sicher …« Nell sah auf die Uhr an der Wand. Es war bereits vier. Hatten sie überhaupt die Zeit, heute noch mit allen zu sprechen? »… dass ein Student nur dann, wenn er bereit ist, wenn er – machen wir uns nichts vor – auch den Mut hat, sich für das ganze sinnliche Wahrnehmungsspektrum und für das Reservoir seiner sinnlichen Erinnerungen zu öffnen …« Nell hörte angestrengt zu. »… dass er sich nur dann zu einem Schauspieler von überragendem Format entfalten kann …« Es trat eine Pause ein. Alle drei Männer sahen sie mit fragendem Blick an, als sei sie ein Exemplar von Seltenheitswert. »Wir haben sehr ausführlich darüber gesprochen und sind uns zu unserem Bedauern darin einig, dass Sie nicht über diese Qualitäten verfügen.«

Nell schluckte. Sie sah die drei Männer an. Traurig, grau, enttäuscht. Von nichts, dachte sie, kommt nichts.

»Und so …« Patrick hatte offenbar gerade erst angefangen. Er legte den Kopf zurück, und sein Adamsapfel hüpfte auf und ab. »Wir glauben fest …«

»Dann geh ich wohl besser.« Nell stand auf, und obwohl sie hörte, wie Patrick ins Stottern geriet – und Silvio … rief er sie zurück? –, ging sie hinaus und zog energisch die Tür hinter sich zu.

»Ich bin raus.« Einen kurzen Moment lang stand sie triumphierend in der Tür zum Wartezimmer, doch außer Jonathan war niemand da.

Jonathan erhob sich und kam zu ihr herüber. »Das tut mir leid«, sagte er freundlich, »wir werden dich vermissen.« Er beugte sich vor und gab ihr einen kameradschaftlichen Kuss auf die Wange.

Nell ging die Treppe hinunter und wappnete sich für den Sturmlauf der Mitleidsbekundungen, das Trommelfeuer an Fragen und nicht zuletzt das respektvolle Staunen, wenn sie ihnen schilderte, dass sie nicht einmal bis zum Ende geblieben war. Doch niemand rief ihren Namen, es war niemand da. Die Eingangshalle war menschenleer, durch die Tür zur Kantine konnte sie nicht einmal Becky sehen, wie sie in der Suppe rührte oder ein weiteres Blech mit Haferkeksen in den Ofen schob. Wahrscheinlich sind sie alle ins Pub gegangen, dachte sie, es sei denn, sie hätten die ganze Schule rausgeschmissen. Bei dem Gedanken musste sie lachen, auch wenn ihr zugleich ein zittriges Schluchzen über die Lippen kam. Nein. Sie atmete tief durch. Ich werde nicht weinen, und dann kam Hettie auf sie zugerannt. »Eshkol hat sich draußen auf der Straße die Pulsadern aufgeschnitten.«

»Oh, mein Gott!«

»Das ist so entsetzlich!«

Nell rannte die Treppe hinunter zu einer Menschentraube, die Eshkol, der am Boden kniete, zu beschwichtigen versuchte. »Lasst mich ... lasst mich in Ruhe«, sagte er und wehrte sich. Mascara-Rinnsale liefen ihm das Gesicht herunter, und da, wo er sich die Nase geschnäuzt hatte, war ein Stück gerötete, stoppelige Haut zum Vorschein gekommen. »Eshkol, mein Gott!« Nell sank neben ihn. »Das wird schon wieder. Wirklich, du darfst nicht aufgeben.« Doch Eshkol sah zu ihr auf, ohne sie zu erkennen; wieso auch; dies waren die ersten Worte in zwei Jahren, die sie zu ihm sagte.

»Ich hab einen Krankenwagen gerufen.« – »Muss jeden Moment da sein.« Doch Eshkol riss sich los und lief die Straße hinunter. Sie rannten alle hinterher – Becky, mit flatternder Schürze, Pierre, Hettie, Samantha. »Bleib stehen, du Idiot.« Dan war schnell und kräftiger, als er aussah. Er lief ihnen davon und packte Eshkol an der Schulter. »Du brauchst Hilfe, Kumpel«, sagte er und drückte ihn an die Wand. Das Papiertaschentuch hatte sich zum Teil gelöst, und für einen Moment sah Nell seine übel zugerichteten Handgelenke. Becky packte ihn am Arm und verband ihn erneut. »Was fällt dir ein, mein Messer zu klauen?«, sagte sie, während ihre Nase rot anlief und ihr die Tränen herunterliefen. »Mistkerle.« Sie schüttelte den Kopf. »Das ist einfach nicht okay.« Und da fiel Hettie ein, dass sie als Nächste zum Auswahlgespräch musste.

»Was mach ich bloß?« Sie zitterte am ganzen Körper. Doch Pierre gab ihr einen kräftigen Rippenstoß. »Los, lauf rüber.« Der Krankenwagen bog mit heulenden Sirenen um die Ecke. »Hierher!« Sie winkten, während sie Eshkol festhielten und andere Studenten aus dem College strömten. »Was ist passiert?« – »Das haut mich um.« Sie hielten sich aneinander fest, und Nell fragte sich einen Moment, ob dieses Drama realer war als das Duett, das sie letzte Woche mit Pierre gesungen hatte: *Summer dreams, ripped at the seams, bu-ut oh, those su-ummer nights* … Bei dem lang gehaltenen hohen Ton hatten sie ein wenig danebengelegen, und sie hätte schwören können, dass Patrick dabei zusammengezuckt war.

Sobald Eshkol in der Obhut der Sanitäter war, gab er seine Gegenwehr auf. Sie wickelten die Taschentücher auf und untersuchten die Wunden. Sie stellten, besonders Betty, zahlreiche Fragen, und die Köchin rannte zurück, um das Messer zu holen, das im Hof vor dem Hausmeisterbüro liegen geblieben war. Leute aus dem Pub, die der Anziehungskraft des Blaulichts nicht widerstehen konnten – Jemma, Charlie, Tess und Susie –, reichten mit aschfahlen Gesichtern Zigaretten herum, ihr Atem roch nach Bier.

Sie sahen zu, wie sie Eshkol zum Heck des Krankenwagens führten, wo er auf die Trage gelegt und festgeschnallt wurde. Er hatte die Unterarme in neuen, dicken Mullverbänden, sein Gesicht war ausdruckslos. Sie sahen hinterher, bis der Wagen um die Ecke gebogen war, dann gingen sie langsam zum College zurück, wo sie sich in der untergehenden Sonne auf die Treppe setzten und auf das Ende der letzten Auswahlgespräche warteten.

»Alles klar?« Charlie ließ sich neben Nell nieder.

»Ja.« Nell nickte. »Alles klar.«

»Da fällt einem ein Riesenstein vom Herzen, stimmt's? Ist verrückt, aber ich war entsetzlich angespannt.«

Nell sah sie an. »Nein, so habe ich das nicht gemeint. Ich bin ... sie behalten mich nicht.«

Charlies lange Gestalt zuckte unter dem Schock zusammen. »Oh, mein Gott, das hab ich nicht gewusst.«

»Offenbar nehmen es einige schwerer als andere«, sagte Nell mit einem trockenen Lachen und drückte mit dem Daumen auf die blauen Adern an ihrem Handgelenk.

»Aber was machst du denn jetzt?« Es war offensichtlich, dass sie keine Ahnung gehabt hatte, und Nell war froh darüber.

»Such mir eine Arbeit, schätze ich mal. Halte nach einem Agenten Ausschau. Zeig den Mistkerlen, dass sie danebenliegen.«

»Aber sehe ich dich wieder? Was wird aus dir? Versprichst du, in Kontakt zu bleiben?«

»Klar.« So viel Fürsorge entbehrte nicht der Ironie, nachdem sie in dem letzten Jahr kaum ein Wort gewechselt hatten. »Ich komm morgen noch mal vorbei. Ich muss meinen Spind ausräumen.«

»Dann lass uns zusammen zu Mittag essen.« Charlie rückte näher. »Hör mal, ich muss es jemandem sagen.« Ihr standen Tränen in den Augen. »Ich glaube, ich bin schwanger. Ich weiß, dass ich es bin. Und Rob ist übers British Council derzeit in Japan.«

Nell legte unwillkürlich den Arm um sie und roch den vertrauten Duft ihres Haars. »Weiß er es?«

»Nein, ich hab nicht vor, es ihm zu sagen. Ach, scheiß auf morgen, lass uns jetzt ins Pub gehen. Kannst du nicht auf einen einzigen Drink mitkommen, und wir reden ein bisschen?«

In der Nacht träumte Nell, dass sie im Auswahlgespräch saß. Immer wieder trat sie in das Büro und setzte sich vor den drei strengen Männern hin. »Nell«, sagten sie zu ihr, »Sie sind nicht außergewöhnlich, aber«, und diesmal blieb sie, um sich anzuhören, was sie ihr zu sagen hatten, »aber nach einem weiteren Jahr werden Sie es sein.«

»Nell«, hatten sie ihr hinterhergerufen, als sie den

Raum verließ, »setzen Sie sich und hören Sie zu.« Sie hatte gewartet, und Silvio hatte zu ihr aufgeschaut. Genau wie am ersten Tag zeigte er jetzt seine freundliche Seite. »Wir *wollen*, dass Sie außergewöhnlich sind, wir wissen, dass Sie das Zeug dazu haben, herzlichen Glückwunsch, bitte bleiben Sie.« Selbst Giles hatte gelächelt. Sogar Patrick. Sie hatten gelächelt und gelächelt, bis auch sie den Mund verzog, sich nach hinten lehnte und in den Spalt des Klappstuhls zwischen Sitz und Lehne rutschte.

Nell erwachte zwischen zerknäulten Laken. Wie spät war es? Die Sonne drang durch die dünne Gardine. Und dann erinnerte sie sich. Sie wusste nicht, was sie nun tun sollte. Sie schloss die Augen und drehte sich zur Wand. Fast im selben Moment fand sie sich in einem weiteren Traum wieder. »Wo willst du hin?« Patrick schimpfte mit ihr. »Setz dich, du dummes Mädchen«, und da waren wieder Silvios Augen, voller Freundlichkeit und Bedauern. »Schschhh.« Er hatte den Kopf geschüttelt. »Du doch nicht. Wir würden dich nicht gehen lassen.« Vor Erleichterung hatte sie nach Luft geschnappt, und warme Tränen waren ihr die Wangen heruntergelaufen. Sie hatte den Kopf geneigt und die heilende, fast heilige Berührung von Silvios breiter Hand gespürt. Als sie zum zweiten Mal erwachte, lag sie ganz still. Sie hörte, wie oben der Sohn ihres Vermieters hin und her lief. Er musste eigentlich für irgendeine Nachprüfung pauken, nachdem er beim ersten Mal durchgefallen war, doch sie hörte das leise Geräusch des Fernsehers und das Klirren von Besteck.

Lautlos schlich sie zur Dusche. Das Wasser war durch das Abschalten der Zeituhr nur noch lauwarm, aber sie wusch sich trotzdem von oben bis unten mit Maiglöckchenseife und spülte sich das Haar so lange aus, bis es quietschte. Sie würde sich einen letzten großen Auftritt gönnen. »Nell?« Patrick öffnete vielleicht genau in dem Moment diese Geheimtür zur Galerie. »Kommen Sie mal kurz herein?« Sie würde ihren Spind offen stehen lassen, so dass ihre Ballettschuhe und das Bibliotheksexemplar von Tschechow zu sehen waren, und ihm in den Raum folgen, in dem Partyknaller und Champagner auf sie warteten. Da wären auch bereits Olinka und Babette, sogar der Stimmbildner Steven, der sich so damit abgemüht hatte, ihr den letzten Anflug eines Akzents aus dem ländlichen Südwesten auszutreiben.

»Sind wir froh, Sie doch noch erwischt zu haben«, würden sie sagen. »Das gestern war leider ein Missverständnis. Herzlichen Glückwunsch.« Sie erhoben das Glas. »Zum Wohl! Auf das dritte Jahr! Auf Sie!«

Nell schlang das Badetuch um sich und rannte wieder in ihr Zimmer. Sie wickelte ihr Haar in einen Turban und warf den Kopf zurück. Da stand sie vor dem Spiegel, mit schimmernder, prickelnder Haut und optimistisch entspannten Zügen. Niemand würde je erfahren, dass sie innerlich blutete und dass sich ihr Magen zu einem Stein verhärtete. Lag es daran, dass sie eine hervorragende Schauspielerin war? Oder bewies es nur, dass ihr wenig außergewöhnliches Gesicht unfähig war, Gefühle auszudrücken?

In dem Gebäude der Drama Arts herrschte eine trostlose Atmosphäre. Selbst die Kantine war leer. Auf der Schiefertafel war kein Speiseangebot zu lesen. Auf der Theke stand nichts weiter als eine Platte mit kalten Würstchen und eine weitere mit hart gewordenen Haferkeksen. Becky schrubbte gerade einen Topf sauber. Sie hatte das Haar mit einem Zopfband hochgebunden und trug ihre vertraute gepunktete Schürze, doch als sie sich umdrehte, sah Nell, dass ihr Gesicht müde, ihre Haut unter den Augen verquollen und gerötet war. »Schon was Neues gehört?«, fragte sie, während sie Wasser in den Topf laufen ließ. Bei dem Gedanken, dass sie ab jetzt jedem Menschen, dem sie begegnete, sagen musste: Sie haben mich rausgeschmissen, blieb ihr fast das Herz stehen.

»Aus dem Krankenhaus«, hakte Becky nach. »Wegen Eshkol«, und Nell wurde bewusst, dass ihr diese schreckliche Sache zwar den ganzen Nachmittag und Abend hindurch im Kopf herumgegeistert war, doch dass sie kein einziges Mal genauer darüber nachgedacht hatte, während sie mit Charlie in einer Ecke im Pub saß, über Lösungen in ihrer misslichen Lage redete und sie davon zu überzeugen versuchte, dass sie Ron zumindest sagen musste, was sie plante. »Nein«, antwortete sie Becky und war über sich selbst entsetzt. »Ich weiß nicht mal, wohin sie ihn gebracht haben.«

»Na ja, wahrscheinlich ist er inzwischen schon wieder draußen.« Becky schien sauer zu sein. »Ich mach mir nur Gedanken, wer die Verantwortung dafür übernehmen wird. Bestimmt nicht …«, sie senkte die Stimme zum Flüsterton, »die Herrschaften da oben.«

Becky kehrte zu ihrem Topf zurück. »Wenn du was hörst …«

»Ja.« Nell wanderte durch die leeren Räume, schob einen Stuhl beiseite, schaute in den Saal, stieg zur Galerie hinauf, wo Kostüme von der letzten Abendvorstellung an

Metall-Garderobenständern hingen. Viele Spinde waren bereits leer geräumt, die Türen standen offen. Nell kniete sich zu ihrem hinunter. Sie hatte extra eine Tasche mitgebracht. Ohne hinzusehen, zog sie das Knäuel aus Gymnastikleggins, Haargummis, Stulpen und Make-up, das sich im Lauf von zwei Jahren angesammelt hatte, hervor und ließ es in die Tasche fallen. Niemand rief nach ihr. Niemand öffnete eine Geheimtür. Auf dem Weg nach unten machte sie einen Abstecher zum Büro der Hausverwaltung, aus dem ihr die fröhlichen Laute eines Kinderfernsehprogramms entgegenschlugen. »Joey?« Sie steckte den Kopf hinein und hatte sofort den vertrauten, säuerlichen Alkoholgeruch in der Nase, doch nicht den Hausmeister mit seinem verquollenen, dunkelroten Gesicht fand sie vor, sondern Susie, die an eins seiner Hemden einen Knopf annähte. »Hey«, sagte Nell und sah erst in diesem Moment, dass Joey voll bekleidet, den Kopf halb in einem fleckigen Kissen versunken, hinter ihr auf dem Bett lag. »Weißt du was?« Susie befeuchtete den Faden mit Spucke und hielt ihn sich ans Auge. »Wenn Joey aufwacht, geh ich mit ihm zu einem Treffen der Anonymen Alkoholiker. Er hat gesagt, dass er mitkommt. Er hat's versprochen, gestern Abend im Pub.«

Nell nickte. Sie wollte Susie nicht daran erinnern, dass er es ihr schon hundert Mal versprochen hatte.

»Ich meine, wenn ich nicht mehr hier bin«, Susie verknotete den Faden, »dann hat er niemanden mehr, der sich um ihn kümmert, und die werden ihn hier nicht ewig behalten, wenn er sich nicht in den Griff bekommt.«

Nell betrachtete Joeys Füße mit den abgetragenen Socken und den weißen, hageren Knöcheln, die unter den hochgerutschten Hosenbeinen zum Vorschein kamen. Sie wusste, dass er irgendwo eine Frau hatte. Und drei Kinder. Doch seine Frau hatte ihn vor die Tür gesetzt.

»Wo sind eigentlich alle?«

»Schon im Pub. Bei dir alles klar?«

Nell nickte. Sie wagte nicht, Susie dieselbe Frage zu stellen. Susie mit dem großen Herzen; die tagtäglich über das Schicksal von Wasserratten oder tibetanischen Mönchen Tränen vergoss. Erst letzte Woche hatte sie die Nachricht, dass während der Weltmeisterschaft ein kolumbianischer Fußballspieler wegen eines Eigentors erschossen worden war, zutiefst getroffen. »Dann bis später.« Nell ertrug es nicht, wenn Susie weinte. »Viel Glück.«

»Dir auch.« Susie streckte ihr die Hand hin. »Viel Glück.«

Dan gab es nur ungern zu, doch die Atmosphäre im Tanzstudio war elektrisierend. Nur zwölf. Die Auserwählten. Die Überlebenden. »Also.« Olinka lächelte wahrhaftig. »Wer ist bereit, Stepptanz zu lernen?« Sie legte eine brillante, äußerst präzise Kostprobe ihres Könnens hin und nickte der Begleitung, Miss Goeritz, die auf wundersame Weise noch ein Jahr zur Verfügung stand, zu.

»Und shuffle, shuffle, shuffle, tap. Und tap, tap, tap, tap, step.« Olinka schnippte mit den Fingern und wiederholte zum plumpen Klimpern des Klaviers ihre Schritte. Es wurde für selbstverständlich genommen, dass sie wussten, was sie taten, nachdem die hoffnungslosen Bummelanten auf der Strecke geblieben waren. Charlie, die ihr Haar inzwischen länger trug und die Naturkrause zu weichen Wellen geglättet hatte, tanzte lässig neben Dan, in schwarzer Strumpfhose und verwaschenem T-Shirt. Mit leicht angewinkelten Knien schwang sie die Hüften und machte die vorgeschriebenen Schritte in nagelneuen Schuhen.

»Und shuffle, shuffle, shuffle, tap. Und tap, tap, tap, drehen ...«

Dan drehte sich in die falsche Richtung und stieß mit ihr zusammen. »Entschuldigung«, sagten sie beide zugleich und trotteten mit wedelnden Händen im Kreis.

»Ich dachte, wir sehen dich hier nicht wieder«, sagte

Charlie aus dem Mundwinkel heraus, als sie sich zwischen Kevin und Marvella in einer Reihe einordneten.

»Na ja …« Dan wurde rot, wenn er an seine betrunkene Pose am letzten Abend des Sommersemesters dachte und seine mit Inbrunst vorgetragene Ankündigung, sie würden ihn nicht wiedersehen, auch wenn sie vor ihm auf Knien rutschten. Es sei einfach unmenschlich, wie Drama Arts mit der Zukunft der Studenten umging. Er warf Charlie einen ausweichenden Blick zu. »Und da bin ich wieder.«

Dan war damals einen Tag später mit rasenden Kopfschmerzen und trockener Kehle aufgewacht, hatte sich, bevor Jemma ihn daran hindern konnte, angezogen und war zum College gefahren. »Ich muss mit Patrick Bowery sprechen.« Nervös und schon jetzt schweißgebadet, hatte er sich an der Tür des Verwaltungsbüros postiert, doch der Mann, der für die Einschreibungen zuständig war, hatte ihm nur gesagt, Patrick sei an diesem Tag nicht da und arbeite vermutlich zu Hause.

Dan wusste, dass dies seine Chance war, einfach eine Nachricht zu hinterlassen und sich aus dem Staub zu machen, doch er hatte ein Versprechen gegeben und würde sich daran halten. »Ich muss ihn sprechen«, wiederholte er und schien damit mindestens so sehr sich selbst überzeugen zu wollen wie irgendjemanden sonst. Dann wandte er sich zum Gehen.

Dan war noch nie in der Wohnung von Patrick und Silvio gewesen, wusste jedoch, dass sie nicht weit entfernt war. Mit pochenden Schläfen und leerem Kopf lief er los, bis er, nachdem er ein paarmal falsch abgebogen war und jemanden nach dem Weg gefragt hatte, endlich vor dem Gebäude stand, die Treppe hochging, auf die Klingel drückte und hoffte, ja betete, dass niemand da war. Er holte tief Luft und zählte still, doch als er gerade dabei war, wieder zu gehen, hörte er, wie leise eine Tür geöffnet wurde. Schwere, vertraute Schritte kamen durch den Flur.

»Daniel Linden.« Patrick schien nicht überrascht, ihn zu sehen. »Guten Morgen.« Mit einer einladenden Kopfbewegung trat er zurück und ließ ihn herein.

Dan gelangte durch einen schmalen Flur in ein makelloses Wohnzimmer, in dem einzig ein gerahmtes Foto von Laurence Olivier zu erkennen gab, wer die Bewohner waren. Silvio saß in Balletthose und Polohemd, ein Glas Wasser vor sich, an einem Tisch, als hätte er die Absicht zu tanzen. »Hallo«, sagte er und nickte, als Patrick die Tür zumachte. Die beiden Männer sahen Dan erwartungsvoll an.

»Also, die Sache ist die …«, fing Dan an. Er fühlte sich zerknittert und durch den Wind. Hätte er sich doch wenigstens die Zeit genommen, zu frühstücken oder sich zu waschen. »Also, es ist so …« Zu seiner größten Verlegenheit traten ihm Tränen in die Augen. »Ich finde einfach …« Dan rang nach Worten. »Ich finde Ihre ganze Vorgehensweise nicht richtig … es ist einfach nicht fair …« Er erhob die Stimme, beklagte sich wie ein Kind und wandte wütend den Blick ab, um unauffällig die Tränen abzuwischen. »Ich meine, was macht das schon für einen Unterschied, ein Jahr mehr … wieso muss es so brutal sein?« Silvio reichte ihm das Glas Wasser. Dan trank es aus. »Danke«, murmelte er und reichte es zurück. Für einen Moment herrschte Schweigen. »Ich sehe nicht, wie ich bleiben kann.«

Silvio nahm Dan beim Arm und führte ihn zum Sofa. »Sie sind sehr jung«, sagte er freundlich. »Und Sie empfinden alles leidenschaftlich.« Er setzte sich neben ihn. »So beurteilen Sie auch, was richtig und falsch ist, aber für uns sieht die Sache anders aus, wir sehen die Dinge klarer.« Ohne Jemmas Namen zu erwähnen, erklärte er, dass sie dem einen oder anderen auf diese Weise eher einen Gefallen taten, als wenn sie denjenigen ermunterten, weiterzumachen. Mit der Zeit würde er verstehen, dass dieser großartige, schwierige Beruf nicht für jeden geeignet war.

»Die eigentliche Frage ist doch …«, fiel ihm Patrick ungeduldig ins Wort, doch Silvio brachte ihn mit einem Blick zum Schweigen.

»Daniel«, Silvio beugte sich zu ihm vor, »wir haben viel über Sie nachgedacht, mehr, als Sie sich vorstellen können, und wir haben uns überlegt … Gesetzt den Fall, Sie *würden* noch ein Jahr bei uns bleiben, was würden Sie in diesem Fall davon halten, eine Herausforderung anzunehmen und in einem Stück zu spielen, das Ihnen alles abverlangt? Bei den meisten Schauspielern ist das der Höhepunkt ihrer Karriere.«

Dan sah ihn verständnislos an.

»Sind Sie bereit, sich herausfordern zu lassen?« Patrick kam über den beigen Teppich.

»Ich … ich sag ja nicht, dass … ich meine, sicher, ja.«

»Den Dänen.« Patrick musterte ihn mit stählernem Blick.

»Hamlet«, flüsterte Silvio.

»Sie machen Witze?« Dan spürte den Adrenalinstoß im ganzen Körper, als läge auf einmal seine ganze künftige Laufbahn wie ein offenes Buch vor ihm.

»Patrick würde Regie führen«, sagte Silvio stolz. »Natürlich wird *Hamlet* nur sehr selten an einer Schauspielschule aufgeführt, aus Gründen der … nun ja, der mangelnden Reife, aber da Sie grundsätzlich das Zeug dafür haben und meine Techniken gut umsetzen, könnten wir etwas … Spektakuläres daraus machen.«

»Ich werd verrückt.« Dan strich sich mit den Fingern durchs Haar. »Das wäre allerdings ziemlich verlockend.« Er legte die Stirn in Falten, als kämpfte er noch mit sich, dabei wusste er schon, dass er sich diese Chance nicht entgehen lassen würde.

»Ich wollte schon lange einmal *Hamlet* aufführen.« Patrick blickte in die Ferne. »Ich habe über die zentralen Themen nachgedacht, den Geist, die psychologischen Dimensionen, die Beziehung, die der arme Junge zu seiner Mutter hatte.«

»Und natürlich haben wir unsere Ophelia.« Silvio warf Patrick einen scheuen Blick zu.

»Nein«, sagte Patrick barsch. »Da gibt es kein ›natürlich‹.«

Silvio schmollte, als hätte er sich eine Ohrfeige eingefangen. Es herrschte Schweigen. Dan rutschte auf seinem Stuhl hin und her und sah sich im Zimmer um. Es erinnerte ihn an das Haus seiner Mutter in Epping. Sauber und ordentlich, eine Obstschale auf dem Tisch. Sein Blick fiel auf einen lackierten Servierwagen mit Goldverzierung neben dem Sofa, eine Teekanne auf einem Leinendeckchen. Es waren schon andere hier gewesen, die von der Wohnung berichtet hatten, doch er hätte sie sich niemals so vorgestellt. Einige der Jungen aus seinem Jahrgang kamen regelmäßig zu Besuch, sei es am Abend auf einen Drink oder sogar am Wochenende. Besonders Kevin und Jonathan. Stuart war offenbar einmal zum Abendessen da gewesen und hatte sich von Patrick zu einer peinlichen Umarmung gedrängt gesehen.

»Also, danke.« Dan richtete sich auf. »Ich meine, wenn Sie wirklich glauben, dass ich das schaffe …« Er verachtete sich für dieses Bedürfnis nach einem letzten Wort der Bestätigung.

»Wenn *Sie* glauben, dass Sie dem gewachsen sind.« Patrick hatte ihn an der Angel, und er wusste es. »Das können nur Sie beurteilen. Wie weit Sie bereit sind, in sich hineinzuhorchen, Ihre innersten Triebfedern, Ihre Beweggründe, Ihre Sexualität … Ihre Ängste auszuloten.«

Die Fragen blieben im Raum stehen. »Ja.« Dan nickte wie ein Idiot. Er biss sich auf die Lippe.

»Dann sehen wir Sie also im nächsten Semester wieder und setzen unsere Unterhaltung fort?« Patrick durchbohrte ihn mit seinen vorstehenden Augen.

»Ja.« Dan ging zur Tür. »Ich denke schon.«

Er drehte sich zu Silvio um, der immer noch beleidigt am Fenster saß. »Wiedersehen.«

»Ja, Wiedersehen«, Silvio riss sich zusammen. »Genießen Sie die Sommerferien.«

»Gleichfalls.«

Im Flur hingen zwei Holzmasken nebeneinander. Eine tragisch, eine komisch. Er hob die Hand und berührte die glatte Oberfläche des gebeizten Holzes. Sein oder Nichtsein. Er ließ die Tür hinter sich lautstark ins Schloss fallen und rannte die Treppe hinunter.

Sobald Olinkas Unterricht vorbei war, rief Dan Jemma aus der Telefonzelle in der Kantine an. »Was treibst du so?«, fragte er.

»Nichts Besonderes.« Er hörte die Bettwäsche rascheln. »Nur so rumhängen.«

»Wirklich?« Er drückte das Gesicht in den Hörer.

»Ja, wirklich. Und an dich denken.«

Dan wandte den Kopf, um zu sehen, ob niemand mithörte, doch es war nur Becky in der Nähe, die ein Blech mit diesen höllisch guten Haferkeksen in Stücke schnitt; die anderen waren alle auf eine Zigarette nach draußen gegangen.

»Hmm. Klingt interessant. Und was ... hast du an?«

»Ehrlich gesagt«, sie senkte die Stimme, »bin ich ein bisschen frech gewesen. Du weißt schon, unten. Na ja, es war niemand da, und ich hab ein paar von den Kleidern anprobiert.«

»Jem!«

»Ist schon okay. Ich hab ja keins mitgenommen. Aber die haben so tolle Sachen. Ein langes, seidenes Negligé mit wunderschöner Spitze und eine weiße Pelzstola. Vielleicht überrasche ich dich, wenn du nach Hause kommst.«

»Du fehlst mir«, sagte er leise.

»Du mir auch. Was machst du da? Haben sie dich schon in ihr Büro gezerrt, um dich davon zu überzeugen, dass du schwul bist?«

Dan lachte und sah zur Galerie auf. »Nur gesteppt. Ziemlich lächerlich. Wenn du brav bist, zeig ich dir mein Programm.«

»Kann's kaum erwarten.«

»Ich auch.« Sie lachten beide. »Also, bis dann. Oder komm auf einen Drink rüber, wenn du magst?«

»Nein.«

»In Ordnung.« Er seufzte bei dem Gedanken an den

behaglichen Mief des Pubs, das kalte Bier zwischen den Fingern, das glitschig nasse Glas. »Ich komm direkt nach Hause.«

Jemma und Dan hatten eine Mietwohnung gefunden, deren Eigentümerin alte Mode verkaufte. Kleider aus den vierziger und fünfziger Jahren, geblümt, mit bunten Paspeln, aus Crêpe, Baumwolle und Seide. Sie hatte auch Schuhe im Angebot, verblasste silberne Sandalen, ein Paar zweifarbige Gamaschen, einen Korb mit Sonderangeboten, von grob gestrickten Baskenmützen über Kinderpullover bis zu Schals. Der Laden gehörte der Stiefmutter einer Freundin von Jemma, und durch einen unglaublichen Zufall hatten sie zwei Tage vor Semesterbeginn davon gehört. Die Wohnung hatte an der Rückseite eine kleine Küche und oben zwei Schlafzimmer, alles im selben sparsamen, geschmackvollen Stil wie der Laden eingerichtet, mit antiken Spitzengardinen und einer Patchwork-Tagesdecke über dem breiten Messingbett.

»Es ist so romantisch«, hatte Jemma gesagt, und Dan hatte eine Ecke der Gardine angehoben und auf den Verkehr der Mile End Road gestarrt.

Den Sommer über waren Jemma und Dan der Tyrannei der Miete entflohen und auf Reisen gegangen. Sie waren mit dem Zug nach Italien gefahren, hatten ihren Anschluss nach Calais verpasst, waren in Paris gelandet, wo sie – ohne französisches Geld – durch die Metro gejagt und über Barrieren gesprungen waren, um zu dem richtigen Zug ans andere Ende der Stadt zu gelangen. Aber wie sie erst am nächsten Tag herausfanden, war es doch nicht der richtige Zug, denn er brachte sie zu einem kleinen Bahnhof in der

Schweiz, wo sie sich drei Stunden gegen die Kälte in den Bergen eng zusammenkauerten, bis sie endlich mit der Einfahrt eines weiteren, noch kleineren Zugs belohnt wurden, bei dem auf dem Schild an der Seite ihr Ziel, Verona, aufgelistet war. Sie planten, am Ufer des Gardasees in einem, wie sie gehört hatten, idyllischen Städtchen zu zelten, doch bis sie in Verona eintrafen, war es spätnachts und der Bus, mit dem sie von dort aus weiterwollten, schon lange weg. Sie saßen in einer Ecke des Bahnhofs und diskutierten, ob sie ein Taxi nehmen sollten, doch ein Taxi war unfassbar teuer. Wir müssen einfach hier warten, kamen sie überein, um mit dem ersten Bus morgen früh weiterzufahren, doch als Dan am nächsten Morgen erwachte, stellte er fest, dass Jemma ins Büro des Bahnhofsleiters hinübergegangen war, um sich mit Nachdruck zu erkundigen, wo sie sich die Haare waschen könne. »Entschuldigung.« Dan verzog das Gesicht, als er die Menschentraube sah, die sich das kleine Schauspiel nicht entgehen lassen wollte. Er nahm Jemma am Arm und geleitete sie zu ihrem Gepäck zurück. »Hey.« Er sah ihr ins Gesicht. »Was soll das?« Sie kicherte und sagte, sie sei wohl im Schlaf in das Büro gelaufen, dann sei sie aufgewacht und habe sich für die Sache so geschämt, dass sie es für das Beste hielt, sich weiter als Schlafwandlerin auszugeben. Sie bekamen solche Lachkrämpfe, dass Dan die Luft wegblieb und ihm die Seiten wehtaten. »Am besten bleiben wir jetzt auf«, mahnte er, »es wird sicher bald hell.« Mit brennenden, müden Augen lehnten sie sich aneinander und spielten Karten.

Als sie am folgenden Tag die kleine Stadt Torri del Benaco erreichten, war es bereits Nachmittag. Sie waren in einen Bus gestiegen, aber, kaum dass sie saßen, fest eingeschlafen und stellten, als sie Stunden später erwachten, fest, dass sie an einem Seeufer entlangdonnerten. Unwillkürlich blickten sie sich um und sahen gerade noch, wie eine Häusergruppe in der Hügellandschaft hinter einer Kurve verschwand. »Torri?«, fragten sie, und eine Frau zeigte mit dem Daumen nach hinten, in die Richtung, aus der sie kamen. »Halt!«, hatten sie gebrüllt und waren aufgesprungen. »Bitte, per favore!« Und nachdem sie sich ihr Gepäck geschnappt hatten, waren sie im Bus nach vorne gehastet, wo sie, mit einem zischenden Geräusch der automatisch öffnenden Tür, auf die Straße entlassen wurden.

Jemma brach augenblicklich in Tränen aus.

»Herrgott nochmal!«, zischte Dan ihr zu. »Nicht hier.« Dann winkte er dem Fahrer, der den Gang eingelegt hatte, fröhlich zu.

»Und wieso sollte ich *nicht* heulen?«, schrie Jemma zurück. »Wieso müssen wir so tun, als wär das alles nicht ein einziges Desaster?« Sie hockte sich an den Straßenrand und schluchzte in die Hände. Dan blickte in beide Richtungen der verlassenen Straße und wünschte sich, irgendwo zu sein, nur nicht hier. Vor ihnen lag, so endlos wie das Meer, der See, in ihrem Rücken ragte ein unwirtlicher, felsiger Berg empor. Na toll, dachte er, und wessen Idee war das Ganze? Doch er verkniff sich eine entsprechende Bemerkung. Irgendwann sah auch Jemma ein, dass Tränen ihnen wenig nützten, und so machten sie sich auf den langen Weg zurück, bis sie schließlich völlig übermüdet und benommen in der Stadt eintrafen und kaum noch registrierten, dass inzwischen die Sonne auf sie niederbrannte. Sie traten in den erstbesten Laden, und Jemma überraschte Dan damit, wie sie in trällerndem Italienisch genügend

Lebensmittel für ein Picknick einkaufte. Sie setzten sich an den schmalen Strand unterhalb der Straße, rissen das Brot in Stücke und füllten es mit Schinkenscheiben, Käse und Cherrytomaten, aus denen, wenn man hineinbiss, die Kerne und der Saft einen Meter hoch spritzten. Als sie eigentlich längst satt waren, stopften sie sich noch Kekse mit einer saftigen Aprikosenmarmeladenfüllung hinein. Dan legte sich rücklings auf den Kies, ließ sich, während ihm das Wasser an die Zehen schwappte, die Sonne ins Gesicht scheinen und erklärte Jemma in wohliger Zufriedenheit, sie habe recht, sie hätten beide ein Klagelied anstimmen und sich auf die Brust schlagen sollen, als sie ihre Haltestelle verpassten. Jemma entschuldigte sich ebenfalls. Sie sei einfach nur so müde und hungrig gewesen. Doch, sie begann zu lachen, wie Dan dem Busfahrer so beschwingt Zeichen gegeben habe, weiterzufahren, war umwerfend komisch. »Machen Sie sich wegen uns keine Sorgen«, äffte sie ihn nach, »wir wollen hier aussteigen, ja, genau hier, an der Straße«, und sie lagen auf dem Rücken und prusteten in den blauen Himmel, bis ihnen vor Lachen die Tränen die Wangen herunterliefen.

Zu Fuß gingen sie bis ans andere Ende der Stadt, wo sie den Campingplatz fanden. Nach mehreren Fehlversuchen bauten sie ihr Zelt auf, und drei Tage nach ihrer Abreise aus London krochen sie endlich hinein. Nachdem sie immer noch eine Weile gekichert und gegluckst hatten, hielten sie sich gegenseitig in den Armen und schliefen ein.

Sie blieben eine Woche in Torri del Benaco und brachten die Tage mit Schwimmen, Lesen und Kartenspielen zu oder schlenderten die Straßen mit den Restaurants entlang und warfen einen Blick hinein, um festzustellen, welches billig genug war, um dort zu Abend zu essen. Sie hätten den ganzen Sommer über dort bleiben können, doch sie wussten, dass das feige gewesen wäre, denn schließlich waren sie mit dem Vorhaben aufgebrochen, so viel wie möglich von Europa zu sehen, und so packten sie widerstrebend ihre Sachen, um mit dem Zug nach Venedig zu fahren, wo sie auf einen Campingplatz in einem tief gelegenen Sumpfgebiet verwiesen wurden und wo Jemma in der ersten Nacht so schlimm von Moskitos zerstochen wurde, dass sie sich weigerte, aus dem Zelt zu kommen. »Hör mal ...«, redete Dan ihr gut zu, »wir sind hier in einer der schönsten Städte der Welt, niemand wird Notiz von dir nehmen.« Doch als sie schließlich herausgekrochen kam, war ein Auge völlig zugeschwollen und ihre Oberlippe so entstellt, dass sie wie eine Karikatur aussah. »Andererseits ...«

»Worauf wartest du«, sagte sie patzig, »gehen wir auf den Markusplatz, schnell«, und schon stapfte sie Richtung Lagune.

Gelegentlich zog Dan, wenn sie draußen vor einem Café saßen oder auf dem Rücken im orangefarbenen Licht ihrer Zeltplane lagen, seine New-Penguin-Shakespeare-Ausgabe hervor. »Hamlet, Prinz von Dänemark« stand auf der ersten leeren Seite, und diese Worte erinnerten ihn daran, dass sich das Drama in Wahrheit um die Geschichte eines Mannes, einer Familie, nein, zweier Familien und eines ganzen Hofstaates drehte und nicht um seine Chance, darin die Hauptrolle zu spielen. Als er es zum ersten Mal aufschlug, beugte sich Jemma darüber und ging mit dem Finger die Liste der Figuren durch. »Nur zwei Frauen«, stellte sie fest und rümpfte die Nase. »Wenn sie schon Shakespeare machen wollten, wieso konnten sie dann nicht *Wie es euch gefällt* oder *Ein Wintermärchen* inszenieren?« Und als Dan nicht antwortete, seufzte sie. »Was meinst du, wer die Ophelia bekommt?«

»Keine Ahnung.« Dan zuckte die Achseln. »Wie ich die kenne, nehmen sie wahrscheinlich Kevin.«

»Und Samantha spielt Herren und Frauen vom Hofe, Boten und anderes Gefolge. Wenn sie Glück hat.«

Dan war entschlossen, nach Griechenland zu kommen, doch da in Bosnien der Krieg wütete, war es unmöglich, mit dem Zug durch Jugoslawien zu fahren, und so kauften sie sich mit Jemmas Kreditkarte zwei Flugtickets. »Das geht schon klar«, erklärte sie ihm. »Ich werde mir einen Job besorgen und ausländischen Studenten Englischunterricht geben. Es gibt einen Kurs dafür. Außerdem kannst du es mir ja zurückzahlen, wenn du ein großer Star an der Royal Shakespeare Company bist.«

»Klar doch«, sagte er, »Kleinigkeit«, doch er merkte, wie er unter der Maske seiner Sommerbräune blass geworden war.

Als sie schließlich in Athen eintrafen, war es drückend heiß. Dan hatte das Gefühl, dass die Hitze ihm wie ein schwerer Gegenstand auf dem Kopf lastete, und um dem zu entgehen, schlossen sie sich am nächsten Morgen einer Gruppe Touristen in sauberer, frisch gebügelter Kleidung, mit Sonnenhüten und teuren Kameras an, die mit dem Bus zum Theater von Epidauros fuhren. Sie dösten, spielten Karten und blickten in die sonnenversengte Landschaft, bis Jemma *Griechisch für Anfänger* aus der Tasche kramte und in ihren Walkman schob. Dan versuchte, das Zischen und Surren zu überhören, und ertappte sich dabei, auf die Frau vor ihm zu horchen, die laut aus ihrem Reiseführer vorlas.

Das antike Heiligtum des Asklepios in Epidauros ist ein spiritueller Ort, für den es sich lohnt, um die halbe Welt anzureisen.

Doch nicht einmal der Reiseführer konnte ihn auf den grandiosen Anblick des Amphitheaters vorbereiten. Es war aus einem Felshang gehauen, seine vollkommenen Terrassen erhoben sich auf drei Seiten, und die Kalksteinsitze der Stufen blendeten in der Sonne. Eine Weile starrte er einfach nur wie gebannt auf das Gebilde unter dem türkisblauen, glühenden Himmel und lauschte auf die Zikaden, bis er schließlich in die Mitte der kreisrunden Bühne hinunterstieg. Dabei stellte er fest, dass Jemma unterdessen den Gang, der nach rechts oben führte, hinaufgegangen war, um unter ein paar kümmerlichen Bäumen am höchsten Punkt ein wenig Schatten zu finden.

»Hallo …«, probierte er die berühmte Akustik aus, »könnt ihr mich hören?«, und horchte, als das Echo seiner Stimme die Ränge emporhallte. Er stellte sich vor, er stünde vor einem Publikum aus Tausenden von Menschen, und konnte nicht widerstehen. Er hüstelte, sah sich um und fing an:

»Sein oder Nichtsein, das ist hier die Frage:
Ob's edler im Gemüt, die Pfeil' und Schleudern
Des wütenden Geschicks erdulden oder,
Sich waffnend gegen eine See von Plagen,
Durch Widerstand sie enden.«

Er sah, wie sich einige Leute nach ihm umdrehten, andere sich Plätze aussuchten. Seine Brust hob sich, als er noch einmal tief Luft holte, und seine Stimme klang, selbst in gedämpftem Ton, klar und kräftig.

»Sterben – schlafen –
Nichts weiter! – und zu wissen, daß ein Schlaf
Das Herzweh und die tausend Stöße endet,
Die unsers Fleisches Erbteil –«

Er legte eine Pause ein und ließ das Schweigen, indem er die hohlen Hände hinter die Ohren legte, auf sich wirken.

»'s ist ein Ziel,
Aufs innigste zu wünschen. Sterben – schlafen –
Schlafen! Vielleicht auch träumen!«

Und dann schwebte von hoch oben Jemmas Stimme herab.

»Verdaustig wars, und glasse Wieben
Rotterten gorkicht im Gemank
Gar elump war der Pluckerwank,
Und die gabben Schweisel frieben.«

»Komm hier runter«, brüllte Dan ihr zu, doch sie blieb in ihrem geblümten Kleid dort oben stehen und brüllte zurück.

»Hab acht vorm Zipferlak, mein Kind!
Sein Maul ist beiß, sein Griff ist bohr!
Vorm Fliegelflagel sieh dich vor,
Dem mampfen Schnatterrind.«

Noch in derselben Woche gingen sie an Bord einer Fähre und trafen am Ende eines langen Tages windgepeitscht auf der winzigen Insel Folegandros ein. Außer ihnen stieg nur ein einsamer Mann in Wanderausrüstung aus, dem sie vom Hafen aus bis zu einer Stelle folgten, an der eine kleine Gruppe stämmiger, schwarz gekleideter Frauen stand und auf einen Bus zu warten schien. Als der Bus kam und sich zeigte, dass er bereits voll war, drängten die Frauen voran und rangelten darum, einzusteigen. Dan hielt sich zurück, doch Jemma schloss sich ihnen an, murmelte ein paar der griechischen Wörter, die sie gerade gelernt hatte, und ließ Dan keine andere Wahl, als ihr zu folgen und sich seinen Anteil Rippenstöße einzufangen. Der Bus fuhr nicht weit, sondern rumpelte einen Berg hinauf und hielt an der Ecke eines Dorfplatzes an. Die Gebäude rings um den Platz wirkten verriegelt und vernagelt, und die Frauen, die hier ausstiegen, zerstreuten sich in die Nebenstraßen und winzigen Gassen, so dass Dan und Jemma in der stillen Abgeschiedenheit alleine stehen blieben. Dan trat in die Mitte des Platzes und setzte sich unter einen Baum – einen alten, knorrigen Urahn von einem Baum mit verwitterten, schimmernden Zweigen. »Wessen Idee war Folegandros eigentlich?« Es war schwer, nicht an all die Bilder von griechischen Inseln zu denken, die er gesehen hatte, an weiße Häuser, saubere Strände, an Wasserski, an junge Leute, die unter den Sternen tanzen.

»Wir müssen nicht bleiben«, sagte Jemma. »Die Fähre kommt morgen wieder.« Sie blickten zur einzigen Bar hinüber, vor der zwei alte Männer saßen und auf aggressive, vorwurfsvolle Weise ihre Karten hinknallten.

Dan und Jemma liefen wieder zum Hafen hinunter, wo sie in einem kleinen Pinienwäldchen ihr Lager aufschlugen. Sowie die Sonne unterging, setzten sie sich auf einen Felsen über dem Meer und sahen zu, wie sie tiefrot im Wasser versank. »Ich weiß, dass das peinlich ist«, sagte Jemma und scharrte in den Zwischenräumen der Felsbrocken nach Kieselsteinen. »Aber ich muss etwas ausprobieren.« Sie stand auf und schleuderte einen kleinen Stein ins Meer.

»Was war das denn?«

»Neid«, sagte Jemma und wurde rot. Sie fand einen weiteren Kiesel und warf ihn. »Bitterkeit«, sagte sie, während sie zusah, wie er in der einsetzenden Dunkelheit in den Wellen verschwand. Sie warf noch einen, den sie bereits in der Hand hielt. Er traf mit einem kurzen befriedigenden *Plop* ins Wasser. »Bedauern.«

»Ist es das?« Dan legte ihr die Hand in die Kniekehle.

»Ja.«

»Tatsächlich?«

»Ja, schlicht und ergreifend. Von mir aus können wir jetzt nach Hause fahren.«

Dan zog sie neben sich herunter. Er wünschte sich, er hätte einen riesigen Felsbrocken weit hinaus ins Wasser werfen können. Zweifel.

»Ich liebe dich«, sagte er, um sich wieder zu fangen, und Jemma schlang ihren kühlen Arm um seine Taille. So blieben sie schweigend sitzen, bis die Sonne im Wasser verschwand.

Dan saß auf der Treppe der Schule in einer kollektiven Wolke Zigarettenrauch. Sie hatten gerade die Liste der Stücke bekommen, die sie in dem bevorstehenden Jahr erarbeiten würden. *»Hamlet!«,* pfiff jemand durch die Zähne. »Das haut mich um.« Dan merkte, wie er rot wurde, und blickte absichtlich nicht hoch.

»Ich weiß nur«, er hörte Jonathan hüsteln, »dass ich mir

in die Hosen scheiße, aber wenigstens brauche ich erst im nächsten Frühjahr meinen Arsch zu zeigen.«

Dan fuhr herum. Jonathan lehnte – das dunkelviolette Hemd bis zum Bauchnabel aufgeknöpft, ein letztes Relikt aus seiner Buchhalter-Existenz, die er im Laufe des Sommers endgültig abgeschüttelt hatte – mit dem Rücken an einer Wand und hielt ein Zigarette zwischen den Fingern. »Ich hab nein zu ihnen gesagt, ist einfach zu viel, vielleicht sollten sich mehrere die Rolle teilen, andererseits ist das hier das dritte Jahr, der Ernst des Lebens, und ich schätze mal, wir schulden dem Publikum eine gute Show.« Er zuckte die Achseln und nahm einen tiefen Lungenzug, während Dan, dem die Galle hochkam, seine eigene Zigarette auf die Straße warf.

Teil II

1995–2000

DER ANRUF

Seit sie das College verlassen hatte, stand Nell auf der Lohnliste einer Anwaltskanzlei mit Sitz in Soho. Sie sprang, mal hier, mal da, für Festangestellte ein, und gelegentlich kam es vor, dass ein Fall schnell abgewickelt war und sie ihn von Anfang bis Ende betreute. Der Arbeitstag war kurz, von zehn bis vier, so dass sie theoretisch immer noch zum Vorsprechen zur Verfügung stand. Tut mir leid, konnte sie sagen, morgen kann ich nicht zum Gericht kommen, ich bin mit einer musikalischen Bearbeitung von *Phaedra* auf Tournee, doch wenn man ohne einen Agenten, nur mit einem Foto und den spärlichsten Angaben zur Person – Augen: braun, Haar: braun, Größe: 1,63 – im Schauspielerverzeichnis *Spotlight* geführt wird, kam so etwas nur selten vor. Stattdessen wurde Nell regelmäßig in Soho vorstellig, um sich ihren Lohn auszahlen zu lassen oder Anweisungen bezüglich neuer Jobs zu bekommen: einen Tag bei einem Amtsgericht im Norden Londons, eine Woche beim Kreisgericht in der City und einmal sogar einen Tag im Old Bailey.

Seit einigen Wochen war Nell einem Strafverfahren gegen sechzehn südamerikanische Taschendiebe zugeteilt. Es war ein komplizierter Prozess, und die Tatsache, dass jeder der Angeklagten in dem Bemühen, sich von den mutmaßlichen Komplizen zu distanzieren, auf einem eigenen Verteidiger bestand, machte es nicht leichter. In dieser Woche war der Gerichtssaal voll. Nell saß hinter dem Anwalt, für den sie arbeitete, einem breitschultrigen, wuchtigen Mann namens Mr Hawley, der seinen schwarzen Talar achtlos übergezogen hatte, als könnte er sich sein männliches Aussehen bewahren, wenn er den Faltenwurf des Kleidungsstücks missachtete. Er saß in einer Reihe mit seinen Kollegen, die alle miteinander tuschelten, etwas auf Zettel schrieben oder Karikaturen zeichneten, sich Witze erzählten und gelegentlich nach hinten wandten, um mit anderen Kollegen lauthals zu lachen. Nell ignorierte sie und blickte vor sich auf die unglücklich hängenden Köpfe der Südamerikaner, die fast ein Jahr auf ihren Prozess gewartet hatten. Hatten sie mitbekommen, dass ihre Rechtsbeistände wie Schulmädchen kicherten und dass ihre Assistenten – zumindest eine von ihnen – für die Aufgabe ganz und gar unqualifiziert waren? Sie hatte die letzten beiden Jahre damit zugebracht, ihr Gedächtnis nach sinnlichen Erinnerungen zu durchforsten oder in den Zoo zu gehen, um Zebras zu studieren. Und jetzt, dachte sie theatralisch, hängt das Schicksal eines Menschen von mir ab. Die Taschendiebe schienen von ihrer Umgebung wenig mitzubekommen. Die meisten saßen mit hängenden Schultern auf ihrem Platz, blickten zu Boden und waren offensichtlich vom langen Warten erschöpft. Das Verfahren dauerte schon neun Wochen, und sie spürten wohl, dass es nicht gut für sie lief. Letzte Woche war Nell mit Mr Hawley in die Zellen gegangen und hatte sich das gebrochene Englisch ihres Schutzbefohlenen Esteban angehört, der sie bat, jemanden zu finden, der seiner Frau einen Brief schreiben konnte. »So lange Zeit, keiner helfen. Keiner.« Er rieb sich die schmutzigen, plumpen Finger. »Sie?« Er hatte den flehentlichen Blick auf Mr Hawley gerichtet. »Sie mir helfen? Ja? Bitte?« Und da sie nicht wusste, was sie sonst tun sollte, hatte Nell sich Notizen gemacht.

Nachdem sie später einen Raum mit zweifachen Sicherheitstüren passiert hatten, von einem Mann in einer Kabine in die Freiheit entlassen worden und auf einer Wendeltreppe zwei Stufen auf einmal hinaufgestiegen waren, hatte Nell hoffnungsvoll gefragt: »Kommt er davon?«

»Wohl eher nicht.« Mr Hawley schritt mit flatterndem Talar voran. »Es läuft überhaupt nicht gut für die Burschen.«

»Aber der Brief ...«, hakte sie besorgt nach.

Mr Hawley wartete, bis sie ihn eingeholt hatte. »Alle Korrespondenz erfolgt über den Amtsweg.« Er kniff die Augen zusammen. »Hey«, sagte er amüsiert, und ihr wurde schlagartig bewusst, dass er sich für attraktiv hielt. »Nehmen Sie sich die Dinge nicht so zu Herzen.«

Am nächsten Tag wurden zur allgemeinen Erheiterung im Gericht mehrere Paar Herren-Plateauschuhe als Beweisstücke präsentiert. Die Schuhe wurden vom Richter in Augenschein genommen und dann an sämtliche Geschworenen weitergereicht. »Nun erhebt sich die Frage«, sagte der Staatsanwalt mit unverhohlenem Vergnügen, »ob diese Herren solche Schuhe aus Eitelkeit tragen, weil sie einer ethnischen Bevölkerungsgruppe angehören, die kleinwüchsig ist, oder aber, wie wir eher vermuten, um darin Diebesgut von finanziellem Wert zu verstecken.« Schuhe wurden hochgehalten, Hohlräume entdeckt, Witze mit verächtlichem Stöhnen gemacht. »Bei meiner Seele«, flüsterte ein Verteidiger mit gelichteter Stirn, »den Schuh zieh ich mir nicht an.«

»Das ist ein Job für einen freien Mann, hart und willig«, kalauerte ein anderer. »Freeman, Hardy und Willis.«

»Oh Sohle mio«, kicherte Mr Hawley.

Die ganze Reihe der Anwälte konnte sich nicht mehr halten vor Lachen. »Da hilft nur noch Sohlamitaktik.«

Die Südamerikaner sahen unverwandt zu, wie ihre Schuhe durch den ganzen Gerichtssaal wanderten. Sie lächelten nicht, und um den Anschein zu wahren, dass sie sich gegenseitig noch nie gesehen hatten, versagten sie sich sogar den Trost der Freundschaft und blickten nicht einmal zur Seite.

Es sei denn, sie kennen sich wirklich nicht, überlegte Nell besorgt.

Colin, der Assistent neben ihr, lachte. »Die kommen alle aus demselben kleinen Dorf in der Küstenregion von Scheißguatemala.« Er schüttelte den Kopf. »Sie wurden bei einer einzigen Polizeirazzia in der U-Bahn gefasst. Was meinst du wohl, was sie da gemacht haben? Jeder für sich auf dem Weg zum Zirkus?«

In der Mittagspause fragte Colin, ob sie zusammen essen wollten. Sie hatte geplant, sich ein Sandwich zu kaufen und sich damit auf den Friedhof zu setzen, das Gesicht in die Sonne zu halten und auf das Vogelgezwitscher zu lauschen, das den Verkehr übertönte, doch stattdessen ging sie mit Colin zum Café an der Ecke, wo sie an einem Metalltisch saßen und so fade Weißbrotsandwiches aßen, dass Nell seinem Beispiel folgte, ihre Chipstüte aufriss und sich den Mund vollstopfte. Das Mittagessen bröselte und knusperte und machte eine Unterhaltung unmöglich. »Wie überaus zivilisiert«, bemerkte Colin, während er sich den Mund, die Vorderseite seines Hemds und die Hose abwischte. »Auf diese Weise sollten wir uns nicht mehr treffen.«

»Ja«, sagte Nell lachend. »Ich bin ab morgen einem anderen Fall zugeteilt. Unten in Pimlico. Beim Jugendgericht.«

Colin nahm einen Schluck 7UP. »Schade. Was meinst du, bist du zum Urteilsspruch bei dem hier rechtzeitig wieder da?«

»Keine Ahnung. Wär mir recht.«

»Wenn du möchtest …«, Colin suchte sich nach weiteren Krümeln ab. »Vielleicht gibst du mir deine Telefonnummer, und ich könnte dir sagen, wie es ausgegangen ist?«

»Ja, das wäre nett.« Sie behielt für sich, wie sehr sie hoffte, dass die Männer freigesprochen wurden.

»Weichei«, sagte er, als hätte er sie trotzdem gehört, und reichte ihr seinen Stift.

Nell hörte das Telefon klingeln, als sie den Schlüssel in ihrer Wohnungstür umdrehte. Es war noch keine fünf Uhr und Pierre folglich noch im Callcenter, wo er einen Job bekommen hatte. Nell warf ihre Tasche auf den Boden und rannte hinüber, um dranzugehen. »Hallo?«

»Ist da Nell Gilby?«

»Am Apparat.«

»Aha.« Es war ein Mann, und sie hörte Papier rascheln, bevor er weitersprach. »Also, ich hab Ihre Nummer aus *Spotlight*, und ich habe hier jemanden, der Sie kennenlernen will. Haben Sie was zum Schreiben?«

Nell sah sich fieberhaft um. Sie fand nirgends einen Stift. Sie hob ihre Tasche auf und zog den Kugelschreiber von Colin heraus, den sie in Gedanken mitgehen lassen hatte.

»Ja?«

»Also …«, der Mann hüstelte. »Harold Rabnik würde Sie gerne wegen seines neuen Filmprojekts sprechen. Ich organisiere für heute Abend einige Treffen. Wenn Sie es, sagen wir, bis 18 Uhr 45 schaffen könnten. Er war von Ihrem Foto sehr angetan.«

Nell starrte auf den Zettel, auf den sie »Harold Rabnik« geschrieben hatte. Harold Rabnik! Sie und Pierre hatten erst letzte Woche seinen neuesten Film gesehen. Wenn sie ehrlich war, hatte sie ihn langweilig und darüber hinaus abwechselnd unmotiviert gewalttätig und unfreiwillig komisch gefunden, doch Pierre war begeistert gewesen und hatte erklärt, der messerschwingende Psychopath sei ironisch gemeint, und wenn sie seine früheren, ausgefalleneren Filme gesehen hätte, dann wäre ihr das nicht entgangen. Nell bohrte die Kugelschreiberspitze ins Papier. »Heute?«

»Nun, ja, heute Abend. Zu einem kurzen Plausch? Hätten Sie Zeit?«

»Ja.« Nell hätte liebend gerne vorgeschlagen, es auf morgen zu verschieben, damit ihr Zeit blieb, sich vorzubereiten, doch was würde dann aus ihrem Prozess? Sie musste um zehn in Pimlico sein. »Wann würde die Arbeit denn beginnen?«

»Oh, darüber wird sich Mr Rabnik mit Ihnen unterhalten«, sagte der Mann unverbindlich. »Also, hier ist die Adresse«, und er buchstabierte ihr den Namen der Straße. »Danke, wir freuen uns darauf, Sie kennenzulernen.« Er legte auf.

Nell schätzte, dass ihr eine Stunde blieb, bevor sie gehen musste. Sie ließ sich ein Bad ein, indem sie das lauwarme Wasser mit dem Kessel auffüllte, und durchforstete ihren Kleiderschrank nach etwas Tragbarem. »Verdammt«, schimpfte sie, »ich hätte fragen sollen, um was für eine Rolle es geht.« Sie starrte auf das Durcheinander an Baumwoll-T-Shirts und flusigen Pullovern, Strumpfhosen, Jeans und Röcken. Die einzigen schicken Sachen, die sie besaß, hatte sie bereits an. Einen schwarzen Rock mit drei Knöpfen im Rücken, bevor er nach unten weiter aufsprang. Eine kirschrote Jacke und eine cremefarbene Seidenbluse. Doch für Harold Rabnik brauchte sie etwas Neues. Sie holte die Sachen herunter, die sie nie trug. Ein schwarzes Etuikleid, das sie selbst geschneidert hatte. Einen kastanienbraunen Samtmantel, der, wie sie sich nie ganz eingestehen wollte, zu lang war. Sie entschied sich für das Kleid, kombinierte es mit langen Strümpfen und einer perlenbestickten, smaragdgrünen Jacke. Sie hängte die Sachen zusammen an die Badezimmertür und betrachtete sie, während sie badete. Und wenn sie nun die Rolle einer Putzfrau oder einer Revolutionärin zu besetzen hatten? Sie verfluchte sich dafür, nicht gefragt zu haben. Oder eine historische Figur? Vielleicht sollte sie ihr Haar zu einem Dutt aufstecken? Doch Harold Rabnik hatte ihr Foto gesehen. Sie schloss die Augen. War von ihrem Bild »sehr angetan« gewesen, und als sie die Vorstellung zuließ, dass er sie vielleicht genau so, wie sie war, in Ordnung fand, quollen ihr dicke Tränen aus den Augen.

Nell war davon ausgegangen, dass sie zu einem Büro mit Sekretärinnen, die Überstunden machten, bestellt worden war, doch als sie aus der U-Bahn stieg, fand sie sich in einer schattigen Allee mit Privathäusern wieder. Sie hatten überdachte Eingangstüren, riesige Fenster und wurden umso größer, je weiter sie ging. Nummer 51; sie sah an den Haustüren nach und erschrak, als sie feststellte, dass es sich bei der 51 um ein Herrenhaus mit eigenem Garten handelte, den wiederum eine gut zwei Meter fünfzig hohe Mauer mit Eisenstacheln an der Oberseite einfasste. Nell starrte auf die Adresse. Ihr schlug das Herz bis zum Hals. Wenn sie nun mit Harold Rabnik ganz alleine war? Doch dann erinnerte sie sich an die Worte des Mannes. »Wir freuen uns darauf, Sie kennenzulernen.« Natürlich mussten jede Menge Leute da drinnen sein. Sie sah auf die Uhr. Es war 18 Uhr 44. Sie wartete noch ein paar Sekunden und klingelte. »Nell Gilby«, sagte sie in das Gitter der Gegensprechanlage, »ich habe einen Vor…« Es summte am Tor, und sie war drinnen.

Ein überdachter und verglaster Gang führte durch den üppigen Garten zu einer weiteren Tür, die offen stand. »Willkommen. Wie nett, dass Sie sich Zeit nehmen konnten.« Ein außergewöhnlich eleganter Mann kam auf sie zu, um sie zu begrüßen. »Mr Rabnik empfängt Sie sofort, er ist nur gerade am Telefon.« Er musterte sie, ohne sein Urteil preiszugeben. »Bitte nehmen Sie Platz.«

Nell setzte sich in einem altmodischen Salon auf einen reich verzierten Sessel. In einer Ecke hingen Regenmäntel über Gummistiefeln, nicht weit davon lagen einige Ausgaben von *Country Life*. Es war so still, dass sie sich wie auf dem Land fühlte. Von weitem drang eine etwas ruppige, gelassene und ein wenig amüsiert klingende Stimme mit amerikanischem Akzent herüber. Sie stellte sich einen Mann vor, der die Füße auf den Schreibtisch gelegt hatte, einen Mann, der bereit war, ihr in seinem nächsten Blockbuster eine Chance zu geben. Sie mahnte sich, weiterzuatmen, und griff, um sich zu beruhigen, nach einer Zeitschrift. Ihr starrte ein Mädchen entgegen. Blasse Haut, perlengeschmückt, das aschblonde Haar zur Seite gekämmt. »Sir Anthony und Lady Browne geben sich die Ehre, ihre Tochter Alice vorzustellen.« Es war ein Debütantinnenfoto im alten Stil. Alice lehnte an einem Steinpfeiler – das Rosensträußchen in der Hand unterstrich das zarte Rouge auf ihren Wangen. »Alice liebt Pferde und Hunde, besonders ihren schwarz-weißen Terrier Minstrel. Sie beabsichtigt, einen Cordon-bleu-Kochkurs zu absolvieren …«

»Nell Gilby?«

Nell schlug die Zeitschrift zu und stand auf.

Harold Rabnik war ein kleiner Mann mit schütterem Haar und hängenden Schultern unter einem geblümten Hemd. Er schüttelte ihr die Hand. »Hallo«, sagte er in gedehntem, transatlantischem Akzent. »Willkommen in Rabnik Towers.«

»Freut mich sehr, Sie kennenzulernen«, sagte sie, während er immer noch ihre Hand hielt, und als er keine Anstalten machte, sie loszulassen, fügte sie hinzu: »Danke, ich meine, toll.«

Harold Rabnik sah sie an. »Kein Grund, nervös zu sein.« Er ließ ihre Hand los. »Also, kommen Sie mit, und wir unterhalten uns ein bisschen.« Er führte sie in den Haupttrakt des Hauses und dort wiederum in sein Büro, wo inzwischen sein Assistent telefonierte. Es ging in ein Esszimmer weiter, wo ein auf Hochglanz polierter Tisch mit Kandelabern geschmückt war und an den holzgetäfelten Wänden Gemälde von Pferden mit erhobenem Schweif hingen. »Hab das Haus voll möbliert gekauft und alles so gelassen, wie es war.« Er öffnete die Tür zu einem weiteren, kleineren Raum. »Das hier ist allerdings mein Lieblingszimmer.« Sie traten in einen ovalen, hellblau gestrichenen Raum mit Rundbogenfenstern so hoch wie in einem Turm. Ein Tisch mit Damasttischdecke war für zwei gedeckt. »Ich hoffe doch, Sie sind mein Gast?«

Nell machte vor Überraschung einen Schritt zurück. »Ihr Assistent ... er sagte etwas von einer kurzen Unterhaltung ...«

»Entspannen Sie sich.« Harold Rabnik lächelte. »Schon gut. Mir ist es auch mal schlechter gegangen als jetzt, und seit es das Schicksal gut mit mir meint, teile ich die schönen Dinge des Lebens gerne mit anderen.« Er zog einen Stuhl zurück. »Setzen Sie sich, essen und trinken Sie, lassen Sie sich's gutgehen.«

Nell wurde rot. »Eigentlich«, sie spielte auf Zeit. »Ich muss wirklich ... können Sie mir wohl sagen, wo das Badezimmer ist?«

Mit einem fast unmerklichen Stirnrunzeln geleitete Harold Rabnik sie den Flur entlang zu einer Toilette. Nell warf einen zerstreuten Blick auf die Fotos von Stakboot fahrenden jungen Männern im Brideshead-Stil, die an den Wänden hingen, bevor sie sich im Spiegel betrachtete. Ihre Augen schimmerten glasig, ihre Wangen glühten rot, und ihr Haar, das sie tagsüber im Gericht zurückgesteckt hatte, stand ihr elektrisch geladen vom Kopf ab. Alles in bester Ordnung, sagte sie sich, dieser Mann ist da, und wenn wir zu Abend essen, gibt es sicher auch eine Köchin und vielleicht sogar einen Kellner. Sie wusch sich die Hände, strich über ihr Kleid und versuchte, die Strümpfe höher zu ziehen, damit sie das plötzlich aufreizend wirkende Stückchen Oberschenkel über den Knien bedeckten.

»Also«, Harold Rabnik saß am Tisch und zerriss ein Brötchen. »Ich hoffe, Sie haben Hunger oder wenigstens Durst, den wir stillen können.« Er erhob sich und goss ihr ein Glas Wein ein. »Das ist ein besonders guter, vollmundiger Rotwein.«

Nell setzte das Glas an die Lippen und nahm einen Schluck. »Mmm«, sagte sie artig.

Nicht lange, und es klopfte an der Tür. Der Assistent erschien, eine Schürze um die Nadelstreifentaille, mit einem riesigen Tablett. Er stellte es ab und brachte jedem von ihnen eine Schale Suppe. »Danke, das Übrige können Sie einfach stehen lassen. Wir machen das selbst.«

»Wie Sie wünschen.« Der Mann deutete eine Verbeugung an und warf einen kurzen Blick in Nells Richtung. »Dann bis morgen?«

Nell hob den Kopf. »Auf Wiedersehen, war nett, Sie kennenzulernen«, sagte sie beschwingt, und um zu zeigen, dass sie unbesorgt war, griff sie nach ihrem Löffel und tauchte ihn in die hellgrüne Suppe. Noch bevor sie ihn an die Lippen setzte, wusste sie, dass die Suppe kalt war. Also ist keine Köchin da, dachte sie, oder falls doch, dann ist sie schon nach Hause gegangen. Sie legte den Löffel wieder weg und horchte; als sie nichts weiter hörte als Schritte, die sich entfernten, nahm sie einen weiteren Schluck Wein.

»Wie wär's«, Harold Rabnik wischte sich etwas Grünes aus dem Mundwinkel, »wenn Sie mir jetzt ein wenig über sich erzählen würden?«

Nell zögerte. Was wollte er wissen? Der einzige Gedanke, den sie fassen konnte, war die Frage, wann sie sich verabschieden konnte, ohne unhöflich zu sein. »Na ja …« Nichts, was ihr in den Sinn kam – die Schauspielschule, die sechzehn südamerikanischen Taschendiebe, das übliche Verfahren für Vorsprechen –, erschien ihr irgendwie angemessen. »Na ja«, sagte sie wieder, »ich hab letzte Woche Ihren Film gesehen.«

Harold Rabnik lächelte. »Und wie fanden Sie ihn?«

»Wir … ich mochte ihn. Ich hab einiges verpasst, weil ich die Hände über die Augen legen musste …« Sie versuchte zu lachen.

»Das nehme ich mal als Kompliment.« Ganz offensichtlich war er Begeisterungsstürme gewohnt. Sein Lächeln war süßsäuerlich, als er aufstand, um ihre Suppenschalen abzudecken. »Ich hoffe, Sie sind nicht Vegetarierin oder so.«

»Nein.«

»Wir hätten ein bisschen Lammschulter im Angebot.«

»Und«, Nell war entschlossen, zum Thema zurückzukommen. »Worum geht es bei Ihrem neuen Film? Ich meine … Ihr Assistent sagte, Sie hätten dabei an mich gedacht …?«

Harold Rabnik schnitt ins Fleisch. »Die Sache ist die, Nell, ich bin mit diesem Film noch ganz am Anfang, und in diesem Stadium sehe ich mich ständig nach Inspirationsquellen um. Ich will ganz ehrlich zu Ihnen sein«, dabei stellte er einen Teller mit hellrosa Fleisch vor ihr ab, »Ihr Foto hat mich an jemanden erinnert, eine sehr interessante junge Frau … eine talentierte Schauspielerin …« Er reichte ihr eine Schale grüne Bohnen. »Ich hoffe, ich habe Sie damit nicht beleidigt und Ihnen unterstellt, Sie seien mit Ihrer hübschen Erscheinung nicht unverwechselbar. Aber es ist schon unheimlich ...« Er betrachtete sie.

»Nein«, sagte Nell unbekümmert und hoffte inständig, dass er damit aufhörte.

»Diese Schauspielerin hat, genauer gesagt, in einem meiner ersten Filme mitgewirkt, einem meiner erfolgreichsten. Sie könnten also, wenn Sie mich analysieren wollten, was Ihnen natürlich fernliegt, behaupten, ich versuchte mit aller Macht, an meine Jugend anzuknüpfen. Meine ruhmreiche Vergangenheit.« Er grinste und erhob das Glas. »Noch etwas Wein?«

Nell schüttelte den Kopf. Sie fühlte sich ein wenig schwindelig und brachte nichts herunter.

Harold Rabnik dagegen hatte einen gesunden Appetit. Er zerriss noch ein Brötchen, wischte die Soße damit auf und stopfte sich, nachdem er einen Berg Salat auf den Teller gehäuft hatte, mit vorgebeugtem Kopf die Blätter in den Mund, so dass ihm das Dressing das Kinn herunterlief. Pierre müsste inzwischen von der Arbeit zurück sein, dachte Nell und bedauerte, dass sie es zu eilig gehabt hatte, um ihm eine Nachricht zu hinterlassen. Sie würde ihn anrufen, sobald sie hier raus war. Doch Harold Rabnik goss ihnen Wein nach. »Ich hatte schon immer ein Faible für die Briten«, erzählte er ihr, »und für alles Britische, deshalb bin ich, so schnell ich konnte, hier rübergekommen, um Filme zu machen.« Er fing an, eine Geschichte von einem Drehtermin im Südwesten Englands zu erzählen, bei dem sie in Schwierigkeiten gerieten, als zwei Wölfe, die sie aus Transsylvanien eingeflogen hatten, entwischten und die Hauptdarstellerin sich weigerte, aus ihrem Wohnwagen zu kommen. »Ach du liebe Güte«, er machte eine Pause, die Gabel in der Luft, »da fällt mir ein, dass ich eine gewisse junge Freundin von mir nie zurückgerufen habe. Sie hat sich mit der Entscheidung gequält, bei irgend so einem schrecklichen Pilotfilm einzusteigen, bei dem ein Sechsjahresvertrag winkte, was sie natürlich lieber bleiben lassen sollte, zumal ich noch nicht entschieden habe, wen ich für meinen nächsten Film ins Boot hole.« Er zwinkerte Nell zu und stand auf, um noch eine Flasche zu öffnen.

»Also«, Nell faltete ihre Serviette zusammen und legte sie auf den Tisch, »es war toll, Sie kennengelernt zu haben, aber ich muss jetzt wirklich gehen.«

»Nein, nein, nein.« Er schien höchst erstaunt zu sein. »Ich lass niemanden gehen, bevor ich ihn durchs Haus geführt habe. Kommen Sie, wir können unterwegs weiterreden.« Er griff zur Flasche und füllte beide Gläser auf. »Es dauert nicht lange.«

Nell war erleichtert, sich bewegen zu können. Alles war ihr recht, um aus diesem klaustrophobischen Turmzimmer herauszukommen, und außerdem würde sie sich, sobald sie den Salon mit den *Country Life*-Heften erreichten, sowieso entschuldigen und das Weite suchen. In Gedanken hielt sie schon den Türknauf in der Hand und sah den überdachten Gang, der durch den Garten in die Welt da draußen führte, vor sich. Doch Harold Rabnik ging in die entgegengesetzte Richtung. »Sehen Sie sich das an.« Er riss die Flügeltür zu einem Wohnzimmer auf, in dem tiefe Sofas mit floralen Mustern um Glastische gruppiert waren, auf deren niedrigen Flächen sich Fotobände, Vasen mit Blumen und angeknipste Lampen drängten. Vor allem aber registrierte Nell, dass es draußen schon dunkel war. Wie spät mochte es sein?

Sie kniff die Augen zusammen, um auf einer Standuhr an der gegenüberliegenden Wand den Stundenzeiger zu erkennen, während Harold Rabnik an ein Fenster trat und mit einem kurzen Ruck an einer Kordel die Gardinen zuzog. »Schon besser«, sagte er und warf sich auf eine Couch. »Sagen Sie, reiten Sie?«

Nell war nicht sicher, ob sie sich verhört hatte.

»Täusche ich mich oder sehe ich da irgendwo in Ihrer Jugend eine Passion für Ponys?«

»Ja«, sagte sie und musste unwillkürlich lachen. »Ich bin tatsächlich geritten. Ich habe in den Stallungen bei uns in der Nähe ausgeholfen.«

»Dachte ich mir doch.« Harold Rabnik schüttelte den Kopf. »Sehen Sie, meine Schauspielerin muss reiten können und sie muss ein Flair von ...« Er sah sie an. »... von unschuldiger Scheu haben. Nell Gilby, ich bin von Ihnen überaus angetan. Möglicherweise habe ich tatsächlich gefunden, wonach ich gesucht habe.«

Nell kam heran und setzte sich auf das Sofa ihm gegenüber. »Wirklich?«

»Ich will Ihnen mal was sagen«, er senkte die Stimme, »es gibt Mädchen wie Sand am Meer, die wie ein offenes Buch vor einem liegen. Man kriegt nur das, was offen zutage liegt, wenn Sie verstehen, was ich meine. Aber bei Ihnen ist das anders. Ich habe Sie beobachtet, und ich bin nicht blind. Es arbeitet in Ihrem Kopf, Sie wägen ab, ordnen ein. Sie lassen sich nicht so schnell vereinnahmen, hab ich recht?«

Nell holte Luft. »Spielt der Film in der Gegenwart oder in der Vergangenheit? Schreiben Sie Ihre Drehbücher selbst oder, oder ...?« Ihr klopfte das Herz bis zum Hals, während sie versuchte, seine Komplimente rasch zu umschiffen. Was würden sie an der Schauspielschule sagen, wenn sie an den Favoriten vorbeizog – an Dan und Charlie, Hettie und Marvella, bevor die überhaupt mit dem College fertig waren?

Harold Rabnik legte den Kopf schief. »Also, im Moment ist alles noch völlig offen, aber um Ihre Fragen zu beantworten, ja, nein oder auch möglicherweise. Wie dem auch sei, kommen Sie und sehen Sie sich das Haus an.« Er führte sie aus dem Zimmer zur Treppe, und während er hinaufging, schwappte der Wein in seinem Glas. »Jemand, der sich wie Sie für Film interessiert, darf sich das nicht entgehen lassen«, sagte er, »Sie bekommen nämlich eine derart moderne technische Ausrüstung zu sehen, wie sie diesseits des Atlantiks selten ist.«

Nell schob ihr eigenes Glas auf einen Sims auf dem Treppenabsatz und ließ es dort stehen.

»Also, Mädchen«, sie spähten in ein Schlafzimmer mit einer ochsenblutroten Steppdecke und einem Haufen Kissen, das Kopfende mit Goldbrokat verziert, »lassen Sie sich in Staunen versetzen!« Damit trat er ans Bett, drückte auf einen Knopf, und hinter Nell glitt langsam und lautlos eine großformatige Leinwand herunter. »Schnell, kommen Sie rein und machen Sie die Tür zu.« Kaum war sie seiner Aufforderung gefolgt, wurde das Licht gedimmt, und aus allen Ecken des Zimmers ertönte Musik. »Hier«, sagte er und klopfte mit der flachen Hand auf die Kissen neben ihm, »sehen Sie sich das an.« Auf der Leinwand ihnen gegenüber erschien der Rücken einer jungen Frau mit einer Locke rotblondem Haar, die sich ihr über die Schulter schlängelte, während die weichen Umrisse einer ihrer Brüste nur kurz zu sehen waren. Das Tuch, das sie sich lose um die Taille geschlungen hatte, war ein wenig verrutscht, so dass ein Stück ihres Schenkels zum Vorschein kam, und als sie sich vorbeugte, erschienen große, blutrote Lettern auf der Leinwand. EIN FILM VON HAROLD RABNIK. Das Mädchen drehte sich um, raffte ihr Musselintuch, und Nell blieb einen Moment die Luft weg, als sie ihre Lieblingsschauspielerin erkannte, deren Rolle in der Fernsehserie *Shannon* sie als Dreizehnjährige dazu gebracht hatte, sich beim National Youth Theatre zu bewerben.

»Sie ist reizend, nicht wahr?« Harold Rabnik hatte die Schuhe abgestreift und sich auf der Decke ausgestreckt, die Hände hinter dem Kopf verschränkt und blickte aus der ersten Reihe seines eigenen Kinos nach oben. »Wahrscheinlich würde sie immer noch in einer Tesco's-Filiale arbeiten, wenn ich ihr nicht eine Chance gegeben hätte.«

Gott, dachte Nell, die Sache wird absurd. Doch das Gebot der Höflichkeit verlangte, dass sie es sich mindestens zehn Minuten ansah. Das Mädchen rannte durch ein Feld, blickte scheu über die Schulter in die Kamera, während sie unter dem weißen, mit feinen Bändern geschnürten Mieder eines Milchmädchens den Rock mit den Händen hochhielt. Ein Schatten legte sich über die Szene, eine Schulter, ein Jackenärmel erschien, und ein dunkelhaariger Mann mit strahlend weißen Zähnen jagte hinter ihr her. Eine Tür flog auf, das Mädchen stürzte durch die Küche eines Bauernhauses, der Mann holte sie ein. Unter einem wirbelnden Crescendo der Begleitmusik taumelten sie zusammen auf das Bett mit sandfarbenem Laken und groben Decken, und ihre sommerlich goldene Mähne fiel ihm übers Gesicht.

»RAUSCH« – eine Trompetenfanfare kündigte den Titel an – »Buch, Regie und Produktion von HAROLD RABNIK.«

Neben ihr seufzte Harold Rabnik. »Und jetzt sagen Sie mir«, fing er an und tätschelte Nells Hand, »welches Mädchen mich an Sie erinnert.« Er zog seine Hand nicht zurück, sondern streichelte geistesabwesend ihre Finger. Nell räusperte sich und versuchte höflich, ihre Hand wegzuziehen.

»Ah, diese Szene sieht so einfach aus, aber tatsächlich war es verdammt schwer, sie zu drehen.« Auf der Leinwand watete eine Gruppe Mädchen in den Fluss. Sie hatten die am Saum bereits nassen Röcke geschürzt, während sie Holzkübel mit Wasser füllten und triefend ans Ufer brachten. »Sehen Sie das Mädchen?«

Nell starrte auf die Leinwand. Sobald sie die junge Frau ausgemacht hätte, konnte sie gehen, doch in dem Moment rutschte eines der Mädchen aus, und ihr weißes Baumwollhemd sog sich so mit Wasser voll, dass es durchsichtig wurde. Das Mädchen blickte an sich herunter und sah, wie ihre Brustwarzen rosa durch den Stoff schimmerten. Als sie das Gelächter der anderen Mädchen hörte, füllte sie den Eimer und spritzte ihre Freundin mit einer Fontäne nass. Die andere Frau kreischte. Auch ihre Bluse war durchtränkt, und es dauerte nicht lange, bis das Ganze in übermütigem Nassspritzen und Kichern endete und das erste Mädchen seine triefende Bluse auszog. »Ihre große Szene«, sagte Harold lachend, und Nell sprang vom Bett. »Ich muss gehen.« Sie sah sich nach der Tür um, doch sein Arm schoss nach vorn und hielt sie fest. »Hat Ihnen denn niemand Manieren beigebracht?« Sein Mund war klein und verzog sich zu einem niederträchtigen Grinsen. »In diesem Reitstall, in dem Sie gearbeitet haben.«

Nell schluckte.

»Niemand lässt sich gerne stören, wenn er sich einen Film ansieht, schon gar nicht, wenn es der eigene ist.«

»Ich bin verabredet ... mein Freund ...«, stammelte sie.

»Jetzt ist es auf einmal Ihr Freund, ja?«

Auf der Leinwand war das Mädchen gestolpert und auf lehmigen Boden gefallen. Der Dreck war ihr auf die Brust gespritzt, und nun wischte sie verzweifelt an ihren enormen Brüsten herum.

»Genauer gesagt, sind wir verlobt.« Nell riss sich los und stolperte zur Tür, doch Harold Rabnik war blitzschnell aufgesprungen und verstellte ihr den Weg. »Verlobt?« Er legte die Stirn in Falten, als sei das Ganze ein Witz. »Darf ich in diesem Fall ein letztes ausgesuchtes Liebesabenteuer vorschlagen, bevor du dich in die Banalität der Ehe stürzt?«

Nell versuchte zu lachen. »Nein, wirklich nicht.«

»Bist du sicher?« Er trat näher heran, so dass Nell mit dem Rücken an die Wand gedrückt wurde.

»Das hast du vielleicht nicht gewusst, aber ich vergebe nie eine Rolle, bevor ich diejenige nicht persönlich kenne.« Er schob ihr sein kurzes Bein in den Schritt und berührte fast ihr Gesicht, um sie zu küssen. »Nein!«, protestierte sie. Doch das fleischige Ende seiner Zunge glitt ihr in den Mund. Ihr drehte sich der Magen um. »Lassen Sie mich los!« Sie stieß ihn so heftig zurück, dass er nach hinten wankte, dann rannte sie zur Tür und riss sie auf. Doch es war nur ein Schrank, in dem eine Reihe leuchtend bunte Hemden vor Schreck erzitterten. »Wenn Sie mich nicht augenblicklich gehen lassen«, fauchte sie ihn an, »rufe ich die Polizei.«

»Und was willst du denen sagen?« Seine Augen waren winzig. »Dass du dich nach einem trauten Abendessen und ein paar Gläsern exquisitem Wein im Schlafzimmer einer bestimmten Person wiedergefunden hast, um es dir dann auf einmal anders zu überlegen?«

»Aaahh«, stöhnten die Frauen auf der Leinwand, die sich inzwischen gegenseitig mit Lehm beschmierten.

»Lassen Sie mich einfach raus, und ich sage nichts«, wechselte Nell die Taktik, während sie das dunkle Zimmer nach einer anderen Tür absuchte. »Versprochen. Die Sache ist nur die«, sie presste ein paar Tränen hervor, »ich bin schwanger.«

Harold Rabnik lachte.

»Doch, im Ernst. Ich weiß, dass man es noch nicht sieht, aber ...«

»Ist das alles, was sie euch in dieser elitären Schauspielschule beibringen? Erbärmlich!« Und Nell wurde prompt rot.

»Doch«, beharrte sie wütend, »ich bin schwanger!« Und wie zur Demonstration ihres chaotischen Gemütszustands, den die Hormone bei ihr angerichtet hatten, griff sie nach einer kleinen Statue, die auf einem eigenen Podest stand, und schleuderte sie quer durchs Zimmer.

»Nein«, flehte Harold Rabnik und rang nach Luft, »nicht meinen Global Globe«, und als die Trophäe unter eine Chaiselongue rollte, stürzte er hinterher.

Nell sah ihre Chance. Sie tastete an der Wand nach der Tür, bis sie eine Türangel fand. Daneben befand sich dann auch, als Blüte getarnt, der Knauf. Unter dem Stöhnen der Frauen auf der Leinwand riss sie die Tür auf und huschte hinaus. Sie rannte, ohne sich umzusehen, bis sie den Treppenabsatz erreichte, und nach einem kurzen Blick über die Schulter, um festzustellen, ob er ihr folgte, stürzte sie die Treppe hinunter. Nell hastete am Wohn- und Esszimmer vorbei ins Büro und rechnete, während ihr das Blut in den Schläfen pochte, jeden Moment damit, dass er hinter ihr war und sie mit seinen heißen Händen festhielt. Wenn nun die Tür abgeschlossen war? In Panik zog sie an den Riegeln, brach sich die Nägel ab und glaubte, seine schweren Schritte hinter sich zu hören, doch wie durch Zauberhand war sie plötzlich draußen in der kühlen Luft und rannte durch den gläsernen Gang bis zur Straße.

Aus der Ferne kam mit orangefarbenem Licht ein Taxi in ihre Richtung. »Taxi!«, schrie sie, während sie darauf zurannte und gleichzeitig wie wild mit beiden Armen winkte, um sich ja bemerkbar zu machen, doch der Wagen hielt an, und der Fahrer kurbelte die Scheibe herunter.

»Wo soll's denn hingehen?«

»Archway.« Sie warf sich auf den Rücksitz.

Der Taxifahrer stellte sein Taxameter ein, schaltete das gelbe Licht aus und fuhr los. »Hey, da wohnt doch dieser Harold Rabkin, oder?« Er drehte sich zu der Mauer mit den Metallstacheln um.

»Ja«, Nell wischte sich die Augen. »Er ist schrecklich. Er hat versucht ...«

Doch der Taxifahrer hörte nicht zu. »Also«, er warf ihr einen grinsenden Blick zu, »Sie könnten nicht zufällig ein gutes Wort für mich einlegen, wenn Sie ihn wiedersehen, oder? Wissen Sie, ich hoffe nämlich selbst, Schauspieler zu werden. Dieser Job hier, das ist nur ein Notnagel, bis ich den Durchbruch schaffe.«

Nell drehte sich zum Fenster um. Es hatte angefangen

zu regnen – feine Splitter, die schräg an die Scheibe prasselten. Es gab keinen Film. Sie war angewidert. Und selbst wenn es doch einen gab, dann ohne sie. »Eigentlich«, sagte sie, als die Zahlen auf dem Taxameter gefährlich in die Höhe stiegen, »lassen Sie mich besser hier raus. Ich nehme den Bus.«

Morgen würde sie aufstehen und zum Jugendgericht fahren. Dort würde sie sich die Lebensgeschichte von jemandem anhören, der nie die geringste Chance gehabt hatte, seine Träume zu verwirklichen. Jemand wie Nonnie, das sechzehnjährige türkische Mädchen, das sich bei Ladendiebstahl erwischen lassen hatte und mit einem Bein im Knast war. »Ich verurteile Sie«, hatte der Richter zu ihr gesagt, »zu fünfzig Stunden gemeinnütziger Arbeit«, und er hatte hinzugefügt, dass er zwar einerseits die siebenundzwanzig früheren Verurteilungen berücksichtigen müsse, andererseits aber auch an ihre kleine Tochter denke, mit der sie in einem Wohnheim in Streatham lebte, und an ihre Beteuerungen, sich zu bessern.

»Ich werde alles daransetzen«, hatte Nonnie versichert, als sie zusammen mit dem Anwalt und Nell draußen auf der Straße stand. »Ich mein's ernst, Boss.« Dann hatte sie schelmisch gegrinst, so dass die Lücke zwischen ihren Schneidezähnen zum Vorschein kam und Nell sich gewaltig zusammenreißen musste, um Nonnie nicht auf ihrem Weg die Vauxhall Bridge Road entlang hinterherzurennen und ihr die eigene Adresse in die Hand zu drücken.

HEISSE NÄCHTE

Charlie konnte sich ein zartes, triumphierendes Lächeln nicht verkneifen. »Sie hat mich genommen.«

»Im Ernst?« Rob, der sich auf dem Sofa ausgestreckt hatte, sah zu ihr auf. »Maisie Monck?« Er ließ das Buch fallen, in dem er gelesen hatte, seine zerfledderte, geliebte Ausgabe von Bukowski – *Die schönste Frau in der ganzen Stadt*. »Selbstverständlich hat sie dich engagiert. Wieso sollte sie auch nicht? Sie wird mit dir ein Vermögen machen.« Er richtete den Oberkörper auf und räkelte sich. »Eigentlich sollte ich einen Anteil bekommen, nachdem schließlich ich sie zu der endlosen Vier-Stunden-Aufführung von *Hamlet* geschleift habe.«

»Das war eine geniale Inszenierung.« Charlie kniff die schwarzen Augen zusammen. »Meine Ophelia war sublim. Außerdem bekommst du sowieso deinen Anteil, regelmäßig.«

»Ja, meinst du?« Er grinste. »Wenn auch nicht jede Nacht, eh?«

Gestern Abend hatte Rob sie, als sie ihn nach einer *Hedda Gabler*-Aufführung abholen wollte, eine halbe Stunde warten lassen und – während sie ungerührt an der Bar saß – an eine dahinschmelzende zweite Besetzung, die ihm an den Lippen hing, seine Weisheiten verschwendet. »Falls du es vergessen hast, ich hab morgen früh einen Termin«, hatte sie schließlich gesagt, aus Rücksicht gegenüber den anderen gab sie sich Mühe, freundlich zu sein, und hatte zum Abschied genickt, bevor sie zur Tür ging. Rob folgte ihr nicht sofort. Charlie war draußen auf der Straße stehen geblieben, hatte sich gegen die Spötteleien und Pfiffe einer dahergelaufenen Horde Fußballfans gewappnet und ihn mit jeder Minute, die verging, verflucht. Zur Strafe hatte sie in dem späten, vollbesetzten U-Bahn-Waggon unnahbar in einigem Abstand gestanden und war im Geist all die leidvollen Erfahrungen durchgegangen, die sie in den über drei Jahren, die sie sich kannten, mit ihm gemacht hatte. »Wie wär's, wenn du mir viel Glück wünschen würdest?«, hatte sie gefaucht, als sie die Treppe zu ihrer Wohnung hochstapften. Als er nichts sagte, war sie an ihm vorbei ins Gästezimmer gerauscht und hatte so heftig die Tür hinter sich zugeknallt, dass die losen Fensterscheiben klirrten.

»Also, dann erzähl mal.« Rob zog sie zu sich herunter – er liebte einen handfesten Krach, der ihn gewöhnlich in eine amouröse Stimmung versetzte. »Was hat Maisie gesagt? Ich will alles wissen.«

»Na ja«, Charlie wand sich aus seiner Umarmung und setzte sich mit angezogenen Knien ans andere Ende des Sofas. »Sie hat mir tausend Fragen gestellt – was ich mal machen will und was ich mir vorgenommen hätte, um es zu erreichen, was ich sonst noch gelernt hätte, du weißt schon, singen, tanzen … mit Delfinen schwimmen …«

»Klar«, Rob nickte. »Sag immer, dass du das alles kannst, und mach dir später Gedanken darüber.«

»Dann hat sie gemeint, sie wäre sich ziemlich sicher, dass sie mir Engagements verschaffen könnte, auch wenn die Branche immer noch ziemlich engstirnig gegenüber … Exoten sei. Aber das ändere sich, hat sie gesagt, man müsse fest entschlossen sein, dann stünden einem alle Möglichkeiten offen. Und ihr gefiel meine Frisur.« Charlie strich sich mit den Fingern durch ihr neues, glatt geföhntes, honigblond gefärbtes Haar, das ihr bis zu den Schultern fiel.

Rob grinste. »Ich wusste, sie nimmt dich.«

»Nein, wusstest du nicht.«

»Oh, doch!«

»Hier geht es nicht um dich. Wieso muss sich immer alles um dich drehen?« Charlie war nicht wirklich sauer, doch irgendwie konnte sie nichts dagegen machen, dass sie auf den nächsten Streit zusteuerte.

»Und überhaupt«, fuhr sie gereizt fort, »musst du nicht zu deiner Matinee-Vorstellung?«

»Das kann warten.« Er beugte sich zu ihr hinüber und knabberte an ihrem Ohr. »Ich bin schon öfter nach der Pause aufgetaucht. Die wissen, dass ich rechtzeitig da bin. Komm schon, auf die Schnelle.«

»Nein«, Charlie wand sich. »Aber was hältst du davon, wenn wir uns später treffen? Wir können ausgehen und feiern. Bühneneingang? Oder soll ich in die Künstlergarderobe kommen und dich überraschen?«

»Bühneneingang ist gut.« Er überhörte ihren sarkastischen Unterton. »Es sei denn, du wärst scharf darauf, Barry und Hugh blanko zu sehen. Kein schöner Anblick. Ich komm runter. Sobald ich kann.«

Sie gab nach und küsste ihn, und der Funken, den sie bekämpft hatte, zündete. »Später«, hauchte sie und schmolz dahin. »Ich warte dann auf dich.«

Sobald Rob gegangen war, rief Charlie ihre Eltern an. Es war immer leichter, mit ihnen zu reden, wenn sie etwas Konkretes zu berichten hatte. »Das sind wundervolle Neuigkeiten, Schatz«, sagte ihre Mutter, bevor sie ihrem Vater zurief, »Udo, geh oben ran, es ist Charlotte.« Sie wandte sich wieder ihrer Tochter zu. »Maisie Monck Associates. Klingt großartig.«

»Sehen wir mal.« Charlie zündete sich eine Zigarette an. »Warten wir erst mal ab, ob sie mir Arbeit vermittelt«, und um auf ein anderes Thema zu kommen, erzählte sie ihnen von Equity, der Schauspielergewerkschaft. »Niemand konnte ohne Equity-Mitgliedsausweis arbeiten, andererseits bekam man den Ausweis erst, wenn jemand einem ein Engagement anbot.«

»Aber das ergibt doch keinen Sinn.« Ihre Mutter wirkte verärgert.

»Na ja«, dröhnte ihr Vater aus dem zweiten Apparat, »für jemanden, der schon in der Gewerkschaft ist, erscheint das durchaus logisch, weil man so verhindern kann, dass jedes Jahr Anfänger die Branche überschwemmen. Damit ist es noch aussichtsloser, Arbeit zu finden.«

Sie hörte, wie ihre Mutter seufzte. »Hättest du bloß weiter Fremdsprachen studiert. Dann hättest du auch im Ausland was finden können.«

»Im Ausland gibt es so viele Möglichkeiten«, bekräftigte ihr Vater.

»Du hättest es bei einem dieser großen Hotels versuchen können. Du warst schon immer so ein gescheites kleines Ding ...«

»Hört mal«, sie hielt den Hörer in einigem Abstand vom Ohr. Diese Leier kannte sie nur zu gut. »Ich mach dann mal lieber Schluss. Meine Agentin könnte versuchen, mich zu erreichen.«

Am anderen Ende herrschte pikiertes Schweigen, doch was wollten sie dagegen sagen?

Wie durch ein Wunder rief nur wenige Minuten später tatsächlich ihre Agentin an. »Also«, sagte Maisie. »Ich schicke Ihnen ein paar Drehbuchseiten rüber. Es ist eine frankoamerikanische Koproduktion – *Celestina* – und sie suchen nach einer Neuen, einem unbekannten Gesicht, also werden wir Sie vorschlagen. Ich gebe Ihnen Bescheid, sobald ich einen Termin abgesprochen habe. Wie gut ist Ihr Französisch?«

»Ehm, gut.«

»Wunderbar. Ich schicke die Seiten heute los. Melden Sie sich bitte, sobald Sie sie haben.«

Charlie traf zu früh am Theater ein. Sie nickte dem Mann in dem kleinen Schalterraum zu, blieb im Flur stehen und horchte auf die letzten Szenen von *Hedda Gabler*, die durch die Lautsprecheranlage nach draußen hallten. Sowie diese arme Frau unaufhaltsam in immer größere Verzweiflung stürzte, wuchs die Spannung, und als dann Rob alias Tesman ertönte, der seine Frau einmal mehr nicht verstand, jagte es Charlie einen Schauer durch den ganzen Körper. Sie hörte das Rascheln von Röcken und wusste, dass sich Hedda ans Klavier setzte, bevor das wilde Auf und Ab einer Polka folgte. Dann wieder Tesman, der ihr einen Rüffel erteilte, und der falsche, fügsame Ton, als Hedda klein beigab. »Ich werde künftig schweigen.«

Als endlich der Schuss ertönte, waren Charlies Nerven

zum Zerreißen gespannt. Einen Moment lang herrschte Schweigen, dann hörbares Luftschnappen und Schauder im Publikum, bevor Rob sein Wehklagen anstimmte. Als sie diesen Laut hörte, diesen jammervollen, gequälten Schrei, war Charlie wie gebannt und starrte unverwandt mit angehaltenem Atem in die Lautsprecherbox, so dass sie heftig zusammenfuhr, als sich der Applaus erhob und ihr in den Ohren brauste.

»Gute Vorführung heute Abend.« Die Schauspieler stapften die Treppe herunter. Sie mussten unter den Kostümen ihre Kleidung getragen haben, oder das Pub lockte so unwiderstehlich, dass sie den Schwung an den Tag legten, den sie, wie Rob zumindest behauptete, auf der Bühne oft vermissen ließen.

»Das klang gut.« Charlie wartete, während er mit drei blutjungen Italienerinnen für ein Foto posierte und einem einsamen Mann, der das Stück nicht gesehen hatte, ein Autogramm gab.

»Totaler Quatsch«, schnaubte Rob, und das Lächeln verschwand, sobald sie außer Hörweite waren. »Gott, dieses kleine Miststück Jessica wird jeden Abend schwieriger. Du hättest mal sehen sollen, was sie diesmal wieder im Schilde führte, irgendwas mit einem Wollknäuel, mitten in meiner großen Szene mit Hedda.«

»Na ja, ich hab nur die letzten zehn Minuten gehört, aber ich hab richtig Gänsehaut bekommen, die waren so gut, also ehrlich, selbst dieser Stan an der Bühnentür schien ganz hin und weg.«

»Ehrlich?«

»Ja. Dem standen die Tränen in den Augen.«

»Übertreib nicht.« Rob lachte, und Arm in Arm, wieder dicke Freunde, schlenderten sie durch Chinatown, Richtung Covent Garden, ohne stehen zu bleiben, um darüber zu reden, wohin sie wollten. Sie schritten über den Platz und bogen in eine ruhige Straße – in Charlies Augen »ihre« Straße – ab, bis sie die geheimnisvolle, unwiderstehliche Tür zu *Joe Allen's* aufstießen.

»Schönen guten Abend«, hieß sie der Oberkellner herzlich willkommen, und als sie durch das Gewirr der Tische eilten, kam Charlie der Gedanke, dass sie an diesem Abend ausnahmsweise einmal etwas zu feiern hatten, das mit *ihr* zu tun hatte.

Die Seiten trafen am nächsten Tag ein. Die erste Szene spielte in einem Zug. Ein junges Mädchen, Celestina, begegnet auf dem Weg zur Arbeit als Au-pair einem französischen Jungen und kommt mit ihm ins Gespräch. Sie reden, sie flirten, sie fühlen sich magisch zueinander hingezogen. Die Szene war voller verlegener Pausen, missverstandenem Englisch, flirtenden Blicken. Allein schon bei der Lektüre musste sie schmunzeln. Und ihr Text war fast ausschließlich auf Englisch.

»Das ist meine Haltestelle, tut mir leid, ich muss hier aussteigen.«

Das Mädchen springt auf den Bahnsteig, doch als sie sich noch einmal umdreht und dem Jungen zuwinken will, stellt sie fest, dass er ebenfalls ausgestiegen ist.

Die zweite Szene war sehr kurz. Die beiden Figuren liegen, mehr oder weniger angezogen, an einem glimmenden Feuer, und die Wellen plätschern an einen nahen Strand.

»Geh nicht zurück.«

»Ich muss.«

»Du musst überhaupt nicht. Außer hier bei mir bleiben.«

Sie küssen sich.

»Aber was ist mit meinem Studium, meinem Abschluss ...?«

»Was ist mit dem Leben?«

Er sieht sie im Mondlicht an.

»Ja. Leben.«

Sie küssen sich wieder, leidenschaftlicher. Das Feuer flackert. Heiße Nächte.

»Das kannst du nicht machen. Das ist ein Porno«, sagte Rob, als er die Szenen gelesen hatte. »Lass dich nicht von diesem alten Euphemismus, *Heiße Nächte*, täuschen, im Klartext heißt das splitternackt vögeln.«

»Tut es nicht«, entgegnete sie finster. »Es ist Kunst. Größtenteils ist es auf Französisch, und der Regisseur, also, seinen letzten Film hat er über den Dichter Victor Hugo gedreht.«

»Na ja«, Rob machte ein düsteres Gesicht. »Wahrscheinlich bekommst du die Rolle eh nicht.« In dieser Nacht ließ er im Bett das Licht an, las seinen Bukowski und blätterte noch lange, obwohl Charlie gerne geschlafen hätte, geräuschvoll um.

Das Vorstellungsgespräch lief gut. Der Besetzungschef begrüßte sie enthusiastisch, und der Regisseur, ein kleiner, undurchsichtiger Franzose in einem Pulli mit Polokragen, musterte sie gespannt, als sie las. »Sehr schön«, sagte er und nickte, »sehr schön.«

Maisie war verzückt, als sie anrief. »Die waren begeistert von Ihnen«, sprudelte sie, »sie wollen Sie wiedersehen, für ein paar Probeaufnahmen, und diesmal sollen

Sie zusammen mit dem Jungen lesen, der die andere Rolle bekommen hat. Marcel Perez. In Frankreich ist er ein bisschen so was wie ein Star. Können Sie nächste Woche? Montag?«

»Klar«, sagte Charlie und versicherte sich erst, ob Rob außer Reichweite war, bevor sie fragte, ob sie das ganze Drehbuch sehen könne.

»Keine Ahnung«, Maisie klang zerstreut. »Die haben vorerst nur diese Szenen geschickt. Vermutlich arbeiten sie noch dran. Also, Montag, zwei Uhr. Am selben Ort. Rufen Sie mich an, sobald Sie aufbrechen.«

An diesem Samstag fand Robs letzte Aufführung statt. Charlie ging früh hinein und setzte sich in die Künstlergarderobe, hörte die überdeutlichen Stimmen, die ihre Geschichte durch die Lautsprecheranlage erzählten. Sie schloss die Augen und spürte, wie die ganze tragische Welt von Norwegen, von Ibsen, von Lügen, Ambitionen und Hoffnungslosigkeit, sie niederdrückte. Wie ertrugen sie das, diese Schauspieler, jeden Abend aufs Neue dieselbe traurige Geschichte abzuspulen? Doch noch während sie über diese Frage rätselte, hörte sie bei der Vorführung heraus, dass sie in dem Text einen neuen Sinn gefunden hatten. Ich bin wahrscheinlich nicht fürs Theater geschaffen, dämmerte es ihr, ich werde mich auf den Film konzentrieren. Als sie die Augen aufschlug und ihr Gesicht im Spiegel sah, musste sie unwillkürlich über die Vorstellung lachen, überhaupt eine Wahl zu haben.

Charlie stand auf und betrachtete die Postkarten, die am Spiegel steckten, die Blumen – einige frisch, andere mit hängenden Köpfen –, die Handtücher und Bücher und das Sammelsurium an Make-up, den Tiegel mit schwarzem Puder, mit dem Barry die kahle Stelle am Hinterkopf kaschierte. Er hatte ein Foto von seinen Kindern und eine Karte von einem der beiden – »Viel Glück, Daddy, Hals- und Beinbruch!« – mit einer Zeichnung von einem Mann, der beschwingt über die Bühne humpelt. Jeden Abend eilte Barry nach der Aufführung hinaus, um mit dem Zug nach Brighton zu fahren, wo er etwa um Mitternacht eintraf und mit dem Fahrrad durch die verlassenen Straßen bis nach Hove fuhr. Es lohnt sich, sagte er, einfach nur, um die Seeluft zu riechen und am Morgen, wenn die Kinder aufwachen, da zu sein. Charlie hätte, daran gab es keinen Zweifel, Rob nie wiedergesehen, hätte sie sein Baby bekommen.

Sie wartete, bis der berühmte Schuss ertönte und das Publikum nach Luft schnappte, dann schlüpfte sie aus der Garderobe und die Treppe hinunter zu Stans Kabine. Als Rob zum letzten Mal weinte und das Stück zu Ende ging, stellte sie sich vor, wie die Zuhörer vor Begeisterung aufsprangen und so laut klatschten, dass es ihr in den Ohren wehtat.

Im Anschluss fand in einer Bar in Holborn für die Darsteller, die Bühnenmitarbeiter, den Regisseur und ausgewählte Freunde eine Party statt. Sally Warren, die Hedda spielte, kam mit Bergen von Blumen herein. »Ach, Liebling«, sagte sie und schlang Rob die Arme um den Hals. In diesem Moment begriff Charlie mit einem Schlag, weshalb Schauspieler sich so exaltiert benahmen. Wie konnte man etwas anderes als »Liebling« sagen, wenn man mit einem Menschen ein ganzes Leben durchschritten, seine Seele entblößt, Tränen vergossen, Küsse getauscht, Qualen durchlitten und die unvorstellbar höchste Glückseligkeit erfahren hatte? Wieso sollte man ihm feierlich die Hand schütteln, wenn man schon einmal in seinen Armen gestorben war? »Wir bleiben in Verbindung«, versprachen sie einander. »Ja, *unbedingt*.«

Charlie nahm ein Glas Wein von einem herumgereichten Tablett. »Prost«, sie beugte sich zu Rob vor. »Du klangst heute Abend wunderbar. Du auch …«, Sally stand neben ihm, »du warst unglaublich.«

Sally erhob ihr eigenes Glas. »Meinen Glückwunsch. Ich hab von Rob gehört, du hättest deine ersten Probeaufnahmen vor dir.«

Charlie warf Rob einen Blick zu. »Ja … ich bin nicht sicher …«

»Ja, stimmt«, Rob legte ihr einen Arm auf die Schulter. »Sie wird ein großer Star.« Mit unheilvoller Miene sah er Charlie an, woraufhin Sally vielsagend lächelte und weiterzog.

»Verdammt noch mal«, zischte Charlie, »wieso musst du aller Welt davon erzählen? Wahrscheinlich bekomme ich die Rolle sowieso nicht.«

»Es erfahren sowieso bald alle.« Er hatte ihren Arm fest gepackt. »Wenn du am glimmenden Feuer die Hüllen fallen gelassen hast, auf der Erde liegst und dich von einem dahergelaufenen Franzosen von hinten vögeln lässt.«

»Rob!« Charlie sah sich um, doch niemand schien es gehört zu haben. Der Raum füllte sich, eine Reihe Männer und Frauen in weißen Hemden und Blusen machte die Runde und hielt dabei schwere Platten mit Canapés in die Höhe. Ausgehungerte Schauspieler fielen darüber her. »Shit.« Charlie merkte, wie sich ihr der Magen umdrehte.

»Nicht hinsehen, aber das ist Gabriel Grant. Von der Drama Arts. Erinnerst du dich? Pierre war ganz vernarrt in ihn, und Patrick Bowery hielt ihn für die große Hoffnung des britischen Theaters. Er serviert Snacks.« In der Hoffnung, sich getäuscht zu haben, drehte sie sich noch einmal um, doch Gabriel steuerte, ohne sie zu bemerken, geradewegs auf sie zu.

»Wo, welcher?« Rob sah sich aufmerksam um, und genau in diesem Moment begegneten sich ihre und Gabriels Blicke. Für einen Augenblick erstarrte er vor Scham, doch es war zu spät, wegzusehen. Rob wendete sich zur Bar.

»Hey.« Sie winkte ihm zu. »Hi. Wie geht's?«

»Prächtig.« Gabriel senkte sein Tablett. Es war noch eine zerdrückte, mit einem Sahnekringel verzierte Cherrytomate darauf. Charlie nahm sie, und mit einem Seufzer ließ er das Tablett sinken. »Ich bin … na ja, ich hab ein paar Sachen in Aussicht, aber es ist verdammt hart, an Arbeit ranzukommen, die sich lohnt. Und die Agenten. Als ich mit der Schule fertig war, haben mich ein paar umworben, aber dann, vielleicht war ich zu wählerisch … keine Ahnung. Das Ganze ist ein Wahnsinn.«

Charlie nickte. »Ich weiß, es ist lächerlich.«

»Und du?« Er sah sie mitleidig an. »Du bist jetzt auch da draußen, in der großen, miesen Welt.«

»Ja, seit letztem Donnerstag.«

»Hast du davon gehört, dass Nell Gilby ihre Mitgliedskarte bei der Gewerkschaft bekommen hat, indem sie auf einer Theatertournee für Schulkinder einen Pinguin spielt?« Er machte ein gequältes Gesicht.

»Ja, richtig.« Charlie weigerte sich, emotional zu reagieren. »Ich war da.« Sie sah Nell vor sich, wie sie zu einer operettenhaften Melodie mit den Armen schlug und sich in einer Hechtrolle nach vorne fallen ließ, während Kinder im Alter von vier bis sieben vor Vergnügen kreischten. »Sie war eigentlich ziemlich gut.«

»Also, ich mach dann mal besser weiter.« Gabriel blickte über die Schulter. »Einiges zu tun.« Er verzog das Gesicht und manövrierte sich durch die Menge zu der Schwingtür, aus der andere, an ihren weißen Hemden zu erkennende Kellner mit neuen Platten traten.

Sie fand Rob, ins Gespräch mit dem Regisseur vertieft, immer noch an der Bar. Sie hatten die Köpfe zusammengesteckt, und obwohl Charlie in der Nähe stand, konnte sie sich unmöglich dazusetzen, ohne sie zu stören. Sie nahm noch ein Glas Wein und schlenderte, den Blick vage geradeaus gerichtet, um sich ja nicht ein zweites gequältes Gespräch mit Gabriel anzutun, ziellos weiter, bis ihr plötzlich bewusst wurde, dass die Partys anderer Leute nach einer letzten Aufführung eine geschlossene Gesellschaft waren, zu der es keinen Zugang gab, zu der man nie gehören würde. Sie stellte ihr Glas auf einem vorbeigleitenden Tablett ab und trat auf die Straße. Die Nacht war klar und mild, das Pflaster und der graue Granit der Gebäude strahlten die Wärme des Tages ab. Scheiß drauf, dachte sie beim tristen Anblick des nächtlichen Busses und winkte sich für den Heimweg ein Taxi heran.

Marcel Perez war jung und schmal gebaut, mit glänzendem, pechschwarzem Haar. Er nahm Charlies Hand und ließ sie nicht mehr los. »Lass uns proben«, sagte er mit seinem schönen, lässigen Akzent, »schnell, solange sie ihre Ausrüstung aufbauen.«

Der Regisseur und der Kameramann waren mit einem Monitor beschäftigt und der Besetzungschef telefonierte.

Charlie zog ihre Blätter heraus. »Du hast es nicht auswendig gelernt?« Marcel sah sie erschrocken an.

»Also, doch, schon, so gut wie …«

»Perfekt.« Er warf ihren Text weg. »Und wenn du was vergessen hast, denkst du dir einfach was aus, ja?« Er sah sich mit einem schelmischen Gesichtsausdruck um. »Der Autor ist nicht da.«

Sie rasselten den Text herunter, sahen sich an und mussten unwillkürlich lächeln, so dass Charlie, als sie aufstand, um aus dem Zug zu steigen, überrascht gewesen wäre, Marcel nicht dort vorzufinden.

»Sie war sofort da«, Marcel sah sie eindringlich an, »diese Anziehungskraft, *non?*«

»Oui«, bestätigte Charlie, und sie lachten beide fröstelnd und nervös.

Die zweite Szene war schwieriger. Sie saßen auf dem Boden. »Ahhh«, Marcel reckte den Oberkörper vor und wärmte sich die Hände an einem imaginären Feuer.

»Okay«, rief der Regisseur. »Die Szene drehen wir. Wenn ihr beide so weit seid.«

»Geh nicht zurück.« Marcel ergriff Charlies Hände.

»Ich muss.« Charlie konnte nur daran denken, ob sie sich richtig küssen würden.

»Du musst überhaupt nichts. Außer hier bei mir bleiben.« Er berührte ihr Gesicht mit der Hand und strich ihr Haar zurück, dann beugte er sich vor, oh mein Gott, sie schloss die Augen und spürte einen kurzen Moment seinen Mund weich an ihren Lippen.

»Aber was ist mit meinem Studium, meinem Abschluss …?«, stotterte sie. Hatte sie sich zu früh von ihm gelöst?

Marcel sah sie verständnislos an. Er ging in die Hocke. »Was ist mit dem Leben?«, beharrte er.

Sie starrten einander an. Sie hörte eine Uhr an der Wand ticken. »Ja. Leben«, erwiderte sie versonnen und musste schlucken. Marcel beugte sich wieder zu ihr vor, legte die Arme um sie und lehnte sie sanft nach hinten, bis sie in einer eleganten, fließenden Bewegung beide auf den Boden sanken. »Eiße Näschte«, flüsterte er, und sie antwortete im besten, trockenen Ton von David Leans *Begegnung*: »Ich muss schon sagen, Sie sind verdammt gut. Machen Sie so was öfter?«

Sie hielten sich weiter fest, obwohl sie ein Lachkrampf schüttelte; die Kamera hielt die Szene unverwandt fest, und der Regisseur betrachtete ihre lachenden, verliebten Gesichter auf dem Monitor.

»Die wollen Sie!«, eröffnete ihr Maisie. »Und Equity hat sich einverstanden erklärt, Ihnen eine Karte auszustellen.« Sie schien völlig aus dem Häuschen zu sein. »Also, noch haben wir keinen Vertrag geschlossen, erwarten Sie sich also keine Reichtümer, es ist ein Film mit bescheidenem Budget.«

»In Ordnung, tu ich nicht.« Doch als das Angebot auf dem Tisch lag, war es mehr Geld, als sie zu hoffen gewagt hatte, mehr, als Rob das ganze letzte Jahr verdient hatte.

»Sie werden zu den Frisur-, Masken- und Kostümproben nach Paris fliegen«, meldete Maisie bei einem erneuten Anruf. »Da werden auch ein paar Szenen gedreht, aber das meiste drehen sie vor Ort im Süden. Sie organisieren

Ihre Reisen von dort aus. Sie wohnen hauptsächlich in Marseille.«

»Das klingt ja aufregend«, sagte ihre Mutter, als sie ihr davon erzählte, und ihr Vater hoffte, sie würde vor ihrer Abreise für eine Nacht zu ihnen nach Cheltenham kommen.

»Wohl eher nicht«, sagte sie zu ihnen. »Ich hab noch tausend Dinge zu erledigen, bevor ich gehe, unter anderem auch Französisch lernen«, und bevor ihre Mutter wieder von dem vergeudeten Geld für ihre Ausbildung anfangen konnte, von den Briefen, die sie von der Schuldirektorin bekommen hätten, dem geschwänzten Klavierunterricht, fiel ihr Charlie ins Wort: »Tut mir leid, es hat an der Tür geklingelt«, und legte auf.

In dieser Nacht liebte Rob sie mit schier unerträglicher Zärtlichkeit. »Ich komme zurück«, erinnerte sie ihn. Doch er lächelte nicht. Stattdessen ging er ganz darin auf, sie zu streicheln, zu küssen, sie umzudrehen und mit der Zunge sämtliche Mulden ihrer Wirbelsäule nachzuzeichnen, als wollte er auf jedem Zentimeter ihrer Haut einen bleibenden Eindruck hinterlassen. Danach hielt er sie fest, und während sie seine Glieder schwer auf ihrem Körper fühlte, dachte sie schuldbewusst an Marcel. Sie überlegte, wie sie einander wohl bei ihrem Wiedersehen in Frankreich begrüßen würden. Sie war sofort da, diese Anziehungskraft, *non*? Und zum tausendsten Mal fragte sie sich, ob er von ihren Rollen sprach oder von ihnen. Doch dann war sie schon bald in einen Traum hinübergeglitten, und mitten im Traum wurde ihr bewusst: Das Stück fing an, und sie war noch meilenweit vom Theater entfernt. So schnell sie auch zu rennen versuchte, ihre Beine waren schwer wie Blei. Sie wollte im Theater anrufen und ihnen Bescheid geben, doch jedes Mal, wenn sie die Nummer wählte, rutschte sie mit den Fingern ab, bis sie aufgab, sich ein Fahrrad schnappte und wie verrückt in die Pedale trat, bald jedoch in eine Öllache am Boden geriet, ausrutschte und hinfiel. Verzweifelt kämpfte sie sich aus dem Traum und war endlich wach. Rob hatte immer noch die Arme um sie geschlungen und sein Bein über sie geworfen, doch jetzt zitterte er, und seine Haut fühlte sich klamm und kalt an. »Was hast du?«, fragte sie ihn und hielt sich seinen schweren Kopf an die Brust. »Schatz, was hast du?« Doch er hielt sie nur umschlungen und sagte nichts.

Drei Tage später bekam Rob ein Rollenangebot. Eine kleine Tournee mit *Macbeth*. Birmingham, Newcastle, Liverpool, Llandudno, und wenn alles gut ging, das Theatre Royal in Bath. Praktisch vom selben Moment an war er mit den Vorbereitungen beschäftigt, las obsessiv immer und immer wieder das Stück, traf sich zu allerersten Proben mit der Schauspielerin, die Lady Macbeth spielen sollte, um dann an den Abenden noch einmal Stunden mit ihr am Telefon zuzubringen und alles zu diskutieren. So hatte Charlie Zeit für ihre eigenen Reisevorbereitungen. Beim Packen sah sie sich in den heruntergekommenen Räumen ihrer Wohnung um. Wie lange würde sie noch hier wohnen? Würde sie wirklich zurückkehren? Solange sie beide weg waren, wurde ihr bewusst, würde man dem Gebäude gar nicht ansehen, dass es bewohnt war. Ähnliche Häuser in der Nachbarschaft waren erst kürzlich abgerissen worden, und sicher war es nur eine Frage der Zeit, bis die Bulldozer kämen und auch dieses hier dem Erdboden gleichmachten. Sie sammelte ihre Lieblingssachen ein und packte sie in einen Karton – ihren Wintermantel und die Cowboystiefel, eine gepunktete Teekanne mit passenden Tassen, eine hohe Glasvase, die ihr Rob geschenkt hatte, mit einem schmalen Hals für eine einzige Rose. Mit dem Taxi brachte sie die Sachen zu Nell. »Nur bis ich zurück bin«, sagte sie. »Geht das?« Und Nell versprach ihr, alles gut aufzubewahren. »Viel Vergnügen!« Nell legte die Arme um sie. »Und schreib mal, wie's so läuft. Und wie er so ist, Marcel Perez.«

»Mach ich, versprochen«, sagte Charlie und fragte sich, während sie ihre Freundin umarmte, ob sie sich daran halten würde.

An jenem ersten Abend in Paris war sie zum Abendessen mit dem Regisseur, dem Autor, zwei Produzenten und Marcel eingeladen. Sie trafen sich in einer Brasserie nicht weit von ihrem Hotel – mit prächtigem Dekor und dennoch legerer Atmosphäre, typisch dafür, wie selbstverständlich die Pariser sich aufs Essen verstanden. Der Regisseur bestellte Meeresfrüchte, die in Schichten jeweils auf Eis so hoch übereinandergestapelt waren, dass man kaum darübersehen konnte: Muscheln, Langusten, Austern, Garnelen. Nach dem Verzehr der rohen, glitschigen Mahlzeit fühlte sie sich aufgekratzt und beschwipst.

Hinterher begleitete Marcel sie zu ihrem Hotel zurück. Sie liefen schweigend so dicht nebeneinanderher, dass sich ihre Finger fast berührten. »Es war mir ein besonderes Vergnügen, dich wiederzusehen.« Marcel blieb auf der Treppe stehen. »Schlaf gut«, und zu ihrer Überraschung fasste er sie höflich an den Schultern und küsste sie auf beide Wangen.

»Gute Nacht.« Sie versuchte, ihm in die Augen zu sehen, doch da wandte er sich schon ab.

Charlie lag in ihrem frisch bezogenen, neuen Hotelbett und sah sich um. Alles war so gediegen. Die Einbauschränke, der Schreibtisch mit seiner ledergebundenen Informationsbroschüre und das Telefon auf einem Tisch zu ihrer Rechten. Sie sollte Rob anrufen, überlegte sie, ihm sagen, dass sie gut angekommen war, doch stattdessen blätterte sie im Terminkalender. Vor dem Abendessen hatte sie dazu keine Zeit gehabt, sondern sich nur noch schnell umziehen, ihr Make-up überprüfen und ein wenig Lipgloss auftragen können. Jetzt erst stellte sie fest, dass sie die Szenen im Zug zuerst im Kasten haben wollten. Sie würden außerhalb von Paris drehen, und sobald sie an der Küste waren – schon in wenigen Tagen –, wäre eine der letzten Szenen des Films dran. Heiße Nächte.

»Eiße Näschte«, murmelte sie und hoffte, auf diese Weise diese knisternde Frivolität heraufzubeschwören, die Marcel beim Vorsprechen ins Spiel gebracht hatte, und während sie ihre Zeilen durchging, stellte sie sich vor, wie sie und Marcel sich im Schein des Lagerfeuers so natürlich und geschmeidig lieben würden, dass sich die Leute im Kinosaal ansahen und flüsterten ... ist das echt?

Mit dem Drehbuch in der Hand schlief sie ein, und eine Stunde später war sie schlagartig wach. Bei der Erinnerung an Rob, wie er sie schwitzend und zitternd in den Armen hielt, erfasste sie eine Woge von Schuldgefühlen. Ich muss ihn anrufen. Sie griff nach dem Telefon, doch obwohl sie die Nummer zwei Mal wählte und beim Concierge sogar noch einmal die richtige Vorwahl abglich, ging am anderen Ende niemand dran.

Am Set war Marcel freundlich, aber distanziert. Während jeder Szene flirtete er, und seine dunklen Augen sprühten vor Übermut, doch sobald der Regisseur »Cut!« rief, schlenderte er davon, und Charlie sah, wie er mit den Produzenten sprach, mit der Crew herumalberte, sich einen Tee zubereitete. Bis sie so weit waren, die Szene im Zug zu drehen, war Charlie vor Sehnsucht ganz verrückt. Jetzt, dachte sie, jetzt musste er sie zur Kenntnis nehmen, und als er durch den Waggon kam, um sich zu ihr vorzubeugen und sich aufmerksam anzuhören, was sie ihm zu sagen hatte, merkte sie, wie sie ihm gebannt in die Augen sah. »Wo ich hinwill? Nach Aix-en-Provence«, erklärte sie ihm, »ich soll da in einer Familie mit drei kleinen Jungen arbeiten«, und als er weiterfragte: »Tut mir leid, *je ne parle pas français, seulement un petit peu.*« Sie lächelten sich schüchtern an, und als sie wenig später vom Zug heruntersprang, war sie sicher, dass sie spürte, wie er hinter ihr herkam, als verbinde sie ein unsichtbares Band.

»Ja, ja, sehr schön«, murmelte der Regisseur, und am nächsten Morgen fuhr schon recht früh ein Wagen vor, um Charlie zum nächsten Flieger nach Marseille zu bringen. Sie rechnete damit, die anderen am Abflug-Gate zu treffen, erwartete, dort auch Marcel wiederzusehen, doch niemand war da, und obwohl sie im Hotel einen ganzen Tag Pause hatte, sich erholen und in den Gartenanlagen umherwandern oder am leuchtenden Pool sitzen konnte, fühlte sie sich gehemmt und allein.

Heiße Nächte wurde nach Einbruch der Nacht gedreht, und so rief man sie auch nicht vor sechs Uhr abends an. Erst um acht wurde es richtig dunkel, doch zuvor mussten Haar und Make-up gemacht werden, und hoffentlich blieb auch noch etwas Zeit, sich zu treffen und ein wenig zu proben. Charlies Kostüm hing bereits in ihrem Wohnwagen. Ein Nichts von einem Slip, eine in der Taille gebundene Bluse, dazu Shorts. Diese Garderobe hatte sie in Paris zusammen mit einer Frau ausgesucht, indem sie sich pantomimisch mit Achselzucken und Lächeln verständigt hatte, doch anstatt sie zu beruhigen, hingen die Kleidungsstücke wie Drohgebärden an ihren Bügeln. Sobald Charlie sie anhatte, würden sie unerbittlich von ihr verlangen, sie wieder auszuziehen. Am meisten machte ihr zu schaffen, dass ihr nie eindeutig gesagt worden war, wie viel Haut sie zeigen sollte. »Sieh zu, dass du eine Klausel reinbekommst«, hatte Rob ihr geraten, und als sie das bei Maisie zur Sprache brachte, hatte die nur geseufzt und gesagt, sie könnte auf »keine rosa Stellen« bestehen, was allerdings den Regisseur gewöhnlich zur Weißglut treibe und dazu führe, dass ein Double für Nacktszenen zum Einsatz kommen müsse. Ob Charlie das wolle? Sie könne natürlich darauf bestehen. Keine Frage. Doch da dies ihr erstes Engagement sei, solle sie es lieber nicht forcieren.

»Ach so, sicher«, hatte Charlie eingelenkt und sich schließlich auch den Hinweis verkniffen, dass es sich bei den rosa Stellen im konkreten Fall um schwarze handeln würde. »Keine Sorge. Ich bin sicher, das fügt sich alles.« An diesem Abend hatte sie sich vor ihren Spiegel gestellt und darin betrachtet. Wen kümmert's, hatte sie gedacht und sich verrenkt, um sich ihren Hintern anzusehen. Mich nicht. Ich würde nackt auf der Kilburn High Road laufen, wenn ich dafür Bares auf die Hand bekäme. Doch jetzt, wo sie unter lauter Fremden allein war, war sie sich da nicht mehr so sicher.

Charlie zog sich um. Die Bluse war rot-weiß kariert und wurde über dem Bauchnabel geknotet. Die blauen Shorts waren verwaschen. Ein Paar Flip-Flops standen in ihrer Größe bereit. *»Oh, là, là. Très jolie, n'est pas?«* Die Maskenbildnerin lächelte, als sie sich setzte, um Charlies Haar zurückzustecken und eine dünne Schicht Make-up auf ihre Haut zu schmieren. Sie konnte dabei zusehen, wie zuerst ihre Wangenknochen vortraten, ihre Wimpern sich lang und glänzend schwarz nach oben bogen und zwei sorgfältige silbrige Streifen den feuchten Glanz in ihren Augen unterstrichen. *»Merci, Madame«*, sagte Charlie dankbar. Die ganze Prozedur hatte sie beruhigt. Zum ersten Mal in ihrem Schauspielerleben hatte sie sich nicht vorgenommen, eine Figur zu erschaffen. Sie wollte den Beweis antreten, dass sie ohne das Korsett von Silvios sechs Typen auskam, ohne die Zwangsjacke von Stanislawskis System. Sie wollte sich vielmehr auf ihren Instinkt und die natürliche Anziehungskraft verlassen. Sie würde sich selbst spielen.

Sie ging zur Haar-Abteilung weiter, wo ein dicker Mann sein Strickzeug weglegte, um ihr frisch geglättetes Haar durchzukämmen und daraus eine Pferdeschwanzfrisur zu kreieren, indem er daran herumzupfte, die trockenen Enden abschnitt, zwei Strähnen herauslöste und sie nass machte, damit sie sich über ihren Ohren kringelten. *»Parfait«*, sagte er und küsste ihr die Finger, während Charlie dem Spiegel entgegenlächelte.

Das Set war eine Waldlichtung hoch über der Stadt. Es lag ein Duft von Thymian und Sonne in der Luft, und das schräg einfallende Abendlicht tauchte alles in einen goldenen Dunst. Charlie wurde mit dem Auto von ihrem

Wohnwagen zum fünf Minuten entfernt liegenden Drehort gebracht, und als sie ausstieg, fand sie sich auf einer Lichtung wieder, in deren Mitte bereits ein Feuer – *das* Feuer – brannte. Eine Art Sackleinen lag am Boden, das unter Blättern und Gräsern verschwand, und Marcel wartete in Jeans und einem T-Shirt an einem Tisch, auf dem Kaffee, Tee, Früchte und Kekse bereitstanden.

Charlie schlenderte zu ihm hinüber. »Guten Abend«, sagte er und hielt einen Styroporbecher unter den Hahn des Getränkespenders. »Hoffe, dir geht's gut?«

Sein Gesicht wirkte ungewöhnlich glatt, und sein Haar fiel ihm seidig locker in die Augen.

»Ja, danke.« Sie machte sich ebenfalls einen Tee. Zwischen ihnen herrschte unbehagliches Schweigen. Es ist wie eines dieser schrecklichen ersten Dates, bei denen man weiß, *dass* man zusammen im Bett landen wird, aber nicht, *wie*. Sie öffnete die Zellophanverpackung eines Kekses und stellte fest, dass sie ihn nicht herunterbekam. Vielleicht hätte ich an diesem ersten Abend auf den Stufen zum Hotel über ihn herfallen sollen, dann wüsste ich wenigstens, was mich erwartet, dachte sie. Wenn ich ihn schon berührt hätte, wüsste ich wenigstens, wie ich ihn jetzt berühren soll, und Charlie zitterte bei dem unangenehmen Gedanken an Muttermale, an Haare auf dem Rücken, an das neue, unbekannte Gefühl seiner Haut. Meine Absicht, dachte sie verzweifelt und zu spät, ist … ja, was? Was war ihre Absicht? Ihr fiel keine ein. Wahrscheinlich ging es bei ihrer Figur ja gerade darum, dass sie keine hatte. Sie will wieder nach England zurück, will weiterstudieren, andererseits will sie ihn nicht verlieren. Gut. Ihre Handlungen bestehen folglich darin, ihn zu lieben, ihn zu verführen, um ihn nicht zu verlieren. Aber war im Drehbuch nicht umgekehrt er derjenige, der sie verführt?

»Wie bitte?« Marcel lächelte.

»Ach, nichts. Ich dachte nur …«

»Willst du auch einen?« Er hielt ihr einen Kaugummi hin, und verlegen nahm sie ihn an.

Maisie hatte ihr versichert, dass es für alle Nacktszenen einen abgeschotteten Drehort geben würde. Wer nicht absolut erforderlich war, würde draußen bleiben, doch wer wollte hier auf dieser Waldlichtung dafür geradestehen? Jeder konnte irgendwo im Schatten lauern, von den Außenrequisiteuren über die Mechaniker bis hin zum gesamten Catering-Personal. Wahrscheinlich konnten sogar Leute, die mit dem Film überhaupt nichts zu tun hatten, herüberspähen, abendliche Spaziergänger, Trüffeljäger, Wilderer auf Fasanenjagd. Ist mir eigentlich egal, rief sie sich ins Gedächtnis, ich möchte mich lediglich nicht zum Narren machen, wenn ich in Wahrheit in *Ist ja irre – das Au-pair* mitspiele, während meine Mum dem ganzen Frauenclub von Cheltenham erzählt, ich hätte eine Rolle in einem zauberhaften kleinen Arthouse-Klassiker ergattert.

Marcel machte es sich neben ihr bequem. »Wo wohnst du in London?«, fragte er höflich.

»In Willesden«, antwortete sie, »kennst du das Viertel?« Er verneinte.

»Und du?«, fragte sie.

»Ich lebe in Paris. Im Marais.«

Ihre Unterhaltung geriet ins Stocken. Sie sahen beide hoffnungsvoll auf, als der Regisseur herüberkam. »Okay, also …« Er hockte sich neben sie. »Was wir sehen wollen, ist … Liebe, Zärtlichkeit, Leidenschaft.« Er lächelte, als sei er von der Klarheit seiner Anweisungen hocherfreut. »Wollt ihr zuerst proben, oder filmen wir sofort?«

Marcel drehte sich zu ihr um. »Sharlie?« Er nannte sie bei ihrem neuen, wohlklingenden Namen. »Was ist dir lieber?«

»Mir?« Und da es ihr unerträglich schien, sich unnötig weiter zu quälen, entschied sie sich dafür, sofort mit dem Drehen zu beginnen.

»Und Action.«

Sie starrten beide ins Feuer.

»Geh nicht zurück.« Marcel legte ihr einen Arm um die Schultern.

»Ich muss.« Sie drehte sich zu ihm um und sah ihn an.

»Du musst überhaupt nichts.« Er nahm ihre Hand und drückte sie. Es durchflutete sie warm. Sharlie, dachte sie, Sharlie! »Außer hier bei mir bleiben.«

Als er sie küsste, war sie bereit. Seine Lippen waren so weich, wie sie sie in Erinnerung hatte, seine Zähne so sauber wie Minze. Diesmal zog sie sich nicht so schnell zurück. »Aber was ist mit meinem Studium, meinem Abschluss …?« Sie verharrte in seinen Armen. Er drückte sie an sich und flüsterte beinahe, so dass das plüschige Mikrofon der Tonangel über ihnen augenblicklich herunterschwang: »Was ist mit dem Leben?«

Charlie musste an Rob denken, an ihre verbretterte Eingangstür, den Wecker, den sie wahrscheinlich auf Radio I eingestellt hatte. »Ja. Leben.«

Nachdem ihnen nun der Text ausgegangen war, beugte sich Marcel vor, um sie noch einmal zu küssen, während seine Hände an ihren Seiten heruntergl itten und sich sein Körper an sie drückte. Wie heiß wird diese Nacht?, überlegte sie plötzlich, während sie zusammen auf die Matte am Boden sanken, die auf felsigem Untergrund liegen musste, da ihr ein Stein in die Wirbelsäule stach. In jeder normalen Situation hätte sie aufgeschrien und senkrecht gesessen, doch das hier war ernst, es ging um Liebe und Leidenschaft. Marcel küsste sie weiter und sie ihn. Und was jetzt?, dachte sie, als sie schon keine Luft mehr bekam. Als sich ihre Lippen taub anfühlten, löste sie sich von seinem Mund und küsste seinen Hals, sein Ohr und strich ihm dabei die ganze Zeit durchs Haar. Hätten sie doch nur weiterreden können! Wir brauchen mehr Text zur Überbrückung, und genau in dem Moment richtete sich Marcel mit einer entschlossenen Geste, als ginge es um seine Karriere, plötzlich auf und zerrte sich das Hemd über den Kopf. Charlie krampfte sich der Magen zusammen. Im Dämmerlicht war er nicht nur schön, gepflegt und stark, sondern er signalisierte ihr, dass jetzt sie am Zuge war. Er zog sie zu sich herauf, sie küssten sich wieder, und diesmal hatte sie die Hände an seinem nackten Rücken, während er ihre Taille unter dem Knoten ihrer Bluse liebkoste. Als sie sich nicht länger küssen konnten, beugte er den Kopf zu der Schleife herunter, und zusammen mühten sie sich daran ab, so dass Charlie, als sie sich endlich löste und ihr die Bluse von den Schultern fiel und ihre Brüste entblößte, nur noch erleichtert war und sich kaum etwas daraus machte.

»Cut«, hörten sie unverhofft in diesem Moment. Eine Frau kam mit einem Morgenmantel herbeigeeilt. Marcel drehte sich um und wischte sich den Mund ab.

Charlie blickte zum Regisseur hinüber, doch der war beschäftigt. So zog sie nur den Morgenmantel enger und neigte geduldig den Kopf nach hinten, während die Maskenbildnerin ihr Puder aufs gerötete Gesicht tupfte.

»Also«, rief der Regisseur nach einer Weile. »Toll. Machen wir weiter, und ich will mehr … mehr Drängen, mehr Begierde sehen.«

Als Marcel wieder das T-Shirt auszog, strich Charlie mit den Händen über seinen Körper, spürte sein warmes Fleisch, die drahtigen Rippen, die Muskeln an seinen Armen. Ihre Bluse, die sie wieder zugeknotet hatte, rutschte ihr von den Schultern, und er beugte sich herunter und küsste beide Brüste. Sie merkte, wie ihr Gesicht in Flammen stand, bevor sie im nächsten Moment erbleichte, als sie an Sally Warren denken musste, die auf einer ziemlich lebhaften Premierenparty von *Hedda Gabler* zum Besten gegeben hatte, wie ihr einmal bei einer Sex-Szene ein Schauspieler, dessen Namen sie nicht nennen wollte, die Zunge ins Ohr gesteckt hatte, woraufhin sie sich auf der Stelle übergeben musste. Um zu Marcels Mund auf Distanz zu gehen, schob sie ihn behutsam zurück, so dass er mit gespreizten Beinen dalag, doch jetzt hatte er die Hände an ihrer Taille und knöpfte ihr die Shorts auf. Sie hörte schlagartig auf und sah in die Kamera, wo sie in einige Augenpaare starrte, die wegsahen, als sie ihre Blicke erwiderte.

»Was ist?« Der Regisseur verließ seinen sicheren Aussichtsposten.

»Soll ich? Muss ich … verdammt, sollen hier alle meine Hüllen fallen oder was?« Der Mann sah sie verlegen an. Er zuckte die Achseln, verzog das Gesicht und blickte hin und her. »Ich denke … ja. Die Shorts. Runter damit.« Dann sah er weg. »Das Höschen kann bleiben, oder auch nicht, seid kreativ, drückt eure Gefühle aus. Sie waren doch an der Schauspielschule, oder?«

Charlie verschränkte die Arme über der Brust, um ihm nicht eine zu knallen, und musste an die endlosen Stunden in Silvios Studio denken, in denen sie die Augen von links nach rechts bewegt hatten. »Ja«, formte sie finster mit den Lippen und fragte sich, was jetzt passieren würde, wenn sie die Klausel über die »rosa Stellen« unterschrieben hätte. Von wo würde das Körperdouble kommen? Würde sie, mit einem großen, schwarzen wabernden Hintern zwischen den Bäumen hervorgeschossen kommen und sich inbrünstig auf Marcel stürzen?

»Also, *très bien*.« Der Regisseur nickte, und sie machten sich für die nächste Runde bereit.

Diesmal wand sich Charlie selbst aus der Shorts, doch Marcel ließ seine restliche Kleidung an. Er öffnete seinen Gürtel und tat so, als zerre er an seinem Hosenschlitz, bevor er sie auf das Sackleinen legte und sich mit einem Stöhnen an sie presste. Volle fünf Minuten lang vögelten und stöhnten sie.

»Tut mir leid«, sagte Marcel, als es vorbei war. »Alles klar bei dir?«

»Ja«, sagte sie und verzog das Gesicht, während sie unter sich nach weiteren Steinen tastete. Als der Morgenmantel kam, winkte sie ab. Wozu schamhaft tun, wenn sie sich jeden Moment wieder keuchend winden würden? Marcel riss einen grünen Grashalm ab und dehnte ihn zwischen den Daumen. »Ich war mal in London«, erzählte er ihr und pfiff wie ein Junge durch den Halm. »Als mein Vater noch lebte, hat er bei einer Bank gearbeitet, und wir sind zusammen in den Hyde Park gegangen und mit diesen kleinen Booten gerudert.« Er ließ sich auf einen Ellbogen nieder, und Charlie legte sich neben ihn. »Ich kenne diese Boote«, sagte sie, »schon komisch, dass ich nie mit einem gefahren bin, obwohl ich seit meinem sechzehnten Lebensjahr in London wohne.« Es herrschte Schweigen. »Was ist mit deinem Dad passiert?«

»Oh.« Sein Gesicht verdüsterte sich. »Er war krank, ziemlich lange.« Er berührte ihre Hand. »Vielleicht fahren wir eines Tages mit so einem Boot. Du und ich. Und ich werde rudern.«

»Vielleicht.« So lächerlich es ihr schien, machte die Vorstellung sie glücklich.

»Bist du schon mal in Frankreich gewesen?«

»Nur ein Mal, für ein Wochenende.«

»Aber du bist gereist?« Jetzt, wo der Akt mehrmals stattgefunden hatte, so schien es, stand es ihnen frei zu reden.

»Eigentlich nicht«, antwortete Charlie. »Mein Dad hat mich einmal nach Nigeria mitgenommen, als sein Vater im Sterben lag ... in das Land seiner Vorfahren, weißt du ... aber das war nicht leicht, es kam mir so vor, als wäre er auf einmal ein anderer Mensch ... verstehst du, was ich meine?« Sie hatte das Gefühl, wenn überhaupt jemand sie verstehen konnte, dann er. »Und als ich zurückkam, hatte meine Mutter mich in einem Internat in Kent angemeldet, falls man das als Reisen bezeichnen kann.« Für einen Moment fühlte sie sich plötzlich elend.

»Du hast dich da nicht wohl gefühlt?« Marcel sah sie besorgt an.

»Ich hab's gehasst wie die Pest.« Doch als sie sein ernstes Gesicht sah, lachte sie. »Okay, so schlimm war es auch wieder nicht. Sie haben uns nicht geschlagen oder so. Ich hab mich nur anders als die anderen gefühlt. Und Heimweh gehabt. Danach hab ich meine Eltern gehasst, weil sie mich weggeschickt hatten.«

Marcel drückte ihr die Hand. »Und jetzt?«

»Jetzt?« Sie überlegte einen Moment. »Meine Eltern wissen nichts von mir.«

Als sie zum Hotel zurückkamen, wurde es schon hell. »Willst du schlafen gehen?«, fragte sie Marcel. Sie waren mit demselben Auto gefahren, trugen wieder ihre eigenen Kleider, blickten über die frühmorgendliche Landschaft, den alten Stein der Häuser, die ersten Hunde, die sich rührten, das Meer, das unerwartet zwischen den Bäumen aufblitzte.

»Ja«, sagte sie.

»Oder würdest du gerne … wir könnten schwimmen gehen?«

»Jetzt?«

»Wieso nicht?«

»Ist der Pool denn schon so früh geöffnet?«

»Der Pool?« Er grinste. »Das Meer!« Er beugte sich vor und sprach in schnellem Französisch mit dem Fahrer, der vor den Palmwedeln des Hoteleingangs wendete und auf die Straße ausscherte.

Charlie sah ihn an. »Ich wollte gerade sagen, später.« Sie schüttelte den Kopf. »Ich wollte vernünftig sein und sagen, treffen wir uns zum Mittagessen.«

Marcel grinste. »Jetzt, wo ich mit dir reden darf, mag ich nicht warten.«

Charlie drehte sich mit dem ganzen Körper zu ihm um. »Wie meinst du das?« Sie sprach leise. »Darf?«

Marcel nahm ihre Hände. »Um die Spannung aufrechtzuerhalten, musste ich ihnen versprechen, *distance* zu dir zu wahren, aber jetzt, die große Szene ist gedreht, also …«

Charlie stand der Mund offen. »Du hast mich diese ganze Woche allein gelassen …« Ihr Herz pochte heftig. »Du Mistkerl, nur für den Film?«

Marcel gab dem Fahrer eine kurze Anweisung, und schon bog er von der Straße ab. Unter ihnen tauchte hinter einem kleinen Felsmassiv mit winzigen blühenden Meerespflanzen eine blaue Bucht auf.

»Warten Sie hier«, sagte er zu dem Mann, nahm Charlie an der Hand und rannte mit ihr über die Felsen und Tümpel bis zu dem feinen Kiesstrand hinunter.

»Tut mir leid«, sagte er, »das war auch für mich nicht leicht. Bitte. Wirst du mir verzeihen?«

Als sie zögerte, fiel er auf ein Knie. »Ich bin schrecklliesch, ich weiß. Einfach schreckliesch.«

»Hör auf.« Charlie musste lachen. »Du schreckliescher Mann.« Sie zog an seinem Arm, damit er aufstand.

»Danke.« Er streckte die Hand aus und berührte zögernd ihr Haar, als fühlte er es zum ersten Mal. »Aber es hat funktioniert, nicht wahr? Du warst in Bestform. Großartig.« Und jetzt, als niemand sie sehen konnte, zog er sie an sich und sie küssten sich zum ersten Mal richtig.

WER IST DEIN AGENT?

Nells Agentur wurde von einer alten Frau mit dem Namen einer alten Frau – Ethel Dabbs – geführt, doch Nell hatte fast ausschließlich mit ihrer Assistentin Lyndsey zu tun. Lyndsey war jung und enthusiastisch, und sie hatte Nell unter ihre Fittiche genommen, nachdem sie ihr bei einer Aufführung von *Romeo und Julia* in einem Theater über einem Pub in Chiswick in der Rolle der Amme gefallen hatte.

»Willkommen bei Ethel Dabbs Associates.« Lyndsey hatte sie in ihr Büro geführt und Ethel Dabbs hatte von ihrem Schreibtisch aufgeschaut, die Brille zurechtgerückt und sie schonungslos gemustert.

Nell war glücklich, eine Agentin zu haben. Statt die Seiten von *The Stage* nach Annoncen zu durchforsten und mit ihrem Foto und Lebenslauf jedes Repertoiretheater im Land anzuschreiben, konnte sie einfach darauf warten, dass das Telefon klingelte. Meistens war dann ihre Mutter am Apparat, die wissen wollte, wie sie vorankam, doch zu ihrer Freude war es manchmal auch Lyndsey, die ihr Vorsprechtermine durchgab – mal ein Stück im Phoenix Theatre in Leicester, mal eine Saison am Glasgow Citizens. Einmal meldete sie sich sogar mit einem Termin für eine kleine Rolle in *The Bill*. Nell zwang sich, einige Tage abzuwarten, bevor sie zurückrief, und als sie es dann tat, war Lyndsey wie immer froh und munter. »Diesmal wird leider nichts draus, hat nicht geklappt. Auf in die nächste Runde, eh?«

»Ja«, antwortete Nell, doch als die Monate verstrichen, kamen Nell immer mehr Bedenken.

Kurz nach Neujahr rief Lyndsey an und fragte, ob Nell auf einen Sprung im Büro vorbeischauen könne. »Stimmt was nicht?«, fragte sie aus Sorge, dass ein Anlass, den sie nicht am Telefon nannte, nur etwas Unangenehmes bedeuten konnte, doch Lyndsey beruhigte sie. »Ethel möchte sich ein bisschen mit dir unterhalten, weiter nichts.«

Ethel Dabbs' Agentur war im Tiefparterre eines Hauses in Putney untergebracht. Das Kellergeschoss war so unaufgeräumt wie ein richtiges Zuhause, mit einem Spülbecken und einem Abtropfbrett unter dem Fenster sowie drei Schreibtischen, die sich über den Raum verteilten. Ethel war gerade am Telefon. »Ja, meine Liebe, ja natürlich, ich werde ihnen sagen, du kannst auf gar keinen Fall.« Sie griff zu einem Stift und machte sich einen Vermerk. »Ich weiß, ich weiß, das ist deine kleine Schwäche. Du kannst unter keinen Umständen eine Garderobe mit *irgendjemandem* teilen!« Als sie schließlich fertig war, winkte sie Nell zu sich. »Also«, sie rückte sich die Brille zurecht, »wie's aussieht, haben wir ein Problem.«

Nell schluckte.

»Mein liebes Mädchen, Sie bekommen kein Engagement.«

Nell stammelte. »Ich weiß, aber ...«

Ethel hob die Hand. »Ich möchte, dass Sie etwas ausprobieren. Ich möchte, dass Sie sich mit jemandem treffen. Er war selbst mal Schauspieler, tatsächlich einer von meinen, aber jetzt arbeitet er mit jungen Kollegen an ihren Fertigkeiten beim Vorsprechen.« Sie schrieb eine Adresse auf einen Zettel und schob ihn ihr rüber.

In Nell stieg eine Woge der Scham auf. Sie hatte drei Jahre an der Schauspielschule verbracht – eigentlich waren es nur zwei gewesen, aber nicht einmal sich selbst konnte sie so ohne weiteres eingestehen, dass man sie nach dem zweiten Jahr hinauskomplimentiert hatte. Jedenfalls sollte sie kein Coaching nötig haben.

»Machen Sie sich um das Geld keine Sorgen.« Ethel hatte ihr Zögern missverstanden. »Dafür kommt die Agentur auf. Wir betrachten es als eine Investition.«

»Nein, das ist es nicht, es ist nur ...« Nell besann sich auf ihre Manieren. Sie faltete den Zettel mit der Adresse zusammen und steckte ihn in die Tasche. »Vielen Dank«, sagte sie, warf Lyndsey ein kurzes Lächeln zu und eilte zur Tür.

Der ehemalige Schauspieler wohnte in einer großen, gediegenen Wohnung in Pimlico. Er führte Nell durch den Flur in sein Arbeitszimmer. »Bitte«, sagte er und deutete auf den hochglanzpolierten Parkettboden vor ihm. »Sagen Sie, wenn Sie so weit sind.«

Nell holte Luft. Sie sah sich um, als wollte sie sich orientieren, räusperte sich, hüstelte zweimal, und in der plötzlichen Erkenntnis, dass sie noch nie so weit gewesen war, suchte sie sich einen Stuhl, stellte ihn im schrägen Winkel auf und fing an.

»Er fand den Gedanken, dass Frauen aufeinander schießen, schrecklich ...« Sie hatte sich ein Stück von Ian McEwan ausgesucht, das er fürs Fernsehen geschrieben und das sie nie gesehen hatte. *»Es ist auch erschreckend ... allerdings*

erschreckt es Männer aus einem anderen Grund ...« Nell richtete den Blick zwar auf einen fiktiven Oberst aus dem Zweiten Weltkrieg, sah dabei aber auch den Schauspieler an. *»In den Luftabwehr-Einheiten dürfen die Mädchen vom weiblichen Hilfsdienst nie selbst die Flak feuern.«* Sie sah, wie der Schauspieler zwinkerte und sich am Kopf kratzte. Er hasst mich, dachte sie, er weiß, dass ich nichts tauge. *»Ihre Aufgabe ist es, den Entfernungsmesser zu bedienen. Wenn die Mädchen genau wie die Jungen Flaks feuern würden ...«*

Nell hatte sich diesen Vorsprechtext von ihrer neuen Mitbewohnerin Sita geborgt, die ihn ihrerseits von einer Freundin hatte. *»... Wenn Mädchen an den Waffen stünden und weibliche Generäle die Schlachten planten ...«* Sie sah Sita in ihrem winzigen Wohnzimmer vor sich, wie ihr die lange Mähne ums Gesicht flog, während sie die Worte ausspuckte, und sie überlegte, ob sie mehr wie sie klingen sollte – statt West Country eher wie East End. *»... dann würden die Männer begreifen, dass sich der Krieg nicht moralisch begründen lässt, sie hätten niemanden, für den sie kämpfen könnten, keinen Ort, an dem sie ihr ... Gewissen abgeben können ...«*

In ihrer Fantasie beugte sich der Oberst vor und legte herablassend seine Hand auf ihre. *»Nehmen Sie Ihre Hände weg!«*, brüllte sie und schüttelte seinen Arm ab. Doch im selben Moment kamen ihr Zweifel. Wenn der Coach nun an ihrer Wortwahl Anstoß nahm? Wenn er sie für eine Feministin hielt, die ihren Standpunkt klarmachen wollte? Sie senkte die Stimme, zeigte, dass sie nachdenklich sein konnte. *»Als wir miteinander ins Bett gegangen sind, war es egal, dass er nicht ... es hat mir nichts ausgemacht ... es hat mir wirklich nichts ausgemacht ...«*, und während sie über Liebe und Scham und die Parallelen zwischen Krieg und

Sex nachsann, sank sie endlich auf den Stuhl und wartete darauf, dass derjenige, der sie beurteilte, sein Gewehr nahm und zielte.

»Danke«, sagte der Schauspieler, ohne mit seinem Tonfall zu verraten, was er dachte. Er machte Nell Zeichen, näher zu treten. »Ich möchte Ihnen eine Frage stellen.« Er sah sie freundlich an. »Und ich möchte eine ehrliche Antwort.« Es trat eine Pause ein. »Was denken Sie während Ihrer kleinen Vorführung?« Nell sah zu Boden, und zu ihrer eigenen Überraschung füllten sich ihre Augen mit Tränen. »Was ich denke?« Sie runzelte die Stirn. »Ich denke ...« Sie rief sich die vielen Überlegungen ins Gedächtnis, doch dann wurde es ihr plötzlich klar. »Ich denke ... dass ich die Rolle nicht bekomme.«

»Und was passiert dann?« Der Mann sah sie lächelnd an.

»Was passiert?«

Nell schwirrte der Kopf so sehr, dass sie ihn kaum hörte. »Was meinen Sie?«

»Was passiert, wenn Sie da stehen, wenn Sie Ihr Innerstes nach außen kehren und Ihnen dabei diese Gewissheit durch den Kopf geistert?«

»Sie nehmen mich nicht?«

»Genau«, stimmte der Mann ihr zu. »Ganz genau. Und jetzt möchte ich, dass Sie mir noch ein paar Fragen beantworten. Sind Sie eine gute Schauspielerin?«

Das war eine schreckliche Frage. Woher sollte sie das wissen? »Ich glaube schon.« Sie fasste Mut. Sie dachte an ihre Darbietung als Emilia in *Othello*. »Ja, kann ich sein.«

»Und sind Sie zuverlässig, kooperativ, fleißig?«

»Ja.«

»Wären Sie ein wertvolles Mitglied eines Ensembles?«

Nell zuckte die Achseln, doch der Schauspieler ließ nicht locker, sondern legte die hohle Hand hinters Ohr.

»Ja.«

»Demnach könnten Sie tatsächlich genau das sein, wonach ein Regisseur sucht. Sie könnten ein Geschenk des Himmels für ihn sein.«

»Na ja ...« Es war Nell nie in den Sinn gekommen, dass sie tatsächlich nützlich sein könnte. Jedes Mal, wenn ihr eine Rolle angeboten worden war, hatte sie gedacht, dass es sich um einen Irrtum handeln müsse, den der Regisseur schon bald bemerken und bereuen würde.

»Also ...« Der ehemalige Schauspieler lehnte sich auf seinem Stuhl zurück. »Tragen Sie Ihr Stück jetzt noch einmal vor?«

»Gut.« Nell verzog das Gesicht. Wenn sie nun ganz genauso schlecht war?

»Gut!«, ermunterte er sie.

Nell ging wieder in Stellung. *»Er fand den Gedanken, dass Frauen aufeinander schießen, schrecklich ...«* Diesmal wusste sie, wer *er* war, und sie erinnerte sich daran, dass sie ihn mochte. Geradezu liebte. Sie sprach ihren Text wie in einem einzigen Höhenflug, und Sita, die jetzt – das schwarze Haar mit flatternden Bändern passend zu den Silber-Kreolen zu einem Pferdeschwanz zurückgebunden – bei Monsoon Accessories arbeitete, blieb eine ferne Erinnerung. *»Die Männer wollen, dass sich die Frauen aus den Kämpfen raushalten, damit sie ihnen einen Sinn verleihen können. Solange wir uns raushalten und sie nur unterstützen und nicht töten, machen Frauen den Krieg erst möglich ...«* Sie funkelte nicht den Schauspieler, sondern den Oberst an, der offensichtlich eingeschüchtert war. *»Ich entziehe Ihnen meine*

Unterstützung.« Als sie geendet hatte, sah sie auf, und es war egal, was der Schauspieler dachte. Was sonst wer dachte. Selbst, ob sie die Rolle bekam. Nicht, dass es eine gab.

»Ganz herzlichen Dank!« Nell lächelte.

»Ich danke *Ihnen*«, antwortete der Schauspieler.

Nell griff nach ihrem Mantel. »Oder ist noch was?«

»Nein, nichts.«

»Es geht also nur um ... Selbstvertrauen. Ist das alles?«

»Selbstvertrauen.« Er zuckte die Achseln. »Und natürlich Talent, und Glück.«

Sie lachten, und der Schauspieler hielt die Tür auf. Als sie die Treppe hinunterrannte, sah er ihr nach. *»Als wir miteinander ins Bett gegangen sind, war es egal, dass er nicht ... es hat mir nichts ausgemacht ... es hat mir wirklich nichts ausgemacht ...«* Die Worte sprudelten klar und deutlich aus ihr heraus, zergingen ihr auf der Zunge. Es war, als hätte sie sich den Text selbst ausgedacht. *»Er musste nicht unbedingt tüchtig und brillant sein ... Ich mochte ihn umso mehr ... Aber er ertrug es nicht, mir gegenüber schwach zu erscheinen. Das ertrug er einfach nicht. Ist das nicht dasselbe? Ich meine ... wie der Krieg. Sehen Sie nicht, dass beides ... beides ...«*

Wie in Ekstase sprang sie in einen Bus und setzte sich wie eine Königin in die erste Reihe.

Binnen zwei Wochen hatte Nell ihr erstes professionelles Engagement im Hampstead Theatre. Sie sollte eine singende Telegramm-Zustellerin spielen, die mitten in die Belagerung eines Einkaufszentrums gerät. Bei ihrem Vorsprech-Termin musste sie die erste Strophe von »My Way« bellen, als sei sie ein Hund.

»Wuff, wuff.
Wuff, wuff, wuff, wuff.
Wuff, wuff, wuff, wuuuuuuuuuff.
Wuff, wuff. Wuff, wuff, wuu ... uuuff.«

Doch nichts konnte sie beirren.

»Glückwunsch.« Lyndsey freute sich, als hätte sie die Rolle selbst bekommen. »Ich wusste, dass du es schaffen kannst.« Und zur Premiere schickte sie ihr einen Strauß rosa und rote Nelken mit einer Karte, auf der alle bei Ethel Dabbs unterschrieben hatten.

»*Wer* ist deine Agentin?« Die Hauptdarstellerin, Phyllida de Courcy, schielte auf die Karte, als Nell sie an den Spiegel steckte, und der Regisseur, Timmy, der sich zu einem letzten schnellen Plausch in die Garderobe geschlichen hatte, beantwortete die Frage an ihrer Stelle. »Ethel Dabbs. Weißt du, als sie ihren Lebenslauf schickten, war alles falsch herum. Nell, im Ernst, Sie sollten ein ernstes Wörtchen mit denen reden.«

»Falsch rum?« Nell verstand nicht.

»Sie hatten alles aufgelistet, nicht von Ihren neuesten Engagements rückläufig, sondern mit ihren Rollen an der Schauspielschule angefangen!« Sie lachten beide gequält, als sei das Versehen einfach zu komisch und traurig zugleich.

Nell stellte ihre Nelken in eine Vase.

»Ihr Lieben, meine Lieben, eine letzte Bemerkung.« Timmy drehte sich um und legte Nell seinen freien Arm um die Schultern. »Tempo, Tempo, Tempo.«

»Das sind drei Bemerkungen.« Phyllida lachte, doch Nell sah, dass sie unter ihrem Rouge und dem Lippenstift blass war.

»Noch eine halbe Stunde«, rief der Inspizient aus dem Flur, und Phyllida schrie auf. Nell rannte zum Klo. Ihr ganzer Körper schien vor Angst in Flammen zu stehen, zu zerfließen. Sie fühlte sich, als sollte sie jeden Moment aus einem Flugzeug springen und sich in die Tiefe stürzen. Sie drückte das Gesicht an den glatten Lack der Tür, hockte sich hin und schlang die Arme um die Knie. Wieso tu ich mir das an?, fragte sie sich und stellte sich vor, wie schockiert ihre Mutter, ihre Schwester und deren Freund, die alle in die Vorstellung kommen wollten, wohl reagieren würden, wenn Nell plötzlich bewusstlos zu Boden ging.

»Fünfzehn Minuten.« Es klopfte, und sie rappelte sich auf. »Bitte, lieber Gott«, murmelte sie und schwor, sich nie wieder etwas so Schreckliches anzutun, wenn sie diesen Abend heil überstanden hatte.

Als sie in die Garderobe zurückkam, stand Phyllida mit einer Zigarette am geöffneten Fenster. »Du hast doch nichts dagegen, oder?«, fragte sie und bot ihr auch einen Zug an. Der Inspizient kam wieder. »Noch fünf«, sagte er freundlich. »Auf die Plätze bitte.«

Phyllida krallte sich an Nells Hand. »Es wird nicht leichter.« Sie zitterte am ganzen Körper. »Ich bin heute nervöser als am Anfang. Mehr zu verlieren!« Und so standen sie, den kalten Angstschweiß auf der Stirn, Hand in Hand hinter den Kulissen.

Das Publikum war längst im Saal, sie hörten fröhliches, unbeschwertes Geschnatter, die Zuschauer ahnten nicht, dass nur wenige Meter von ihnen entfernt Menschen ihretwegen Qualen ausstanden, und dann gingen zu Nells Entsetzen die Lichter allmählich aus, die Musik verklang, und sie vergaß alles, was sie je gewusst hatte, selbst ihren

Namen, als sie in das leere, blendend weiße Licht der Bühne trat.

Es herrschte Stille. Das Publikum, nahm sie an, war genauso in Panik wie sie selbst, doch dann kam ihr der Text, so wie sie ihn einstudiert hatte, ganz normal über die Lippen, als wäre sie nicht sie selbst. Phyllida war hinter ihr beschäftigt, summte vor sich hin, bot ihr Toast an, und als schließlich Howard in seiner Wachmannsuniform die Bühne betrat, konnte sich Nell, eine Tasse Tee in der einen Hand, einen Besen in der anderen, zu ihm umdrehen und ihn begrüßen, als wäre das hier ihr Zuhause.

In der Pause steckte Timmy den Kopf zur Tür herein und warf ihnen beiden eine Kusshand zu; als Nell zur zweiten Hälfte hinausging, tänzelte und flog sie vergnügt im Takt zu ihrem gebellten Song. »Wuff, wuff … wuff, wuff, wuff …« Sie erhaschte einen Blick von Phyllida und erwiderte ihn mit einem Lächeln, sie legte mit Howard einen Walzer hin, und als sie später alle hinter einer Kiste Jaffa-Cake-Schachteln Zuflucht nahmen, hockte sie an ihrem Platz und spürte wie seit ihrer Kindheit nicht mehr Glücksgefühle durch ihren Körper rauschen. Und dann war es vorbei. Es gab stürmischen Applaus. Sie fassten sich an den Händen, verbeugten sich drei Mal und fühlten sich wie im siebten Himmel. »Du warst großartig, hinreißend.« Lyndsey nahm sie in die Arme, und über ihre Schulter hinweg sah Nell ihre Mutter mit strahlendem Gesicht, zu Tränen gerührt, mit einem Blick des Staunens in den Augen, als hätte sie endlich begriffen.

In dieser Nacht konnte Nell kaum schlafen. Es hatte noch Drinks in der Theaterbar gegeben und anschließend in Timmys Wohnung in der Brick Lane eine Party. Seine Agentin war da gewesen, eine intelligente, tüchtige Frau von Dove Coutts, und danach hatte Timmy ihr zugeflüstert: »Du hast ihr gefallen. Ich glaube, sie würde dich unter Vertrag nehmen, wenn ich ein gutes Wort für dich einlege.« Er füllte ihr Glas mit Champagner auf. »Eine Chance, von der faden Ethel Dabbs wegzukommen?« Als sie endlich im Bett lag, drehte sich ihr der Kopf.

Lyndsey rief schon früh mit der ersten Theaterkritik an. »›... wohl die überzeugendste, bezauberndste Darbietung, die ich in diesem Jahr auf einer Londoner Bühne gesehen habe‹«, krähte sie. »Warte, warte, es kommt noch besser. ›Mit dem anrührenden, heiter beschwingten Neuling Nell Gilby ...‹« Nell hämmerten die Schläfen viel zu sehr, um nachzuhaken. »Ganz, ganz herzlichen Dank für deinen Anruf«, sagte sie und konnte nicht schnell genug wieder unter die Decke kriechen, nachdem sie sich bei der Erinnerung daran, wie sie Amanda Jones und Dove Coutts vorgestellt wurde, wie sie gekünstelt gelächelt und gierig ihr Lob aufgesogen hatte, im Flurspiegel die Zunge herausgestreckt hatte.

Am Sonntag erschienen noch mehr Kritiken, viele mit Großaufnahmen von Phyllida und Nell und Worten wie »hypnotisierend« und »zutiefst anrührend« in der Legende. Und unter einem kleinen Bild, nur von ihr, stand, »ein vielversprechendes Talent«.

Lyndsey rief an und sagte, eigentlich täte man das ja nicht an einem Sonntag, aber sie könnte einfach nicht anders. »Herzlichen Glückwunsch! Ich hoffe, du bist aus dem Häuschen.«

»Ja, schon.« Nell war noch im Pyjama, nachdem sie zuvor den Mantel übergezogen und zum Laden an der Ecke gelaufen war.

»Ich werde mir die Aufführung bald wieder ansehen«, versprach Lyndsey, »und ich hoffe, ein paar Talentsucher mitzubringen.«

»Das ist toll«, antwortete Nell, »danke«, auch wenn ihr Terminkalender neben ihr aufgeschlagen lag – mit dem Eintrag Mittwoch, 11 Uhr 30: Amanda, Dove Coutts, in schwarzer Tinte.

»Und wenn sie es rauskriegt?«, fragte sie Sita, die sich für ihre Mittagsschicht im Pizza Express fertig machte.

»Keine Sorge. Du musst ja nicht gleich zu ihr wechseln. Verschaff dir erst mal einen Eindruck. Außerdem ist es nicht mal gesagt, dass sie dich nimmt.« Sie steckte sich das rote T-Shirt in den Rock – seit sie in einer Fernsehinszenierung ein junges pakistanisches Mädchen verkörpert hatte, das sich mit einer arrangierten Ehe konfrontiert sah, hatte sie nicht mehr als Schauspielerin gearbeitet. Danach kam sie für keine Rolle mehr infrage, die nicht ausdrücklich eine Asiatin vorsah.

»Mist.« Sita flocht sich ihr langes Haar. »Ich komm zu spät. Der Chef flippt aus.«

»Bis dann.« Nell breitete die Zeitungen vor sich aus. »Und bring mir Schokocremetorte mit, wenn du kannst.«

»Da mach dir mal keine allzu großen Hoffnungen. Das letzte Mal haben sie mich für ein einziges Stück drangekriegt, das ich gegessen habe. Haben mir das Geld vom Lohn abgezogen.« Sita war mit lautem Knall zur Haustür hinaus.

Dove Coutts hatte ein schickes Büro in der Oxford Street. Nell nannte an der Rezeption ihren Namen und sah sich schüchtern um, während sie darauf wartete, hereingebeten zu werden.

Unablässig klingelte das Telefon, und jedes Mal meldete sich die Empfangsdame im selben ungerührten Ton. »Dove Coutts? Tut mir leid, sie telefoniert gerade. Kann ich ihr etwas ausrichten?«

Nach einer Weile erschien Amanda Jones. »Hallo!« Sie reichte ihr die Hand. »Was für wundervolle Kritiken Sie bekommen haben!« Doch sie sagte es in vorwurfsvollem Ton wie eine rivalisierende Freundin.

»Ja.« Nell war aufgeregt, doch dann erinnerte sie sich, dass sie dank Timmy hier war. »Es ist großartig für Timmy. Er hofft, dass er mit dem Stück den Sprung in die größeren Theater schafft.«

Amanda antwortete nicht. Sie drehte sich um, führte sie in den Flur zurück und von dort in ein Büro mit einem einzigen großen Schreibtisch und einem Panoramafenster, durch das die Silhouetten anderer Büros und das schräge, grüne Dach eines Kaufhauses zu sehen waren. Amanda zog ihre Kaschmirjacke enger um die Taille und setzte sich schwungvoll auf ihren Sessel. Sie schob eine Vase mit einem an den Stängeln zusammengeschnürten Blumenstrauß aus dem Weg. »Mein Freund schickt mir diese albernen Bouquets!« Sie lächelte gewinnend, als wollte sie sagen, dass sie nun endlich ganz für Nell da sei.

»Also«, fing Nell an, »ich dachte, das ist vielleicht eine gute Gelegenheit, eine neue Agentin zu gewinnen. Ich meine, ich bin noch nicht lange bei Ethel und, na ja, Timmy hatte wohl den Eindruck, Sie könnten interessiert sein …«

Amanda beugte sich vor und blickte sie lange an. »Ja«, sagte sie, »sonst wären Sie nicht hier. Das Wundervolle an dieser Agentur ist – wir haben hier so viele große Stars, Schauspieler wie Regisseure, und wir haben natürlich Büros in Amerika, aber was ich damit sagen will ... wenn wir Abschlüsse verhandeln, können wir auch unsere jüngeren, weniger bekannten Leute pushen.«

Nell sah Amanda an und nickte. Sie verstand, wie raffiniert das laufen konnte.

»Also, ich hatte mir gedacht ... im Moment besetzen sie gerade einen neuen Piratenfilm, und sie drehen einen Streifen über Shakespeares Frau, da brauchen sie ein Mädchen. Wir könnten Sie dafür vorsprechen lassen. Was ist Ihnen am liebsten? Wo würden Sie sich am liebsten in, sagen wir, fünf Jahren sehen?«

Nell war wie geblendet. »Also ... ich weiß nicht. Ich hab in erster Linie Theater gespielt, was ich liebe, und ich würde auch gerne was im Fernsehen machen, aber am tollsten«, sie holte tief Luft, »finde ich Kino.«

Amanda lächelte ihr zu. »Sie könnten weiter Theater spielen. Sie suchen jemanden, der in Neil Simons Stück im West End einspringt.«

»Das wäre fantastisch.«

»Also«, Amanda blätterte in ihrem Terminkalender. »Wie lange läuft Ihr Stück?«

»In Hampstead? Noch drei Wochen.«

»Großartig. Wir machen uns an die Arbeit. Bieten Sie ab sofort an.«

Nells Atem wurde flach. »Ich werde wohl mit Ethel und Lyndsey reden müssen ...«

Amanda überhörte sie und griff nach einer Ausgabe von

Spotlight, Schauspielerinnen D bis G, bis sie bei Nells Viertelseite war. »Sie werden neue Fotos brauchen.«

Nell betrachtete ihr Foto, das auf dem Kopf stand – ihr Haar zurückgekämmt, ihre strahlenden Augen im sommersprossigen Gesicht. Sie fand das Foto ganz passabel.

»Wir haben jemanden, zu dem wir meist unsere Leute schicken.« Sie reichte Nell eine Visitenkarte. »Nicolo Manzini. Er ist unglaublich gut.«

»Ich muss mit Ethel sprechen ...«, wiederholte Nell.

Amanda blickte zur Tür. »Selbstverständlich. Nun, geben Sie mir einfach Bescheid, sobald Sie das getan haben, und wir legen los. Sehen, was wir tun können.« Sie machte Anstalten, aufzustehen, und Nell dachte an all die Nachrichten, die sich inzwischen an der Rezeption angehäuft haben mussten.

»Also dann, auf Wiedersehen, und herzlichen Dank.«

»Wiedersehen.« Amanda zwinkerte ihr lächelnd zu. »Ich warte auf Ihren Anruf.«

Nell lief den Flur entlang zurück, an einer Reihe Plakaten vorbei – *Ben Hur, Vom Winde verweht, King Kong*, in denen, wie sie sich vorstellte, ausschließlich Dove-Coutts-Klienten die Hauptrollen spielten.

Nell rief Lyndsey noch nicht am selben Tag an, es fehlte ihr einfach der Mut, doch am nächsten Morgen bekam sie, bevor sie dazu Gelegenheit hatte, einen Anruf von Lyndsey. »Ich dachte nur, ich komm heute Abend in die Vorstellung und bringe einen Besetzungsagenten von Granada mit.«

»Gut«, sagte Nell. Sonst nichts.

»Stimmt was nicht?«

»Nein«, Nell zögerte, und da sie wusste, dass sie alles nur schlimmer machte, platzte sie heraus, ohne nachzudenken, als hätte sie keine Wahl. »Also, Amanda Jones von Dove Coutts will mich übernehmen.«

Am anderen Ende herrschte Schweigen.

»Und ist es das, was du möchtest?« Lyndseys Ton war ausdruckslos und kalt.

»Ich weiß nicht«, log Nell. »Ich denke nur, das ist eine riesige Chance, und sie haben so viele große Namen, die schon in Filmen sind, so viele Kontakte.«

»Nun, auch wir haben Kontakte ...«

Es trat erneut Schweigen ein.

»Hör zu«, sagte Lyndsey. Nell hörte, wie sie schluckte. »Denk drüber nach. Denk wirklich drüber nach, und dann ruf mich später an und sag mir, wie du dich entschieden hast.«

Nell hätte am liebsten geschrien, dass sie sich bereits entschieden hatte. Sie konnte sie nicht noch einmal anrufen. Sie konnte es einfach nicht. »In Ordnung«, sagte sie kleinlaut. Und legte auf.

Nell wartete bis drei Uhr, bevor sie zurückrief. »Es tut mir so leid«, sagte sie zur Erklärung.

»Verstehe.« Lyndseys Ton war kurz angebunden. »Du hast dich also entschieden zu gehen. Einen Moment, Ethel möchte noch mit dir reden.«

Nell merkte, wie sie blass wurde.

»Also«, sagte Ethel in scharfem Ton. »Ich denke, Sie sind ein sehr undankbares Mädchen. Wir haben hart für Sie gearbeitet, junge Dame, besonders Lyndsey. Und jetzt, wo wir den Boden bereitet haben, soll jemand anders die

Früchte ernten. Ich denke, Sie werden weiter gute Arbeit leisten. Ich bin mir sicher. Aber ich wollte nur sagen, dass Sie sich sehr unloyal verhalten.«

»Tut mir leid«, sagte Nell und schnitt eine Grimasse. »Tut mir wirklich leid.«

»Sei's drum«, antwortete Ethel brüsk, und als Nell den Hörer auflegte, tröstete sie sich mit dem Gedanken, dass sie ab jetzt nie wieder mit ihr reden musste.

Auf der Stelle rief sie Amanda an.

»Hallo, Dove Coutts, was kann ich für Sie tun?«

»Nell Gilby, kann ich bitte mit Amanda Jones sprechen?«

»Tut mir leid«, sagte die Stimme bestimmt, »sie ist beschäftigt. Kann ich ihr etwas ausrichten?«

»Oh.« Nell war enttäuscht. »Bitte sagen Sie ihr, dass ich angerufen habe. Nell Gilby.«

Nell wartete in der Nähe des Telefons, doch Amanda rief nicht zurück, und um 17 Uhr 30 wurde ihr bewusst, dass sie sich beeilen musste, wenn sie nicht zu spät zum Theater kommen wollte, um sich aufzuwärmen.

Timmy und Phyllida fanden die Neuigkeiten großartig. Phyllida, die vor Freude über den guten Start strahlte, nahm sie in die Arme und tanzte mit ihr durch den Raum. »Eine richtige Star-Agentin«, sagte sie, und Timmy fügte hinzu, er hoffe, dass sie ihn in ihrer Dankesrede bei der Oscar-Verleihung erwähnen werde.

Dann erzählte Nell ihnen von Ethel Dabbs. »Ich finde, Sie sind ein sehr undankbares Mädchen!«, äffte sie die alte Dame nach. Und sie quietschten alle vor Vergnügen. Von Lyndsey und der wackeligen Stimme, als sie anrief, um ihr zu sagen, wie sie sich entschieden hatte, sagte sie nichts. Sie ging davon aus, dass sie heute Abend ebenso wenig kommen würde wie der Besetzungsagent von Granada.

An diesem Abend war die Aufführung uninspiriert. »Das Publikum ist schrecklich«, murmelte Howard, »in der dritten Reihe sitzt eine Frau, die praktisch schläft.«

»Banausen«, schimpfte Phyllida. »In Reihe F sitzt ein Mann mit einem Scheißlutscher.«

In der Pause kam Timmy herein. »Tempo. Was habe ich euch gesagt?« Und er stapfte hinaus, um mit Howard zu reden.

Am nächsten Morgen versuchte Nell erneut, bei Dove Coutts anzurufen, doch sie kam erst am späten Nachmittag durch. »Ja?«, sagte Amanda. »Ist die Tat vollbracht?« Und als sie es ihr erzählte, stieß sie einen solchen Freudenschrei aus, dass Nell sich genierte zu fragen, wieso sie nie zurückgerufen hatte.

»Also«, sagte Amanda, »wir müssen diese neuen Fotos machen und anfangen, Sie anzupreisen. Ich hoffe, Sie stehen tagsüber zur Verfügung?«

»Ja, natürlich.«

»Großartig. Ich melde mich in Kürze. Bis dann.«

Der Fotograf, Nicolo, hatte sein Studio in Fulham. Er trug Cowboystiefel zu engen weißen Jeans und hatte eine Assistentin, die Nells Haare und Make-up richten sollte. Doch zuerst einmal musterte er Nell von oben bis unten und fragte sie, ob sie noch andere Kleider mitgebracht hätte. »Ja.« Nell umklammerte ihre Tragetasche. »Aber tut es das hier denn nicht auch?« Sie trug ein blau-weiß gestreiftes

T-Shirt mit einem eckigen Ausschnitt, und sie gefiel sich darin – jung und ein wenig theatralisch.

»Zeigen Sie mal her, was Sie sonst noch haben.«

Nell zog eine schwarze Strickjacke heraus, die vom Waschen leicht fusselig war, und ein geblümtes wadenlanges Kleid.

Der Fotograf starrte sie an. »Ziehen Sie die Jacke mal an«, sagte er.

»Über diesem T-Shirt?«

»Nein, nichts drunter.«

Nell war verlegen, als sie wieder erschien. Es war eine Jacke, die sie normalerweise nicht zuknöpfte, und die Knöpfe, die sie zubekommen hatte, spannten über der Brust. Nicolo legte den Kopf schief. »Machen Sie mal noch einen auf«, sagte er unglücklich, als stünde von vornherein fest, dass es ihm auch dann nicht gefallen würde, und so sprang die Jacke am Ausschnitt noch weiter auf und gewährte tiefe Einblicke ihres Brustansatzes und entblößte den Spitzenbesatz ihres BHs.

Nicolo wandte sich an seine Assistentin. »Haare offen, denke ich, Gina, über eine Schulter, und richtig starke Farben auf Mund und Augen.«

»Eigentlich«, sagte Nell, während sie sich gefügig vor die breite Palette an Make-up setzte, »bevorzuge ich einen natürlichen Stil.«

Nicolo ignorierte sie. »Bin gleich wieder da«, sagte er und schlenderte aus dem Raum.

Gina beugte sich über sie, griff zu einem Brauenzupfer und setzte, nach einem ersten prüfenden Blick, an. »Au!«, schrie Nell vor Schmerzen, als sie das erste Haar erwischte. »Was machen Sie da?«

»Ich dachte nur, ich bringe Ihre Augenbrauen in Ordnung.« Sie trat zurück und verschränkte die Arme, als wollte sie sagen, auch gut, mir doch egal, wenn Sie aussehen wollen wie ein Yeti. Entnervt gab Nell klein bei. »Na gut, meinetwegen«, und sie blieb mit angespannten Muskeln sitzen, während die Härchen mit einem leisen, reißenden Geräusch ausgezupft wurden und sie sich anstrengte, nicht aufzuschreien.

Danach trug Gina Puder auf ihre gereizte Haut auf und bestäubte ihre Wangen rosa, bevor sie einen glatten schwarzen Pinsel in rote Farbe tauchte und damit ihre Lippen nachzeichnete. »Gut«, sagte sie, nachdem sie ihr Haar aufgelockert, gebürstet und geföhnt hatte und Nell das Gefühl beschlich, als stünde es ihr turmhoch zu Berge. Gina trat zurück und betrachtete ihr Meisterwerk.

»Kann ich mal sehen?«, fragte Nell und blickte sich nach einem Spiegel um. Während Gina in ihrer Handtasche nach einem kramte, versicherte sie ihr: »Sie sehen fantastisch aus.«

Der Spiegel war klein, und Nell musste schielen, um mehr als eine Gesichtspartie auf einmal zu sehen, doch auch so war sie entsetzt. Sie wirkte wie kostümiert, wie eine Hure in einer Komödie der Restaurationszeit. »Auf den Fotos wird es sehr natürlich aussehen«, schwor Gina, doch Nell fing an, sich die Farbe abzuwischen. Sie drückte sich den Lippenstift auf den Handrücken und befühlte ihre wunden Augen, doch in diesem Moment kam Nicolo herein. »Wow, Sie sehen fantastisch aus. Legen wir gleich los.« Er nahm sie am Arm und führte sie zu einer Stelle, an der ein großes weißes Papier von der Decke herunterhing. Zwei Stunden lang stand sie, nachdem einmal ihr Widerstand gebrochen war, davor, drehte und wendete sich, mal lächelnd, mal ernst, mal sinnlich kess, eine Hand im Haar, einen Finger am Mund, die Augen nach vorne, zur Seite, scheu gesenkt.

»Ich *liebe* die Fotos«, sagte Amanda zu ihr, als sie den ganzen Stapel über den Schreibtisch ausgebreitet hatte.

»Ja?« Nell betrachtete sie, wieder einmal auf dem Kopf, und ihr rutschte das Herz in die Hose. Trotz all des bunten Make-ups und des grellen Lichts waren sie fade und wenig faszinierend. Es waren Hochglanzabzüge, wie um das trübe Motiv zu kaschieren, und Nell stellte sich vor, wie leicht eins davon in den Papierkorb wandern konnte.

»Vertrauen Sie mir«, sagte Amanda. »Die hier sind viel kommerzieller. Sie sehen jung und sexy und …«, sie sah näher hin, »verfügbar aus.«

»Okay.« Nell ließ sich gerne überzeugen, doch sie vermutete, dass Amanda sie wohl kaum dieses Jahr für eine Saison im Crucible Theatre von Sheffield unterbringen würde.

Das Stück ging in die letzte Woche, und alle redeten nur davon, ob es den Wechsel zu einem anderen Theater schaffen würde. »Sagen Sie Timmy nichts davon, aber was Sie betrifft«, Amanda senkte die Stimme, »wollen wir nicht, dass es immer weitergeht … wir wollen, dass Sie für andere Engagements zur Verfügung stehen.«

»Aber es *wäre* ein Engagement«, wandte Nell ein, und Amanda lachte. »Oh, ich hatte an was Prestigeträchtigeres gedacht.«

Am letzten Abend fand eine Party statt, und obwohl Amanda es nicht zur Aufführung schaffte – in der Mitte der dritten Reihe blieb ein Sitz frei –, kam sie pünktlich zum Umtrunk in den oberen Räumen eines Clubs in Soho. Sie war in Begleitung eines Mannes, eines erschöpft aussehenden Bankiers, und verkündete, sie hätten sich soeben verlobt. Alle gratulierten ihnen und gossen ihnen Champagner ein, während sich Nell in einer Ecke neben Timmys Freund wiederfand, der ihr von seiner lebenslangen Passion für Stickerei erzählte. Als sie sich endlich losgeeist hatte, war Amanda verschwunden.

Die ersten Tage nach dem Stück waren wunderbar. Nell wachte jeden Morgen mit dem prickelnden Gefühl der Freiheit, ohne Angst und mit der Aussicht auf einen neuen Tag, ein neues Leben auf, doch ab Donnerstag wurde ihr langweilig, und sie fühlte sich einsam. Sita hatte eine Rolle in einer Vorabendserie angenommen, in der sie nicht nur ein asiatisches Mädchen, sondern eines mit einer arrangierten Heirat spielte. Sie verließ jeden Morgen um sechs das Haus und kehrte spät und erschöpft zurück. »Es ist harte Arbeit«, sagte sie und warf sich aufs Sofa. »Ich sollte mich nicht beklagen. Aber ehrlich gesagt habe ich das Gefühl, als spulte ich immer wieder dieselben Zeilen ab.«

Nell rief bei Amanda an und wurde ausnahmsweise einmal sofort durchgestellt.

»Hallo?« Amanda klang ungeduldig.

»Ich wollte nur mal hören«, sagte Nell und schluckte, »ob sich schon was tut.«

Amanda sog hörbar die Luft ein. »Es ist erst Mittwoch …« (Donnerstag, hätte Nell sie am liebsten korrigiert.) »Sie sind seit genau einer halben Woche ohne Arbeit.«

»Ich weiß … es ist nur …«

»Geduld. Haben Sie Geduld. Ich melde mich in Kürze.«

Nell rief Phyllida an und verabredete sich zum Tee.

»Schätzchen«, lamentierte Phyl, »ist es nicht schrecklich? Diese endlosen Tage. Gott, ich hoffe, dass das Stück den Wechsel schafft, sonst weiß ich nicht, was ich machen soll. Wahrscheinlich bekomme ich nie wieder eine Arbeit.«

»Selbstverständlich bekommst du Arbeit«, widersprach Nell, und Phyllida nahm Nells Hand. Phyllidas Nägel waren manikürt und an einem Finger trug sie einen Ring mit einem dunklen Rubin, dort, wo sonst vielleicht ein Trauring gewesen wäre. »Wie viele Rollen, gute Rollen, lohnende Rollen«, fragte sie, »gibt es da draußen wohl für eine Frau in meinem Alter?«

Nell seufzte. Am College hatten sie ihr erzählt, dass zu irgendeinem beliebigen Zeitpunkt nur acht Prozent aller Schauspieler Arbeit hatten, und zwar meistens dieselben acht Prozent, vorwiegend Männer. Doch sie hatte ihnen nicht geglaubt.

»Und wie sieht es mit Timmy aus?«, fragte Nell. »Hast du ihn mal gesehen?«

»Ach, Timmy, der ist nach New York. Hat immer überall seine Finger drin, der Halunke.«

Eine weitere Woche verging, in der Nell nichts von Amanda hörte, und dann noch eine Woche, nach der Nell allen Mut zusammennahm und zum Hörer griff. »Ich wollte nur Bescheid geben«, sagte sie, als sie endlich durchkam, »dass ich ein paar Tage verreise, für den Fall, dass Sie mich brauchen.«

»Verreisen?« Amanda klang alarmiert. »Oje. Weit weg?«

Sie und Sita wollten nach Somerset und dort in einem

Cottage wohnen, das einem Freund der Familie gehörte. Sita war abgesehen von Jobs in Bradford und Birmingham kaum einmal aus London herausgekommen; sie besaß ein kleines Auto und konnte es kaum abwarten, loszufahren.

»Ich rufe jeden Tag kurz an, um zu sehen, ob sich was tut«, sagte Nell zu Amanda. »Ich kann jederzeit zurück.«

»Gut.« Amanda klang erleichtert. »Ich hab hier sehr hart gearbeitet ... gehen Sie also nicht zu weit weg!«

»Bestimmt nicht!« Nell war begeistert. »Versprochen.« Und sie tanzte singend durch die Wohnung, während sie ihren Koffer packte.

Es war Mai, und in Somerset standen die Hecken in voller Frühlingsblüte. Der Rasen glich einem Teppich aus Gänseblümchen, und auf der Weide hinter dem Haus schimmerte das frische Gras. Sie und Sita saßen im Garten und blickten in den hellblauen Himmel. »Ich könnte ewig hier bleiben«, sagte Sita. »Ich bin sicher, wenn ich auf dem Lande leben würde, nähme ich alles halb so ernst.«

Nell machte sich als Lesezeichen ein Eselsohr in ihr Buch. »Vielleicht könnten wir so eine kleine Laienbühne gründen, in einem ehemaligen Schuppen oder so. Und müssen nie wieder darauf warten, dass uns jemand Arbeit anbietet.«

»Ja. Wir könnten Stücke aufführen, ein Jugendtheater gründen, dazu Workshops. Stell dir vor! Aber gibt es hier überhaupt genug Leute, um den Saal zu füllen, geschweige denn Leute, die mitmachen würden?«

»Wahrscheinlich nicht.« Nell schaute sich um. So weit das Auge reichte, Vögel, die in den Hecken zwitscherten, und dahinter eine Weide mit Schafen. »Aber vielleicht verstecken die sich ja alle und warten nur darauf, aus ihren Löchern zu kriechen, wenn sie endlich etwas zu tun bekommen. So war es in Wiltshire.«

»Tatsächlich?«

»Was denkst du denn, wieso ich nach London gezogen bin, sobald ich gesetzlich dazu berechtigt war?«

Sie legten sich auf ihre Lager aus alten Decken zurück und blickten in den Himmel. »Vielleicht ist es ja an der Zeit, zurückzuziehen.«

»Kann sein«, sagte Nell und gähnte, »aber wohl eher nicht.«

Nach dem Mittagessen liefen sie den gewundenen Pfad zum Dorf hinunter. Sie schlenderten die Straße zwischen den Häusern entlang, spähten in die kargen Vorgärten, den verwilderten Friedhof, das Pub und die Dorfgeschäfte. Sie kauften zwei Dosen Suppe fürs Mittagessen und einen Laib Brot. Als sie auf dem Rückweg wieder den steilen Hang hinaufstiegen, kamen sie an einem aufgegebenen Geschäft, wohl ein Eisenwarenladen, vorbei. Zwischen toten Fliegen lag auf dem Fenstersims noch ein Haufen alter Schrauben und Scharniere, und an der verblassten Farbe über der Tür hing ein Schild mit der Aufschrift: *Nippel und Nagel*. Beide Mädchen prusteten los. »Das wäre vielleicht ein passender Name für unser Ensemble, gluckste Nell, und sie bekam einen solchen Lachanfall, dass sie sich vorbeugte, um sich den Bauch zu halten, wobei ihr eine Dose Tomatensuppe aus dem Beutel fiel und in den Graben rollte. »Lass uns diesen Laden übernehmen«, sagte Sita. »Machen wir ein Cafétheater draus. Kannst du dir vorstellen, wie perfekt es wäre, hier Station zu machen, Tee zu trinken und ein Stück anzusehen? Das schreit geradezu danach.«

Nell drückte das Gesicht an die Scheibe und starrte durch das schmutzige Fenster. »Wir könnten runde Tische aufstellen, und am hinteren Ende wäre unsere Bühne. Wir könnten alle unsere Freunde aus London einladen, die Kleinkunst machen, während die Leute ihr Teegebäck mit Sahne und Marmelade essen.« Sowie sich ihre Augen an die Dunkelheit gewöhnten, konnte sie einen demolierten Holzboden ausmachen, nackte Glühbirnen, mit Nägeln gespickte grüne und gelbe Paneele an den Wänden. »Denk nur mal an all die arbeitslosen Schauspieler, die wir kennen, die auf so eine Chance gewartet haben. Frische Luft, ein bisschen Tanz und Gesang. Wir würden praktisch allen Beteiligten einen sozialen Dienst erweisen. Wir könnten einen staatlichen Zuschuss beantragen. Verspricht nicht New Labour, die Künste zu fördern?«

»*Nippel und Nagel*. Zu jeder verkauften Eintrittskarte als Zugabe Rhabarbermarmelade.« Sita blickte links und rechts die leere Straße entlang.

»Oder wir könnten es *Star Lollies* nennen«, schlug Nell vor. »Und Sorbet Dips dazu reichen.«

»Café de la Crème.«

»Sita & Nell's.«

Nell hakte sich bei Sita unter und gemeinsam trugen sie auf dem Nachhauseweg so enthusiastisch Namen zusammen, als erwarteten sie ein Kind. Irgendwann gingen sie zur Speisekarte über – Baiser, gestürzter Apfelkuchen, Brownies, Zitronentörtchen –, und als sie nach Hause kamen, rissen sie eine Packung Vollkornkekse auf und setzten sich mit Teebechern auf die Terrasse hinterm Haus, um den Sonnenuntergang zu beobachten.

»Das hier ist genial«, sagte Sita, während sie tief Atem

holte, und Nell vertraute ihr an, wie besorgt sie gewesen sei, Sita könnte es langweilig finden.

»Langweilig!« Sita schnaubte. »Ich sag dir, was mich wirklich langweilt: meine Agentin anzurufen und zu hören: ›Tut mir leid, meine Liebe. Nichts Neues. Wir hören morgen wieder voneinander?‹«

»Du meine Güte!« Nell fuhr mit der Hand an den Mund. »Ich hab Amanda versprochen, sie anzurufen.«

»Da mach dir mal keine Sorgen.« Sita sammelte ihre Becher ein. »Melde dich einfach morgen früh. Ich hab meine Agentin die ganze Woche noch nicht angerufen.«

»Aber bei dir ist es was anderes. Du hast bis Oktober immer mal wieder Arbeit.«

»Sicher, aber ich kann's kaum abwarten, bis es endlich vorbei ist. Ist nicht unbedingt die Art von Arbeit, die ich mir wünsche. Kennst du den Witz über den arbeitslosen Schauspieler?«

»Nein.«

»Er bekommt einen Job. Als Erstes sieht er auf dem Kalender nach, wann er seinen freien Tag hat.«

Sie lachten gequält und traten in die Küche. »Wie findest du den?«, fragte Sita. »Warum sieht der Schauspieler morgens nicht aus dem Fenster?«

»Keine Ahnung. Und wieso tut er es nicht?«

»Damit er am Nachmittag noch was zu tun hat.«

Nell stöhnte, auch wenn es ihr insgeheim ein diebisches Vergnügen bereitete, über etwas Witze zu reißen, das jetzt offiziell ihr Beruf war. Sita schaltete das Radio ein und erfüllte den Raum mit Musik, es lief ein alter Quickstep aus der Vorkriegszeit. »Alles wird anders, wenn erst mal *Nippel und Nagel* wieder geöffnet hat«, brüllte sie, packte

Nell und tanzte mit ihr durch die Küche. »Auf *Nippel und Nagel*«, prosteten sie sich später mit Rotwein zu, bevor sie sich an der Suppe, die sie auf dem Herd gelassen hatten bis sie überkochte, die Zunge verbrannten.

Es war unmöglich, vom Garten aus das Telefon zu hören, und so setzte sich Nell im abgedunkelten Wohnzimmer aufs Sofa und blätterte in alten Nummern des *National Geographic*, während sie auf Amandas Rückruf wartete. »Also«, sagte sie, als sie sich endlich meldete. »Da ist was. Ja. Können Sie heute Nachmittag um drei am Athenaeum sein?«

»Heute? Aber ich bin in Somerset ...«

»Was? Na ja, schaffen Sie das? Vielleicht kann ich es auf 16 Uhr verlegen.«

Nell überlegte einen Moment. »Ja, sicher. Worum geht es denn?«

Amanda wühlte wieder in ihren Papieren. »Sie sollen sich dem Regisseur eines Films vorstellen, der in Russland gedreht wird. Sie brauchen ein Mädchen ... Genaueres haben sie uns nicht durchgegeben. Gehen Sie einfach hin und treffen Sie sich mit ihm. Der Mann ist ein bekannter Regisseur. Raoul Romolski. Vier Uhr. Okay?«

Nell sah aus dem Fenster. Sita lag in der Sonne auf einem Haufen Kissen und las in einer Zeitschrift. »Ich glaube, so einen friedlichen Ort hab ich noch nie gesehen«, sagte sie und blinzelte Nell, die aus dem Haus trat, entgegen. »Ich war mal in Wales, aber da hat es ununterbrochen geregnet, und außerdem war das damals mit der Schule.«

»Sita«, Nell stand vor ihr und nahm ihr die Sonne. »Du wirst es nicht glauben, aber ich hab einen Vorsprechtermin.«

Sita setzte sich auf. »Wofür?«

»Für einen russischen Film. Raoul Romolski? Mein Gott, blöderweise ist es allerdings heute, um vier Uhr.«

Sita ließ sich zurück auf ihre Kissen fallen. »Ist ja mal wieder typisch. Konnten die dich nicht an einem anderen Tag bestellen? Wenigstens morgen. Wir sind ja gerade erst angekommen.«

»Du könntest ja hierbleiben. Vielleicht fährst du mich zu einem Bahnhof.« Nell sah sich um, als müssten Bahnschienen auf der anderen Seite des Hügels verlaufen. »Und ich käme gleich morgen früh zurück.«

»Bist du verrückt?« Sita blickte finster drein. »Ich könnte nie alleine hierbleiben. Ich hätte Angst. Hast du gesehen, wie dunkel es gestern Abend war?« Sie blickte über das Grün des Tals, die Hecken, das eingefallene Dach eines einsamen Gebäudes am nächsten Hügel.

»Tut mir leid.« Nell riss einen Grashalm ab und zerriss ihn in dünne grüne Streifen. »Es ist nur so, wenn ich es schaffen will, müssten wir … ziemlich bald los.«

Sita rappelte sich auf. »Na schön«, sagte sie, »auf geht's. Schätze, wir sollten Ordnung machen, bevor wir gehen.« Und die Kissen im Schlepptau kehrte sie ins Haus zurück, um zu packen.

Nell saß auf einem filigranen Goldstuhl im Flur des Hotels Athenaeum. Mindestens zehn andere Mädchen warteten in einer Reihe an der Wand. Blond und brünett, klein und groß, alle sorgfältig geschminkt, mit nackten Beinen und hochhackigen Schuhen. Nell hatte einen dicken Mantel mit Pelzkragen an. Es war heiß im Hotel, und Nell hätte ihn liebend gern ausgezogen, doch darunter trug sie nur ein geblümtes Trägerkleid, und außerdem stammte der Mantel mit ziemlicher Sicherheit aus Russland. Eine nach der anderen wurden die Mädchen hereingerufen. Theresa. Sheridan. Jade. Nell blickte auf ihre schwarzen Stiefel. Wie viele Rollen hatten sie zu vergeben? Und sie erinnerte sich, wie ihr Amanda erzählt hatte, dass durchschnittlich auf fünf Männer eine Frau kam.

Schließlich wurde Nell hereingerufen. Der Regisseur starrte sie an. Er war kein Russe, sondern Amerikaner. Groß und fett, mit Falten, die ihm so tief in die Stirn eingegraben waren, dass sie Rillen bildeten. »Zu …«, er schüttelte den Kopf, »jung«, und die Assistentin komplimentierte sie eilends zur Tür hinaus.

Ein Monat verging ohne weitere Vorsprechtermine, und dann ein weiterer Monat. Hettie rief an, um ihr zu erzählen, dass sie in einem Theaterstück über einen Schornsteinfeger eine Rolle als Kind bekommen habe, und dann meldete sich Pierre, um sie zur Feier seiner Beförderung einzuladen. Die Kaltakquise-Firma, bei der er seit einem Jahr arbeitete, hatte ihm angeboten, in den Vorstand aufzusteigen. Nell übernahm einen Job in Sitas Pizza-Express-Filiale, wo sie sechs Schichten die Woche, von fünf Uhr nachmittags bis Mitternacht arbeitete, Bestellungen aufnahm, in der Küche zu Abend aß, wo sie abgesehen vom Geklapper der Geschirrspülmaschine, die der schweigsame Kroate ein- und ausräumte, allein war. Nells Mutter fragte sie, ob sie Lust hätte, mit ihnen in Urlaub zu fahren. Sie wollte mit Nells Schwester nach Spanien, eine letzte Reise vor der Geburt deren ersten Kindes, doch Nell war nicht sicher, ob sie es riskieren konnte oder nicht.

Nach weiteren vier Wochen rief sie Amanda an. »Wenn es Ihnen recht ist, würde ich gerne vorbeischauen und Sie sprechen, nur für eine halbe Stunde …«, und während sie das sagte, betrachtete sie sich im Flurspiegel, um zu sehen, ob sie Anzeichen von geistiger Umnachtung erkennen konnte.

Kaum wurde Nell in ihr Büro geführt, streckte Amanda ihr die Hand entgegen. »Schauen Sie mal!« Nell trat unwillkürlich und etwas irritiert zurück, und dann sah sie einen riesigen, glitzernden, edelsteinbesetzten Verlobungsring. »Er ist endlich damit rausgerückt.«

Nell lächelte verhalten. »Er ist hübsch«, sagte sie, und da Amanda keine Anstalten machte, rückte sie selber die Vase mit den Blumen auf dem Schreibtisch zur Seite.

»Ich mache mir ernsthaft Sorgen.« Nell kam gleich zur Sache. »Das Stück war im April zu Ende. Jetzt haben wir August, und ich hatte nur einen Vorsprechtermin. Ich meine, haben Sie denn meine Fotos, meinen Lebenslauf und Kritiken rausgeschickt? Es ist ziemlich sicher, dass das Stück nicht an ein anderes Theater wechselt.«

Amanda sah sie erstaunt an. »Selbstverständlich haben wir Ihre Unterlagen verschickt. Laufend. Also …« Sie stand auf. »Wo ist Ihre Akte?« Sie zog Schubladen auf, und als sie dort nichts fand, griff sie zum Telefon und sagte in gebieterischem Ton: »Bitte bringen Sie Nell Gilbys Akte.«

»Also«, sagte sie lächelnd, »ich weiß, dass es enttäuschend gewesen ist. Aber ich habe Sie angepriesen, und es ist nicht einfach, im Sommer geht es oft schleppend. Ab September läuft es dann allmählich wieder an.«

»Tatsächlich?«

Es klopfte an der Tür, und eine scheue Frau mittleren

Alters streckte den Kopf herein. »Hier ist Nells Akte, aber ich fürchte, da ist nicht viel drin.«

Amanda stand auf. »Nichts drin?« Sie sah die Frau mit strenger Miene an. »Was in aller Welt soll das heißen?«

Die Frau sah sie an, als hätte sie keine Ahnung.

Nell starrte auf den Tisch.

»Gehen Sie der Sache nach. Fotos. Lebensläufe. Kritiken. Die müssen verlegt worden sein. Es sei denn …«, sie schwieg einen Moment, »wir hätten sie aufgebraucht.«

Amanda setzte sich hin und schlug die leere Akte auf. Ein Lebenslauf kam zum Vorschein. »Sie müssen neue Fotos bestellen«, sagte Amanda zu ihr. »Ich hatte keine Ahnung, dass wir keine mehr haben. Tut mir wirklich leid. Also, falls es das dann war, muss ich schnellstens los. Ich muss zu einer Premiere. Rupert spielt in einem ziemlich aufregenden Film mit.«

Amanda legte sich ein hauchdünnes Tuch um die Schultern und griff nach ihrer Tasche.

Nell starrte auf die Akte. »Aber können Sie wirklich hundert Fotos verbraucht haben? Sind Sie sicher, dass sie nicht irgendwo sind … ich meine …« Nell dachte daran, was der letzte Stoß Abzüge gekostet hatte. »Und die Kritiken, die ich Ihnen gegeben habe. Sie müssen sich doch Fotokopien davon gemacht haben?« Sie sah im Geiste vor sich, wie der alte Zeitungsausschnitt – *Ein vielversprechendes Talent* – in den Papierkorb gewandert war.

»Also«, Amanda legte tatsächlich eine nachdenkliche Pause ein. »Ich werde mit meiner Sekretärin sprechen. Gehen wir runter?«

Im Fahrstuhl herrschte verlegenes Schweigen. Amanda, strahlend, mit federndem Haar, lackierten Nägeln. Neben ihr kam Nell sich unscheinbar vor – drei Monate Pizza zum Abendessen, jeden Tag dasselbe rote Baumwoll-T-Shirt zum selben schwarzen Rock, das Hin und Her zwischen den Tischen, während man die Bestellungen im Kopf behielt, die Salatbeilage, das Knoblauchbrot, das ach so wichtige Trinkgeld.

»Bis dann!« Amanda winkte ein Taxi heran. »Golden Square«, wies sie den Fahrer an und war verschwunden.

Als Nell nach Hause kam, schrieb sie einen Brief an Lyndsey. »Ich habe einen schrecklichen Fehler gemacht. Ich wünschte, ich wäre nie weggegangen. Besteht die geringste Chance, dass du mich wieder übernimmst? Natürlich würde ich verstehen, wenn nicht. Bitte gib mir Bescheid.« Sie unterschrieb und klebte das Kuvert zu, kennzeichnete den Brief als »persönlich«, rannte zum nächsten Briefkasten und schickte ihn zu Ethel Dabbs.

Vier Tage später rief Lyndsey an. »Was ist passiert?« Fast wäre es ihr gelungen, den Anflug von Schadenfreude durch den besorgten Ton zu kaschieren.

Nell schüttete ihr das Herz aus.

»Ich habe auch Neuigkeiten«, erzählte ihr Lyndsey. »Als du gegangen bist, war ich ziemlich vor den Kopf gestoßen. Ich bin, offen gesagt, nach Hause gegangen und hab geheult. Aber dann hab ich nachgedacht. Es lag nicht an mir, das wusste ich, schließlich hatte ich mich mächtig ins Zeug gelegt. Es lag an der Agentur.« Sie kicherte. »Ethel Dabbs.«

Nell drückte den Hörer fest ans Ohr.

»Also hab ich mich um eine neue Stelle beworben. Ich arbeite inzwischen bei A. G. Blythe. In Covent Garden. Die haben eine wundervolle Klientenliste. Viel aufregender, und ich genieße es, in der Stadt zu sein.«

»Dann ...« Nell pochte das Herz bis zum Hals. »Besteht dann vielleicht die Chance ... ich meine ... ich ...«

»Ach meine Liebe.« Lyndseys Ton war voller Bedauern. »Als ich deinen Brief bekam, hab ich ihn meinen Kollegen gezeigt, und die Sache ist die ... das ist wirklich ein Problem, aber wir haben schon ein Mädchen unter Vertrag, das dir ziemlich ähnlich ist.«

Es trat eine Pause ein, in der sich Nell noch Hoffnung machte.

»Es wäre einfach nicht fair«, fuhr Lyndsey fort. »Ihr gegenüber. Und natürlich auch dir gegenüber. Es tut mir wirklich leid.«

»Schon in Ordnung«, brachte Nell heraus.

»Ich meine«, Lyndsey bedauerte es wirklich, »ich verstehe, dass es enttäuschend war, aber Dove Coutts haben schon einen ausgezeichneten Ruf. Vielleicht spielt es sich ja doch noch ein.«

»Ja.« Nell war zum Weinen zumute. »Danke, Lyndsey. Und es tut mir wirklich leid, dass ich dir Kummer gemacht habe ...«

»Nein, ich habe eigentlich dir zu danken. Im Ernst. Wenn du mal Lust hast, dass wir uns, als Freunde, zum Mittagessen treffen, weißt du, wo du mich findest.«

»Dann tschüs.«

»Tschüs.«

Nell rief ihre Mutter an und schluchzte. »Es hätte das ganze Problem gelöst. Aber sie haben schon jemand anderen. Jemanden wie mich.«

»Du armer Schatz«, ihre Mutter klang untröstlich. »Du

hast einfach so hart gearbeitet, wieso überlegst du es dir nicht doch mal und machst mit uns Urlaub? Es ist noch nicht zu spät.«

»Ach, Mum, du verstehst das nicht. Das Problem ist ja gerade, dass ich *nicht* gearbeitet habe. Nicht wirklich. Und das Letzte, wonach einem ist, nachdem man keine Arbeit hatte, ist, in Urlaub zu fahren.«

»Aber du hast doch gearbeitet, in diesem Pizza-Restaurant …«

»Nein, du verstehst nicht. Das ist keine richtige Arbeit, es ist eher so was wie … Warten …«

Nell schniefte, und sie lachten beide. »Vielleicht nächstes Jahr.«

»Und, Nell …«

»Was?«

»Es gibt niemanden, der so ist wie du.«

Nell fuhr mit dem Bus nach Soho und fand in einem Zeitungsladen in der Old Compton Street eine drei Tage alte Ausgabe von *The Stage*. Sie setzte sich in ein Café und ging die Inserate durch. Hier hatte sie die meisten Engagements gefunden, bevor sie eine Agentin hatte. Eine Tournee mit einem Stück für Schulkinder, in dem sie einen Pinguin gespielt hatte, die Aufführung von *Romeo und Julia*, in der Lyndsey sie gesehen hatte. Heute suchte eine experimentelle Theatertruppe eine Schauspielerin mit akrobatischen Fertigkeiten, und eine kleine Bühne in Balham brauchte ein Mädchen, das mit irischem Akzent sprechen konnte, für ein Stück von Brian Friel.

»Nippel und Nagel«, kritzelte Nell in ein eigenes Anzeigenkästchen. »Kreative Darsteller für Kleinkunstbüh-

ne und Improvisation gesucht. Singen, Tanzen, Jonglieren, Kuchenbacken, Eisenhandel ...«

Als sie heimkam, lag Sita auf dem Boden. »Alles in Ordnung?«, fragte Nell. Sita antwortete, dass sie erschöpft sei. »Ich hab den ganzen Tag Harish angeschrien. ›Ich bin zu jung, um verheiratet zu werden. Zwingt mich nicht dazu. Verheiratet mich nicht mit diesem alten Mann.‹ Am Ende wollte ich nur noch nach Pakistan fliegen und es hinter mich bringen.«

Nell setzte sich mit dem Rücken ans Sofa gelehnt zu ihr. »Was hältst du davon, unsere eigene Inszenierung zu machen? Dazu müssen wir nicht nach Somerset gehen. Ich meine, sieh dir das an«, sie schlug *The Stage* auf. »Das sind Annoncen für alle möglichen verrückten Sachen quer durch London. Wir könnten *Nippel und Nagel* machen. Wir könnten Sketche vorführen, über, keine Ahnung, alles und jeden ...«

Sita rappelte sich hoch. »Ich wollte schon immer mal ein Stück darüber machen, wie es ist, als Kellnerin zu arbeiten ... weißt du, bei meinem allerersten Job, da musste ich mich als Riesenkrabbe verkleiden. Das war in einem Fischrestaurant.«

»Ja, wir könnten beide Schauspielerinnen sein, die vom Starruhm träumen, und ... also, eine Freundin von mir hat in einem Burger-Lokal gearbeitet, wo sie sich auf Rollschuhen von Tisch zu Tisch begeben musste.«

»Gut.« Sita griff nach einem Kugelschreiber. »Schreiben wir es selbst. Wie möchtest du heißen?«

»Hmm.« Nell überlegte. »Belle?«

»Gut. Dann bin ich ... Rita. Gott, sind wir einfallsreich. Also«, sie fing zu schreiben an. »›Zwei Mädchen auf Rollschuhen, eine als Hummer, die andere als Krabbe verkleidet‹. Ich sag dir, das wird genial …«

Sie beugten sich über das Papier. »Wir fangen mit richtig verträumter Musik an … und dann hält jedes Mädchen einen Monolog … über das, was sie sich erhofft und erwartet … und dann … ein lauter Kommentar aus dem Off. ›Tisch zehn wartet. Ein bisschen plötzlich bitte.‹«

»Ja.«

In dem Moment klingelte das Telefon.

»Ist wahrscheinlich meine böse Agentin«, sagte Nell.

»Geh nicht ran«, forderte Sita sie heraus.

»Meinetwegen, dann eben nicht.« So blieben sie mit gezücktem Stift sitzen und warteten, bis es verstummte.

»Endlich. Also, wo waren wir stehen geblieben? ›Ein bisschen plötzlich, Mädels, Tisch zehn wartet.‹ Und wie weiter?«

»Ich weiß.« Nell hielt die Hand hoch. »Eine Art verrückter Rollschuhtanz zwischen den Tischen mit immer mehr Tellern. Kannst du jonglieren?«

»Eigentlich nicht.«

»Scheiß drauf, dann lernen wir's eben.«

Wieder klingelte das Telefon. Nell würdigte es keines Blickes. »So«, sagte sie und beugte sich vor, um den Anrufbeantworter einzuschalten. »Krabben. Hummer. Jonglieren. Musik. Gut, und wie weiter?«

»Eine Diskokugel.«

»Meinst du?«

»Ja, wir brauchen eine Diskokugel, und dann werden die Lichter gedimmt, und die ganze schwarze Bühne glitzert unter diesen winzigen silbrigen Spiegelungen.« Eine Frauenstimme sprach etwas auf Band.

Eine Diskokugel, schrieb Nell, lehnte sich zurück und bewunderte ihre Arbeit. »Wie wär's mit einem Sketch zu den übelsten Anmachsprüchen, die wir je gehört haben?«

»Du bist Stier. Ich bin Widder. Stell dir vor, was zwei Rammler miteinander treiben können.«

»Uhh, ich erinnere mich an den Typ. Schaurig.«

»Aber, wie sich zeigt, eine Quelle für gutes Material.«

»Oder wie wär's damit: ›Du siehst müde aus, du könntest eine Ganzkörpermassage vertragen‹?«

»Der Filialleiter des Pizza Express in der Fulham Road! Versprich mir, dass ich den spielen kann!«

»Kein Problem«, Nell wischte sich die Augen. »Kannst du haben.«

Sita sah sie an. »Stellen wir das wirklich auf die Beine?«

Nell strich das Blatt Papier glatt. »Ich ruf morgen im Chiswick Arms an und buche für einen festen Tag, dann bleibt uns gar nichts anderes übrig, oder?«

»Ja, vermutlich.« Sita fing an, Strichmännchen zu zeichnen. »Ich wollte schon immer diese Clint-Eastwood-Musik benutzen, du weißt schon, zu Beginn von *Zwei glorreiche Halunken*. Wir könnten Cowboyhüte tragen und Waffen, die wir blitzartig ziehen, wenn die Kunden pampig werden.«

»Finde ich toll.«

»Ich auch.«

»Aber sind wir dann immer noch als Hummer verkleidet?«

»Möglich ...« Sita stand auf und schob das Sofa zurück. »Oder«, japste sie, »ein einziger langer Klettverschluss, und wir sind frei!«

Dan konnte seine Freude kaum verbergen. »Du kannst mit«, sagte er zu Jemma. »Das ist ja das Schöne daran. Die bezahlen auch deinen Flug. Und Honeys.«

»Ehrlich?« Jemma rührte sich nicht. »Das ist unglaublich.« Er sah, dass sie mit sich kämpfte. »Dann ist es ein ernst gemeintes Angebot?«

»Hör mal, du brauchst ja nicht für die ganze Zeit mitzukommen.« Dan betrachtete das Körbchen, in dem ihre Tochter lag – die eindeutige Hauptattraktion auf dem Küchentisch. »Du kannst mittendrin nachkommen, für einen Monat, ein paar Wochen. Wie du willst.«

Jemma nickte und schwieg.

»Komm schon, Jemma, ich hab seit Februar nicht mehr gearbeitet. Ich hab den ITV-Film sausen lassen, weil sie mir nicht versprechen konnten, mir zur Geburt freizugeben. Ich weiß ja auch, dass es, was den Drehort betrifft, nicht ideal ist, jetzt, wo Honey noch so klein ist und so, und da drüben ist Winter, aber …« Er musste es ihr begreiflich machen. »Es ist ein ziemlich verlockendes Angebot, was Anspruchsvolles, und außerdem hab ich schon zugesagt.«

Als Dan Wasser aufsetzte, herrschte Schweigen.

»Und«, Jemma nahm ihr schlafendes Mädchen hoch und legte es sich an die Schulter, »wovon handelt der Film denn?«

»Er spielt im Golfkrieg. Bei der SAS, einer Spezialeinheit der Air Force. Harte Männer, die sich heroisch verhalten, oder manchmal auch weniger heroisch. Schätze, es sind eine Menge junge Darsteller dabei, die ihre Muskeln spielen lassen. Ich hab überlegt, ob ich mir einen Schnauzer wachsen lassen soll.«

»Keine Frauen?«

»Nur eine. Ich weiß noch nicht, an wen sie die Rolle vergeben haben.« Er wandte sich um und goss kochendes Wasser in eine Tasse, so dass der Teebeutel sich aufblähte und an der Oberfläche schwamm.

Jemma wiegte sich hin und her und neigte den Kopf, um in Honeys zerknautschtes, schlafendes Gesicht zu sehen. »Ich schau mir das Drehbuch nachher mal an«, sagte sie leise.

»Gut, aber ich muss dich warnen. Ich gerate in Gefangenschaft und werde gefoltert. Und es kommt ...«, er gab einen Schuss Milch dazu, »ein bisschen Sex vor.«

»Wirklich?« Ihre Blicke trafen sich. Irgendwie hatten sie seit dem Baby, das heißt, genauer gesagt, schon einige Monate vorher, keinen Sex mehr gehabt, und allein der Gedanke daran stand zwischen ihnen im Raum. »Tee?«, bot er ihr an, als er merkte, dass er nur eine Tasse gemacht hatte. Jemma nickte still.

»Also, was ...«, fing sie an, nachdem sie behutsam einen Schluck genommen hatte. »Du wirst verprügelt und landest im Knast, und sie schmuggeln diese Frau zu dir rein, oder wie läuft das? Oder hast du homoerotischen Sex mit den anderen Insassen?«

»Nein«, lachte Dan. »Ich hab eine ganz normale Affäre, auf dem Stützpunkt, mit Sergeant T. P. Miller, und sie schickt dann später die Suchtrupps raus, und natürlich kriegen sie sich am Ende wieder …« Dan wurde unwillkürlich rot. »Lies es, wenn du unbedingt möchtest«, sagte er und zuckte die Achseln. »Ich leg's dir hin, bevor ich losmuss.«

»Wo willst du denn hin?«, fragte sie alarmiert.

»Ins Fitnessstudio, wohin denn sonst? Übrigens bin ich ab heute auf Diät. Nichts Weißes und nichts, was unter der Erde wächst.«

»Ach, komm schon. Selbst kleine Fettwänste haben Sex, weißt du.«

»Mag sein. Aber nicht bei der SAS, wie auch immer, was sagst du dazu?«

Jemma lachte. »Dan, das ist die albernste Diät, von der ich je gehört habe. Nicht mal Karotten?«

Dan starrte in ihr spöttisches Gesicht. »Nicht mal Karotten. Nicht mal Radieschen. Nicht mal Zwiebeln.« Er war entschlossen, seine Diät durchzuboxen.

»Was bleibt da noch?« Sie machte die Kühlschranktür auf.

»Keine Ahnung.« Auf Anhieb fiel ihm nur Salami ein. »Spinat«, schlug er vor. »Linsen. Keine Sorge, ich kauf auf dem Heimweg was ein.« Dan schnappte sich ein Handtuch von einem Wäschestapel und stopfte es in seine Tasche. »Mach dir deswegen keine Sorgen.«

»Kannst du Windeln mitbringen? Für Neugeborene«, rief sie ihm hinterher, als er sich zum Gehen wandte, »oder sind die zu weiß?« Einen Moment später lag sie in seinen Armen. »Tut mir leid, Liebling.« Sie reckte sich, mit Tränen in den Augen, zu ihm hoch, um ihn zu küssen. »Herzlichen Glückwunsch. Wirklich. Es ist toll. Ich bin froh, dass du Arbeit hast.«

An diesem Nachmittag wimmelte das Fitnessstudio von Schauspielern, und während er sich letzte Woche eingebildet hatte, dass sie ihn mitleidig angesehen hätten, weil seine bloße Anwesenheit bewies, dass er arbeitslos war, fühlte er sich jetzt euphorisch. Er nickte Declan McCloud zu, den er das letzte Mal bei einem Vorsprechtermin zu einer neuen Krimi-Serie gesehen hatte, bei dem sie beide leer ausgegangen waren, und trat aufs Laufband. »Wieso joggst du nicht im Park?«, hatte Jemma ihn einmal gefragt. Aber er joggte nun mal nicht gern im Park. Es langweilte ihn und machte ihn wegen seiner bescheidenen Technik verlegen, während er auf dem Laufband zur Musik und vor den Monitoren in eine Art rhythmische Trance hinübergleiten konnte. Er fragte sich, ob auch Declan für seine Rolle zur Wahl gestanden hatte. Er wäre für eine der Rollen perfekt gewesen. Er wäre für *seine* Rolle perfekt gewesen. Er spähte zu Declan hinüber, bei dem die Halsadern vorstanden und der Bizeps sich wölbte, als er gerade ungewöhnlich schwere Gewichte über den Kopf stemmte. Er hoffte, dass er ein Kandidat gewesen und nicht genommen worden war. Vielleicht war Declan aber auch schon ausgebucht. Vielleicht hatten sie ihm die Rolle angeboten, und er hatte sie abgelehnt. Dan rannte schneller. Vielleicht hatten sie ihnen allen den Part angeboten. Hatte sich der Produzent nur deshalb so gefreut, als er ja sagte? Der Schweiß bildete dunkle Flecken auf seinem T-Shirt. Er keuchte, lief um sein Leben, rannte, die Ellbogen seitlich am Körper und die Unterarme scherenartig in Bewegung, wie James Bond über den Asphalt. Hör auf, sagte er sich. Jetzt ist es mein Job. Und als er zum Sprung in den offenen Helikopter ansetzte, bevor er davonflog, blitzte nur ein einziger Gedanke auf: Jetzt musste er nur noch der Beste sein.

Alice Montgomery war Dan kein Begriff. Der Regisseur hatte sie in einem Independent-Film gesehen und war zu dem Schluss gekommen, dass sie für Sergeant T. P. Miller die ideale Besetzung war. Stark, charismatisch und völlig unbefangen. Doch Lenny, Dans Agent, konnte mit noch besseren Neuigkeiten aufwarten. Er hatte gehört, dass der Regisseur ein Kind hatte, das etwa um dieselbe Zeit wie Honey zur Welt gekommen war, und dass seine Frau vorhatte, zumindest für einen Teil der Dreharbeiten vor Ort zu sein.

Dan platzte mit der Nachricht heraus.

»Am selben Tag geboren?« Jemma sah ihn ungläubig an, und Dan versuchte, sich genau ins Gedächtnis zu rufen, was Lenny gesagt hatte.

»In derselben Woche, praktisch gleichzeitig. Ist das nicht toll? Du hast jemanden, der dir Gesellschaft leisten kann.«

»Ja«, stimmte Jemma zu. »Das ist gut. Hör zu, ich hab mich entschieden. Ich kann ebenso gut auch gleich mit dir fliegen und das Beste draus machen. Der Winter dort ist bestimmt nicht so kalt wie hier. Und wir können wenigstens zusammen reisen.«

»Bestimmt?« Dan warf einen Blick auf die Seiten des Drehbuchs, die über dem Küchentisch ausgebreitet waren. »Bist du dir sicher? Es wird ziemlich öde sein. Immerhin muss die Gegend als Schauplatz für den Golfkrieg herhalten, vergiss das nicht.«

»Heute Morgen klang das noch ganz anders.«

»Wie meinst du das?«

»Na ja, ich hatte den Eindruck, du wolltest offenbar, dass ich mich da reinknie und mich mit dem Gedanken anfreunde. Ich meine, schließlich leben da Menschen. Echte Menschen. Mit Babys und Windeln und Wasserkochern.«

»Nein, ich meinte bloß, lass mich zuerst dahin fliegen und mich häuslich einrichten. Und dann komm, vielleicht ein paar Wochen später, nach, wenn ich mich mit allem vertraut gemacht habe.«

»Und der Flug? Mit Gepäck und Kinderwagen und Honey.« Sie griff nach der erstbesten Seite des Drehbuchs und las. »Ich meine, ist es ein Direktflug oder muss ich irgendwo umsteigen?«

Dan hätte ihr liebend gern gesagt, es sei ein Direktflug, sie müsse einfach nur an Bord gehen, und am anderen Ende stünde er bereit, um sie in Empfang zu nehmen, doch er wusste, dass sie am Flughafen von Johannesburg acht Stunden warten musste, um mit einer kleineren Maschine in westlicher Richtung über das Bergbaugebiet nach Upington zu fliegen, wo sie vierundzwanzig Stunden nach ihrer Abreise in Großbritannien eintreffen würde.

»Sieh mal, es ist toll, dass du rüberkommst«, er legte den Arm um sie, »aber lass mich erst mal den Terminplan sehen, was für Szenen ich in der ersten Woche drehen muss. Danach kümmern wir uns um die praktischen Dinge. Die Reisevorkehrungen und so. Einverstanden?«

Jemma stand angespannt neben ihm. »In Ordnung.« Sie verstand sehr wohl, was er ihr sagte. »Und ... haben sie schon alle Rollen besetzt?«

»Kann ich nicht sagen.« Er küsste sie auf den Kopf.

»Haben sie schon jemanden für deine Angebetete?«

»Ehm«, er trat zur Seite, um die Einkäufe auszupacken,

»sie haben jemanden in der engeren Wahl, soviel ich weiß. Niemand, den ich kenne. Also, Seebarsch. Naturreis. Salat. Soll ich Abendessen machen?«

»Meinetwegen. Allerdings möchte ich, falls du nicht inzwischen zu einer anderen Diät gewechselt hast, darauf hinweisen, dass Fisch weiß ist.«

Dan wickelte das feste Päckchen auf, bis die glitschigen, dunkelgrauen Schuppen des Fischs zum Vorschein kamen. »Von außen jedenfalls nicht.«

»Stimmt. Aber du hast vermutlich nicht vor, die Haut zu essen.«

Dan warf ihr einen genervten Blick zu. »Ist ja nur für ein paar Wochen. Sobald ich am Set eintreffe, wechsle ich zur heimischen Küche, mit dem gelegentlichen Streifen Biltong. Also lass mich das einfach ausprobieren. Der Trainer im Studio sagt, es wirkt Wunder.«

»Gut.« Jemma deckte den Tisch. »Vielleicht nehme ich ja auch ein bisschen ab.« Geräuschvoll stellte sie ein Glas hin, und Dan fiel gerade noch rechtzeitig ein: »Mach dich nicht lächerlich. Du siehst großartig aus. Außerdem ist Honey gerade mal sechs Wochen alt, du musst ein bisschen … kräftiger sein.«

Jemma füllte einen Krug mit Wasser. Dan sah das Lächeln, das um ihre Lippen spielte, als sie das Salz wegstellte.

»Würde es dir was ausmachen«, sagte er mitten beim Essen, »wenn ich mir nachher noch einen Film ansehe? Dieser Regisseur meint, den sollte ich besser nicht verpassen, und er läuft nur noch ein paar Tage. Ich dachte, es kann nicht schaden, na ja, mich mit seinem Stil vertraut zu machen …«

Jemma spähte zu Honey hinüber, die den schlafenden Mund zu einem brandneuen, schiefen Lächeln verzog.

»Vielleicht«, Jemma steckte den Finger in die winzige Faust. »Wir könnten vielleicht alle gehen. Sie war heute so brav. Vielleicht schläft sie durch.«

Dan biss sich auf die Lippe. »Ja, vielleicht ... Aber soviel ich weiß, kommt ziemlich viel Gewalt darin vor. Vietnam. Ich weiß nicht, ob das was für ihre Ohren ist.«

»Oder für meine.«

»Tut mir leid. Es ist nur ...«

»Ist schon okay.«

»Ich versuche, dich nicht aufzuwecken, wenn ich nach Hause komme.« Dann widmete er sich ganz dem Fisch.

Der Film spielte in Wahrheit in der Toskana, im Haus eines englischen Professors und hätte ein paar Bomben sowie ein paar Hubschrauber gut brauchen können, um die Handlung ein wenig zu beleben. Er fühlte sich mies wegen der Lüge, doch schließlich musste er vor Millionen von Leuten im buchstäblichen Sinne seinen Arsch hinhalten, und wenn Jemma da gewesen wäre, hätte er sich nie und nimmer konzentrieren können.

Das Mädchen, Alice, das T. P. Miller werden sollte, erinnerte ihn an ein hellhäutiges Pendant zu Charlie. Sie war hochgewachsen und kantig, und sie hatte so ein Blitzen in den Augen wie ein Fuchs. Der Professor und sein Sohn waren beide in sie verliebt, und sie spielte die zwei mit beneidenswerter Raffinesse gegeneinander aus. Eines Abends schlüpfte sie nach einem Machtkampf zwischen den Rivalen aus ihrem Kleid und tauchte nackt in den Pool. Ihr Körper war drahtig, ein eleganter Bogen im Mondschein, der kaum die Wasserfläche kräuselte, und die beiden Männer zerrten an ihren eigenen Kleidern, um jeweils als Erster hinterherzuspringen, während sie sich an einer Stange des Pools festhielt und ihnen mit blitzenden Augen und einem undurchsichtigen Lächeln zusah.

Ja, dachte Dan. Sie ist gut, sie ist sehr gut, und er begann im Geist ihre gemeinsamen Szenen durchzuspielen. Alice Montgomery, die im Tarnanzug in einen Jeep springt und, unbeeindruckt vom Anrücken des Feindes, Befehle brüllt.

Gegen Ende des Films bekam der Sohn des Professors sie unter der Dusche zu sehen, wo sie den Kopf in den Nacken legte und sich das Wasser über den blassen Körper rieseln ließ. Dan sank tiefer in seinen Sitz. In diesem kleinen Kinosaal hatte allein er eine Zukunft mit ihr. Von all den gesichtslosen Männern auf den anderen Sitzen würde allein er schon bald dieses ungestüme, aalglatte Geschöpf umschlungen halten. Er würde diesen Mund küssen, ihr das Haar aus dem Gesicht streichen und ihr die Arme um den zarten Körper legen müssen, wenn das gefährliche, entbehrungsreiche Leben bei der SAS ihr über den Kopf zu wachsen drohte. Ja, er stellte sich vor, dieser Mann mit dem durchtrainierten, kriegsgestählten Körper in Uniform zu sein. »Das ist es«, murmelte er leise, und für einen Moment wusste er, wer er war.

»Also«, sagte er am nächsten Tag zu Jemma, »ich hab den Drehplan, und wir werden tatsächlich in der Wüste sein – in den ersten zwei Wochen und dann wieder am Ende. Es ist sehr abgelegen, wir schlafen offenbar in Zelten, da werden die Kampfszenen gedreht, dafür sind wir in der Mitte in einer Kleinstadt und wohnen in einem Hotel. Ich hab um das größte Zimmer gebeten, das sie haben«, er wartete keine Fragen ab, »allerdings kann ich nicht sagen, was genau das heißt. Die Frau des Regisseurs kommt auch in dieser Zeit, also kriegen sie vermutlich das größte Zimmer, falls es überhaupt so was gibt, und wir werden …« Er hatte sie so weit. »Wir müssen uns irgendwie arrangieren.«

In dieser Nacht lagen sie im Bett, Honey zwischen ihnen, die Glieder wie ein Seestern ausgestreckt. Dan tastete nach Jemma.

»Wirst du zurechtkommen?«

»Wann?«, fragte sie.

»Hier, wenn ich weg bin.«

»Ja.« Sie schwieg. »Ich weiß nur nicht, was ich acht Stunden lang am Flughafen von Johannesburg machen soll«, und Dan drückte ihr die Hand, bis sie eingeschlafen war.

Dan lag in dem schmalen Hotelzimmer, in dem in einer Ecke bereits ein Kinderbett stand, und tastete nach dem Wecker. An den Rändern der Gardinen drang schwaches Licht herein, doch draußen war es still. Morgen um diese Zeit würde sich die Decke des Bettchens über seinem Baby wölben, und die redselige, neugierige Jemma würde neben ihm liegen. Wie zur Generalprobe für ihre Ankunft ging er auf Zehenspitzen ins Bad, duschte bei geschlossener Tür und zog sich im Dunkeln an. Das Frühstück würde er um zehn im Kantinen-Zelt am Set zu sich nehmen, wo der Duft von gebratenem Essen durch den Geruch des Zeltleinens, der Stricke und der frischen Luft überlagert wurde. Danach würde er vermutlich mehrere Stunden warten, bis sie ihn brauchten.

Es dämmerte, als sie an dem Wegweiser nach Namibia, über den er jedes Mal schmunzeln musste, vorbei in die Außenbezirke der Stadt und von dort in die Wüste hinaus fuhren. Das Set war ein vollständiges Feldlager, mit Lkw und Jeeps und Army-Tarnung, so weit das Auge reichte. Er spürte den Nervenkitzel. Nirgendwo wäre er lieber gewesen. Arbeiten, ein Rädchen im Getriebe, ein Teil von etwas Neuem, Aufregendem zu sein.

»Verdammt kalt heute«, sagte die Maskenbildnerin Hilda zitternd. Sie zog sich ein handgestricktes Tuch über die Schultern. Durch die Tür des Wagens, in dem die Maske untergebracht war, sah Dan, wie die Sonne aufging, wie sich das körnige Grau der Morgendämmerung lichtete und der ganze Himmel in einem leuchtenden Orange erstrahlte.

Am Morgen war es hier immer kalt. Eine eisige Brise wehte, gegen die selbst die warmen Sonnenstrahlen nichts ausrichten konnten, und härtete ihn ab. Wenn man Glück hatte, fand man eine geschützte Stelle zum Sonnenbaden, doch gewöhnlich waren sie im Freien, schleppten sich über ödes Land oder robbten über das kahle Terrain. Sie hatten noch keine von ihren Innenszenen gedreht. Die Gefangennahme, die Folter und die Verhöre hatten sie noch vor sich. Allerdings hatten sie schon eine Sex-Szene aufgenommen. Draußen, bei Nacht, als T. P. Miller oder Tippy, wie er sie in ihren intimeren Momenten nannte, ihn eingeholt hatte und seine Figur, obwohl im Dienst, der glühenden Leidenschaft nachgegeben und sie – durchaus nicht zu ihrem Missfallen – an die zersplitterten Planken der Barackenwand gedrückt hatte. Alice hatte um ein geschlossenes Set gebeten – keine herumstehenden Statisten, keine unnötigen Assistenten, Laufburschen oder Stuntmen. Doch spätestens beim achten Take, nachdem er sie an sich gezogen, ihre Splitterschutzweste aufgerissen und seine Gürtelschnalle gelöst hatte, verzogen sich die wenigen jungen Leute, die ihre Anwesenheit für unverzichtbar gehalten hatten, von selbst. Dan hatte noch nie eine Sex-Szene gedreht. Er hatte geküsst. Auf der Bühne und im Fernsehen, doch bis jetzt noch nie den Akt selbst dargestellt. Aus Ehrfurcht vor Alice' müheloser Verführung von Vater und Sohn (und auch, wenn man den Gerüchten glauben durfte, des Regisseurs) in ihrem letzten Film wagte er nicht, ihr das zu sagen. Sie hatte dabei eine derartige Professionalität an den Tag gelegt, dass man hätte meinen können, sie sei eine andere Person. Doch in Wahrheit war sie nervös. »Gott«, sagte sie immer wieder, »ich hasse diese Szenen«, und er hatte mannhaft geschwiegen und versucht, ruhig zu bleiben.

»Also«, sagte der Regisseur, als er zu ihnen kam. »Nimm sie in die Arme, drück dich an sie, geh ihr mit der Hand unters Hemd. Und nimm sie.«

Nimm sie? Er drückte seinen Körper an Alice. Sie fühlte sich kalt an, wich zurück. Nervös fummelte er an ihrer Weste herum. Es war gar nicht so leicht. Nicht die fließende, begierige Bewegung, die er sich vorgestellt hatte. »Schneller. Ja. Großartig. Diesmal drehen wir.«

Alice' Maskenbildnerin kam herbeigeeilt und puderte ihr erneut das Gesicht, während Hilda Dans Schnurrbart zurechtzupfte.

»Fertig. Ruhe am Set!« Dan pochte das Herz bis zum Hals. Er schluckte und versuchte, den schrecklichen Gedanken an eine Erektion zu verdrängen, auch wenn seine Erregung gegen null ging. Doch dann musste die Beleuchtung korrigiert werden, und in der plötzlichen Betriebsamkeit und dem Getöse entstand eine kleine Pause. »Alles in Ordnung?«, flüsterte er Alice zu, es schien ihm, als fühlte er immer noch ihre kalte Haut. Alice nickte und zog ein Döschen Atemspray heraus, das sie sich in den Mund sprühte. »Scheißhotel«, flüsterte sie, während sie ihm das Spray hinhielt. »Ich hab heute Nachmittag versucht zu schlafen, aber da hat so ein blödes Baby geschrien.«

Dan machte ein mitfühlendes Gesicht. Ob Alice wusste, dass es das Baby des Regisseurs war? Seine Frau war ein paar Tage zuvor eingetroffen, und er hatte sie, das Baby mit einer rosafarbenen Kopfbedeckung zum Schutz vor der Sonne und einen Schnuller im Mund, um es ruhigzustellen, am Rande des Set stehen gesehen. Zwei Mal war sie zu ihm gekommen und hatte gefragt, wann Jemma eintreffen würde, und er hatte ihr Baby bewundert, nach dem Alter und dem Namen gefragt und sofort wieder vergessen, so dass er bei seinen Anrufen zu Hause Jemma keine entsprechenden Auskünfte geben konnte. »Ehrlich gesagt«, wisperte Alice zitternd, »kann ich es kaum abwarten, bis wir hier fertig sind. Verdammte, gottverlassene Gegend. Was hast du als Nächstes vor?«

»Mal sehen.« Dan sah sich um. Er wollte die kurze Pause nutzen, um einen Plan zu schmieden, mit ihr einen Deal zu machen. Soll ich unter der Weste nach deiner Brust greifen? Küssen wir uns mit Zunge? Doch Alice redete weiter. »Ich fliege von hier aus direkt nach L. A., um es mal mit einem Serienpiloten zu versuchen. Hast du es schon probiert? Ich meine, in L. A.?«

Dan schüttelte den Kopf. Er hatte zu viele Geschichten von britischen Schauspielern gehört, die dort in einer Flut von Castings untergegangen waren und verzweifelt als Türsteher gearbeitet hatten, um sich über Wasser zu halten. »Toll«, sagte er lächelnd, »viel Glück. Hast du schon eine Bleibe?«

»Okay. Es kann losgehen. Ruhe bitte.« Der Regieassistent breitete die Arme aus, und Alice' Maskenbildnerin war wieder zwischen ihnen, um sie im Dämmerlicht zu pudern und herzurichten.

»Und ... Action!« Dan wechselte einen kurzen Blick mit Alice, dann beugte er sich zu einem Kuss vor. Er hielt ihr Gesicht, drückte sie nach hinten und merkte, wie ihn der neue Lippenbart an der eigenen Nase kitzelte, während sich ihr Spearmint-Speichel mischte und er mit ihrer Weste kämpfte. Gürtel, rief er sich ins Gedächtnis, Gürtel. Während er so heftig an der Schnalle zerrte, dass er sie beinahe abriss, und nur noch den Wunsch hatte, alle Bewegungsabläufe hinter sich zu bringen, bevor der Regisseur »Cut« rief, presste er weiter seine Lippen auf ihren Mund.

»Und cut.« Keuchend trat Dan zurück.

»Mein lieber Mann.« Alice hielt sich die Hand ans Gesicht. »Wann hast du dich zuletzt rasiert?«

»Heute Morgen.« Dan zog mit einem Ruck die Hose hoch und machte die Gürtelschnalle wieder zu.

Die Maskenbildnerin betupfte die Haut um Alice' Mund und trug reichlich Make-up auf. Dan fuhr mit der Hand ans eigene Gesicht. Seine Haut fühlte sich tatsächlich rau an. Natürlich. Er hätte sich am Nachmittag noch einmal rasieren sollen. Idiot – dachte er. Doch bevor er sich entschuldigen konnte, herrschte Stille am Set.

Als sie sich das nächste Mal trennten, war das Gesicht der armen Alice rot gesprenkelt.

»Was sagt deine Freundin zu diesem Schnauzbart?« Sie sah ihn skeptisch an.

Er erinnerte sich nur, wie Jemma gelacht hatte, als sie die spitzen Härchen im Gesicht kitzelten.

»Ich könnte nie mit einem Mann zusammen sein, der Haare im Gesicht hat. Im Ernst.« Alice verdrehte die Augen. »Ich müsste glatt meinen Beruf an den Nagel hängen.«

Sie legten eine Pause zum Abendessen ein, obwohl es inzwischen ein Uhr nachts war, und nach einem kurzen Abstecher in seinen Wohnwagen, um sich die Zähne zu putzen, hielt sich Dan bereit, um die Szene aus T. P. Millers Perspektive zu drehen. Diesmal waren die Kameras hinter ihm, und Alice' Augen strahlten lebendig in der Nacht. Sie hob die Hand, um seine Wange zu streicheln, sie schob ihr Bein zwischen seine Schenkel, und bevor er von seiner Aufgabe ganz in Anspruch genommen war, wurde ihm für einen Moment bewusst, wie viel leichter jetzt, da sie ihrerseits reagierte, das Ganze für ihn war. Kuss, Weste, Griff nach der Brust. Sie lächelte sogar, als er sie mit Schwung an die Wand drückte. Er zerrte an seiner Gürtelschnalle, »Nimm sie«, hallte ihm die Anweisung des Regisseurs in den Ohren, und in dem Bewusstsein, dass die Kamera auf seinen Rücken gerichtet war, hob er Alice hoch, drückte sie an sich und stieß rhythmisch und keuchend in ihr schmales, vor der Kamera verborgenes Becken, während er auf das erlösende Wort des Regisseurs, »Danke«, wartete.

Alice trat von ihm zurück. »Gute Arbeit.« Sie sah ihm in die Augen.

»Toll«, rief der Regisseur. »Fünf Minuten, und auf ein Neues.«

»Hattest du eine Erektion?«, wollte Jemma wissen, und er erzählte ihr in aller Aufrichtigkeit, dass es die unsexyste Nacht seines Lebens gewesen war. »Ich kann es kaum abwarten, dich wiederzusehen.« Ihre Worte taten ihm gut. »Ich wünschte, ich wäre da.« Er schloss die Augen und stellte sich ihren warmen, anschmiegsamen Körper vor, ihren Duft, das feine Goldkettchen, das im Schlaf auf ihrer Haut klebte. »Ach Jem«, wie sehr sehnte er sich nach etwas Handfestem, Realem. »Ich wünschte auch, du wärst hier.«

»Und wann kommt deine Familie raus?«, fragte ihn Hilda. Sie arbeitete immer noch an seiner Narbe.

»Heute.« Dan sah auf die Uhr. »Sie werden etwa um sieben hier sein. Sie sind gerade im Flieger.«

»Du hast ein Baby.« Hilda lächelte. »Wie alt?«

»Sie ist ... ich glaube, inzwischen zwölf Wochen. Ich weiß nur, dass ich für ein Drittel ihres Lebens weg gewesen bin.«

»Warte, bis sie größer werden.« Hilda schüttelte den Kopf. »Dann wird es mit dem Reisen erst richtig schwierig.«

»Hast du Kinder?« Er sah die Maskenbildnerin mit neuen Augen. Die freundliche Hilda, eine Frau in mittleren Jahren, immer zu einem Schwätzchen aufgelegt.

»Ich hab einen zwölfjährigen Jungen. Für ihn ist das hier ein denkbar schlechter Zeitpunkt. Aber ich musste den Job annehmen. Vorher war ein großes Filmprojekt, bei dem ich arbeiten sollte, geplatzt.«

»Was ist denn passiert?«

»Ein Teil der Investitionen hatte sich in Luft aufgelöst, und das Studio hat es am Ende aufgegeben. Dabei hatten sie bereits eine Million im Vorfeld der Dreharbeiten ausgegeben. Ist nicht zu fassen. Es wäre perfekt gewesen. Die ganze Zeit in London. Na ja …«, sie zuckte die Achseln, »jetzt mache ich eben das hier.«

»Und bei wem ist er jetzt?«

»Bei meiner Schwester. Und für ein paar Wochen in einem von diesen Ferienlagern im Wald. Der kommt schon klar. Er ist ein guter Junge.«

Dan nickte. Er fragte sich, wo der Vater des Jungen war, doch er wollte nicht indiskret sein. Jemma hätte sich nicht so zurückgehalten. In mitfühlender Neugier hätte sie große Augen gemacht und alles herausgefunden, was es herauszufinden gab. Er schmunzelte. Heute in einer Woche wäre er in die intimsten Geheimnisse sämtlicher Darsteller und des gesamten Teams eingeweiht.

»So«, Hilda richtete sich auf. »Wir haben dich so weit.«

»Danke. Bis später.« Er begab sich im selben Wohnwagen einen Platz weiter zu Pam, die für Haare zuständig war und darauf wartete, seinen Bart mit einigen Polaroidfotos zu vergleichen, um zu sehen, ob er gewachsen war.

An diesem Morgen brachte er Stunde um Stunde auf einem Beobachtungsposten herum. Dan und zwei Soldaten standen mit Ferngläsern da und blickten über den gleißenden Sand. Die anderen Schauspieler waren letzte Nacht was trinken gegangen und sie verströmten einen Alkoholgeruch, der einem den Atem verschlug. Zwischen den Aufnahmen redeten sie über die Feindseligkeit, die sich zwischen den britischen und den südafrikanischen Schauspielern hochzuschaukeln drohte, über ein Mädchen aus der Gegend, das sich Steve an den Hals warf, der einen Offizier verkörperte. Mit gesenkter Stimme sprachen sie über Matt Wilkinson, der jeden Morgen um fünf Uhr aufstand, um Gewichte zu heben und Liegestütze zu machen, und der, wenn er Aufnahmen hatte, darauf bestand, erst einmal zwei Runden um das Set zu laufen, um tatsächlich keuchend einzutreffen. »Drama Arts«, spöttelte einer der Soldaten, und Dan hatte insgeheim Angst, dass Matt, der am College zwei Jahre unter ihm gewesen war, sich als der eigentliche Star erweisen könnte. Matt war Patricks und Silvios Lehren treu geblieben, und wenn Dan ihn beobachtete, erkannte er den Funken Genie – oder war es Wahnsinn? – in allem, was er tat. Es hatte eine Szene gegeben, in der er und Dan sich eine Schlägerei liefern mussten, und als sie miteinander rangen, hatte Dan ihm in die Augen gesehen und darin den reinen Hass erkannt. »Perversling«, hatte Matt gezischt, nachdem er Dans Figur bewusstlos geschlagen hatte, und als Dan mit geschlossenen Augen atemlos auf dem Boden lag, spuckte Matt ihm plötzlich ins Gesicht. »Du Vollidiot.« Vor Wut kochend war er aufgesprungen und hatte sich dafür verflucht, dass er die passivere Rolle angenommen hatte. Dann hatte er Matt Wilkinson am Hemd gepackt und ihm einen Fausthieb aufs Ohr verpasst. Matts Reaktion war nicht weniger brutal – ob gespielt oder echt, konnte Dan nie sagen –, und sie hatten sich gerauft und geprügelt und Faustschläge ausgeteilt, bis drei Mitglieder des Teams sie trennen mussten. Seitdem waren sie sich, ähnlich wie ihre Figuren, aus dem Weg gegangen, und die Nacht nach den Handgreiflichkeiten hatte Dan im Hotel verbracht. Es war nicht nur wegen Matt, sagte er sich, er wollte auch nicht riskieren, am Tag von Jemmas Ankunft verkatert zu sein, und er stellte sie sich jetzt vor, wie sie, Honey an die

Schulter gedrückt, den Kinderwagen an seinen Scharnieren zusammengeklappt, in Johannesburg aus dem Flugzeug stieg. Sein Herz krampfte sich zusammen. Er hoffte, dass sie wohlbehalten ankommen würden. Er schaute auf die Uhr, um zu sehen, wie lange er noch warten musste, bevor er in seinen Wohnwagen zurückkehren und für den unwahrscheinlichen Fall, dass sie anrief, auf sein Handy sehen konnte. Er hatte sich erst vor wenigen Monaten ein Handy zugelegt, sollte er, wenn bei Jemma die Wehen einsetzten, nicht da sein, doch inzwischen konnte er sich nicht vorstellen, wie er je ohne eins ausgekommen war. Nie mehr zur Tür hereinstürmen und als Erstes den Anrufbeantworter abhören, nie mehr am Ende eines jeden Tages der Griff zum Hörer, um mit seinem Agenten zu sprechen. Es war ein Befreiungsschlag, und er liebte es. Jemma dagegen lehnte für sich eins ab. Das können wir uns nicht leisten, sagte sie beharrlich, und außerdem wollte sie ungestört für ihren Russischkurs lernen, sie war im zweiten Studienjahr und würde nach dem dritten ihren Abschluss machen. »Außerdem, wer sollte mich überhaupt anrufen?«, hielt sie ihm entgegen. »Ich habe keine Agentin, schon vergessen?«

»Ich würde dich anrufen«, sagte er zu ihr.

»Klar doch. Ruf mich zu Hause an, ich bin normalerweise da.«

Doch als Dan kurz vor dem Mittagessen zum Wohnwagen zurückkehrte, wartete zu seiner Überraschung tatsächlich eine Nachricht auf ihn. Sie musste irgendwie mit den tausend Komplikationen einer ausländischen Telefonzelle zurechtgekommen sein, Geld eingewechselt und die richtigen Münzen gefunden haben.

»Hi, Liebling. Wir sind gelandet. Alles bestens. Ich bin

in ...« Es trat eine kurze Pause ein, während sie sich unterbrach und mit jemandem ein paar Worte wechselte. »Ich bin irgendwo in Johannesburg, am Stadtrand. Keine Sorge. Ich hab im Flieger diesen netten Mann kennengelernt, und er hat mir angeboten, dass wir den Tag bei ihm verbringen. Ich war einfach so müde. Ich brauchte irgendein Fleckchen, wo ich mich hinlegen kann. Er fährt mich später wieder zum Flughafen, nachdem ich ein bisschen geschlafen habe. Mach dir keine Sorgen.« Er hörte einen kurzen, leisen Schrei von Honey. »Ich muss los. Bis später, Schatz. Ach du je.« Im Hintergrund waren Stimmen zu hören. »Tschüs.«

Dan bekam solches Herzklopfen, dass er sich abstützen musste.

Er schaltete auf Anrufe in Abwesenheit, um die Nummer zurückzuverfolgen, doch sie wurde nicht angezeigt. Anonym, hieß es. In der Hoffnung, doch noch eine Verbindung zu bekommen, versuchte er es trotzdem, doch die Leitung war tot. Scheiße. Er starrte auf das Handy. Er hätte nicht übel Lust gehabt, es auf den Boden zu werfen und darauf herumzutrampeln. Es war zwölf Uhr, und er würde erst in sieben Stunden Gewissheit haben. Er spielte ihre Nachricht noch einmal ab. »Hi Liebling ... Alles bestens. Ich bin in ... irgendwo in Johannesburg, am Stadtrand ...« Was hatte sie sich nur dabei gedacht, in einer der gewalttätigsten Großstädte der Welt mit einem *netten* Mann loszuziehen. Er sackte auf den Boden. Entführungen. Auto-Verfolgungsjagden. Honeys Kopf gefährlich hin und her geworfen, während Jemma mit ihr eine einsame Straße entlang flieht.

»Alles in Ordnung?« Es war der Laufbursche, der ihn zur nächsten Szene abholen wollte.

»Sicher.« Dan lächelte grimmig. Für einen Moment hatte er vergessen, dass sie den Stunt drehen wollten. Wenigstens hatte er da keinen Text. Er spritzte sich kaltes Wasser ins Gesicht, dachte zu spät ans Make-up und starrte in den Spiegel. Das Wasser perlte seine eingefettete Haut herunter, zog in seinen Kragen ein und lenkte ihn, wenn auch nur kurz, von Jemma ab.

Dan hatte angeboten, seinen Stunt selbst zu übernehmen. »Im Ernst?«, hatte der Regisseur ihn gefragt, und Dan hatte ihm versichtert, er wüsste, was er täte. In ihrem zweiten Jahr hatten sie an der Drama Arts einen Kampfsport-Workshop mitgemacht: vor dem Zusammenprall ausweichen, sich mit dem Partner koordinieren, damit die Bewegungen überzeugend aussehen, sich wegdrehen und reagieren, wenn der andere zutritt. Er sah noch vor sich, wie Pierres dünner Arm nach vorne schoss und Eshkol an der Nase erwischte. Das Blut hatte sich mit dem Make-up gemischt, es hatte hysterische Reaktionen gegeben, und der Kampfsportlehrer, den sie nur für den einen Tag angeheuert hatten, war amüsiert zurückgetreten, während die Mädchen zu den Toiletten liefen und Papiertücher holten.

Dan wiederholte, was der Stuntman bei der Probe gemacht hatte: Er stand auf der Ladefläche eines Lkw, sprang, drehte sich um die eigene Achse, landete auf dem Rücken, während drei Statisten herankamen und dicht an seinem Unterleib dem staubigen Boden Tritte versetzten. »Gut so!« Der Regisseur nickte und wartete, während die Kostüm-, Frisur- und Maskenbildnerinnen ihm den Staub abklopften. »Wir drehen.« Die Kameras wurden angeschaltet, der Lkw rollte los, und Dan sprang zu Boden. Doch diesmal hielten sich die Männer nicht zurück. Der erste erwischte ihn im Magen. Verflucht, Dan bekam keine Luft und brachte keinen Ton heraus, und außerdem war er nun mal am Boden, mit dem Gesicht im Dreck, und die Tritte gingen schnell und schmerzhaft auf ihn nieder. Scheiße! Eine Schuhspitze traf ihn am Hintern, eine andere landete empfindlich an seinem Schienbein, doch er wagte nicht, den Kopf zu heben und um Hilfe zu schreien. »Okay, Jungs. Cut. Ich sagte, CUT.« Rings um ihn erhob sich jetzt Gemurmel. »Alles in Ordnung?« Jemand beugte sich zu ihm hinunter.

»Ja, sicher.« Er versuchte, nicht zusammenzuzucken, als er aufstand. »Glaube ich jedenfalls.« Er spähte zu den Männern hinüber, die feixend am Lkw lehnten.

»Das war der Stuntman«, sagte Steve, als Dan seine Wunden untersuchte. »Er ist stinksauer, weil du ihm den Job weggenommen hast. Er kriegt jetzt keine Gage.«

»Was?« Dan verlagerte das Gewicht. »Das hätte mir jemand sagen können.« Sein Steißbein war geprellt, und er hatte Schmerzen beim Laufen. »Scheißkerle«, murmelte er und überprüfte zum x-ten Mal sein Handy. Jemma wäre bald im Flugzeug – falls sie denn kam und sie nicht jemand in seiner Gewalt hatte, falls sie nicht ... Er schloss die Augen und murmelte ein Gebet. Bitte, er richtete seine Gedanken zum blendend blauen Himmel, über dem, wie er hoffte, ein Gott mit weißem Bart zuhörte. Bitte lass es ihnen gut gehen. Beschütze mein Baby, und ich verspreche ... was sollte er versprechen? Nie wieder eine Arbeit fern von zu Hause anzunehmen? Nie wieder ...

»Dan?« Es war eine Frauenstimme. Dan riss die Augen auf. »Tut mir leid, Sie zu stören, aber ich wollte Ihnen nur Bescheid geben, dass Sie gerne den Land Rover nehmen können, falls Sie Jemma persönlich vom Flughafen abholen wollen.« Es war die Frau des Regisseurs, und sie hatte ihr Baby im Kinderwagen. »Hier sind die Schlüssel«, sie ließ sie in der Hand baumeln, »und sagen Sie ihr, dass ich auf demselben Flur wohne, wir werden uns also auf jeden Fall kennenlernen.«

Dan hätte sie beinahe in die Arme genommen. »Ich weiß nicht, wie ich Ihnen danken soll.« Er nahm die Schlüssel. »Ich kann noch gar nicht glauben … ich meine … ich kann mir kaum vorstellen, dass sie tatsächlich gleich da sind, verstehen Sie, was ich meine?«

»Ja, ich denke schon«, sagte sie lachend. Dann beugte sie sich herunter, um das Häubchen ihrer Tochter zurechtzuzupfen. Diesmal war es weiß, mit einem Spitzenbesatz. »Ich kann manchmal selber kaum fassen, dass wir hier sind.«

Sie deutete über die Zeltstadt. »Der Wagen steht da drüben. Der grüne. Ich hab hinten einen Babysitz festgeschnallt. Sehen Sie ihn?«

»Ja.« Dan dankte ihr noch einmal. Er wäre gerne stehen geblieben, um sich weiter mit ihr zu unterhalten, doch ihm fiel nichts mehr ein. Er konnte ihr nicht von dem Anruf erzählen. Er wollte sich ihre entsetzte Reaktion ersparen. »Was?« Vielleicht hätte sie die Augen aufgerissen, und sein mitgenommener Körper würde sich wie Pudding anfühlen, seine Hände, die jetzt schon ein wenig zitterten, würden beben.

Der Wagen machte, als er den Anlasser drehte, einen Satz nach vorn. Irgendein Idiot hatte einen Gang eingelegt. Er versuchte durchzuatmen, während er langsam an den übrigen geparkten Fahrzeugen, einschließlich Panzern, Lkw und anderen Requisiten, vorbeirollte. Bald hatte er das Tor durchquert, fuhr auf dem Feldweg weiter, der sich in eine geteerte Straße verwandelte und zum Flughafen führte. Es war erst halb sieben, und die Stadt wirkte verlassen. Die Geschäfte, die vor allem Möbel zu verkaufen schienen, billige Schränke und dreiteilige Sofagarnituren, waren alle bereits geschlossen. Soweit er sehen konnte, gab es nirgends Kleider oder Lebensmittel zu kaufen, und nur drei Lokalitäten – ein Café, eine Konstruktion aus Glas und Stahl, das Sodagetränke und Waffeln anbot, eine schmuddelige Pizzeria, in der er einmal eine Stunde gewartet hatte, bis der Fisch aufgetaut war, und ein elegantes Restaurant, in dem man jedes Gericht mit einem »Schwung« Gemüse und einem »Spritzer« nativem Olivenöl extra vergine bekam und sogar das Brot mit Paprika und Knoblauch überbacken war. Vielleicht würde er Jemma hierher ausführen, und sie konnten über die Speisekarte lachen. Vielleicht ... Es herrschte spärlicher Verkehr. Er war immer noch in seiner Uniform. Er hatte keine Zeit gehabt, sich umzuziehen, doch es war ein gutes Gefühl, am Steuer zu sitzen, ohne dass sich eine Kamera auf ihn richtete. Vielleicht konnten er und Jemma sich an einem Sonntag einen Leihwagen nehmen und einen Ausflug in die Wüste machen. Dan bog von der Straße auf den Parkplatz ab. Dort warteten bereits ein paar andere Autos, und in dem lang gestreckten Bau sah er einige Leute. Vor ihnen lag die Landebahn, und er erinnerte sich, wie überrascht er vor vier Wochen gewesen war, als er aus dem Flugzeug stieg und feststellte, dass der Kleinbus, der ihn abholen sollte, nur wenige Meter entfernt stand. Er atmete die scharfe Brise ein. Staub, Kälte, Leere. Afrika. Er spürte die endlose Weite. In der Ferne erschien ein Fleck. Alle spannten sich an und hielten die Hand über die Augen, als sich der Fleck in ein Flugzeug verwandelte. Bald war von der Maschine am Himmel das Motorengeräusch zu hören. Das Fahrwerk war bereits ausgeklappt, die Nase senkte sich nach unten, und für einen Augenblick schien die Maschine selbstmörderisch auf ihre kleine Gruppe zuzurasen, die dicht gedrängt an der Glaswand stand. Doch im letzten Moment setzte es kreischend auf der Landebahn auf.

Dan vergaß seine Blutergüsse an den Beinen, die möglicherweise angebrochene Rippe, die Schmerzen im Steißbein, als er aufs Rollfeld rannte. Die Treppe wurde festgemacht, die Tür geöffnet, und im nächsten Moment erschienen die ersten Passagiere. Drei afrikanische Geschäftsleute, ein grobschlächtiger Bure, eine Familie mit Kindern im Teenageralter und dann Jemma mit Honey in einem Tragetuch, den Blick auf die Metallstufen gerichtet, die sie herunterstieg.

Dan blieb regungslos stehen. Er sah, wie sie sich umschaute, kurz nach oben in den abendlichen Himmel blickte und dann den niedrigen Bau der Ankunftshalle erspähte, in der bereits ihr Gepäck ausgeladen wurde. Er machte einen Schritt nach vorn, doch sie erkannte ihn nicht. »Jem«, rief er und sah, wie sie zusammenzuckte, während ihm bewusst wurde, was für einen Anblick er bot. Ein Soldat im braunen Tarnanzug, das Gesicht mit echtem und falschem Blut verschmiert, die Enden seines ungepflegten Schnauzbarts wie eine Mondsichel nach unten geneigt. »Dan?« Und sie flog ihm in die Arme.

»Ihr seid wohlauf.« Er hielt sie fest. »Gott sei Dank seid ihr wohlauf.«

»Aber du …« Sie berührte sein Gesicht. »Was ist passiert? Was ist denn mit dir passiert?«

»Schsch.« Er ließ sie, den warmen, gepolsterten Körper ihres Babys zwischen ihnen, nicht los, und so standen sie immer noch dort auf dem Asphalt, als die letzten Passagiere an ihnen vorbeigegangen waren.

SOMMERLOCH

Charlie stand vor dem Badezimmerspiegel und überprüfte ihr Gesicht. »Gott«, murmelte sie und sah genauer hin, doch es war nicht zu leugnen, sie waren da. Drei Pickel, die sich unter ihrer normalerweise reinen Haut vorwölbten. Einer am Kinn, einer über dem Kieferknochen und der schlimmste mitten auf der Wange.

»Wieso, wieso, wieso?«, heulte sie, wenn auch leise, weil sie ihren Untermieter Ian nicht aufwecken wollte, der am Ende noch aus seinem Zimmer tappen und Zeuge ihrer Blamage werden könnte.

Sie beugte sich wieder zum Spiegel vor und attackierte den dicksten Pickel, versuchte, ihn auszudrücken, dann aber, als er davon nur dunkler und größer wurde, änderte sie ihre Taktik und betupfte ihn mit kaltem Wasser. Die anderen starrte sie nur an, indem sie das Gesicht nach links und rechts wendete, um sie in unterschiedlichem Licht zu betrachten, sie runzelte die Stirn, lächelte, machte einen Schmollmund, doch egal, was sie tat, sie waren immer noch da. »Scheiße!« Ihr war zum Heulen zumute, doch stattdessen atmete sie einmal tief durch und trug Make-up auf. Danach kamen Mascara und Lippenstift, und mit einem Papiertaschentuch wischte sie sich den Lippenstift wieder ab. Mist. Sie starrte mit kalter Miene auf ihr Spiegelbild; es war erst sechs Uhr morgens, und sobald sie zum Film-Set kam, würde Lauren, die Maskenbildnerin, ihr Haar nach hinten bürsten, das Gesicht sauber reiben und die Wahrheit zutage fördern.

»Kein Grund zur Sorge«, sagte Lauren artig. »Nicht der Rede wert.« Sie betrachtete Charlie im Spiegel. Sie trug bereits das Kostüm von Melina, eines Mädchens von den Südseeinseln, das als Sklavin ins Land gebracht worden war, doch inzwischen, dank ihres Einfallsreichtums und ihrer außergewöhnlichen Schönheit, die Frau eines Landjunkers war.

»Ich versteh das nur einfach nicht.« Charlie war der Verzweiflung nahe. »Ich hatte immer eine reine Haut. Wieso das jetzt auf einmal?«

Lauren drehte sie herum, so dass sie ihr Gesicht mit dem kritischen Blick des Profis betrachten konnte. »Kleine Ausbrüche wie bei Ihnen«, räumte sie ein, »sind durchaus nichts Ungewöhnliches. Akne kann durch alles Mögliche entstehen. Lebensmittelallergien, neue Kosmetika, genetische Ursachen, Stress.«

Charlie zuckte unter dem Wort Akne zusammen. Also wirklich. Sie hatte gerade mal drei Pickel! »Keine Ahnung«, sagte sie unsicher. »Schätze, diese Rolle bereitet mir wirklich ziemlich viel Stress, ich weiß immer noch nicht, wer Melina ist.« Andererseits bedeutete ein neuer Job immer Stress. Nicht dass die Alternative, keinen Job zu haben, besser war. Der beste Moment im Leben eines Schauspielers, hatte Rob einmal zu ihr gesagt, war der Tag, an dem einem das Engagement angeboten wurde. Von da an ging es nur noch bergab.

»Die gute Nachricht ...« Lauren nahm sie immer noch

kritisch unter die Lupe, »niemand wird es je erfahren. Sie glauben nicht, was für Reparaturen wir bei einigen Leuten vornehmen müssen, was für Probleme wir manchmal zu sehen bekommen.« Und während sie sich an die Arbeit machte, schminkte und modellierte, die Haare glättete und hochsteckte, senkte sie die Stimme und erzählte Charlie von Ausschlägen, Fieberbläschen, Pickeln und Furunkeln in den berühmtesten Gesichtern.

Mit jeder neuen Geschichte steigerte sich Charlies Angst. *Und Sie ahnen nicht, womit ich den ganzen Vormittag beschäftigt war …* Sie stellte sich vor, wie Lauren sich zu dem Nächsten, der in den Maskenwagen kam, herunterbeugte … *Charlie Adedayo-Martins schrecklichen Aknebefall abzudecken. Wie eine Kraterlandschaft, kann ich Ihnen sagen …*

»So, meine Schöne.« Lauren tätschelte sie. »Schon fertig.« Und Charlie bedankte sich trübsinnig und rutschte drei Sitze weiter, wo Jilly mit ihrer Perücke wartete.

Nachdem das kastanienbraune Haar zu einem losen Knoten gewunden war, raffte Charlie ihren langen Rock und lief im ersten morgendlichen Sonnenschein zu ihrem Wohnwagen hinüber. Als sie die Tür aufzog, hielt sie erst einmal die Luft an, um dem Geruch des leuchtend blauen Desinfektionsmittels zu entgehen, der sich in jeder Synthetikfaser des Einbaumobiliars festgesetzt hatte. Der Wohnwagen war groß – ein Wohnzimmer mit einem herunterklappbaren Doppelbett, einer Kochnische, einem Klo und einer separaten Dusche, und als Zeichen ihres gehobenen Status hatte sie ihn ganz für sich allein. Vor ein paar Jahren hätte ich hier nur zu gerne drin gewohnt, murmelte sie, als man ihn ihr zum ersten Mal zeigte, auch wenn sie schon bald herausfand, dass ihrer kleiner war als der ihres Filmpartners Ben Trevelyn, der zwar nur halb so viel Text hatte, dafür aber etwa die doppelte Gage bekam.

Charlie knallte die Tür hinter sich zu und betrachtete sich im Ganzkörperspiegel – nicht nur ihr Gesicht, sondern auch ihre Figur im Faltenrock und dem taillierten Oberteil sowie die Hochsteckfrisur, die ihren Hals zur Geltung brachte. »Er muss mich heute eben in der Totalen aufnehmen«, sagte sie und zuckte bei der Erinnerung an die anerkennenden Blicke des Regisseurs die Achseln. »Herein!«, rief sie Matty, dem Laufburschen zu, der mit einem Styroporbecher Kaffee und einem Schinkenbrötchen an ihre Tür klopfte.

»Danke!« Es war früher Nachmittag, der Regisseur und der Kameramann hatten eine Besprechung. Die Männer steckten die Köpfe zusammen und gestikulierten besorgt.

Was haben sie für ein Problem?, wollte sie Lauren fragen, die mit einem Tupfer Make-up auf dem Finger herbeigeeilt kam, doch sie brachte es nicht über sich. Sie wusste Bescheid … Das Problem war sie. Irgendwann machten sie weiter und drehten dieselbe Szene aus einem anderen Winkel. »Sorg für möglichst viel Deckung«, hörte sie den Regisseur zischen, und dann, eine Stunde früher als erwartet, hieß es plötzlich, sie würde für den Rest des Tages nicht mehr gebraucht. Sie würden ein paar Landschaftsaufnahmen machen, solange es noch so hell sei.

»Alles in Ordnung, Schätzchen?« Der Regisseur kam auf sie zu. »Du wirkst heute ein bisschen unkonzentriert. Aber die große Szene kommt ja erst morgen.« Er tätschelte ihr den Arm. »Alles klar?«

»Alles klar«, sagte Charlie beschwingt, »dann bis morgen früh allerseits«, doch sie hatte das Gefühl, als drehte sich ihr der Magen um.

Auf dem Heimweg saß sie schweigsam im Fond des Wagens und wehrte jedes Gespräch mit dem Fahrer ab, dessen Lebenslauf sie sowieso in- und auswendig kannte, indem sie sich schlafend stellte. Doch sie schlief nicht, sondern hatte die Augen einen Spalt offen, weit genug, um die Männer und Frauen auf den Straßen zu sehen, an Bushaltestellen, in Autos, mit Kinderwagen – und alle mit vollkommener, makelloser Haut.

Als Charlie heimkam, war ihr Untermieter Ian in der Küche und machte sich einen Nussbraten. Vor zwei Wochen war ihm ein Werbespot angeboten worden, und jetzt war er auf Diät. Da er noch nie auf Diät gewesen war und nichts von den unzähligen Möglichkeiten wusste, hatte er einfach beschlossen, das Mittagessen ausfallen zu lassen und sich einen dreiwöchigen Vorrat an Instant-Nussbraten aus dem Bioladen in der Nähe der Brücke zuzulegen. Charlie hatte er den Eindruck vermittelt, als sei er zu der Diät aufgefordert worden, als hätte ihm die Produzentin des Spots klargemacht, er müsse mit nackter Brust an einem Algarve-Strand entlanglaufen und – obwohl ein ekelhaft süßes Frühstücksmüsli beworben wurde – in Badehose eine gute Figur machen.

Charlie sah zu, wie er kochendes Wasser in die Mischung goss, und wandte sich von dem Geruch angewidert ab, auch wenn sie zugeben musste, dass dieser eintönige Fraß und Ians eisernes Festhalten an seinen Regeln Wirkung zeigte. Als sie ihm vor gerade mal einem Monat das Zimmer vermietet hatte, war er ein wohlgenährter, unauffälliger Mann in Jeans und Sweatshirt gewesen, ein Untermieter, der zuverlässig für wöchentliche Bareinkünfte sorgen würde, ohne sie im Mindesten abzulenken, doch seit ihm seine Jeans ein wenig lockerer saßen und ihm das verwaschene T-Shirt flach über den Bauch fiel, war sie sich seiner Gegenwart auf einmal unbehaglich bewusst.

»Hi«, sagte sie und zupfte an ihrem Haar, um die ohnehin schon abgedeckten Pickel zu verdecken. »Wie geht's?«

»Gut.« Ian schob die Alubackform in den Ofen. »Schöner Tag heute.«

»Ja.« Charlie nickte. Sie hatte ihn größtenteils im Wohnzimmer eines Landhauses in der Nähe von Watford verbracht und sich bemüht, den Sonnenstrahlen auszuweichen, die durch die halb geschlossenen Gardinen fielen, während sie sich schelmisch gegen die flehentlichen Bitten eines Verehrers wehrte, mit ihm durchzubrennen. Bei jeder ihrer spitzzüngigen Antworten wurde er inniger, leidenschaftlicher und verzweifelter, versprach, ihr sein Herz und seine Seele zu Füßen zu legen, wenn sie ihm auch nur die geringste Chance gab, so dass es am Ende der Szene so schien, als sprächen sie verschiedene Sprachen und als klaffte zwischen ihnen eine breite Kluft.

Ian sah auf die Uhr. Charlie wusste von den beiden Vorabenden, dass sein Nussbraten fünfzig Minuten brauchte. Fünfzig Minuten! Sie fand ihn irritierend und beeindruckend gut organisiert! Wenn sie Hunger hatte, holte sie irgendetwas aus dem Kühlschrank und aß es auf der Stelle; wenn nicht, ließ sie eine Mahlzeit ausfallen. Davon abgesehen – wenn jemand sie nun anrief und kurzfristig zum Essen einlud? So viel Planung und Mühe war die Sache einfach nicht wert.

»Ach, hätte ich fast vergessen ...« Ian hatte schon die Hand an der Tür und runzelte die Stirn. »Da war ein Anruf, ein Mann wollte dich sprechen ... Ich glaube, er hieß Rob.«

»Danke«, sagte sie mit einem Gähnen, doch kaum war er die Treppe hoch, griff sie zum Telefon. »Du hast angerufen?«, fragte sie gebieterisch.

»Hab ich allerdings.« Rob sprach mit tiefer, gespielt verführerischer Stimme. »Ich bin heute Abend in der Stadt, wollte nur mal hören, ob du Lust auf einen Drink hast.«

Charlie zögerte. Ein Drink bedeutete viele Drinks. Seine Hand auf ihrem Arm, ein Gerangel auf dem Bürgersteig bei ihrem Versuch, seinen Küssen auszuweichen, und dann, wenn sie klein beigab, erregender, furioser Sex in Filmstar-Manier an der Dielenwand, sobald sie hinter sich die Haustür zugeknallt hatten.

»Weißt du was?« Charlie erhaschte einen Blick von sich im Spiegel. »Ich kann heute Abend nicht. Wir filmen in aller Herrgottsfrühe. Tut mir leid.« Sie gähnte, um zu zeigen, wie müde sie war. »Vielleicht ein anderes Mal?«

»Schätzchen ...«, sagte Rob in verlockendem Ton. »Ein einziger kleiner Drink?«

»Nein, tut mir leid.« Sie blieb standhaft und genoss ihre Macht.

»Hmmm.« Rob schwieg. »Und was heißt das im Klartext? Hast du einen Neuen?«

Charlie stöhnte in gespielter Empörung. »Ich bin müde, das ist alles. Und ich muss meinen Text lernen. Es soll Leute geben, die ihren Beruf ernst nehmen.«

»Es ist dieser neue Untermieter, stimmt's? Wahrscheinlich kocht er gerade für dich, während du ein Bad nimmst und dir was Bequemes anziehst.«

»Wohl kaum. Er hat nur eins im Kopf, und zwar einen Werbespot für Munchy Mix.«

»Lecker«, sagte Rob lachend. Doch sie fand Gefallen an ihrer Grausamkeit und fragte ihn ungerührt nach seiner neuesten Eroberung, der Regisseurin eines Provinztheaters mit einem zehnjährigen Kind – der letzten in einer langen Reihe von Frauen, die ihr Rob abspenstig gemacht hatten.

»Schon gut, schon gut«, sagte er eingeschnappt. »Wollte mich nur mal wieder melden, dann eben ein anderes Mal. Träum was Schönes.« Und er legte auf.

Charlie lag in der Badewanne und sorgte sich um Melina. Sie wusste, dass sie für die Figur eine Vorgeschichte schreiben, ihre Handlungsweise analysieren und sich jedes noch so kleine Detail in ihrem Leben ausmalen konnte, doch sie hatte immer behauptet, solche Methoden zu verachten. »Haben Sie noch nie was von Schauspielkunst gehört?«, zitierte sie gerne Laurence Olivier, mit dem sich niemand anzulegen wagte, und sie hatte ihre Mitstudenten, die sich in ihre Recherchen vertieften, mit Verachtung gestraft. Doch Melina war schwierig. Sie war so hart, so erbarmungslos kalt. Ich an ihrer Stelle, dachte sie, wäre längst mit dem fabelhaft aussehenden Colonel durchgebrannt. Oder hätte mich ihm zumindest hinter der akkurat geschnittenen Hecke hingegeben, und dann musste sie, auch wenn sie es sich streng verboten hatte, doch an Rob denken, an die magnetische Kraft in seinen Fingerkuppen, die Stromstöße, die sie jedes Mal, wenn sie sich berührten, von oben bis unten durchzuckten.

Scheiß drauf, dachte sie, ich ruf ihn zurück. Und wenn

ich nun abstoßend aussehe? Dann gehen wir irgendwo hin, wo es dunkel ist. Sie sprang aus der Wanne, schnappte sich ein Handtuch und riss in dem Moment die Tür auf, als Ian auf dem Treppenabsatz erschien. »Tut mir leid«, sagte er mit aufgerissenen Augen und tiefrotem Kopf, und Charlie trat den Rückzug ins Bad an. »Mist«, sagte sie, obwohl sie andererseits dankbar war, dass er sie vor einem Fehler bewahrt hatte. Sie stieg wieder in die Wanne und lag mit ihren langen, braunen Gliedern still, während sie vor dem widerlichen Nussbratengeruch, der durch den Türspalt hereindrang, kapitulierte.

Am nächsten Morgen war ihre Haut noch schlimmer. Es gab einen vierten Pickel und eine Wölbung mit winzigen, weißen Pustelchen in ihrer Kinnfalte. Sie betrachtete sich voller Abscheu.

»Was mach ich jetzt bloß?«, fragte sie Lauren und wünschte sich inständig, dass sie ihr bescheinigte, das sei nicht weiter schlimm – doch Lauren nahm ihr Gesicht in beide Hände. »Ich denke mal, Sie könnten zu einem Arzt gehen.« Sie blickte düster drein. »Lassen Sie sich ein Antibiotikum oder eine topische Lotion verschreiben.« Sie machte sich daran, eine Schlammpaste anzurühren. »Bevor es noch schlimmer wird.«

Den ganzen Nachmittag drehten sie im Freien. Melina, wie sie sich in der Totalen anmutig bückt, um riesige Sträuße weißer Blumen zu pflücken, zwischen den Buchsbaumhecken hin und her schlendert, um hier und da an einer Rose zu schnuppern. Doch kaum näherte sie sich einer Kamera, schnürte es ihr vor Befangenheit die Kehle zu, und zweimal stolperte sie bei dem bloßen Gedanken, dass ihr Gesicht mit all den Unebenheiten in Nahaufnahme vor die Linse kam. »Cut!« Der Regisseur war beunruhigt. »Ich hab doch gesagt, keine Gefühle! Niemand darf wissen, dass es dir wichtig ist.«

Kaum saß Charlie im Fond des Wagens, klickte sie sich durch ihre Telefonkontakte. »Nell?«, brachte sie mühsam heraus und wandte sich vom Fahrer ab. »Ich bin's. Etwas …« Im selben Moment öffneten sich die Schleusen, und sie heulte los.

»Oje.« Nell war alarmiert. »Kleines, Schätzchen, was hast du?«

»Es ist … hmm … ich … es …«, doch sie konnte sich nicht zusammenreißen. »Ich hab … ach, das ist so furchtbar …« Aus den Tränen wurden schmerzhafte, unkontrollierte Schluchzer. »Ich habe Pickel!« Nachdem sie es gesagt hatte, musste sie lachen. Schluchzen und lachen und sich die Nase schnäuzen.

»Du hast was?« Nell war erleichtert und prustete ebenfalls los. »Ich dachte schon, es wäre jemand gestorben!«

»Ist auch so. Ich. Und dafür wurde die neue, pickelige Charlie Adedayo-Martin geboren.« Charlie schniefte und nahm, ohne aufzuschauen, die Kleenex-Schachtel, die ihr der Fahrer hinhielt, entgegen.

»Schätzchen«, tröstete sie Nell. »Mal ehrlich. Soll ich rüberkommen?«

»Würdest du das tun?« Charlie stiegen erneut Tränen in die Augen. »Ich kann in vierzig Minuten zu Hause sein. Aber ich warne dich, ich seh furchtbar aus.«

»Klar doch«, antwortete Nell und versprach ihr, um sieben da zu sein.

Ian saß am Tisch und aß seinen Nussbraten, als Nell kam. »Hi«, er sah auf und schluckte, als Charlie sie miteinander bekannt machte, seinen Bissen herunter. Nell hatte eine Flasche Wein mitgebracht, und Charlie machte sie auf. »Willst du auch ein Glas?«, fragte sie Ian, doch der schüttelte nur den Kopf und deutete auf seinen Wasserkrug. »Nichts Unreines möge mir über die Lippen kommen.«

Charlie nahm die Flasche mit ins Wohnzimmer, und Nell folgte mit einem Aschenbecher und zwei Gläsern. Sie schloss die Tür hinter ihnen, und sie feixten sich an.

»Wo hast du den denn aufgelesen?«

»Der Freund von einem Freund von Dan. Er ist hier, um mir beim Zahlen der Hypothek zu helfen.«

Charlie goss den Wein ein und trat vor den teuren vergoldeten Spiegel über dem Kamin. »Siehst du?« Sie drehte sich zu Nell um. »Guck dir den Schlamassel an.«

Nell kam näher heran, runzelte die Stirn und kniff die Augen zusammen, als müsste sie ewig suchen, bevor sie etwas fand. Auch wenn Charlie wusste, dass sie nur so tat, war sie ihr dankbar. »Also, ich sehe ein paar kleine … Schönheitsfehler.« Charlie verließ der Mut. Wenn selbst Nell zugeben musste, dass sie wie ein Monster aussah, was gab es da noch zu hoffen? Sie wünschte sich, sie hätte sie nie angerufen. Sie wünschte sich, sie wäre nicht gekommen. »Aber ich versichere dir«, fuhr Nell fort, »dass ich nicht das Geringste gesehen hätte, wenn ich nicht so dicht herangekommen wäre und mit der Lupe danach gesucht hätte. Ehrlich.«

»Tatsächlich?« Charlie liebte sie wieder. »Das ist so ungewohnt. Zum ersten Mal im Leben möchte ich, dass mich niemand ansieht. Und dieser Job ist natürlich nicht gerade hilfreich. Ich meine, eine makellose Schönheit darzustellen, die allein durch ihr unwiderstehliches, hinreißendes Aussehen mühelos sämtliche sozialen Schranken überwindet. Gestern haben sie meine ganze Szene aus dem Blickwinkel der Dienerin gedreht. Man sieht von mir nichts weiter als den Hinterkopf!«

Nell lachte. »Ich glaub dir kein Wort.« Und während Charlie die Hand hob und nach den kleinen Unebenheiten an ihrer Kinnpartie tastete, räumte sie ein, dass es nicht ganz der Wahrheit entsprach.

Charlie und Nell machten es sich links und rechts an den Armlehnen des Sofas bequem.

»Und wie geht's *dir* so?«, fiel Charlie rechtzeitig ein.

»Nicht schlecht.« Nell goss sich Wein nach. »Also, wir führen *Zwei Hummer und eine Krabbe* in Edinburgh auf. Beim Festival.«

»Das ist toll.«

»Wir haben diese fantastischen Plakate. Ich und Sita mit unseren Knarren, und sobald wir dort sind, werden wir wie wild Plakate kleben und Flyer verteilen, so dass es nördlich der Grenze keinen Menschen gibt, der nicht weiß, dass unsere Show läuft.«

Charlie hatte Nell noch nie so glücklich gesehen. »Vielleicht komm ich rauf und seh's mir an, vorausgesetzt, sie geben mir ein paar Tage frei.«

»Ja, das wär schön. Allerdings wohnen wir ...« Nell sah bedrückt aus. »Es ist eine Freundin von Hettie, und sie hat gesagt, wenn es uns nichts ausmacht, könnten wir in der Küche pennen ...«

Charlie lachte. »Ich nehme mir ein Hotelzimmer. Aber

ich weiß sowieso noch nicht, ob ich kann. Ich hab meinen Drehplan noch nicht. Vielleicht kann ich nicht weg.«

»Falls du es schaffst ...« Nell leerte ihr Glas. »Verdammt, die Flasche ist schon leer! Soll ich mal kurz raus und Nachschub besorgen?«

»Nein, ich geh. Rühr dich nicht vom Fleck.« Charlie schnappte sich ihre Tasche und rannte die Treppe zur Haustür hinunter. Als sie hinaustrat, kam sie dem Mann in die Quere, der hier tagtäglich umherlief und dabei brüllte und fluchte, während seine Blicke zur Seite schossen, als suchte er einen Schuldigen. Manchmal kam es Charlie so vor, als käme sie nie zur Tür hinaus, ohne ihm mit hoch erhobenem Stock und zum Schrei geöffnetem Mund zu begegnen. Sie wartete einen Moment, bis er an ihr vorbei war, und rannte dann über die Straße, um die Ecke und an der Pommesbude vorbei zum Spirituosenladen. Sie suchte eine gekühlte Flasche Weißwein aus und wartete, während der Mann vor ihr seine drei Kästen Bier gekauft hatte.

»So«, sagte er, während er seine drei Kästen auf den Armen stapelte, und zwinkerte ihr zu, was sie mit dem unfreundlichsten Lächeln quittierte.

»Ian ist scharf auf dich«, flüsterte Nell vergnügt, sobald sie wieder auf dem Sofa saßen.

»Mach dich nicht lächerlich.« Charlie schüttelte den Kopf – bei ihrer Rückkehr hatten die beiden in der Küche miteinander geplaudert –, doch sie warf trotzdem einen Blick in den Spiegel. Vom Wein hatte sie rote Wangen, und unter dem Abdeckstift traten die Pickel rötlich braun hervor. Sie fühlten sich wund an und juckten. »Wie kommst du darauf?«

Nell sah sie an. »Die üblichen Anzeichen. Rot anlaufen. Stottern. Die zwanghafte Erwähnung deines Namens ...«

Charlie warf sich wieder aufs Sofa. »Er ist in Ordnung. Einer von vielen Schauspielern, die sich so durchschlagen, weiter nichts.«

»Weißt du, was mir passiert ist?« Nells Augen funkelten.

»Nein, was?«

»Ich habe jemanden kennengelernt.«

»Du machst Witze! Wieso hast du das nicht gleich gesagt? Wen?«

»Er ist ... also, das Erstaunlichste daran ... er ist kein Schauspieler.«

»Mein Gott ... solche Kerle gibt's noch?!«

Nell war aufgekratzt. Sie kniete auf dem Sofa. »Also, ich hab was ausprobiert. Ich hab darüber gelesen und einen Wunschzettel geschrieben. Wenn du alles, was du dir wünschst, aufschreibst und die Liste dann in eine Schublade steckst, erfüllt es sich. Also hab ich als Erstes geschrieben: ›Einen Freund – aber keinen Schauspieler‹.«

»Und was noch?«

»Ein Engagement. Eine eigene Wohnung. Mit einem schönen Blick.« Sie sah sich sehnsüchtig in Charlies großem Wohnzimmer um, das sie mit ihr zusammen in Lasurtechnik in einem warmen Ockerton gestrichen hatte. »Kinder. Hmm. Was noch. Eine Taille ... kleinere Titten.« Sie lachte. »Na jedenfalls, gerade mal drei Tage später hab ich mir ein Stück im Finborough Theatre angesehen. Du weißt ja, Samantha hat wieder bei *Die Zofen* mitgespielt. Und ich bin mit diesem Typ ins Gespräch gekommen.«

»Hast du ihn gleich gewarnt?«

»Was? Dass ich Schauspielern abgeschworen habe? Nein, das heißt, nicht, bevor ich rausfand, dass er Bühneninspizient ist.«

»Und? Wie ist er so?«

»Ach.« Nells Gesicht wirkte verklärt. »Er ist genial darin, Möbel zu rücken.«

Charlie trat ihr gegen das Bein.

»Nein, er ist zauberhaft. Er ist knapp eins achtzig groß, hat lockiges Haar und grüne Augen.«

»Klingt wie Dan.« Nell verpasste ihr ebenfalls einen Tritt. »Ich hoffe ja nur, dass er dich zu schätzen weiß.« Charlie war schon jetzt bereit, ihn zu hassen. Auch wenn sie es nie zugegeben hätte, kam es ihr gelegen, dass Nell solo war. »Also kein ewiger Loser wie all die anderen?«

»Sagt die Richtige!«

»Stimmt auch wieder«, räumte Charlie ein und griff nach dem Wein.

»Jetzt bekomme ich allmählich Kohldampf«, sagte Nell hoffnungsvoll. »Hast du was im Haus?«

»Tut mir leid.« Charlie schüttelte den Kopf. Die Essensvorräte in der Wohnung beliefen sich auf fünfzehn Packungen Nussbraten-Fertigmischung, und die gehörten nicht ihr.

»Du achtest nicht auf deine Ernährung«, sagte Nell zu ihr.

Charlie fuhr sich mit der Hand ans Gesicht. »Vielleicht liegt es ja überhaupt am Fraß, den wir am Set bekommen. Diesmal ist es besonders schlimm.«

»Hier gleich um die Ecke gibt es einen brillanten chinesischen Arzt. Der hat eine Freundin meiner Schwester von Ekzemen geheilt. Ich besorg dir die Nummer. Oder eine

Ernährungsberaterin. Vielleicht solltest du auch zu einem dieser homöopathischen Ärzte gehen, die dir sagen, was du für Allergien hast.«

»Ja«, Charlie klang nicht überzeugt.

»Also, wenn ich den Bus kriegen will …«, Nell sah sich nach ihrer Tasche um, »dann mache ich mich besser auf den Weg.«

»Und wo ist heute der hübsche Bühneninspizient?«, fragte Charlie bei der Abschiedsumarmung.

»Auf Tournee. Ich mach auf dem Weg nach Edinburgh einen Abstecher, um ihn zu sehen.«

»Viel Spaß.«

»Ich melde mich mit den Telefonnummern. Sobald ich sie habe.«

»Danke. Und danke, dass du vorbeigekommen bist.«

»Bis dann.« Nell trottete die Treppe hinunter, und ihre freundliche, gemütliche Gestalt schwankte ein wenig vom Wein und dem Bewusstsein, dass sie gebraucht wurde.

»Tschüs.« Charlie winkte ihr hinterher.

Charlie erwachte vom Geräusch der Klingel. Wer konnte das sein? Heute hatte sie ihren freien Tag, und niemand besuchte sie um zehn Uhr morgens. Sie wartete in der Hoffnung, dass Ian vielleicht aus der Höhle seines Zimmers kroch, um an die Tür zu gehen, doch da er, zu Recht, davon ausging, dass niemand zu ihm wollte, rührte er sich nicht. Es klingelte wieder.

Charlie schlüpfte in eine lange Strickjacke und ging nach unten. Zwei adrette, schwarz gekleidete Zeugen Jehovas standen auf der Matte, ein Mann und eine Frau. »Hallo«, strahlten sie, während sie die Aftershavewolke des Mannes riechen konnte. »Glauben Sie an Gott?« Er sprach mit starkem karibischem Akzent.

»Nein«, antwortete Charlie.

Der Mann zuckte zurück. »NEIN?« Er schien bestürzt, obwohl er die Antwort schon tausend Mal gehört haben musste. »Haben Sie je an Gott geglaubt?«

»Nein«, log sie. Es hatte wohl mal eine Zeit gegeben, doch ihr katholisches Internat hatte dem ein Ende bereitet.

»Und woran glauben Sie dann?« Der Mann rückte näher.

Charlie blickte vom strahlenden Gesicht des Mannes zu dem der Frau, das ein wenig zurückhaltender war, ihre Augen sahen sie nachsichtig an. »Woran ich glaube?« Charlie legte den Kopf schief. »Ich glaube an mich …« Sie wusste, dass sie eigentlich nicht antworten musste. »Wahrscheinlich glaube ich an mich selbst.«

Der Mann sah sie staunend an, die Frau schürzte die Lippen.

»Ich glaube«, fuhr Charlie fort, »an Leute, die genügend Größe haben, um sich auch mal für etwas zu entschuldigen. Ich glaube an … Hoffnung.«

Der Mann schüttelte den Kopf, als sei das die falsche Antwort, doch die Frau schien interessiert. Sie kramte in ihrer Tasche. »Wir glauben auch an Hoffnung«, sagte sie, »und wenn eines Tages das Gute das Böse überwindet und wir unseren Lohn empfangen, brauchen wir nicht mehr nur zu hoffen.« Sie hielt ihr ein paar fotokopierte Seiten hin, auf denen mehrere Zeilen unterstrichen waren.

»Nein, danke.« Charlie schüttelte den Kopf.

»Es wird eine gewaltige Schlacht geben. Einen himmlischen Krieg. Nur das Gute wird obsiegen.«

»Aber wo findet dieser Krieg statt?« Charlie überzeugte sich davon, dass niemand in Hörweite war. »Im Himmel?«

»Nein«, donnerte der Mann. »Hier auf Erden. Und danach herrscht Frieden.«

»Aber Sie können keinen Krieg ohne Waffen und Bomben und Tote führen, und deshalb will ich mit Gott nichts zu schaffen haben.«

Die Frau schien aufrichtig schockiert. »Aber es wird Engel geben …«

»Und was passiert, wenn jemand eine Bombe zündet? Was ist mit all den Leuten in Omagh? Die Frau, die Zwillinge erwartete und mit ihrer Mutter einkaufen war? Wo waren da die Engel?« Charlie machte langsam die Tür zu.

»Wenn Gott die Welt geschaffen hat«, änderte der Mann seine Taktik, »dann gibt es Hoffnung, und wenn nicht … worauf lohnt es sich da zu hoffen?«

»Tut mir leid«, sagte Charlie und blickte ihn durch den schmalen Spalt zwischen Tür und Wand an.

»Denken Sie darüber nach«, rief er.

»Mach ich«, rief sie zurück und ging nach oben, wo sie die beiden durchs Wohnzimmerfenster beobachtete, wie sie die Häuser betrachteten und sich überlegten, wo sie als Nächstes klingeln sollten.

Ian war in der Küche und machte Tee. »Wer war das?«, fragte er, und Charlie lachte, mehr über sich selbst als über die beiden, während sie das Gespräch wiedergab. »Tee?«, bot er ihr an, und Charlie setzte sich.

»Wann geht's mit dem Werbespot los?« Es kam selten vor, wurde ihr bewusst, dass sie ihm eine Frage stellte.

»Übernächste Woche. Ich bin dann fünf Tage weg.«

»Und danach?«

»Nichts danach.« Ian sackte zusammen. »Mein Agent sagt, es ist Saure-Gurken-Zeit. Saure-Gurken-Zeit im Sommer. Aber ich hatte schon seit Januar keine Arbeit mehr. Saure Gurken im Winter. Saure Gurken im Frühling.« Er lachte trocken. »Ehrlich gesagt spiele ich mit dem Gedanken, es an den Nagel zu hängen.«

»Nein!«

»Und umzusatteln.«

»Auf was?«

»Auf Anwalt.«

Charlie konnte es kaum fassen. »Wie viel Zeit gibst du dir noch?«

»Keine Ahnung. Ein Jahr.«

»Ich hab keine Ahnung, was ich machen sollte, wenn ich die Schauspielerei aufgeben würde.« Bei der Vorstellung lief ihr ein eisiger Schauer den Rücken herunter. »Ich glaube nicht, dass ich irgendwas anderes könnte.«

»Aber du bist erfolgreich.« Ian sah sie an. »Du hast es nicht nötig. Wie hieß noch gleich der Film, in dem ich dich gesehen habe? *The Haven Report*. Und *Celestina*. Du warst brillant.«

Charlie wurde rot. »Wohl kaum.« Was nichts daran änderte, dass sie eine Woge der Genugtuung erfasste.

»Und *Giant Small Steps*. Das war das Beste, was ich seit Jahren im Fernsehen gesehen habe. Hast du schon irgendwas in petto, ich meine, nach dem Film, den du jetzt gerade drehst?«

»Nein, eigentlich nicht.« Charlie schüttelte den Kopf. »Sie haben mir eine Tournee angeboten. Rosalind in *Was ihr wollt*, aber ich weiß nicht, ob ich mir das antun will. Alles in diesen tristen Städten im Norden, mitten im Winter.« Zu spät fiel ihr ein, dass Ian aus Birkenhead stammte. »Außerdem weiß ich nicht, ob die Inszenierung in eine bestimmte Richtung geht. Einmal hat mir die Royal Shakespeare Company die Julia angeboten, und als ich hinkam, stellte sich heraus, dass die Capulets alle afrikanischer Herkunft waren, und wir sollten halb nackt durch die Gegend laufen und ständig Bongos spielen und uns selbst fast zerfleischen.« Ian musste schallend lachen.

»Meine Agentin schwört, dass es diesmal eine *farbenblinde* Inszenierung ist, aber ich muss erst mal sehen, wer sonst noch mitspielen soll.«

»Na, also, ich hoffe, es wird was draus.« Zu ihrer Freude lachte Ian immer noch leise vor sich hin. »Du wärst die perfekte Besetzung.« Charlie nippte an ihrem Tee. »Vielleicht.« Sie merkte, wie Ian sie, wenn er es unauffällig konnte, von der Seite ansah, und sie neigte den Kopf so, dass er ihre Schokoladenseite zu sehen bekam und der Spitzenbesatz an ihrem Slip unter der grauen Wolle ihrer Jacke durchschien, doch dann wurde es ihr wieder bewusst. Natürlich! Er bewunderte sie keineswegs. Er starrte auf ihre Pickel. Sie stellte ihre Teetasse ab und rannte nach oben. Vielleicht gab es ja doch einen Gott, dachte sie, als sie am liebsten vor dem Spiegel in Tränen ausgebrochen wäre, und er findet, ich hätte Strafe verdient. Sie verteilte einen großzügigen Klacks Make-up in der Handfläche und schmierte es sich aufs Gesicht, während sie sich ins Gedächtnis rief, dass sie zu den Menschen gehörte, die sich eigentlich nicht beklagen konnten – bei Lichte betrachtet, zu den größten Glückspilzen auf Erden.

»Na ja, es ist sicher nicht lebensbedrohlich.« Dr. Helik lächelte und wurde ein wenig rot, was er eigentlich ständig tat, seit ihm herausgerutscht war, dass er sie in einer Folge von *Sisters in the Night* gesehen hatte, in der sie nur mit den dürftigsten Dessous bekleidet peitschenschwingend aufgetreten war. »Andererseits in Ihrem Beruf ...«, räumte er ein und schüttelte den Kopf. »Ich nehme an«, erkundigte er sich, »Sie haben das Problem nur im Gesicht?«

Charlie nickte kurz.

»Gut.« Dr. Helik schrieb etwas auf einen Zettel. »Diese Antibiotika sind sehr mild und wirken nicht auf der Stelle. Kommen Sie in drei Monaten wieder, und wir ... sehen, wie die Situation dann ist.«

Charlie starrte ihn an. Bis dahin bin ich tot, hätte sie beinahe gesagt, oder zu sehr damit beschäftigt, mein Abitur nachzuholen, doch sie steckte das Rezept in die Tasche und schlenderte zur Apotheke hinüber.

Die erste Pille nahm sie, sobald sie nach Hause kam, und obwohl sie wusste, dass es lächerlich war, rannte sie zum Spiegel und sah nach, ob sie schon Wirkung zeigte. »Was soll ich nur machen?« Sie biss sich auf die Lippe, und da sie an nichts anderes denken konnte, legte sie sich aufs Bett und blätterte einige der Drehbücher durch, die Maisie ihr geschickt hatte. *Die exotische Schönheit Mika ... Die starke, charismatische Karrierefrau Gloria ... Loretta, heißblütige, attraktive Mätresse von Philip.*

Charlie seufzte, zog die Decke über den Kopf und schlief ein.

An diesem Abend beschloss Charlie, zu Hause zu bleiben. Nicht, dass sie noch nie einen Abend allein zu Hause verbracht hätte, das schon, doch sie hatte es noch nie geplant. Also kaufte sie am Marktstand am Ende der Straße Gemüse und in dem Fischgeschäft, das sie überhaupt erst jetzt bemerkte, Fisch. Sie kramte sogar ein Kochbuch heraus, das ihre Mutter ihr einmal geschenkt und das sie noch nie aufgeschlagen hatte, nicht einmal, um die Widmung zu lesen, die sie jetzt zum ersten Mal las.

»Für meine schöne Tochter, bleib gesund! In Liebe, Mummy.«

Charlie blätterte darin. Das sieht eigentlich gar nicht so schwer aus, stellte sie fest, doch sie musste noch zwei Mal aus dem Haus, das erste Mal, um Zitronen zu kaufen, und dann noch einmal, um Lorbeerblätter zu besorgen. Als sie alles hatte, was sie brauchte, legte sie eine alte Kassette mit Country-Musik ein, »Joleen, Joleeeeeen« trällerte sie aus Leibeskräften im Duett mit Dolly Parton, und für den Augenblick war sie rundum glücklich.

Sie schnitt Zucchini in Scheiben, dann Sellerie und Auberginen. Sie tauchte Tomaten in kochendes Wasser und pellte die Haut ab, und während sie sang, schnippelte und quirlte, stellte sie sich vor, wie Ian zur Tür hereinkam und staunte, sie so vorzufinden. Nicht nur eine talentierte Schauspielerin, sondern auch eine Göttin in der Küche. Doch der Moment, in dem Ians Nussbraten in den Ofen gehörte, verstrich, und dann auch die Zeit, in der er normalerweise aß. Charlie setzte sich mit ihrem Kabeljau, den sie elegant auf der Ratatouille angerichtet hatte, allein an den Tisch. Gar nicht schlecht, dachte sie und nickte anerkennend, bevor sie ihr Essen mit Heißhunger verschlang.

Nachdem sie satt war und zum Beweis ihrer Produktivität das Geschirr im Ausguss stehen gelassen hatte, setzte sie sich mit dem Rücken ans Sofa gelehnt auf den Boden und schaltete den Fernseher ein. Doch es wurmte sie, Schauspieler in Rollen zu sehen, die ihr selbst auf den Leib zugeschnitten waren, oder aber festzustellen, dass sie schlecht spielten, geschweige denn, dass sie ihren Part vollendet meisterten. Es bereitete ihr ein unbehagliches Gefühl und rief ihr ins Gedächtnis, dass sie Melina immer noch nicht verstand und keine Ahnung hatte, wie sie an die morgige Szene herangehen sollte – eine Auseinandersetzung mit ihrem Mann, während ihr die Kinder an den Rockzipfeln hingen. Sie schaltete den Fernseher aus und legte eine CD ein, eine Bach-Sonate, die sie einmal gekauft hatte, um Marcel bei seinem ersten und letzten Besuch in dieser Wohnung zu beeindrucken. Er war auf dem Weg nach Neuseeland gewesen, wohin sie ihn eigentlich für vier Wochen hatte begleiten wollen, um zu reisen, in Begleitung von Delfinen Kajak zu fahren oder auf den Marlborough Sounds Flusstaxis heranzuwinken, doch noch bevor sie ihr Flugticket besorgen konnte, hatte er sie angerufen und ihr gesagt, es täte ihm leid, aber er habe sich in eine Dokumentarfilmemacherin verliebt, die einen Film über die Entstehung seines Films drehte. Er könne sich auch nicht erklären, wie es dazu kommen konnte, das Mädchen sei halb Maori, habe gerade erst ihren Abschluss an der Filmschule gemacht … und die Anziehungskraft, die sei …

»Nein«, unterbrach ihn Charlie, »bitte, lass das, lass das …« Danach hatte sie sich auf den Boden gelegt, sich vor Schmerz eingerollt, während sie dachte, so also fühlt sich das an – und sie stocherte mit dem Finger im rohen, blutenden Fleisch ihres gebrochenen Herzens herum.

Charlie stellte die Musik auf volle Lautstärke. Es war

zu spät, sie auszuschalten. Und als sie überlegte, was sie als Nächstes tun sollte, erinnerte sie sich an ein Paket mit Organza in ihrem Schrank, wo es seit der Woche ihres Einzugs lag. Sie hatte daraus vor einigen Jahren eine Gardine für ihr Schlafzimmerfenster machen wollen, aber nie die Zeit dazu gefunden. Sie kramte den Stoff hervor und ließ ihn auf den Boden fallen. Er war zart und cremefarben, nach dem langen Liegen ein wenig angestaubt, doch sie bügelte ihn, faltete den oberen Rand zu einem hübschen doppelten Saum und steckte ihn ab. Der Vorhangdraht lag in einer Rolle ebenfalls in dem Paket, und als sie ihn zentimeterweise durch den Saum schob und den Stoff, ähnlich wie eine Raupe sich fortbewegt, dabei langsam bauschte und wieder glatt zog, hörte sie draußen ein krachendes Geräusch. Es folgten Gemurmel und Kratzen an der Haustür. Charlie runzelte die Stirn und machte in der Hoffnung, dass es jemand von der Wohnung unter ihr war, weiter, doch dann kamen die unverkennbaren, schweren Schritte ihres Untermieters die Treppe hoch.

Ian brauchte eine Weile, bis er die Hürde des Türschlosses genommen hatte, doch irgendwann war er drinnen, und sie spürte, wie er aus der Diele zu ihr heruntersah. »Ch-Charlie«, stammelte er hilflos, »dawich bekannt machn, Charlie.« Als sie aufsah, entdeckte sie einen Absperrkegel in seinen Armen.

»Was ist mit deinem Abendessen?« Etwas anderes fiel ihr nicht ein. »Das hast du verpasst.«

»Ach das.« Er stolperte vorwärts und plumpste, ohne den Kegel loszulassen, aufs Sofa. »Ich hab mich mit einem Freund getroffen, wir sind ins Pub gegangen, und ich dachte nur, scheiß drauf, scheiß auf die Annonce, scheiß auf Munchy Crunchy. Bringt mir doch eh nichts.« Er sah sie mit seinen glasigen, nassen Augen traurig an.

Charlie mühte sich weiter mit dem Einfädeln ab. Inzwischen hatte sie den gesamten Stoff zusammengebauscht und sah sich der Aufgabe gegenüber, ihn so behutsam auf dem Draht glatt zu ziehen, dass er ihr nicht wieder herunterrutschte. »Könntest du ein Ende halten?«, fragte sie und überlegte sich, dass sie die Gardine an dem Fenster hier unten abmessen konnte, das genauso groß wie das im Schlafzimmer war, und Ian sprang so schnell auf, um ihr zu helfen, dass er über den Kegel fiel. »Charlie«, sagte er stöhnend zu dem Kegel, »tut mir leid, Schatz, tut mir so leid«, während die echte Charlie danebenstand und ihn mit undurchdringlicher Miene ansah. Ihr blitzte der Gedanke durch den Kopf, dass sie so überheblich war wie ihre Figur – unterkühlt und bewundert und ganz von ihren häuslichen Tätigkeiten in Anspruch genommen. »Macht nichts«, sagte sie, als Ian den Draht zum zweiten Mal fallen ließ, »ich nehm das mit nach oben. Ich wollte sowieso gerade ins Bett«, und immer noch in ihrer Rolle als Paradebeispiel einer Frau aus dem neunzehnten Jahrhundert, raffte sie den cremefarbenen Organzastoff mit den Armen auf und war sich, während sie flink die Treppe hinaufhuschte, durchaus bewusst, wie vorteilhaft sich ihr Nacken über das Knäuel neigte.

Im Schlafzimmer fiel ihr ein, dass sie die kleinen Häkchen vergessen hatte, die man in den Holzrahmen schrauben musste, doch sie konnte schlecht noch einmal hinuntergehen. Sie ließ den Stoff auf den Boden fallen und zog sich aus. Das ist lächerlich, dachte sie, es ist erst zehn Uhr, und ihr wurde bewusst, dass sie an diesem Tag außer dem Arzt keinen einzigen Menschen zu Gesicht bekommen hatte. Falls Ian hochkommt, überlegte sie, und falls er lange genug vor meiner Tür wartet, lass ich ihn rein. Er ist gar nicht mal so schlecht. Sie schlug ihr Drehbuch auf und überflog ihren Text für den nächsten Tag. Einfach nur in den Armen von jemandem liegen, den warmen Bierdunst eines Mannes am Ohr spüren, doch die Minuten vergingen, und es war nichts von ihm zu hören. Ist wohl besser so, sagte sie sich. Denk einfach nur an morgen früh. Eine kleine Träne lief ihr das Gesicht herunter. Wir müssten wie so ein schreckliches Vorstadtpärchen zusammen frühstücken, und während ihr Melinas Text im Kopf herumgeisterte, schlief sie ein.

Als sie am nächsten Morgen, die fleckige Haut fertig geschminkt, nach unten kam, lag Ian, den Arm fest um das untere Stück des Absperrkegels geschlungen, auf dem Sofa und schlief. Charlie betrachtete ihn und ging nach oben, um ihm eine Decke zu holen. Als Charlie sie über ihn warf, streckte er den Arm nach oben und erwischte ihre Hand. »Tut mir leid«, murmelte er, ohne die Augen zu öffnen, und für einen Moment ließ sie sich neben ihm nieder. Um seine warme Berührung, den Druck seiner Finger, den männlichen Kojen- und Schweißgeruch zu riechen. »Charlie«, stöhnte er, »tut mir leid, dass ich mich zum Narren gemacht hab ...«, und als er ihre Hand fester packte, erinnerte sie sich, wer sie wirklich war, löste sich aus seinem Griff, wandte sich ungerührt ab und verließ den Raum.

DIE TOURNEE

Vor dem Theater blieb Nell einen Moment stehen und hielt den Atem an. Sie hatte gerade mal die ersten zehn Tage der achtwöchigen Laufzeit hinter sich, doch schon jetzt wurde ihr bei dem Gedanken, Bernards Anblick zu ertragen, flau im Magen. Sein kugelförmiger Kopf, der stramme Bauch unter seinem Rolli, der abschätzig verzogene Mund, wenn er für alles, was das Ensemble sagte oder tat, nur Verachtung übrighatte. Nell zwang sich, ihre Aufmerksamkeit auf die anderen Kollegen zu lenken – Chrissie, die Bernards Ehefrau spielte, der bodenständige, vernünftige Gavin. Und Saul, der stille, aufmerksame Beobachter, der beim Vorsprechtermin mit ihr zusammen gelesen hatte.

Schon als sie die Treppe hinaufrannte, hörte Nell erhobene Stimmen. »Diese Tournee«, sagte Bernard gerade, als sie die Tür zur Garderobe öffnete, »ist der blanke Hohn.« Er hatte die Liste der Veranstaltungsorte in der Hand und warf einen angewiderten Blick darauf. »Ihr habt gesagt, wir würden in Arbeiterclubs, politischen Zentren, Gewerkschaftshäusern spielen. Aber nein, wir beehren den Frauenverein Ambleside, und von da aus geht's dann weiter zum … warte … zum Wanderverein Lake District.«

Der Regisseur Matthew, ein blasser Mann, der öfter mal einen Lachanfall bekam, schluckte. »Wir gehen auch nach

Southport. Das ist nur eine Stunde von Liverpool entfernt. Und wir hoffen immer noch auf York.«

Chrissie legte Bernard die Hand auf den Arm. »Egal, wer im Publikum sitzt, jeder ist wichtig. Denk einfach daran, welchen Dienst du ihnen erweist, wie du sie inspirieren kannst.«

»Deine Inspiration kannst du dir sonst wohin stecken.« Bernard schüttelte sie ab. Und Chrissie zog sich verletzt an den ihr zugewiesenen Teil des Spiegels zurück.

Es trat eine Pause ein, bis Matthew allen Mut zusammennahm und ihnen letzte Anweisungen gab. »Also«, er holte kurz Luft. »Nell, bin nicht ganz sicher, wie's bei dir gestern Abend lief, aber gut. Vielleicht eine Spur schneller? Und witziger, wenn's geht? Gavin, du vergeigst den Lacher am Ende des ersten Akts. Lass dir Zeit. Bleib dran. Und jetzt zu dir, Chrissie.« Er seufzte. »Schwung!« Er machte eine entsprechende Bewegung mit der Hand. »Es ist nicht *Schwanensee*. Und hattest du die Schürze falsch rum an? Verstehe. Interessant. Bleib dabei. Saul war wie immer perfekt. Also, Bernard ...« Die anderen sahen alle auf. Was würde er zu Bernard sagen, der seinen letzten großen Monolog so verpatzt hatte, dass man nur noch mit Mühe einen Sinn darin erahnen konnte. »Bernard«, sagte er. »Das war ...«, Matthew schloss die Augen und öffnete sie wieder, »... einzigartig.«

»Prost!« Bernard hob einen Krug mit einer Flüssigkeit, von der alle hofften, dass es sich um Wasser handelte. »Was würdet ihr ohne mich nur machen, eh?« Und nachdem er seinen Humpen geleert hatte, ging er zur Bühne hinunter, um seine Requisiten zu überprüfen.

»Oh mein Gott.« Nell rief Pierre von einer Telefonzelle in Keswick aus an. »Er wird immer schlimmer. Heute Abend hat er mein Stichwort übersprungen und ist dann auf einmal ans Ende der Szene gewechselt, so dass ich, ungelogen, auf die Bühne marschiert bin und nach zehn Minuten, ohne ein Wort zu sagen, wieder abtreten musste.«

Pierre konnte sich vor Lachen kaum halten. »Ich glaube, ich sollte mal raufkommen und mir das selbst ansehen. Es sei denn, ihr spielt bald im West End.«

»Das Komische ist …« Nell räumte es nur ungern ein. »An manchen Abenden ist er auf seine Weise brillant.«

»Vielleicht ist Bernard ein verkanntes Genie.«

»Auf jeden Fall hält er sich dafür. In Wahrheit ist er wahrscheinlich nur ein trauriger alter Alkoholiker.«

»Nell …« Sie hörte das Summen und Piepsen der Telefonzentrale. »Ich würde gerne weiter mit dir reden, aber ich muss in … du lieber Himmel, in fünfundzwanzig Sekunden in einer Vorstandssitzung sein. Rufst du morgen noch mal an?«

»Sicher. Also, tschüs, bis dann.« Nell blieb, den Hörer in der Hand, noch eine Weile stehen und lauschte dem letzten Echo einer vertrauten Stimme. Sie konnte es bei Charlie versuchen, doch Charlie würde nicht drangehen, wenn sie eine unbekannte Nummer sah, und Sita war in Bristol, wo sie in einem Krankenhausdrama als Schwester, die in eine arrangierte Heirat gedrängt wird, die Nebenhandlung bestritt. Außerdem, dachte Nell, als sie auf die dunklen Hügel blickte, sollte ich mich sowieso auf die Socken machen. Für einen kurzen Moment dachte sie daran, ihren Vater anzurufen, der gar nicht allzu weit weg in Schottland wohnte, doch der Gedanke, dass seine neue Frau sich melden und fragen könnte, wer dran sei, hielt sie davon ab, die Nummer zu wählen. Stattdessen trat sie in den späten Nachmittag hinaus, betrachtete den Gipfel über ihr und den Nebel, der sich zusammengebraut hatte. Auf dem Weg zum Theater wanden sich weiße Schwaden herab und hüllten die stille Stadt in Schweigen. Was würden sie heute für ein Publikum haben, dachte sie, während sie durch die dunklen Straßen eilte, und sie versuchte, sich vorzustellen, was für Menschen wohl an einem Abend wie diesem noch vor die Haustür traten, um sich ein Stück über die Übel des Kapitalismus anzusehen, selbst wenn es als Farce angekündigt war. Andererseits – was konnte man hier sonst schon tun? Nell spähte in das Fenster einer Boutique, die bereits geschlossen hatte und im Schaufenster eine Auswahl an lilafarbenen Capes anbot. Außerdem gab es einen Zeitungsladen, der ebenfalls geschlossen hatte, und ein Pub mit grobkörnig verputzten Wänden, hinter dessen fleckigen Fenstern die Silhouetten der ersten Besucher über ihrem Bier zu erkennen waren. Doch so viel stand fest: Heute Abend kam vielleicht jemand, für den dieses Stück eine Sternstunde in seinem Leben war. Jemand, den es für immer verändern, in eine neue Richtung lenken würde. Als Kind hatte sie eine Tournee-Aufführung von *Der Held der westlichen Welt* gesehen, und fast von der ersten Szene an war ihr das Herz aufgegangen, bis sie glaubte, es würde zerspringen. Ich bin zu allem bereit, hatte sie sich geschworen, während die Schauspieler lachten, kämpften und tanzten, von mir aus hülle ich mich in Sack und Asche, spiele eine alte Frau, schrubbe die Bühne, wenn ich nur eines Tages wie sie sein kann.

»Gute Aufführung heute Abend«, sagte Bernard, als sie

eine halbe Stunde später als sonst in ihren Mini-Van stiegen. »Wirklich überragende Leistung, und wenn *ich* das schon sage …« Und nachdem ihnen ein letztes Bier vor Kneipenschluss entgangen war, weil Bernard in der zweiten Hälfte der Aufführung eine Tanzeinlage beigesteuert hatte, zündete er sich seinen Zigarrenstummel an und nahm dazu einen Schluck Whisky aus seinem Flachmann.

Doch trotz alledem hätte niemand auch nur einen Moment damit gerechnet, dass Bernard sie im Stich lassen könnte.

»Wo steckt er überhaupt?«, fragte Matthew, als sie in Southport in der geräumigen Garderobe des Theatre Royal zusammenkamen.

»Keine Sorge, der kommt schon.« Chrissie reichte leuchtend bunte Henkelbecher mit Tee herum. »Wär schließlich nicht das erste Mal, dass er sich verspätet.« Das war nicht zu leugnen. Mehr als einmal war Bernard ohne jedes Zeichen der Reue nach der Pause hereingeschlendert. »Musste noch wohin, jemanden treffen«, hatte er augenzwinkernd erklärt und ihnen mit der aufgerollten Zeitung vor dem Gesicht herumgefuchtelt. Nell fragte sich oft, wo er wirklich gewesen war. Sie stellte ihn sich vor, wie er, auf Socken, den Bauch über die Anzughose gewölbt, ein Kreuzworträtsel löste und nur darauf wartete, dass der Tag verging.

Doch die Pause kam und ging. »Wo bleibt der Mistkerl?«, sorgte sich Matthew, nachdem er ihn nicht ans Telefon bekommen hatte, und er stieß mit einer Schulter gegen die Wand, so dass die Spiegellampen flackerten. Just in diesem Moment polterte der Bühneninspizient mit der Nachricht die Treppe herauf, Bernard sei im Lauf des Tages gesehen worden, wie er per Anhalter Richtung Manchester gefahren sei. »Der kann jetzt Gott weiß wo sein.«

»Nein!« Chrissie wirkte so verstört, als hätte sie gerade ihr Ehemann im wirklichen Leben verlassen. »Was machen wir jetzt bloß?«

»Wir lassen uns was einfallen.« Gavin massierte ihr die Schultern. »Keine Angst. Nur die Ruhe.«

Nell schwieg. Sie spielte Bernards schwachköpfige Schwiegertochter, und sie hatte die Erfahrung gemacht, dass man ihre Bemerkungen gewöhnlich überhörte.

»Na schön.« Saul trommelte mit den Fingern auf der Resopalfläche des Schminktischs. »Matthew, was hältst du davon, wenn du übernimmst, danach haben wir sowieso ein paar Tage frei und können uns einen Ersatz besorgen.«

»The Show must go on«, sagte Chrissie kleinlaut.

Matthew schien kein bisschen erleichtert zu sein. »Tolle Idee«, sagte er. »Ich lass auf der Stelle jemanden rumtelefonieren«, und bleicher als je zuvor ging er in Bernards Garderobe, um sein voluminöses Kostüm anzuprobieren.

Nell stand, die Hand am Mund, zu nervös, um zu lachen, in der Kulisse und sah zu, wie das Drama seinen Lauf nahm. Matthews flacher Hut saß ihm schief auf dem Kopf, die Zigarre, die Bernard mit Gusto rauchte, zitterte in Matthews Hand. Das Publikum schien wie immer ergriffen. Weiter, bloß weiter so, redete ihm Nell in Gedanken gut zu, als er um den richtigen Text rang, und dann kletterte Gott sei Dank Gavin in seiner Polizistenuniform zum Fenster herein und machte sich daran, ihn über die Bühne zu jagen.

»Wie läuft's?« Saul stand neben ihr im Dunkeln. Nell atmete wie jeden Abend seinen vertrauten, warmen, rauchigen Atem ein. »Nicht schlecht«, sagte sie, ohne die Bühne aus den Augen zu lassen, »aber er hält sich nicht an den Text.«

So standen sie Seite an Seite und hörten Matthew zu, der sich von einer Szene zur nächsten hangelte.

»Verdammt.« Saul verspannte sich, als sein Auftritt unmittelbar bevorstand. »Ich bin dran.«

»Viel Spaß«, flüsterte Nell, als er sich aus dem Dunkel löste, sie war zu abergläubisch, um ein »Viel Glück« zu riskieren. Sie beobachtete gebannt, wie er und Matthew sich zum ersten Mal gegenüberstanden. Als keiner von beiden etwas sagte, trat eine winzige Pause ein. Sie standen steif auf der Bühne, durchbohrten einander mit Blicken, während ihre Mundwinkel zuckten und sie mühsam gegen einen Lachanfall ankämpfen mussten, doch dann biss sich Saul auf die Zunge, wandte sich ab und sprach mit sichtlicher Mühe seine erste Zeile.

»Wie sieht's aus?« Chrissie erschien neben Nell, und bevor sie etwas antworten konnte, hörten sie ihr Stichwort, drei Seiten zu früh. »Was machen wir bloß?« Chrissie schnappte nach Luft, und Nell, die Sauls verzweifelten Blick erhaschte, packte sie bei der Hand und drängte sie hinaus.

Matthew merkte nichts davon. Er gestikulierte wild herum und ging tobend und brüllend in seinen großen Monolog über, während das übrige Ensemble mit gesenktem Haupt in angespannter Pose verharrte und auf einen passenden Einsatz hoffte. Nell stand, das einzige Mal während des ganzen Stücks, neben Saul, und während sie gespannt auf ihr Stichwort wartete, vergaß sie ihre Handlungen und Absichten, den Rhythmus ihrer inneren Haltung, ihren

Entschluss, sich nie wieder mit einem Schauspieler oder auch Bühneninspizienten einzulassen, und driftete stattdessen in Tagträume ab – wie Saul auf ihren Fahrten mit dem Kleinbus den Sitz neben ihr wählte, wie Saul, als sie schliefen, den Arm um sie schlang. Nell riss die Augen auf. Schon zwei Mal hatte sie sich von diesen Träumereien so gefangen nehmen lassen, dass sie ihre Zeile im Dialog vergaß und Saul selbst sich gezwungen sah, den Arm auszustrecken und sie fest in die Seite zu knuffen. »Das war ich nicht, Inspektor, ehrlich, das waren die Mistkerle von oben«, schrie sie und löste erstaunlicherweise trotzdem einen Lacher aus. Matthew wiederum wurde, als das Ende nahte, selbstbewusster und versuchte sogar eine kleine Jongliernummer mit Orangen, die er, wie er allen angekündigt hatte, eigentlich lieber auslassen wollte. Doch er bekam sie einigermaßen hin, auch wenn er eine Frucht in der Armbeuge auffing, während eine andere in die dritte Reihe flog, so dass die Aufführung in tosendem Applaus für die Schauspieler endete, die sich strahlend tief verneigten.

An diesem Abend floss Alkohol. »Prost. Gut gemacht, Kumpel.« Selbst der sonst so ernste Gavin saß grinsend mit ihnen am Tisch. »Was für eine Erleichterung, wir sind also doch nicht auf ihn angewiesen.« Er erhob seinen Humpen, und sie bescheinigten einander, dass ein Leben ohne Bernard unendliche Vorzüge hatte.

Philip, Bernards Ersatzmann, war ein kleiner, adretter Mann. Er hatte erst anderthalb Jahre zuvor in Taunton dieselbe Rolle gespielt und sich auf der Zugfahrt wieder mit dem Stück vertraut gemacht, so dass er seinen Text bereits bei der ersten Probe besser beherrschte als Bernard je zuvor. Den ganzen Sonntag und dann auch noch den Montag verbrachten sie mit Proben, und bis Montagabend hatten sie die Aufführung mehr oder weniger im Griff.

»Hals- und Beinbruch«, »Bis gleich da draußen«, »Du wirst dich großartig schlagen«, sprachen sie ihm alle Mut zu, und während der gesamten Aufführung gab es nur eine einzige alarmierende Situation, als Nell in ihren Tagtraum hinüberglitt und beinahe ihren Einsatz verpasste.

»Du Dussel.« Matthew setzte sich neben sie. »Was geht eigentlich in deinem verträumten Kopf vor sich? Ich beobachte dich und sehe, wie du auf einmal diesen verklärten Blick bekommst.«

Matthew war wie ein Mädchen. Er redete gern. Er liebte es, zu tratschen und zu spekulieren, und einmal hatten sie vor einer Aufführung in Wigton in einem Café Halt gemacht, wo er hintereinanderweg drei Stück Sahnetorte verputzte. »Komm schon …« Matthew ließ nicht locker. »Du kannst es mir ruhig sagen … du weißt doch, von mir erfährt niemand ein Sterbenswörtchen.«

»Hör auf damit. Psst. Du wärst der Letzte, dem ich es sagen würde.« Genau in dem Moment erschien Saul, und sie nahm rasch einen großen Schluck Wein.

Matthew zwinkerte ihr zu und zog die Stirn in Falten. Am nächsten Abend kam Nell mit ihrem Einsatz so schnell, dass sie Philip beinahe ins Wort gefallen wäre.

Es dauerte ein paar Tage, bis jemand von ihnen der Tatsache ins Auge blickte, dass Philip nicht witzig war. Sicher, im Unterschied zu Bernard konnte er seinen Text, verfiel nicht ständig in irgendwelche spontanen Improvisationen oder schnitt einem anderen das Wort ab, so dass er ratlos und mit offenem Mund dastand, doch trotzdem fehlte etwas Wichtiges.

Philip ließ sich nicht in die Karten sehen. »Gute Aufführung heute Abend, findet ihr nicht?«, sagte er, als er adrett an der Bar saß, in liebenswürdigem Ton.

»Ich hab mit ihm geredet.« Matthew beeilte sich, die Verantwortung von sich abzuwälzen. »Aber er besteht darauf, es wie in Taunton zu spielen«, und die anderen bestellten weitere Drinks und landeten schon bald bei ihren Lieblingsanekdoten über ihre eigenen Eskapaden oder bei denen anderer an anderen Abenden, in anderen Inszenierungen, an anderen Theatern und in anderen Stücken.

Dabei hatte keiner von ihnen bemerkt, dass Bernard das Ensemble zusammengehalten hatte. Seine schrecklichen Witze, seine kleinlichen Nörgeleien, seine Ausbrüche auf und hinter der Bühne hatten sie als Gruppe zusammengeschweißt. Doch jetzt, wo sie Philip mit seinen Wanderstiefeln und der leichten Allwetterkleidung hatten, stellten sie fest, dass sie wenig miteinander verband. Es bildeten sich Grüppchen. Nell und Chrissie verbrachten einen Nachmittag damit, sich Scarborough anzusehen. Gavin und Saul versuchten, ein Pub zu finden, in dem Rugby lief, doch schon bald zogen Nell, Saul und Matthew am häufigsten zusammen los, um sich in Cafés vollzustopfen, durch verlassene Küstenstädte zu schlendern, über die Sperrzeiten hinaus zu trinken und in Stockton oder Penrith Ausschau nach einem Nachtclub zu halten. Eines fortgeschrittenen Abends trafen sie, wie in Nells Fantasie, zu später Stunde in ihrer Pension ein. Es war niemand mehr auf, und Nell stellte fest, dass ihr Zimmer von innen abgeschlossen war. Also zwängten sie sich in Matthews und Sauls Zweibettzimmer. Matthew legte sich als Erster schlafen, ohne sich auszuziehen oder auch nur unter die Decke zu kriechen, und Nell, die plötzlich nüchtern war und fror, sah zu, wie Saul die Bettwäsche unter ihm wegzog und ihn zudeckte. Dann standen sie unsicher da, und Saul erbot sich, auf dem Boden zu schlafen. »Nein, sei nicht albern«, sagte sie, und so schlüpfte er aus seiner Jeans, stieg in das schmale Bett und sah mit demselben schüchternen Lächeln wie sonst immer hinter den Kulissen zu ihr auf. »Kommst du rein?«

Nell folgte seinem Beispiel und kroch neben ihm unter die Decke. Es fehlte der Platz, um Distanz zu wahren. Sie legte sich an seine Seite und wärmte sich allmählich an ihm auf. »Dann gute Nacht«, flüsterte er, während sie mit Herzklopfen dalag und den vertrauten Geruch von Rauch und Schweiß einatmete. So funktioniert das nie, dachte sie, und nach einer Weile spürte sie, wie Sauls Körper sich entspannte, und als sie seinen regelmäßigen Atem hörte, driftete sie in einen leichten, unruhigen Schlaf hinüber.

»Und?« Chrissie, die im Kleinbus auf den Sitz neben ihr plumpste, klang ausgesprochen vergnügt. »Was war letzte Nacht bei dir los?«

Nell wandte den Kopf ab. Sie wusste, dass es grausam war, doch sie brachte es nicht über sich, ihr zu erzählen, was sie hören wollte. »Ich wollte dich nicht wecken«, sagte sie. »Ich hab bei den Jungs gepennt, das ist alles.«

»Ach so.« Chrissie schien enttäuscht. Sie kramte in ihrer riesigen Tasche herum, und als sie fand, wonach sie suchte, eine Packung Vollkornkekse, bot sie Nell keinen an.

Du kannst mich mal, schien sie zu sagen, und kaum hatten sie das Theater erreicht, starrte Chrissie in der Künstlergarderobe auf ihr eigenes Spiegelbild und verbrachte übertrieben viel Zeit damit, sich zu schminken und ihre Karten an den Spiegel zu stecken. Auf der Bühne sprühte sie, ganz Profi, vor Leben, doch kaum ging es in die Pause, wandte sie das Gesicht wieder ab und sagte nichts. Nell schob zwei Sessel zu einer Liege zusammen und schloss die Augen, um sich den Moment ins Gedächtnis zu rufen, in dem Saul neben ihr in der Kulisse erschien. »Wie läuft's?«, hatte er gefragt, ihr die Hand in den Nacken gelegt, ohne sie wieder wegzuziehen. Sie stellte sich vor, wie sie den Kopf nach hinten neigte und für immer so gehalten wurde. Sie dachte an diese ersten einsamen Probewochen, in denen der rote Leuchtturm der Telefonzelle, der einzige Farbtupfer im endlosen Grau und Grün des Lake District, sie mit solchem Heimweh gequält hatte, dass sie manchmal die schwere Tür der Zelle aufgezogen hatte, nur um den Geruch von Staub und Zigarettenasche einzusaugen, selbst wenn sie niemanden hatte, den sie anrufen konnte.

Diesmal lag ihre Pension im Randgebiet von Newcastle, und nach dem Pub fuhren sie mit dem Bus zusammen hin. »Hey.« Matthew legte ihr, als sie zur Tür hereinstolperten, den Arm um die Schulter. »Komm und schlaf bei uns. Du willst dich doch nicht mit diesen Bergwanderern abgeben.« Nell wurde rot und versuchte, ihn zum Schweigen zu bringen.

»Komm schon, bleiben wir zusammen«, beharrte er.

Nell warf Saul einen Blick zu, doch er sah gerade nicht hin.

»Na schön, eine Minute.« Doch wie in der Nacht davor sackte Matthew, kaum dass er in seinem Zimmer war, auf sein Bett.

Nell starrte auf seine Gestalt, die, noch in Schuhen und voller Kleidung, schon ein deutliches Schnarchen von sich gab. »Ist alles in Ordnung mit ihm?«

»Seit Bernard weg ist, steht er völlig neben sich. Es geht um seinen Job, und das ist ihm bewusst.« Saul deckte ihn zu. »Entweder das, oder er hat ein paar ziemlich üble Gewohnheiten. Im Gegensatz zu mir natürlich«, fügte er grinsend hinzu. »Ich bin perfekt.«

Nell grinste zurück. Er war tatsächlich perfekt! Der Gedanke war ihr schon gekommen, als sie ihn zum ersten Mal sah. Mit seinen zerschlissenen Klamotten, den Doc Martens und diesem zurückhaltenden Lächeln. »Hey«, er streckte die Hand nach ihr aus, und als sie ihre Hand in seine legte, führte er sie zu dem anderen Bett. »Das war ich nicht, Inspektor, ehrlich«, flüsterte er, als sie sich hinlegten, »das waren die Mistkerle von oben«, und als hätte er von Anfang an gewusst, was sie sich wünschte, schlang er die Arme um sie und küsste sie.

Als Nell erwachte, war es still im Hotel. Durch die Gardinen drang ein blassgraues Licht, es hing der abgestandene Geruch nach gebratenem Speck in der Luft. Nell reckte den Hals, um ihre Armbanduhr auf dem Nachttisch zu sehen. Es war schon nach zwölf Uhr, und Matthews Bett war leer. Vorsichtig wand sie sich unter Sauls schweren Gliedern heraus, während sie es vermied, ihn sich allzu genau anzusehen, wie er mit offenem Mund und deutlich schwarzen Stoppeln unter dem Kinn vor ihr lag.

Das Wasser im Badezimmer war kalt. Nell ließ es in der Hoffnung laufen, dass es sich nach einer Weile erwärmte, doch das blieb ein frommer Wunsch, und so füllte sie ein Waschbecken, seifte sich die Achseln ein und wusch sich zwischen den Beinen, während sie sich die prekäre, unbeholfene und heimliche Choreografie ihrer Liebesnacht noch einmal ins Gedächtnis rief. Wie knochig Sauls Körper sich anfühlte, wie heftig sein Verlangen war, und dann dieser schreckliche Moment, als Matthew aufzuwachen schien und senkrecht im Bett saß, bevor er mit einem Schnarcher wieder nach hinten fiel. Nell zitterte. Das Wasser rann ihr die Seiten herunter und sammelte sich auf dem Boden in grauen Pfützen. »Schönes Mädchen«, hatte er ihr ins Ohr geflüstert, und als sie jetzt in Gedanken noch einmal seine Hände, seine tastenden Lippen auf sich spürte und dann den schmerzhaften, beglückenden Moment, als er in sie eindrang, schien ihr die Luft wegzubleiben und ihr wurden die Knie weich, sie stützte sich auf den Beckenrand und stöhnte.

Es klopfte an der Tür. »Kann ich reinkommen?«

»Warte!« Sie geriet in Panik, riss ein Handtuch herunter und wickelte sich darin ein.

Saul war bereits angezogen. »Morgen«, sagte er und sah mehr oder weniger so aus wie immer. Er beugte sich über das Waschbecken und spritzte sich Wasser ins Gesicht.

Nell fand, dass sie blass aussah. Sie hatte nicht riskiert, sich eine Zahnbürste zu leihen, um nicht Matthews zu erwischen. »Ich seh dann mal, ob ich in mein Zimmer komme«, sagte sie zu ihm, raffte ihre Kleider zusammen und rannte durch den Flur, um an ihre Tür zu klopfen.

Chrissie empfing sie mit einem kalten Lächeln. »Hi.«

Sie pustete auf die Finger einer Hand, auf denen frischer roter Nagellack trocknete.

Nell zog den Reißverschluss ihrer Tasche auf und holte, Chrissies Blick spürbar im Rücken, frische Kleider heraus. Sie war die Abtrünnige, und so war dies auf einmal Chrissies Zimmer. »Was hast du heute vor?«

»Nichts Besonderes.« Chrissie pinselte eine zweite Schicht Lack auf.

Nell schlüpfte in eine Jeans und eine Seidenbluse. Ihre Kleider saßen locker, nachdem sie ständig auf Reisen war und häufig Mahlzeiten ausließ.

»Ich denke, ich mach mir hier einfach einen gemütlichen Tag.« Chrissie streckte die Glieder. Fast wie die Figur, die sie spielte, trug sie ein Paar federgeschmückte rosa Pantoffeln, und neben dem Bett lag eine große Packung Schokokekse. Einen Moment lang spielte Nell mit dem Gedanken, sich ebenfalls einfach hinzulegen. Ihr alles zu erzählen. Die eigenen Nägel zu lackieren. Sich dafür einen Keks zu verdienen.

»Gut«, sagte Nell. »Ich sollte allmählich los … wir sehn uns dann entweder hier oder im Theater.«

Chrissie sah zu ihr auf, und Nell erinnerte sich, wie es sich anfühlte, einsam zu sein. »Tschüs«, sagte sie und befahl sich zu gehen. Dann rannte sie durch den Flur zu Saul hinüber, der in seinem Zimmer auf sie wartete.

Saul und Nell liefen durch fast menschenleere Straßen, kamen hier und da an einem Mädchen mit nackten Beinen vorbei, dessen Absätze auf dem Pflaster klackerten, während sie von der beißenden Kälte eine Gänsehaut bekam. »Irgendeine Ahnung, wo wir gerade hinlaufen?«, fragte sie, und Saul sagte, ja, das sei der Weg ins Zentrum und zum Hafen, wo sie irgendwo etwas essen könnten.

»Woher weißt du das?«, fragte sie voller Bewunderung.

»Wir sind gestern Abend hier langgefahren.«

Er nahm ihre Hand, und so liefen sie, den eindringlichen Geruch vom Fluss in der Nase, in den Ohren das Kreischen der Möwen, die über dem Wasser kreisten, um wieder zum Meer hinaus zu fliegen. »Worauf hast du Lust?«, fragte Saul und blickte durch ein Fenster in ein dunkles Pub.

»Wie wär's damit?« Nell zeigte auf ein Café, aus dessen Tür ein Schwall Dampf drang. Sie gingen hinein und setzten sich einander gegenüber. Pastete und Kartoffelpüree, Würstchen-Sandwich, Schinken, Eier, Bohnen. Nell hätte am liebsten alles verdrückt. Sie bestellte eine Tasse Tee. »Ich nehme Leber und Speck«, beschloss Saul, und Nell sah sich nach dem Kellner um, einem bulligen Mann, dem ein Handtuch aus der Hosentasche hing. »Shepherd's Pie und Erbsen.«

»Sehr wohl.« Er brüllte ihre Bestellung in die Küche und nahm eine Teetasse sowie einen Stapel eiverschmierte Teller, um sie auf seinen muskulösen Armen in die Küche zu tragen.

Es war warm im Café. Nell und Saul tranken ihre heißen Getränke und starrten aus dem Fenster. »Also, ehm«, fing Nell an. Es gab so viel, was sie nicht wusste. Sie redeten praktisch immer nur über das Stück. Und die Figuren darin, das Drama, das sich jeden Tag aufs Neue entfaltete. Sie erinnerte sich, wie Matthew ihnen bei den Proben aufgeregt erzählt hatte, dieses Stück sei bei seiner Uraufführung in London eine Sensation gewesen. Das Publikum hatte auf die Themen der sozialen Ungerechtigkeit, der

Klassenunterschiede und der Korruption lebhaft reagiert und war am Ende vor Begeisterung aufgesprungen. Doch jetzt, zehn Jahre später, fiel die Reaktion eher wohlwollend höflich aus. »Sie haben ihr Gewissen beruhigt und New Labour gewählt«, hatte Bernard geknurrt, als sie Bernard noch hatten, »und jetzt sind sie froh, den Rest ihres Lebens mit Einkäufen bei IKEA zu verbringen.«

»Entschuldigung«, Saul beugte sich vor, »was hast du gerade gesagt?«

»Ach so, ich war nur neugierig ... was du in London – Peckham, oder? –, was für eine Wohnung du da hast.«

»Klein«, antwortete er. »Ehemalige Sozialwohnung. Gar nicht mal schlecht.«

»Ah, verstehe. Und du ...« Sie musste mehr erfahren. »Wohnst du allein?«

Saul zündete sich eine Zigarette an. »Nein, zu zweit. Mit Lorraine.« Er blies eine Rauchschwade aus und sah sie an. »Meiner Frau.«

Nell nickte eifrig, um sich ungerührt zu geben, doch er lächelte. »Hat nicht viel zu besagen. Wir haben einfach eines Nachmittags in der Schauspielschule geheiratet. Wir waren die besten Kumpel, und wir wollten nur mal sehen, wie das so ist.«

»Und wie ist es?«

Saul warf ihr einen kurzen Blick zu. »Ganz gut.«

Ganz gut? Nell krampfte sich der Magen zusammen. Dennoch bedankte sie sich mit strahlender Miene beim Kellner, als er ihr den Teller mit ihrem Essen hinknallte. Sie aßen schweigend, und Nell konzentrierte sich ganz darauf, die Pampe zu verdrücken. Sie bestellten Tee nach, und Nell konnte sich nicht entscheiden, welches Dessert sie nehmen sollte. Melassebiskuit. Apfelstreusel. Marmeladentörtchen mit Vanillesoße. Sie hatte auf alles einen Heißhunger und dann auch wieder nicht. Saul zündete sich eine weitere Zigarette an. »Ich wüsste zu gerne, was Bernard jetzt gerade macht«, sagte er, und Nell malte sich aus, dass er in einem Restaurant saß und sich, so wie sie es einmal in Kendal bei ihm beobachtet hatte, eine Serviette vorne ins Hemd stopfte und darauf wartete, bedient zu werden. Er war, mit seiner Zeitung und seiner Zigarre, allein gewesen, und es hatte Nell irgendwie beeindruckt, wie ernst er sich nahm.

Als sie schließlich in den Nieselregen hinaustraten, war es schon fast drei Uhr. Und was machen wir jetzt?, fragten sie sich gegenseitig, während sie ziellos Richtung Tyne wanderten. Am anderen Ende der Straße befand sich eine Telefonzelle. »Ahhh.« Nell eilte instinktiv darauf zu. Sie hatte mal wieder kein Guthaben auf ihrem Handy.

»Du kannst meins nehmen, wenn du willst«, rief ihr Saul hinterher, doch Nell hatte bereits die Finger in der eisernen Griffmulde der Tür. »Nicht nötig.« Sie musste mit jemandem von zu Hause sprechen. »Bin in einer Minute wieder da.« Doch als sie die Tür aufriss, entdeckte sie eine orangefarbene Brieftasche auf der Metallablage. Sie nahm sie in die Hand und fand darin ein Bündel Zehnpfundnoten. Fünfzig, siebzig, neunzig Pfund. »Sieh mal«, sagte sie und hielt Saul die Tür auf. In der Brieftasche befand sich nur Geld. Sie musste einer sehr jungen Frau gehören, und Nell hatte ein Mädchen vor Augen, das gerade die Stütze abgeholt hatte. Keine Kreditkarten, keine Fahr- oder Bibliotheksausweise. Nichts.

Saul zählte die Scheine durch. »Was willst du jetzt machen?«

Nell blickte in beide Richtungen der Straße. Eigentlich wäre es ihr am liebsten gewesen, wenn jemand hastig um die Ecke gekommen wäre und Anspruch darauf erhoben hätte. »Wenn wir sie bei der Polizei abgeben?«

Es schien eine lächerliche Idee zu sein. Würde wirklich jemand dorthin gehen und danach fragen? Und wäre die Polizei ehrlich genug, sie dem Eigentümer auszuhändigen? Nicht, wenn sie auch nur im Entferntesten so waren wie der Polizist in ihrem Stück – schwerfällig und korrupt. Und wenn es so wäre wie in ihrem Stück, dann waren sie beide – Saul und sie selbst – die Guten und alle Repräsentanten des Establishments verkommene Existenzen.

»Wenn wir sie hier liegen lassen würden«, überlegte Nell, »kommt der Nächste hier rein …« Und aus irgendeinem Grund stellte sie sich vor, wie Bernard mit seinem fiesen runden Mund, dem Bierbauch über den dürren Beinen die Brieftasche mit ins Pub nahm.

»Und wenn wir es uns teilen?«, fragte Saul in unsicherem Ton. »Allerdings nur, wenn wir es ausgeben, bevor der Tag rum ist.«

»Genau. Das ist genial.« Sie eilten zielstrebig voran und hielten nach einem geeigneten Laden Ausschau, kamen jedoch nur an Großhandlungen, Haushaltswarenläden und Ausstellungsräumen für Badezimmer mit Sanitärobjekten vorbei. Endlich fanden sie ein Kaufhaus. Nell zog die Brieftasche heraus.

»Irgendwas wird sich schon finden.« Sie reichte ihm fünfzig Pfund. »Hier.«

»Nein«, protestierte Saul. »Es muss fair zugehen.« Er strich einen zerfledderten Fünfpfundschein glatt und drängte ihn ihr auf.

In dem Geschäft herrschte eine eigentümlich gedämpfte Atmosphäre, sie liefen durch die Abteilungen, den Duft nach Parfüm in der Nase, an dem Angebot an Schals und Tüchern, Kissen und getrockneten Blumen vorbei. Nell blieb an einem Ständer mit Halsketten stehen. Runde Kugeln aus vielfarbigem Glas – oder war es Plastik? »Hübsch«, feixte Saul, und verlegen wandte Nell sich ab.

Es gab einen Aufzug mit einem Wegweiser zu den Damenmoden. Nell wusste, dass sie sich in Sauls Gegenwart niemals etwas aussuchen würde, doch wo sie nun schon mal hier war, hatte sie das unwiderstehliche Verlangen, sich etwas zu kaufen, egal, was, als sei das der einzige Sinn und Zweck des Lebens.

»Sollen wir uns um fünf am Haupteingang treffen?«

»Klar«, stimmte Saul zu, »in Ordnung«, und er schlenderte zwischen Ständen mit säuberlich gefalteten T-Shirts, Wollpullovern mit V-Ausschnitt, Badvorlegern und Handtüchern davon.

Damenmoden waren eine ernste Angelegenheit. Dunkle Strickjacken mit Goldknöpfen. Kleider mit Schulterpolstern und eingenähten Unterröcken. Sie warf einen Blick auf die Unterwäsche, doch das schien reine Geldverschwendung zu sein. So viel Geld für etwas auszugeben, das nur jemand zu sehen bekam, der ohnehin schon ziemlich interessiert war. Außerdem waren diese Dessous bei näherem Hinsehen furchterregend. Gepolsterte Konstrukte mit Leopardenmuster, dazu Slips für Elefantenhintern. Sie wühlte in den Stricksachen, doch alles hatte irgendein überflüssiges Detail – eine Schleife, Volants oder eine Reihe Knöpfe, die an der Stelle nichts zu suchen hatten. Ihre eigenen Kleider erschienen ihr im Vergleich dazu bei Lichte betrachtet irgendwie perfekt. Ein Rock allerdings war gar nicht so übel. Er war wie fast alles andere marineblau, mit ganz zarten hellgelben Streifen. Als sie ihn anprobierte, ertönte die Durchsage, in zehn Minuten sei Ladenschluss. Sie betrachtete sich im Spiegel. Der Rock war in Ordnung. Sie zog die Bluse hoch, um den Bund an ihrer nunmehr schlanken Taille zu sehen. Ja, beschloss sie und eilte hinaus, um zu bezahlen – fast genau der richtige Betrag –, bevor es zu spät war.

Saul wartete auf der Straße. Er hatte sich ein Paar Schuhe gekauft, nicht die gewohnten Doc Martens, sondern schwarz und spitz, mit Wildledereinsatz.

»Toll«, sagten sie, als sie gegenseitig ihre Einkäufe begutachteten. »Schön.« Doch als sie Richtung Theater liefen, setzte bei Nell die Ernüchterung ein. Es ist, als hätten wir eine Straftat begangen, dachte sie, wir hätten das Geld verschenken sollen, einem Bettler oder einer alleinerziehenden Mutter; sie schielte zu Saul hinüber, um ihm vom Gesicht abzulesen, ob er sich auch irgendwie schmutzig fühlte.

An diesem Abend war der Theatersaal nur halb voll. »Matthew ist nach London gefahren«, teilte Chrissie ihr von ihrem Platz an der Heizung aus in unterkühltem Ton mit. »Wir haben es jetzt drauf, und vermutlich ist es nicht nötig, dass er jeden Abend dabei ist.«

»Verstehe.« Nell wandte sich rasch ab, bevor sie auf die bevorstehende Nacht und Sauls leeres Zimmer zu sprechen kam. Stattdessen zog sie den neuen Rock heraus. Eigentlich war er nicht besonders schön. Oder falls doch, stand er ihr nicht so gut.

»Mit Geld um dich geschmissen?« Chrissie beäugte sie,

und Nell drehte sich, einer plötzlichen Eingebung folgend, zu ihr um. »Möchtest du ihn haben?«

»Ich?« Chrissie klopfte sich auf den Bauch und lachte. »Der würde mir nicht passen, du machst Witze.« Doch als sie später Tee zubereitete, fragte sie Nell, ob sie auch eine Tasse wollte.

»Wie läuft's?«, murmelte Saul, als sie später in den Kulissen warteten und so nah beieinanderstanden, dass sein sehniger Arm sie berührte.

»Gut.«

»Hör mal«, er beugte sich zu ihr herüber. »Ich hab heute Nacht jemanden bei mir zu Gast. Es ist ein bisschen unangenehm, es ist … es ist Lorraine, ich wusste nicht, dass sie kommt. Schätze, sie wollte mich überraschen, und nun ist sie plötzlich da.«

Nell sah ihn nicht an.

»Nur falls wir uns nachher nicht mehr sehen. Wir wollen nämlich zusammen was essen gehen. Bei dem Inder vielleicht.«

»Okay.« Nell behielt Philip, der nie eine Zeile ausließ, im Auge.

Ganz leicht legte Saul ihr die Hand auf die Schulter.

»Du bist dran«, sagte sie, als sie sein Stichwort hörte. Er wich von ihrer Seite und war im nächsten Moment auf der Bühne. Nell stand da und fragte sich, während sie ihm zusah, wie Chrissie nachher wohl ihre Genugtuung überspielen würde, wenn Nell an der Tür ihres gemeinsamen Zimmers anklopfte und darum bat, wieder aufgenommen zu werden.

»Im Ernst?« Jemmas Augen leuchteten. »New York?«

»Die Proben zu dem Stück beginnen im April.« Dan kniff die Augen zusammen, als sähe er den kommenden April schon vor sich. »Und dann läuft es bis Ende Juli.«

»Broadway ...« Jemma zog ein kleines rosafarbenes Sweatshirt aus der Bügelwäsche und drückte mit dem Eisen so fest darauf, dass sie es versengte.

»Vielleicht auch *Off* Broadway«, Dan war sich nicht sicher.

»Ach, Dan, ist das zu fassen? Vier Monate in New York! Ich wusste, dass in diesem Jahr was Gutes passieren würde. Ich bin so in Stimmung für ein Abenteuer.«

»Sie sehen sich auch andere Leute an.«

»Und wen?«

»Fünf oder sechs Leute, ich bin nicht sicher.« Sein Agent Lenny hatte ihm die Namen genannt, doch er beschloss, sie für sich zu behalten. Irgendwie schien es möglich, die Konkurrenz zu ignorieren, indem er sich einfach weigerte, sie beim Namen zu nennen, zumindest für eine Weile. »Scarlett Johansson kommt nächste Woche rüber, um mit allen, die vorsprechen, zu lesen.«

»Scarlett Johansson! Ist das wahr?«

»Ja.« Eben noch war Dan genauso aufgeregt gewesen wie Jemma, doch jetzt traf ihn angesichts ihrer Euphorie die Realität wie ein Schlag – wahrscheinlich würde er die Rolle nicht bekommen. »Ich überlege gerade«, sagte er, als sein Glaube ins Wanken kam. »Kann das mit Scarlett Johansson eigentlich sein? Ich meine, wann hat sie je Theater gespielt?«

»Natürlich hat sie nie Theater gespielt.« Jemma faltete eine Mini-Hose. »Wenn sie die letzten zwei Jahre durchs Land gezogen wäre, hätte sie nie eine Filmrolle bekommen. Heutzutage brauchen sie einen Filmstar in der Hauptrolle, um ein Theater am Broadway vollzubekommen.«

Dan öffnete den Kühlschrank. Auf dem mittleren Fach lag ein weißes Tüll-Diadem. Er griff daran vorbei und zog die Marmelade heraus. »Sie schicken heute Nachmittag eine Textausgabe des Stücks vorbei.«

»Von wem ist es denn? Ist es ein neues Stück?«

»Es ist eine Adaptation von einem Film. Spielt in napoleonischer Zeit. Wusstest du, dass es mehr Bücher über Napoleon gibt als über irgendeinen anderen Mann, der je gelebt hat?«

»War er nicht ein Zwerg?«

»Also wirklich, Jemma. Na, jedenfalls ist die männliche Hauptrolle eine Art Jago, ein Mann von beliebiger Körpergröße, mit erotischer Ausstrahlung und einem perfiden Charakter, den sich Joséphine wenige Wochen nach ihrer Heirat mit Napoleon zum Liebhaber nimmt.«

Jemma schwang sich auf die Arbeitsplatte. »Mit erotischer Ausstrahlung und hinterhältigem Wesen, wie?« Sie legte ihm die Finger einer Hand um den Hals und lenkte ihn ab, als er im Brotkasten wühlte. »Klingt nicht nach dir.«

Dan lachte. »Es ist schon mal gelaufen. Mit John Malkovich und Julianne Moore, aber jetzt führt ein Brite Regie, und sie haben einen Deal mit Equity ausgehandelt, das heißt, sie müssen die männliche Hauptrolle mit jemandem von hier besetzen.«

Er zog einen Laib Brot heraus und schnupperte daran. »Ist das alt?« Er drehte es um und fand einen Ring grünen Schimmel an der Unterseite.

»Tut mir leid.« Jemma nahm es ihm aus der Hand und warf es in den Mülleimer. »Aber stell dir doch nur mal vor, Dan. Wenn du die Rolle bekämst, könnten wir uns eine Wohnung mieten. Mit Honey in den Central Park gehen. Auswärts essen, selbst zum Frühstück. Vielleicht bekämen wir was downtown. In der Nähe von Ruthie. Ich frag sie mal. Ich ruf sie gleich an. Nein, warte, da ist es jetzt fünf Uhr morgens. Überleg doch nur mal ... New York im Frühling!«

»Schsch. Krieg dich wieder ein. Vielleicht bekomme ich sie nicht.«

»Vielleicht aber doch.« Jemma beugte sich vor und drückte ihr Gesicht an seins. »Sie könnten sich beglückwünschen, wenn sie dich nähmen. Wer könnte besser sein?« Sie strich ihm mit der Nasenspitze über die Wange. »Wer?«

»Weißt du was?« Dan wünschte sich, er hätte die Worte ›John Malkovich‹ nie ausgesprochen, denn wie sollte er nun je wieder dessen bedrohlichen, leisetretenden Hippolyte aus dem Kopf bekommen? »Falls überhaupt was daraus wird, sollten wir uns was in Brooklyn suchen. Steve wohnt da inzwischen. Erinnerst du dich an Steve? Er sagt, da herrscht ein richtiges Gemeinschaftsgefühl. Und es ist billiger. Hör mal, falls es zu diesem Job kommt, wird nicht viel Geld dabei herausspringen.«

»Brooklyn?« Jemma runzelte die Stirn. Dan sah ihr an, wie sie sich mit dem plötzlichen Ortswechsel anzufreunden versuchte, während sie in Gedanken gerade noch glamourös in Manhattan über die Lüftungsschächte gehüpft war. »Ich war noch nie in Brooklyn.«

»Ich auch nicht.« Dan blickte durchs Seitenfenster auf die Rohrleitungen am Anbau ihres Nachbarn und auf die grünen Flecken an den Stellen, an denen im letzten Jahr und im Jahr davor das Herbstlaub die Regenrinnen verstopft hatte. In Brooklyn würden sie in einem Brownstone-Haus wohnen, vor dem sich die Zweige eines Ahorns mit hellen Blättern neigten, und er würde jeden Tag, wenn er sich zum Theater aufmachte, den Nachbarn draußen auf ihren Eingangsstufen winken, die alle in der strahlenden, neuen Stadt New York vielversprechende Neuanfänge wagten.

»Gut«, Jemma riss sich los. »Ich sollte besser Honey vom Kindergarten abholen. Was meinst du? Musst du mit französischem Akzent sprechen?«

»Nein!« Dan war entsetzt. »Ganz bestimmt nicht. Na ja, hat zumindest niemand erwähnt. Ich kann mir auch nicht vorstellen, wie Scarlett Johansson …«

»Ich treff mich im Park mit Mel.« Sie hörte ihm nicht mehr zu. »Wir wollten mit den Kindern im Café zu Mittag essen, falls es nicht zu kalt ist. Hättest du Lust, dazuzukommen?«

Dan setzte sich an den Tisch. »Ich arbeite wahrscheinlich oder geh ins Fitnessstudio«, doch kaum hatte Jemma Mantel, Handschuhe und Schal an, den leeren Kinderwagen aus der Diele manövriert und die Tür zugeknallt, schlug Dan die Zeitung auf und richtete seine ganze Aufmerksamkeit auf das Kreuzworträtsel, als sei es die dringlichste Aufgabe der Welt, Rätsel auszutüfteln, die andere ersonnen hatten.

Der Text traf erst am späten Nachmittag ein. Er wurde von einem Kurier gebracht, der Dan, ohne ein Wort zu sagen, durch das Visier seines Motorradhelms anstarrte. Einmal hatte ein Kurier gelächelt und ihm gesagt, wie gut er ihn in *Rainstorm* gefunden hatte, einer Serie, die er kurz nach seinem Abschluss gedreht hatte. »Echt Spitze.« Und grinsend hatte er ihm einen Kugelschreiber gereicht, doch der Mann heute sagte nichts, sondern sah ihn nur grimmig an, während Dan seinen Namen in Druckbuchstaben hinschrieb und dann unterzeichnete. Vor einigen Jahren hatte er für einen entsetzlich peinlichen Moment geglaubt, dass Gabriel Grant ihm unter dem Helm entgegensah, doch als Dan mit ausgestrecktem Arm auf ihn zuging, war der Mann erschrocken zurückgewichen. »Tut mir leid …«, hatte Dan gemurmelt, »ich dachte …« Doch er sprach nicht weiter.

Dan hatte mit Gabriel Grant regelmäßig Fußball gespielt. Gabriel hatte eine Gruppe von Schauspielern organisiert, Jungs von der Royal Academy of Dramatic Art und der Central School of Speech and Drama, sowie ein paar Leuten von der Mountview Academy of Theatre Arts, von denen die meisten ihren Abschluss vor ein, zwei Jahren gemacht hatten und teils am Anfang ihres Arbeitslebens standen, teils noch nie einen Job gefunden hatten. Sie trafen sich samstagnachmittags im Hampstead Heath, nicht weit von der Laufbahn, und Gabriel hatte sogar einen Beutel mit Rückennummern aus buntem Stoff mitgebracht. Freundinnen und Bekannte kamen zum Anfeuern mit und standen plaudernd an den Seitenlinien, doch als er zum ersten

Mal mitspielte, traf Jemma genau in dem Moment mit der kleinen Honey im Tragetuch ein, als Gil Bisham auf einer Trage vom Feld geschafft wurde. »Was ist passiert?«, fragte sie und schnappte nach Luft. Sie war immer noch labil und leicht zu Tränen zu rühren, und Dan erklärte ihr, es sei einfach nur Pech, ein Unfall, Gil würde schon wieder auf die Beine kommen.

»Der Arme«, blies Gabriel ins selbe Horn, »was für ein Desaster! Nächste Woche fangen seine Proben am National Theatre an, und wie's aussieht, hat er sich das Bein gebrochen.«

Jemma liefen die Tränen.

»Hey, das wird schon wieder.« Dan griff nach ihrer Hand, doch sie ließ den Kopf sinken und schluchzte los. »Der fällt auf die Füße, er findet andere Rollen«, und Dan musste sich an dem Tragetuch mit ihrem Baby vorbeiwinden, um sie zu trösten.

Als Dan das nächste Mal spielte, kriegten sich zwei Schauspieler in die Wolle, warfen sich Beleidigungen an den Kopf, droschen aufeinander ein, und dann hatte, kurz vor dem Abpfiff, Gabriel Dan so heftig attackiert, dass er sich den Daumen verstauchte. »Was versucht ihr eigentlich zu beweisen?«, hatte Jemma wütend von der Seitenlinie aus gebrüllt. »Habt ihr Angst, jemand könnte euch für einen Haufen Schwuchteln halten?« Und sie war zum Wagen zurückgestapft.

Seit Dans letztem Spiel war mindestens ein Jahr vergangen. Es fehlte ihm – die Kameradschaft, hinterher der Drink im Pub, doch wenn er gelegentlich einen Anruf bekam, hatte er entweder gerade ein Engagement oder auch nicht, und so oder so durfte er nichts riskieren.

Dan nahm den dicken braunen Umschlag nach oben ins Schlafzimmer mit, weit genug weg vom Lärm, den Honey machte, als sie mit ihrem Löffel auf den Tisch trommelte, während Jemma heiser bei einer Kassette mitsang, »... Köpfe, Schultern, Knie und Zehen, Knie und Zehen ...«, und nebenbei Honeys Abendbrot bereitete.

Er bekam Herzklopfen, als er den Stapel Fotokopien herauszog und die erste Seite aufschlug. *Battle to the Heart*. Er ging die Liste der Figuren durch. Joséphine de Beauharnais. Albine de Montholon. Pierre Augereau. Für einen Moment bekam er bei dem Versuch, nur ihre Namen auszusprechen, Panik. »Jem!«, brüllte er. Schließlich war er in Epping aufgewachsen, verdammt noch mal. Er war vor dem Abi von der Schule gegangen und hatte kein Französisch gehabt. Frankreich hatte er bisher nur vom Zug aus gesehen, das heißt, wenn er ein einziges Wochenende außer Acht ließ, das er dort verbracht hatte – Jemma wusste nichts davon, durfte nie davon erfahren. Er war am Anfang ihres dritten Jahrs mit Charlie nach Paris gefahren. Es war ihre Idee gewesen. Sie hatte ihm den Plan an einem Winternachmittag ins Ohr geflüstert, während sie ein Stück von Harold Pinter probten. »Recherchen«, hatte sie mit den Lippen geformt – sie spielten in dem Stück *Betrogen* ein heimliches Liebespaar –, und um die Idee in die Tat umzusetzen, bevor ihnen Bedenken kamen, waren sie auf der Stelle mit der U-Bahn zur Victoria Station und von dort aus mit dem Zug nach Dover gefahren, wo sie die erstbeste Fähre nahmen. Sie waren spät in Paris eingetroffen und hatten im Bahnhof gewartet, während eine Frau vom Fremdenverkehrsverein herumtelefonierte, um ein Hotelzimmer für sie zu finden. *»Non.«* Sie schüttelte immer wieder den Kopf, doch irgendwann fand sie eine Bleibe für sie, weit draußen, gerade noch mit der Metro zu erreichen, etwas Billiges, Tristes, aber immerhin in Paris. Sie hatten Brandy getrunken und gevögelt, und als sie irgendwann am nächsten Nachmittag mit dem Vögeln fertig waren und ihnen nichts anderes mehr einfiel, was sie machen oder sagen konnten, hatten sie sich beinahe zu Tode geraucht. »Jem!«, rief er wieder, doch sie konnte ihn offenbar nicht hören.

Dan erinnerte sich an Charlies langen, starken, karamellfarbenen Körper, den Grat ihres Brustbeins, die schöne Kurve ihrer Hüfte. Fast konnte er ihre seidigen Lippen spüren, die wie eine Muschel geformt waren, und das Kitzeln ihres krausen Haars.

Joséphine Beauharnais. Dan seufzte und sprach den Namen mit mehr Selbstvertrauen aus. Pauline Bellisle Fourès. Er stellte sich diese Frauen mit ihren schräg abfallenden Schultern, den weißen Hälsen, den fließenden Falten ihrer Kleider vor, wie sie an nichts anderes als Sex denken konnten. Seine Figur, Hippolyte Charles, wurde als ein charmanter, gefährlicher Mann beschrieben, der großen Schaden anrichten konnte. »Das bin ich«, beschloss Dan aufgewühlt, »das ist mein Mann.« Er machte die Augen zu und beschwor die Gestalt von Joséphine herauf, die sich ihm so willig hingegeben hatte.

»DAN!« Jemma rief ihn.

Er wartete kurz, bevor er antwortete. »Was gibt's?«

Die Kassette lief anscheinend von vorn. »Köpfe, Schultern ...« Er hörte Honey schreien. »Vergiss es.« Ihre Stimme drang leise die Treppe hoch. »Schon erledigt.«

»Wirklich?« Er horchte angestrengt und blätterte, als sie nicht antwortete, weiter.

Der Casting-Direktor hatte drei Szenen markiert. Er las sie sich durch. Dabei sprach er mit wachsender Zuversicht sämtliche Rollen, doch jedes Mal, wenn er sich verhaspelte, verließ ihn der Mut. Verdammt. Er brauchte Jemma, um mit ihm zu lesen, doch das musste warten, bis Honey im Bett war. Er ging bis zum Treppenabsatz hinunter und steckte den Kopf zur Badezimmertür hinein. »Na, was treibt ihr beiden?« Honeys Haar war mit Shampooschaum zu einer Hochfrisur aufgetürmt, und sie bewunderte sich im Spiegel. Auf dem Boden lagen Buchstabenschwämme zwischen schäumenden Wasserlachen. Jemma hockte vor der Badewanne und sah zu ihm auf. »Komm rein, Schatz, und mach die Tür zu, sonst zieht's.« Dan trat ein und merkte, wie ihm kaltes Wasser in den Strumpf drang. »Weißt du was?«, sagte er und trat den Rückzug an. »Ich glaub, ich bin noch mal kurz auf einen Drink weg, nur auf einen Sprung. Soll ich was mitbringen?«

Jemma sah ihn gekränkt an, als passierte so etwas zum ersten Mal. Dan ignorierte sie und schloss leise die Tür hinter sich, als die Spitze von Honeys Frisur herunterrutschte und ihr der Schaum im Auge brannte. »Ich bleib nicht lange«, rief er in das ausgiebige Wehgeschrei, und schuldbewusst rannte er die Treppe hinunter.

Ich könnte ja sowieso nicht helfen, sagte er sich und schlich davon. Honey hatte in letzter Zeit eine Abneigung gegen ihn entwickelt, und wenn Jemma nicht gerade außer Haus war, durfte er ihr nicht einmal eine Geschichte vorlesen. »Mummy soll lesen!«, rief sie mit zitternder Unterlippe, wenn er auch nur den Vorschlag machte, und sie rannte zu Jemma, um sich wie eine Katze zu ihren Füßen einzurollen.

»Hey, Schätzchen, ich bin wirklich gut darin, Geschichten zu erzählen, das ist mein Beruf.« Er ging in die Hocke, doch seine Tochter sah ihn mit zusammengekniffenen Augen an. »Mummy kann ausgedachte Geschichten, und sie singt.« Unter ihren Korkenzieherlocken blickte sie ihn triumphierend an.

»Tatsächlich?« Dan versuchte zu lächeln.

»Das kommt daher, dass du letztes Jahr so viel weg warst«, versuchte Jemma, peinlich berührt, doch heimlich erfreut über so viel Bewunderung, ihn zu trösten. »Kinder sind Gewohnheitstiere.« Doch selbst Jemma wurde es zu viel, als Honey es ablehnte, sich von Dan ein Glas Wasser bringen zu lassen, und als Dan wenig später am steilen Kite Hill versuchte, Jemma den Kinderwagen abzunehmen und selbst zu schieben, schnellte Honey wie von der Tarantel gestochen herum. »NEIN!«, schrie sie. »Mummy soll schieben. Mummy ist der Boss, nicht du!«

Dan merkte, wie er rot anlief. »Ich bin der Boss.«

»Nein.« Honeys Augen funkelten ihn an. »Mummy ist der König. Und du, du bist nicht mal die Königin.«

»Ich bin die Königin«, schnauzte er zurück. »Und ob ich die Königin bin!« Als er sah, wie mehrere Passanten langsamer gingen und zu ihm herüberstarrten, murmelte er etwas, das nicht einmal er selbst verstehen konnte, und überließ Jemma den Buggy.

»Vielleicht sollte ich mal für ein paar Tage weg«, sagte Jemma in Tränen aufgelöst, und Dan lief, auch wenn er wusste, wie kindisch er sich benahm, voraus.

»Oder vielleicht ich.«

Dan saß im *Duke's Head* und las die Szenen. Er wischte sich den Bierschaum vom Mund und kehrte den anderen, meist einsamen Männern den Rücken, damit sie nicht sahen, wie er die Lippen bewegte, während er den Text leise flüsterte.

»Wie läuft's denn so, Kumpel?« Es war Sid, ein Stammkunde, den Dan von seinen eigenen regelmäßigen Besuchen kannte. »Wie wär's mit noch einem Glas?«

Dan sah auf seinen leeren Humpen. »Eigentlich nicht, aber ... Meinetwegen. Ein Fosters.« Er legte den Stapel weg und wartete, bis Sid die Getränke brachte.

Als er heimkam, war es schon nach zehn. »Tut mir leid!« Er öffnete die Tür zu energisch, so dass sie gegen die Wand stieß. »Tut mir leid.« Er stellte sich vor, wie er einen Peitschenhieb über den Rücken bekam. Jemma saß am Computer und blickte stirnrunzelnd auf den Bildschirm. Sie hob den Kopf, als wollte sie etwas sagen, wandte sich jedoch wieder dem Computer zu.

Dan beugte sich über sie. »Hallo, mein Liebling.« Er erkannte den Titel des Abschluss-Essays für dieses Semester wieder und die kyrillische Schrift. »Ich hab zufällig Sid getroffen. Wir haben über das Stück gesprochen ... wusstest du, dass er einmal bei einer Podiumsaufführung in Stratford Napoleon war?«

Jemma tippte weiter. »Wenn du nur ein Engagement in Petersburg oder Moskau bekommen könntest, dann würde ich mein Auslandsjahr machen und mein Studium beenden. Stell dir vor, mit einem Diplom in Russisch gibt mir vielleicht ein Oligarch einen Job, oder ich leite einen Multi-Konzern.«

»Klar.« Wie gebannt beobachtete Dan ihre Finger und

sah, wie von Zauberhand die geheimnisvollen Buchstaben erschienen. »Aber was ist, wenn ich ein glamouröses Filmangebot auf den Malediven bekomme oder auch nur mal eben zum Broadway rüberjette? Du könntest nicht mitkommen – du müssest bei deinem Boss im Grosny Deli vorsprechen und ihn um ein verlängertes Wochenende anbetteln.«

»Auch wieder wahr«, seufzte Jemma und schaltete den Bildschirm aus.

Zum Lesen mussten sie sich dicht nebeneinandersetzen. Dan machte das Gasfeuer an und zog eine Lampe ein wenig heran, so dass sie ihren goldenen Schimmer über das Sofa warf. Sie lasen die erste markierte Szene. Joséphine vertraute ihm – ihrem Liebhaber – an, dass sie Napoleon physisch abstoßend fand. *»Er hat stets ein wachsames Auge auf mich, so dass mir kaum die Luft zum Atmen bleibt. Und jetzt muss ich ihm jeden Tag und jede Nacht beiwohnen, damit er sicher sein kann, dass ich bei seiner Rückkehr aus Italien ein Kind von ihm erwarte.«*

»Aber Madame, wenn Ihr an die Vorteile für Euch selbst und Eure verdienstvollen Höflinge denkt, so ist es gewiss die eine oder andere kleine Unannehmlichkeit wert.« Dan merkte, wie es ihm die Zunge löste und ihm die Worte wie Öl über die Lippen flossen. *»Ein Soldat kämpft lange und hart für ein Stück buntes Ripsband, ist es nicht so?«*

»Davon verstehe ich nichts. Und Sie? Wofür würden Sie hart kämpfen?«

»Ich brauche vielleicht mehr als die Aussicht auf ein Ripsband.«

»Welche Aussicht denn?«

»Ach … Aber beantworten Sie mir erst eine Frage. Haben Sie Ihr Wort gegeben, in den langen Monaten des Feldzugs treu zu sein?«

»Am besten kann man sein Wort halten«, antwortete Joséphine, ohne zu zögern, *»wenn man es gar nicht erst gibt.«*

»Das ist gut«, nickte Jemma feierlich.

»Du auch«, bescheinigte ihr Dan, »du bist gut.« Sie hatte schon immer gut vom Blatt gelesen, und an diesem Abend rezitierte sie mühelos und flüssig. »Schläft Honey schon?« Er stand auf und zog die Gardinen ganz zu.

»Natürlich. Was machst du da?«

»Nichts.« Dan machte es sich auf dem Boden vor dem Feuer bequem. »Mir ist kalt, weiter nichts.«

»Aber gewiss ist die Gefahr für mich zu groß, wenn ich mein Vergnügen an anderer Stelle finde«, fuhr Jemma fort. *»Und ohne Vergnügen welke ich bald dahin.«*

»Weißt du«, Dan sah zu ihr auf, »nach einer gängigen Theorie des achtzehnten Jahrhunderts galten Blondinen als von Natur aus sittsamer und ehrbarer als irgendeine andere Spezies von Mädchen, weshalb Joséphine, eine Brünette, so überaus populär war. Allerdings«, er kroch zu ihr hinüber, »weiß ich es besser.«

»Hey«, sagte sie, »ich dachte, du hättest es eilig damit, die übrigen Szenen durchzugehen?«

»Das Vorsprechen ist erst nächste Woche.«

»Stimmt.«

»Wir haben folglich jede Menge Zeit, es richtig hinzubekommen.«

»Verstehe.« Sie beugte den Kopf über die Seiten. »Aber überleg doch mal, wie toll es wäre, zusammen nach New York zu gehen. Was für ein Abenteuer!«

Dan nahm ihre freie Hand und strich ihr mit dem Daumen über die Innenseite. »Haben wir nicht gerade hier ein kleines Abenteuer?« Jemma hielt ihm ein Blatt vor die Augen. Er sah es sich einen Moment an, bevor er ihr sacht den ganzen Stoß aus der Hand nahm und ans andere Ende des Zimmers schleuderte. »Dan!«, keuchte sie. »Was machst du da?« Doch als er sie zu sich auf den Boden zog, leistete sie keinen Widerstand.

Jemmas Haut war weicher als bei jeder anderen Frau, der er begegnet war. Seit Honeys Geburt hatte sie zugenommen, worüber sie ständig schimpfte, jedoch tat sie, soweit er das beurteilen konnte, nicht viel dafür, die Pfunde wieder loszuwerden. Dan sagte nichts, teils, weil er gegen ihre Überzeugung, wie ein Monster auszusehen, ohnehin nicht ankam, vor allem aber, weil es ihm so, wie sie jetzt war, gefiel – wie sich ihre Hüften rundeten, wie ihre Bluse spannte und ihre Kleider offensichtlich Geheimnisse verbargen, die darauf warteten, enthüllt zu werden. Jemmas Bluse war halb aufgeknöpft, und er streifte sie ihr über die Schultern. Ihre Arme waren blass wie auf einem Gemälde, ihre Brüste hoch. »Und, Madame«, sagte er grinsend. »Was würden Sie jetzt über Ihre Sittsamkeit sagen?«

»Meine Sittsamkeit ist über jeden Zweifel erhaben«, sagte sie lächelnd, »fraglich ist höchstens meine Männerwahl.« Sie ergab sich, hob den Kopf und küsste ihn.

Am folgenden Sonntag waren sie bei Jemmas Freundin Mel zum Mittagessen. Es war Mels Geburtstag, und in der Küche wimmelte es von Angehörigen und Freunden. Sie hatten Mel und ihren Mann Tim, als Jemma mit Honey schwanger war, bei einem Geburtsvorbereitungskurs kennengelernt, und Dan hatte sich zu ihnen hingezogen gefühlt, auch wenn es ihn ein wenig abgestoßen hatte, als Jemma ihm erzählte, Tim habe sich erboten, in der Stunde zu den Positionen während der Geburtswehen jeweils abwechselnd mit Mel und ihr zu üben, da Dan wegen Dreharbeiten ausfiel.

»Ach, komm schon«, überredete Jemma ihn, als er wenig Lust signalisierte. »Es ist doch gleich um die Ecke. Wir brauchen nicht lange zu bleiben, und für Honey sind andere Kinder da.«

Jemma und Dan nahmen sich zu essen und standen im Fenstererker mit Mels Schwester zusammen, die als Hebamme arbeitete. Mels Schwester erzählte ihnen von einem neuen Phänomen, nämlich Patientinnen, die so übergewichtig waren, dass es ein paar zusätzliche Hände erforderte – gewöhnlich ihre –, um bei einem Kaiserschnitt den Bauchspeck hochzuhalten, während der Chirurg sich zur Gebärmutter durcharbeitete. »Morgen früh um sechs hab ich wieder Bereitschaft. Speckhalter. Was ist das nur für ein Beruf?«

»Wir werden an dich denken«, sagte Jemma, während sie versuchte, Honey einen Löffel Couscous in den abgewandten Mund zu schieben, doch Dan betrachtete das heitere, müde Gesicht der Geburtshelferin. »Aber gibt dir das nicht ein gutes Gefühl? Ich meine, zu wissen, dass man etwas Sinnvolles tut?«

Die Frau legte den Kopf schief.

»Wenigstens brauchst du dich nicht in Strumpfhosen mit Schamkapsel zu zwängen«, fuhr Dan fort, »oder einen Abguss von deinem Kopf machen zu lassen, und zwar nicht, um der medizinischen Wissenschaft zu dienen, sondern um deine Ähnlichkeit mit einem Alien zu maximieren.«

Die Hebamme lachte. »Aber du machst Leute glücklich.«

»Nicht annähernd so wie du – dass es das ganze Leben umkrempelt.«

»Ich weiß nicht.« Sie überlegte. »Wenn man an die Leute denkt, die einmal die Woche in *Les Misérables* gehen. Oder deren Leben sich um *East Enders* dreht. Andererseits gibt es wirklich schon mal Zeiten …«, räumte sie ein, »wo es ein echtes Wunder ist. Neulich hab ich wahrhaftig zum ersten Mal seit Jahren geweint. Diese Geburt war einfach so schön. Aber ich muss zugeben, man kann es leicht vergessen.«

»Und, was meinst du?« Jemma nahm Dan am Arm. »Willst du dich zur Hebamme umschulen lassen?«

»Vielleicht.«

»Dan!« Tim stürzte sich mit einer Flasche Bier auf sie. »Und? Was läuft denn so? Irgendwas Aufregendes?«

»Na ja«, fing er an, und angesichts Tims neugierigem Blick konnte er nicht widerstehen und erzählte ihm von New York.

Am Morgen des Vorsprechtermins lasen Jemma und Dan die Szenen noch einmal mit verteilten Rollen. Sie standen in der Küche im Frühstücksdurcheinander, während Dan sich vorzustellen versuchte, wie er in Joséphines Privatsalon Champagner trank. Er sprach ruhig und unbekümmert, streute lässig und galant seine Bemerkungen ein. »Möchtest du noch einen Durchgang?«, fragte Jemma nervös und verriet mit ihrer Reaktion, dass die Worte nach ihrem Eindruck zu ausdruckslos herüberkamen, doch er schüttelte den Kopf. »Keine Zeit.«

»Wenn du meinst.« Sie folgte ihm in die Diele und sah zu, wie er sich die Jacke überzog. »Pass auf dich auf.«

Dan lachte. Er war ja nicht gerade dabei, in den Schnee aufzubrechen, um ein wildes Tier in die Falle zu locken, zu töten, zu häuten und zum Abendessen mitzubringen. »Also dann«, sagte er und wand sich aus der Umarmung. »Bis später.« Doch auf dem Weg zur U-Bahn war er unangenehm nervös. Er wusste von Lenny, dass er der zweite Schauspieler auf der Liste war, und als der Zug Richtung Süden raste, gestattete er sich, die Namen der anderen Männer auszusprechen, um endlich zu akzeptieren, dass es nicht in seiner Macht lag, wessen Stern aufstieg oder sank. Greg Hawes war als Erster dran. Dan konnte sich vorstellen, dass er seine Sache gut machte, auch wenn er für die Rolle nicht so geeignet war wie zum Beispiel Declan McCloud, der nach ihm als Dritter vorsprechen würde. Wenn es hart auf hart kam, war Declan ein echter Rivale, im letzten Jahr hatte Dan zwei Engagements an ihn verloren. Er versuchte, auszumachen, was Declan – abgesehen von lächerlich weißen Zähnen – hatte, was ihm selber abging, und dann spielten ihm plötzlich ohne Vorwarnung die Nerven einen üblen Streich. Es schnürte ihm die Kehle zu, ihm drehte sich der Magen um, und auf schwachen Beinen stand er auf, um sich durch den Zug zu kämpfen. Einem erwachsenen Menschen sollte so etwas nicht passieren; er atmete flach, seine Augen brannten und sein Gesicht fühlte sich taub an. Er rannte die Rolltreppe hoch und sog die kalte, angenehme Stadtluft ein. Nach einem Blick auf die Uhr lief er die Nebenstraßen entlang, wich den Passanten aus, mied die lebhafteren Straßen, ging zügig an den festsitzenden Steinlöwen auf dem Trafalgar Square vorbei.

Ringsum schlug ihm Hoffnungslosigkeit entgegen. Eine Gestalt, die in einem Tunnel aus Pappkartons schlief, ein Mann, der zitternd neben seinem Hund lag. Es hätte auch mich erwischen können, murmelte er, als er einem Obdachlosen ohne offizielle Lizenz die neueste Ausgabe von *The Big Issue* abkaufte. Er zog sich die Jacke enger und mahnte sich, dass er für so etwas keine Zeit hatte, jedenfalls nicht jetzt. Stattdessen suchte er nach etwas, das ihn aufmuntern konnte. Honey. Sein Engelchen, mit den Locken und den dunkelgrauen Augen. Honey. Doch er konnte das Bild von ihr nicht abschütteln, wie sie ihn auf ihrem Thron im Kinderwagen angefaucht hatte.

Er sah die Gesichter der Leute am Kite Hill, die ihn misstrauisch dabei beobachteten, wie er sich verteidigte, und als er an seinen Ausspruch denken musste, »Ich bin die Königin!«, prustete er für einen Moment los. Seine Schultern zuckten, eine Woge der Hysterie vernebelte ihm die Sicht, und er musste vor dem Theater stehen bleiben, um sich die Augen zu reiben. »Ich bin die Königin!«; als er erst einmal drinnen war, nannte er, immer noch lächelnd, seinen Namen und sank dankbar auf einen Sitz.

»Wie ist es gelaufen?«, rief Jemma, kaum, dass er zur Haustür hereinkam.

»Keine Ahnung, denke, ganz gut.« Er stapfte in die Küche.

»Wann weißt du es?«

»Haben sie nicht gesagt.«

»Aber du musst doch irgendein Gefühl haben, wie du abgeschnitten hast.«

Dan konnte sich das Grinsen nicht verkneifen. Als er

endlich hereingerufen wurde, hatte er sich ruhig und stark gefühlt. Die Worte, die ihm über eine Woche lang zu schaffen gemacht hatten und über die er so manches Mal gestolpert war, hätten von ihm selbst stammen können. Scarlett Johansson glänzte. Ihre Augen funkelten, ihre Haut wirkte durchscheinend zart, ihr Lächeln war verschmitzt, wie er es erwartet hatte. Sie gab sich locker, aber mit bewusster Grandezza. War sie von Natur aus so? Oder hatte es sie geprägt, dass sie schon so früh ein Filmstar war? Dan beobachtete sie und verlor keinen Moment die Tatsache aus den Augen, dass er, das heißt, zumindest seine Figur, ihr bevorzugter Liebhaber war.

»Lesen wir diese Szene noch einmal.« Es war eine Herausforderung, und als sie erneut lasen, ließen sie sich nicht aus den Augen, bis Dan einen Schweißfilm auf dem Rücken spürte.

»Danke.« Den Kopf ein wenig schief gelegt, hatte sie ihn beobachtet, und er hatte sich zuerst vom Regisseur verabschiedet, bevor er sich zu ihr umdrehte und ihre zarte Hand ergriff. Auf seinem Weg nach draußen hatte er Declan McCloud, der mit blassem Gesicht immer noch wartete, bis er an der Reihe war, großherzig zugelächelt und mit einem letzten überflüssigen Nicken in Richtung des Casting-Assistenten die Tür zur Straße aufgestoßen.

»Liebling«, sagte er und sah Jemma in die Augen, »ich kann es wirklich nicht sagen. Wir werden es erfahren, wenn es so weit ist. Es fängt erst im April an, sie stehen mit ihrer Entscheidung also nicht unter Druck.«

Dennoch wartete er mit jeder Stunde, die verging, auf einen Anruf. Um zehn vor sechs hielt er es nicht mehr aus. Er rief Lenny an.

»Noch nichts Neues«, antwortete Lenny. »Aber wenn du sagst, es ist gut gelaufen, umso besser.«

»Dachte nur, ich frag mal nach.«

»Sicher, sicher, kein Problem. Ich ruf dich an, sobald ich was weiß. Ich melde mich, okay?«

»Ja, in Ordnung. Bis dann.«

Jemma kannte ihn zu gut, um nicht voller Hoffnung zu sein. Am nächsten Tag hörte er sie mit ihrer Schwester telefonieren. »Dan meint Brooklyn, aber Ruthie sagt, wir sollten uns lieber was in ihrer Nähe suchen, unten im Village ... vielleicht könnt ihr ja mal rüberkommen und uns besuchen, im Juni vielleicht, bevor es zu heiß wird.« Sie kicherte und hatte gute Laune und später, als Jemma aus dem Haus rannte, um Honey vom Kindergarten abzuholen, hörte Dan sie singen.

Dan wartete noch zwei Wochen, bevor er Lenny anrief. »Gibt's was Neues?«, fragte er. *»Battle to the Heart?«*

»Also«, es folgte eine unheilvolle Pause. »Sehr ärgerlich. Ich wollte dich sowieso gerade anrufen. Sie haben sich anders entschieden, obwohl du unter die letzten zwei gekommen bist.«

»Und mit wem«, Dan schluckte, »wollen sie arbeiten?«

»Eine überraschende Wahl eigentlich. Kennst du Laurence Ryan? Ich hör den Namen zum ersten Mal, aber für den haben sie sich am Ende entschieden. Noch nicht lange im Geschäft, recht frisch von der Universität ... hat wohl am West Yorkshire einen großartigen Benedict hingelegt ...« Doch Dan war so erleichtert, dass es nicht Declan McCloud war, dass er nicht mehr zuhörte. »Also«, hörte er Lenny sagen. »Du bist vielleicht nicht interessiert, aber ich hab ein Treffen für dich arrangiert für eine Rolle in *Miss Marple*. Was sagst du? Soll ich es mal rüberschicken? Leider wieder Massenware, fürchte ich, aber sie drehen das Ganze hier in London.«

Dan schwieg. Er hörte, wie ihm das Blut in den Schläfen pochte.

»Nein«, entschied er. »Ich warte ab.«

Lenny ließ ihm Zeit. »Recht hast du«, sagte er schließlich. »Ich melde mich.«

Nachdem sich Jemma an zwei Tagen hintereinander morgens übergeben hatte, rief Dan ihn zurück.

»Weißt du, diese *Miss Marple*-Sache, ich hab drüber nachgedacht …« Die letzte Mahnung einer Stromrechnung hielt er noch in der Hand.

»Ahhh«, er hörte, wie Lenny Luft holte. »Das ist leider schon weg. Declan McCloud. Passt eigentlich gar nicht zu ihm, andererseits läuft die Serie in den Staaten recht erfolgreich. Aber … warte mal, am Bush Theatre inszenieren sie dieses Stück, natürlich wäre nicht viel Geld im Spiel, aber es ist ein neues Stück, über sexuellen Missbrauch beim Sport. Du hast doch nichts dagegen, einen mutmaßlichen Kinderfummler zu spielen, oder?«

»Ich seh's mir an.« Dan war selbst zum Kotzen zumute, und er steckte die Rechnung in die Tasche. »Schick's mir mal rüber. Ich bin den ganzen Tag zu Hause.«

»Klar. Wie gut bist du im Radschlagen?«

»Nicht schlecht«, antwortete Dan und verzog das Gesicht, »solange ich keinen Spagat machen muss.« Er saß ganz still und fragte sich, wie er den neuen Stand der Dinge Jemma beibringen sollte.

Teil III

2003–2006

Nell schrieb die Details auf einen Block, der immer neben dem Telefon bereitlag. Mary Peacock. Ehemann erstochen. Australien auf einem Sträflingsschiff. Eigene Zufluchtsstätte für Frauen eingerichtet. »Ich sollte Sie allerdings warnen«, fügte Nells neuer Agent hinzu, »die haben Gott und die Welt zum Vorsprechen eingeladen.« Er hüstelte verlegen. »Die Sache ist die, sie wissen nicht, wonach sie suchen. Offenbar nach einer gewissen Eigenschaft, also gehen Sie einfach hin und … stellen sich vor.«

»Offenbar lassen sie alle und jeden vorsprechen«, gab Nell die Nachricht an Sita weiter, als sie von der Arbeit nach Hause kam.

»Also, *mich* schon mal nicht.«

»Stimmt«, Nell biss sich auf die Lippe.

Sita jobbte als Aushilfskraft bei einer Software-Firma, die sich auf Spiele spezialisierte. Sie hatte schon einmal ein Jahr lang sporadisch für dieselbe Firma gearbeitet, und obwohl sie betonte, dass es langweilig sei, machte sie auf Nell einen außerordentlich zufriedenen Eindruck. Sita kippte den Inhalt ihrer Einkaufstüte auf den Tisch, Äpfel, Satsumas und ein Netz mit gemischten Nüssen – Haselnüsse, Walnüsse und Paranüsse. Das Klicken der Schalen auf dem Tisch klang weihnachtlich. »Haben wir einen Nussknacker im Haus?«

»Wahrscheinlich.« Nell zog eine Schublade auf. »Hör mal, wieso rufst du nicht deine Agentin an und fragst sie klipp und klar, wieso sie dich nicht eingeladen haben?«

»Ich weiß, wieso.« Sie griff nach der Schere und schnitt die straffen Rauten des orangefarbenen Plastiknetzes durch. »Für die ganze verdammte Film- und Theaterwelt bin ich Asiatin, niemand sieht darüber hinweg. Außerdem hat mich mein Chef gefragt, ob ich Belinda vertreten will, während sie im Mutterschutz ist. Ich muss einen Einarbeitungstag mitmachen und mich für ein halbes Jahr verpflichten.«

»Ein halbes Jahr!« Nell kramte den Nussknacker aus einer verstaubten Ecke, in der er unbenutzt seit letztem Weihnachten gelegen hatte.

»Ich weiß, aber dann dachte ich mir, wieso eigentlich nicht?«

Nell kochte Tee und stellte ihn auf den Tisch. Sie hatte immer noch die schwarz-weiß gepunktete Kanne, die Charlie nie zurückgefordert hatte. Sobald sie ein Filmstar wurde, hatte Charlie alles neu gekauft. Neue Möbel, neues Besteck, neue Kleider. Sicher, sie trug immer noch dieselben schlamm- und khakifarbenen, lässigen Outfits, nur dass sie jetzt nicht mehr aus zerfranster, verknitterter Baumwolle bestanden, sondern aus Kaschmir und Seide. Falls sie jemals zu Geld kam ... Nell sah sich mit einem Seufzer in der Küche um.

»Vielleicht ...«, Sita zog sich einen Stuhl heran, »... lasse ich das Schicksal entscheiden. Ich hab noch eine Woche, bevor ich fest zusagen muss, und wenn meine Agentin bis dahin nicht angerufen hat ... Kannst du dir vorstellen, wie mein Dad reagieren wird, wenn ich ihm erzähle, ich hätte einen richtigen Job? Wahrscheinlich kriegt er einen Schlaganfall und stirbt vor Erleichterung.« Glücklich grub Sita die Nägel in die Schale einer Mandarine.

Nell sah ihr zu. »Das Ganze hat nicht zufällig mit diesem Raj aus der Buchhaltung zu tun, oder? Ich sehe es schon vor mir – nach all den Jahren der Rebellion findest du einen netten Hindu-Jungen, nimmst eine feste Stelle an und richtest dich häuslich ein.«

Sita bekam glänzende Augen. »Weißt du, was ich mache, wenn ich diesen Job annehme?« Sie hatte die Schale in einem Stück entfernt, und jetzt lag sie schlaff wie ein Seestern auf dem Tisch. »Ich buche einen Urlaub. Einen richtigen Urlaub. Ohne dass ich Angst haben muss, am Tag meiner Ankunft an der Algarve den entscheidenden Durchbruch zu verpassen.«

»Weißt du noch, wie ich damals meiner Mum zuliebe nach Spanien mitgefahren bin und das Vorsprechen für *Was ihr wollt* verpasst habe? Die Regisseurin hatte speziell nach mir gefragt, ich hatte am Actors Centre einen Workshop bei ihr gemacht, und, ich weiß, das klingt jetzt blöd, aber ich glaube bis heute, das wär's vielleicht gewesen.« Allein schon von dem Gedanken bekam sie selbst nach so langer Zeit ein flaues Gefühl im Magen. »Aber vielleicht ist es ja nie so. Vielleicht gibt es das gar nicht, den berühmten Durchbruch. Vielleicht machst du einfach nur deine Sache gut oder eben nicht.«

»Vielleicht«, Sita zuckte die Achseln. »Andererseits hört man immer wieder diese Geschichten über jemanden, der fünf Jahre kein Engagement hatte, und als er gerade eine Klempnerlehre machen will, stellt sich raus, dass er der einzige Mensch in ganz Großbritannien ist, der Paul

McCartney spielen kann, und dann sieht er sich in einem West-End-Musical wieder, speist jeden Abend im *Ivy*, bekommt seine Hochzeit von *Hello!* bezahlt und sagt Sachen wie: ›Klar hab ich diverse Projekte in Planung, aber ich hab mich noch nicht entschieden, was ich als Nächstes angehe.‹«

»Und so geben die Leute niemals auf.« Nell suchte sich eine Haselnuss aus und drückte mit aller Kraft die dünnen silbernen Enden des Nussknackers zusammen. »Es müsste so etwas wie eine Selbsthilfegruppe geben – wir könnten eine gründen – Anonyme Schauspielsüchtige.« Die Nuss rutschte aus dem Nussknacker und flog durch den Raum. »Würde bestimmt viel Zuspruch finden. Wahrscheinlich gehen in L.A. deshalb so viele Schauspieler zu den Anonymen Alkoholikern. Die meisten von ihnen haben gar kein Alkoholproblem. Sie suchen nur nach Tipps, wie sie von der Schauspielerei loskommen können.« Nell lehnte sich auf ihrem Stuhl zurück. »Sita, erinnerst du dich, wie wir damals im Jugendtheater dieses improvisierte Stück über ein Frauenhaus aufgeführt haben, und diese verrückte Regisseurin, wie hieß sie noch gleich?, uns für ein Wochenende in ein Heim für misshandelte Frauen geschickt hat?«

»Klar. Aber die heißen nicht mehr so.«

»Stimmt. Zufällig geht es bei dieser Rolle darum, der Film handelt von einer Frau – einem Opfer häuslicher Gewalt –, die das erste Frauenhaus in Australien gründet. Er handelt von ihrem Leben.« Nell sah plötzlich die Sita von damals vor sich, das sechzehnjährige Mädchen, das mit den anderen in der Kellerküche des Frauenhauses sitzt. Sie hatte das Haar zu einem hohen Pferdeschwanz zusammengebunden, als hätte ihre Mutter sie gekämmt, und sie trug leuchtendes Make-up, rosa Lippenstift und Lidschatten von Hell- bis Dunkelblau. Sie hatten alle mit ihren Teebechern um den Küchentisch gesessen und sich höflich von einer großen, dünnen Frau abgewandt, die gerade neu eingetroffen war. Die Frau war in einer dunklen Hose und einem kurzen Mantel mit Gürtel elegant gekleidet gewesen, die Frau eines Arztes, wie sie später erfuhren, und sie hatte, die Handtasche unter den Arm geklemmt, am vergitterten Fenster gestanden, sich ein Taschentuch an die Nase gehalten und still geweint.

»Mal ehrlich, was haben wir uns nur dabei gedacht?«, sagte Sita nachdenklich. »Diese armen Frauen. Das muss man sich mal reinziehen! Da bist du endlich dieser gewalttätigen Beziehung entkommen und siehst dich sieben jungen Mitgliedern einer Theatertruppe gegenüber, die dich inspizieren und sich Notizen machen.«

»Wir hätten nie da hingehen dürfen.« Bei der schieren Erinnerung, wie sie den Frauen bei ihrer Küchenarbeit zugesehen hatten, bekam Nell noch immer ein unbehagliches Gefühl: Geistesabwesend, traurig, wie Gespenster im Dampf der kochenden Kartoffeln, hatten sie in den Metalltöpfen Hackfleisch gerührt oder andere Tätigkeiten verrichtet. »Ich meine, hätten wir etwas verändern oder ihnen helfen können, wenigstens für sie Essen gemacht … was weiß ich, sie unterhalten, ihnen was vorgesungen oder so, dann wäre es was anderes gewesen. Erinnerst du dich an Binny? Die spielte genial Gitarre …«

»Nie mehr, nie mehr«, fing Sita zu singen an, *»nie mehr … Prügel.«*

Nell hatte ganz vergessen, dass es Songs in ihrem Stück gegeben hatte, doch sie konnte nicht widerstehen und stimmte in die nächste Zeile ein. *»Frauen sind nicht zum … Schlagen da.«* Sie verfielen in einen melodiösen Sprechgesang mit einer Stimmführung, die an die japanische Sprache erinnerte. *»Frauen sind nicht dazu da.«*

»Und wenn es nun doch gut war?« Nell dachte noch einmal darüber nach. »Wenn es nun doch was bewirkt hat? Und wenn nur ein einziger Mensch …«

»Schätze, das hatten wir gehofft«, stimmte Sita zu. »Jemand sieht das Stück und sagt sich, nein, ich lass mir das nicht länger gefallen. Ich hol mir Hilfe. Erinnerst du dich noch an diese junge Frau, die ihr Baby zurücklassen musste?«

Nell hatte sie im Flur stehen gesehen, wo sie die Hände dermaßen zusammengekrampft hatte, dass ihre Fäuste an Klauen erinnerten.

»Was meinst du? Ob es dieses Frauenhaus noch gibt?«

Nell wusste es nicht. Der Gedanke, dass es all die Jahre über mit seiner verschrammten Eingangstür, seinen leeren Fenstern, im stillen Inneren die Kellerküche da gewesen war, während sie Abitur machte, sich durch die Schauspielschule kämpfte, durch einen ganzen Winter, in dem der Tag morgens früh um fünf begann, einen Pinguin spielte, Agenten bekommen und verloren hatte, mit der Diskokugel auf dem Rücksitz von Sitas Auto nach Edinburgh gefahren und beim Festival vierzehn ausverkaufte Aufführungen bestritten, eine Affäre mit einem Comedian gehabt hatte. Sie hatte Ballettunterricht, Stepptanzkurse, Diäten, Joggen im Park, Inszenierungen in Kellern oder in Räumen über Pubs quer durch London auf sich genommen und dann fand ihre und Sitas Show, als sie erneut in Edinburgh lief, rätselhafterweise kein Publikum mehr. »Ich hoffe, dass es noch da ist«, sagte sie entschieden. »Ich hoffe nur, es sieht inzwischen etwas freundlicher aus.«

Nell versprach sich wenig von dem Vorsprechtermin.

»Die lassen *jeden* antanzen«, bescheinigte ihr auch Hettie, als sie sich zufällig auf der Treppe über den Weg liefen. »Ich war nur fünf Minuten da drin. Der Casting-Direktor wirkte irgendwie unentschlossen.«

»Wie geht's dir?« Sie hatte einen violetten Mantel mit Webpelzkragen an und erinnerte mehr denn je an ein verkleidetes kleines Mädchen.

»Gut.« Hettie lächelte. »Ich spiele in einem Weihnachtsstück für Kinder mit. *Hans und die Bohnenstange*. Ich liebe diese Jahreszeit. Wenigstens hab ich immer Arbeit. Und du?«

»Ja.« Nell nickte. »Alles in Butter.« Sie ging nicht ins Detail. Sie erwähnte auch nicht, dass sie immer noch Schichtdienst beim Pizza Express machte. »Hast du mal sonst jemanden aus der alten Clique gesehen?«

»Hmm, mal überlegen, Samantha. Die hat nicht viel Arbeit gehabt. Aber sie ist verheiratet. Nicht zu glauben. Sie sind nach Brighton gezogen. Jonathan geht es gar nicht schlecht. Er hilft im Terrence Higgins Trust aus. Ist eigentlich ein Wunder, bei diesen neuen Drogen, die er nimmt. Und Pierre, mein Gott! Wer hätte je gedacht, dass der als Geschäftsmann so eine große Nummer wird? Hast du mal seine neuen Büroräume gesehen? Er hat einen Deal mit Saudi-Arabien abgeschlossen. Jetzt hat er praktisch die ganze Telekommunikation im Nahen Osten unter sich.«

»Ja.« Nell strahlte. »Und Dan?«

Hettie fuhr mit der Hand an den Mund. »Hast du das

noch nicht gehört? Jemma ist wieder schwanger. Mit Zwillingen!«

»Nein.« Nell runzelte die Stirn. »Aber hatten sie nicht gerade erst ein zweites Baby?«

»Ja. Offenbar war es nicht geplant. Sie sind ohne die Kinder weggefahren. Zum ersten Mal seit einer Ewigkeit, und … na ja, sie haben wohl nicht aufgepasst, denn als sie zurückkamen … als ich das letzte Mal mit Jem gesprochen habe, hat sie geweint … aber dann hat sie sich wieder gefasst und gesagt, wenigstens bekämen sie dann im Alter immer viel Besuch.«

»Stimmt.« Wie immer, wenn sie von Dan hörte, versetzte es Nell einen Stich. Als würden verletzte Gefühle irgendwie zusammengehören, sah sie plötzlich den Bühneninspizienten vor sich, sein tief beschämtes Gesicht und seine verzweifelten Unschuldsbeteuerungen, nachdem sie den Fehler begangen hatte, in den Zug zu steigen und ihn eine Woche früher als besprochen zu besuchen. »Ich muss weiter.« Nell zwang sich zu einem Lächeln. »Schön, dich zu sehen. Und viel Glück bei dem Weihnachtsstück. Wo spielt ihr? Vielleicht komm ich mal vorbei.«

»Basingstoke.« Sie küssten sich zum Abschied auf beide Wangen. »Aber ehrlich, das musst du nicht.«

»Ich versuch's. Ich bringe meinen Neffen mit.« Nell rannte die Treppe hoch und durch die Tür in das Gebäude hinein. Sie nannte ihren Namen und wartete zusammen mit einer Reihe anderer Mädchen darauf, hereingebeten zu werden.

Mary Peacock. Nell holte tief Luft und zog ihre handschriftlichen Notizen heraus. Ehemann erstochen. Australien auf einem Sträflingsschiff. Sie sah Mary, eine junge

Frau in Kleidern des neunzehnten Jahrhunderts – einem abgetragenen grauen Reifrock und einem Schultertuch – vor sich. Sie malte sich aus, wie sie lebte – mit der Sonne aufstand, den Feuerrost ausfegte, den Haferbrei anrührte, die Kinder zur Ruhe mahnte, solange ihr Mann noch schlief. Höchstwahrscheinlich hinkte sie oder zuckte unter dem Schmerz einer gebrochenen Rippe zusammen, doch Mary hütete sich zu klagen. So war es immer, zumindest ab dem zweiten Ehejahr, als ihr erstes Kind, ein Junge, mit verkümmerten und verdrehten Gliedern zur Welt gekommen war. Das Baby wurde, mit seiner halben Portion Verstand, für schwachsinnig erklärt, und ihr Mann hatte seinen stummen Blick der Anklage auf sie gerichtet. Jetzt wurde er bösartig, sobald er getrunken hatte. Sticheleien und Spott, blanke Wutausbrüche, wenn ihm irgendeine Kleinigkeit nicht passte. Mary Peacock hatte noch drei Kinder, das jüngste, ein kraftloser Junge, und sie hatte es getröstet und geschaukelt, bis sie am Feuer eingeschlafen war. *»Du treibst mich noch in den Wahnsinn!«* Sie wurde mit einem Fußtritt geweckt, und nachdem sie den Kleinen stundenlang in den Schlaf gewiegt hatte, wachte er auf und schrie. *»Bitte«*, flehte sie, *»hab Geduld, ich fache das Feuer wieder an«*, doch er zerrte sie vom Stuhl und schleuderte sie rückwärts an eine Wand. Das war der Moment, es konnte gar nicht anders sein, in dem ihr Blut so in Wallung geriet, dass sie keine Luft mehr bekam. Sie griff blindlings nach dem Messer auf dem Tisch und schoss herum. Nell merkte, wie ihr Herz pochte. Wie es sich wohl anfühlte, Rache zu nehmen? Sich in einem einzigen Moment so zu vergessen, dass alles andere aus dem Blickfeld gerät? Sie dachte an Harold Rabnik und seine weingetränkte Zunge.

Und als Mary Peacock stürzte sie nach vorn und stieß ihm das Messer in die Brust.

»Nell Gilby.«

Aufgeregt erhob sie sich. »Ja, das bin ich.« Sie tastete nach ihren Notizen, und mit Herzklopfen und geröteten Wangen trat sie ein.

»So.« Der Casting-Direktor hatte ihr Foto gefunden, das neue, das sie auf Wunsch ihres neuen Agenten hatte machen lassen. »Also.« Er sah sie geduldig und schon ein wenig gelangweilt an, doch in dem Moment, als er etwas sagen wollte, heulte unten auf der Straße eine Polizeisirene auf. Nell, noch ganz unter dem Eindruck ihrer gewaltsamen Szene, zuckte zusammen. »Die sind wahrscheinlich hinter mir her«, sagte sie lächelnd und sah, wie es in den Augen des Casting-Direktors blitzte.

Nells Agent war verblüfft. »Der Regisseur möchte Sie sehen. Gleich morgen früh. Demnach ist es gut gelaufen?«

»Ich denke schon. Es war seltsam. Wir sind ins Gespräch gekommen und … ich weiß auch nicht.« Sie reagierte panisch. Nachdem sie nun so weit gekommen war, brauchte sie es nur noch zu vermasseln.

»Also, selbe Adresse. Stehen Sie um zehn auf der Matte. Wahrscheinlich werden die eine Aufnahme machen. Ich faxe Ihnen ein paar Seiten rüber.«

»Man sagt ja«, warnte Sita sie später, »die ersten elf Sekunden seien entscheidend. Das heißt nicht, dass es danach nicht mehr schiefgehen kann, aber falls du das Engagement bekommst, dann liegt es an diesem ersten Moment.«

In dieser Nacht konnte Nell nicht schlafen. »Die sind wahrscheinlich hinter mir her.« Die Worte, mit denen sie die Aufmerksamkeit des Casting-Direktors geweckt hatte, geisterten ihr durch den Kopf, doch sie konnte sie nicht gebrauchen, nicht ein zweites Mal. Es war einfach so verlockend: Gestern hatte sie noch nichts zu verlieren gehabt und jetzt alles. »Die sind wahrscheinlich hinter mir her.« Sie warf sich im Bett herum und hielt sich an der ausgekühlten Wärmflasche fest. »Hinter mir.«

Sita brachte ihr Tee herein, bevor sie zur Arbeit ging. »Denk dran«, sagte sie und nahm Nells Hände. Sita hatte schöne Hände, feingliedrig und stark, mit Weißgoldringen an allen Fingern, die sie zu jedem besonderen Jahr von ihrem Vater bekommen hatte. »Die brauchen jemanden, der die Hauptrolle spielt, oder der Film kommt nicht zustande.«

»Ja.« Nell nickte. Sie hatte immer noch Panik. »Ich verstehe, was du mir sagen willst«, und sie versprach ihr, ruhig zu bleiben.

In der U-Bahn ließ Nell den Blick über die Gesichter schweifen. Da war ein Mädchen, mit kastanienbraunem Haar und schöner, blasser Haut, das ganz bestimmt wie sie zum Vorsprechen ging. Doch dann fiel ihr wieder ein, dass sie am ersten Tag am College auch gedacht hatte, jeder, an dem sie vorbeikam, gehörte zu ihrem Jahrgang. Nell schloss die Augen und dachte an das Frauenhaus, wo sie mitten in der ersten Nacht plötzlich von irgendeinem Geräusch aufgewacht war. Sie hatte wie gelähmt dagelegen und fest geglaubt, dass jemand einbrechen wollte. Das sei nicht das erste Mal, hatte die Theaterdirektorin ihnen erzählt. Ein Mann habe sich Zutritt zum Haus verschafft, indem er sich als Elektriker ausgab, der im Auftrag der Hausverwaltung komme, um die Heizung zu reparieren, doch kaum wurde ihm die Tür aufgemacht, war er drinnen. Er war von Zimmer zu Zimmer gerannt und hatte nach seiner Frau geschrien. Als er sie schließlich fand, hatte er sie nach draußen auf die Eingangsstufen gezerrt und ihr ein Messer in den Bauch gerammt.

In jener Nacht allerdings hatte kein Mann versucht, einzubrechen, sondern eine Frau flehentlich gebeten, hinausgelassen zu werden. »Lasst mich!« Jemand keuchte, und dann hörte Nell Pat, die Leiterin des Hauses, murren und fluchen.

»Es tut mir leid«, schluchzte die Frau, »aber ich hab die Kinder dagelassen. Ich muss nach Hause.« Die Eingangstür ging scheppernd auf, und Nell kroch aus dem Bett. Sie krabbelte an den schlafenden Gestalten ihrer Freundinnen vorbei und war rechtzeitig am Fenster, um zu sehen, wie die Frau des Arztes in die Nacht hinaustrat. Nell blickte die Straße entlang und rechnete jeden Moment damit, dass ihr Ehemann irgendwo hinter einem Gebüsch hervorsprang, um sie so gekonnt anzugreifen, dass es nicht zwingend nach einem Angriff aussah, doch es war niemand da. Auch die Frau schien überrascht. Sie blickte in alle Richtungen und schlich sich, als sie niemanden entdeckte, die leere Straße entlang davon.

»Nell!« Der Casting-Direktor schien aufrichtig erfreut, sie zu sehen. »Kommen Sie, geben Sie mir Ihren Mantel.« Auch der Regisseur war da. Er schüttelte Nell die Hand und sah sie mit sehnsüchtigen, hoffnungsvollen Augen an. »Nehmen Sie sich eine Minute Zeit, um diese Szene durchzulesen, sie ist gerade hereingekommen.« Er richtete die

Kamera auf dem Stativ so aus, dass sie genau ihren Stuhl erfasste.

Nell las die neue Szene so schnell durch, dass ihr die Worte vor den Augen verschwammen. Mary Peacock war vor Gericht und flehte um ihr Leben, während ein Richter ihre Verbrechen aufzählte. *»Schande«*, rief jemand aus dem Zuschauerraum, und Nell merkte, wie sie kochte. Schande über Sie, hätte sie zurückgebrüllt, doch das Drehbuch verdonnerte sie zum Schweigen.

»Sind Sie so weit?« Der Regisseur lächelte ihr zu. Er war groß, blass und gutaussehend – etwas farblos, als sei er zu wenig im Freien. Der Casting-Direktor setzte sich neben sie. »Einen Moment.« Das rote Licht der Kamera blinkte. »Also, wenn Sie so weit sind, fangen Sie an.«

Mary Peacock verteidigte sich selbst. Es hatte keine entsprechende Vereinbarung gegeben, doch als der Richter den Hammer erhob, um das Urteil zu verkünden, drängte sie sich auf der Anklagebank nach vorn und flehte darum, angehört zu werden. Nell stellte sich vor, sie wäre die Frau des Arztes, die mit entsetzlicher Angst auf die menschenleere Straße hinaustrat, und sie fragte sich, was wohl passiert war, als diese Frau zu Hause eintraf, ob sie um der Kinder willen ihre Strafe ertragen oder sich ein Messer aus der Küche geholt hatte und auf dem weichen Teppich lautlos nach oben geschlichen war, um ihrem Mann die Klinge ins Herz zu rammen.

Nell wusste, dass sie um ihr Leben kämpfte. Ihre Stimme war leise und verzweifelt, ihr Blick wild, und sie vergaß keinen Augenblick, dass Mary, selbst wenn sie sich vor dem Galgen bewahren konnte, keinerlei Aussicht hatte, ihre Kinder je wiederzusehen.

»Sehr schön«, sagte der Regisseur versonnen, und der Casting-Direktor klopfte ihr anerkennend auf den Arm.

Sie lasen noch eine Szene. Mary war inzwischen in Australien. Sie war einige Jahre älter, und nach mehreren Liaisons, die in Gewalt ausgeartet waren, hatte sie einen Retter in der Not gefunden, der sie aufnahm. Er war praktischerweise kurz darauf gestorben und hatte ihr sein Haus vererbt, das Mary zu einer Zufluchtsstätte für Frauen machte, die misshandelt worden waren. Doch jetzt wurde diese Einrichtung – nicht zum ersten Mal – fälschlicherweise für ein Bordell gehalten. Draußen vor dem Fenster krakeelte ein Haufen Männer, während Mary drinnen eine Truhe vor die Tür schob. Es waren noch drei andere Frauen bei ihr, eine älter als sie selbst und zwei noch junge Mädchen, doch Mary Peacock brüllte zu den Männern hinunter, sie sollten sich davonmachen, oder sie würde mit dem Gewehr runterkommen und ihnen Beine machen.

»Ihr seid ein Haufen ungehobelte, widerliche Schweine«, brüllte sie, während sie vom Fenster aus auf sie zielte, und auch als sie längst die Flucht ergriffen hatten, schleuderte sie ihnen Verwünschungen hinterher.

»Sehr schön«, bescheinigte ihr der Regisseur erneut und nickte. Dann sah er sie mit einem eindringlichen Blick an und bat sie, noch einmal zu lesen.

Als sie – zum Schutz gegen den schneidenden Wind mit gesenktem Kopf – zur U-Bahn lief, hatte sie das zwingende Verlangen, Charlie anzurufen. Da Charlie derzeit in Manchester wohnte, wo sie – gepaart mit einem in ihren Augen zweitklassigen männlichen Kollegen – eine Ermittlerin spielte, hatte Nell sie in diesem Jahr kaum gesehen. Charlie hatte den Fehler begangen, ihn zu verführen, bevor sie die erste Staffel fertig gedreht hatten, und seitdem verachtete sie ihn, wie sie Nell in mehreren spätabendlichen Telefonaten anvertraut hatte, umso mehr.

»Und? Wie geht's dir?«, fragte Nell und verlangsamte ihre Schritte, als ihr ein Schwall an Gejammer und Gehässigkeiten entgegenschlug: Da war dieses perfekte Engagement in Amerika gewesen, sie hätte die Freundin eines großen Stars gespielt, doch im letzten Moment hatte sich der Produzent für ein anderes, weißes Mädchen entschieden, und seit heute sei sie aus dem Rennen. »Mein Agent sagt, der Produzent sei Rassist, aber ich bin mir nicht sicher. Ich werde auch nicht jünger, das ist der Grund.«

»Sei nicht albern«, beschwichtigte Nell sie ungläubig und verständnisvoll.

»Und gibt's bei dir was Neues?«, fragte Charlie geistesabwesend.

Nell schlug bewusst einen beiläufigen Ton an. »Ich hab gerade für einen Film vorgesprochen.«

»Tatsächlich?«

»Ich hatte gestern einen Termin mit dem Casting-Direktor, und der wollte, dass mich der Regisseur persönlich kennenlernt. Ciaran Conway. Er hat diesen ...«

»Ja«, fiel ihr Charlie ungeduldig ins Wort. »Ich kenne Ciaran. Ich war erst vor einem Monat oder so mit ihm essen. Ich wollte sowieso noch in Erfahrung bringen, was eigentlich aus ... Es geht doch nicht etwa um diesen postapokalyptischen Streifen, oder, wo Horden verlorener Seelen durch die Wüste irren?«

»Nein. Es ist ein historischer Stoff. Spielt allerdings in Australien.«

»Nicht *Mary Peacock*, oder?«

»Doch.«

»Mann, ich glaub's nicht!«

»Ich kann es selbst noch nicht fassen.« Nell fühlte sich unbehaglich, beinahe schuldig. »Sie fangen direkt nach Weihnachten an. Kannst du dir vorstellen, Silvester mitten im Outback zu feiern?«

Es herrschte Stille. »Verdammt. Ich hatte immer noch gehofft, von dieser anderen Sache zu hören.« Sie schien nach Luft zu schnappen. »Schätze, da wird dann nichts mehr draus.«

Nell zog sich den Mantel enger um die Schultern. »Also, ich hab keine Ahnung, wie es weitergeht. Ich glaube, sie müssen meine Aufnahme nach Amerika schicken.« Sie drehte sich mit dem Rücken zum Wind, der ihr den Regen wie Splitter ins Gesicht trieb. »Weißt du was? Ich ruf dich wieder an, wenn ich Genaueres weiß.«

»Aber Nell«, Charlie ließ nicht locker.

»Was?«

»Es geht doch nicht etwa um die Mary?«

»Sieht so aus … ja.«

Am anderen Ende schnappte sie kurz nach Luft. »Das ist genial. Weißt du was? Ich rufe gleich Maisie für dich an und hör mal, wie die Dinge stehen.«

»Toll.« Nell runzelte die Stirn. »Gute Idee.« Und sie rannte die Treppe zum trockenen U-Bahn-Schacht hinunter.

Nell widerstand der Versuchung, ihren eigenen Agenten anzurufen. Sie wusste, dass er sich melden würde, sobald es etwas zu melden gab. Sie kochte sich ein Mittagessen und ging die Liste mit ihren Weihnachtsgeschenken durch, hakte zufrieden die Leute ab, für die sie bereits Geschenke hatte, und machte sich Notizen und Fragezeichen neben den eher schwieriger zu beschenkenden Mitgliedern der Familie – ihrem Vater, ihrem Schwager und Lewis, dem Freund ihrer Mutter. Was konnten die jeweils brauchen? Sie seufzte. Vielleicht lag da das Problem mit den Männern. Sie brauchten nichts. Zumindest nichts von ihr. Das Telefon klingelte, und ihr Herz machte einen Satz. Doch es war ihre Mutter. »Wollte mich nur vergewissern, du bist nicht gerade Vegetarierin oder so?«

»Nein.« Nell verdrehte die Augen.

»Außerdem wollte ich wissen, ob du jemanden zu Weihnachten mitbringst. Da du nichts erwähnt hast, nehme ich das nicht an, aber bevor ich alles organisiere, dachte ich, frag besser mal nach.«

»Ehrlich gesagt, Mum«, ihr Herz schlug wieder schneller, »kann ich im Moment nicht sagen, ob ich Weihnachten nach Hause kommen kann.«

Es folgte eine Pause, als hätte ihre Bemerkung alle Hoffnungen und Wünsche ihrer Mutter durcheinandergewirbelt. »Geht es um … hast du …?«

»Ach, Mum, wahrscheinlich kommt es nicht dazu. Aber ich bin in der engeren Wahl für einen Film, und wenn ich die Rolle bekomme …«, ihre Mutter stieß einen spitzen Schrei aus, »… wenn ich sie bekomme, muss ich bis zum Achtundzwanzigsten in Australien sein, und alle raten einem, lieber eine Zwischenlandung einzulegen, zum Beispiel in Japan oder so, um den Jetlag abzumildern, deshalb weiß ich nicht, ob ich die Zeit habe …«

»Keine Sorge«, fiel ihre Mutter ihr ins Wort. »Das ist

überhaupt kein Problem. Jetzt sieh erst mal, wie es läuft, und falls du es doch einrichten kannst, freue ich mich. Irgendwer, vielleicht sogar Lewis, kann dich zum Flughafen bringen.«

»Na ja, wahrscheinlich wird sowieso nichts draus.« Die Vorstellung, drei Stunden mit Lewis in einem Wagen zu verbringen, mit seinem Gepfeife und seinen Versuchen, mit ihr über Promis zu tratschen, war ihr ein Gräuel. Und dann zu allem Überfluss auch noch als Gebot der Höflichkeit eine Umarmung zum Abschied, die sich nie wieder so anfühlen würde wie vorher, seit er sie in ihrer Collegezeit eines Abends bei einem ihrer Besuche zu Hause in betrunkenem Zustand begrapscht hatte. Wenn sie doch nur den Mut hätte, lesbisch zu werden, musste sie unwillkürlich denken, dann konnte das ganze Pack ihr gestohlen bleiben. Sie prustete auf einmal los, so dass ihre Mutter in ihren Planungen innehielt.

»Nell?«

»Ach, nichts. Hör mal, ich hätte besser nichts gesagt. Wirklich. Geh davon aus, dass ich komme, allein, mit Heißhunger auf Truthahn, und ich lass dich wissen, wenn sich was Neues ergibt.«

»In Ordnung, Schatz.« Nell hörte das Lächeln ihrer Mutter heraus. Und nicht zum ersten Mal dachte sie, wie sehr sie beide darauf angewiesen waren, dass sie es schaffte.

Nell saß mit dem Telefon in ihrem Schoß da. Woher sollte sie wissen, ob sie nicht vielleicht mit einer Frau glücklicher wäre, wenn sie es nie versucht hatte? In der Erinnerung spürte sie noch einmal das Feuer, die schwindelnde Erregung, als ihr damals Charlie die schmale Zunge zwischen die Lippen schob. Doch sie hatte sich nie gewünscht, von einem anderen Mädchen geküsst zu werden. Und im Grunde auch nie wieder von Charlie. In ihren Träumen sehnte sie sich nach einem Mann. Jemandem, der nicht neugierig schnatterte und kein penibles Gedächtnis hatte, wer was wann getan hatte. Sie wünschte sich einen Fremden, den großen geheimnisvollen Unbekannten. Sie träumte ziemlich regelmäßig von ihm. Wie er sich mit seinem Körper auf sie legte. Ich liebe dich, ich liebe alles an dir, sagte er ihr immer wieder im Traum, und wenn sie erwachte, war sie davon noch ganz erfüllt. Einmal hatte sie von Sita geträumt, wie sie beide ineinander verschlungen waren und sich gegenseitig mit den Fingern Muster auf die Haut malten, doch das war erst, nachdem der Bühneninspizient sie gefragt hatte, ob sie und Sita je eine Affäre gehabt hätten. »Nein!«, hatte sie lachend erwidert und dann erklärt, welch tiefe, leidenschaftliche Freundschaften es zwischen Mädchen geben konnte.

Als wieder das Telefon klingelte, war es Charlie. »Also«, ihr Ton war sachlich, »ich hab mit Maisie gesprochen, und sie sagt Folgendes: Es sind zwei Mädchen im Rennen, beide unbekannt. Die Bosse in L. A. werden sich die Aufnahmen ansehen und dann entscheiden.«

»Tatsächlich?« Nell betrachtete sich im Spiegel. »Die Geldgeber? Liegt die Entscheidung tatsächlich bei denen?«

»Nicht immer, aber manchmal. Gelegentlich gibt der Regisseur ihnen auch einfach nur das Gefühl, dass sie bestimmen dürfen. Aber gewöhnlich pusht er seinen eigenen Favoriten.«

»Bis wann, sagt Maisie? Ich meine, wann ist mit der Entscheidung zu rechnen?«

»Ich denke, bald. Vielleicht schon heute.«

»Oh, mein Gott.« Nell schnappte nach Luft. »Ich wünschte, ich wüsste, wer es ist. Das andere Mädchen.«

»Es gibt immer ein anderes Mädchen«, sagte Charlie nachdenklich. »Und manchmal bist du es selbst.«

Nell saß eine Zeitlang in der kalten Wohnung, dann zog sie ihren dicksten Mantel an, steckte das Handy ein und verließ das Haus zu einem Spaziergang. Die Straße war still und grau. Ein Wagen raste an ihr vorbei durch die Pfützen, so dass sie ein schmutziger Sprühregen erfasste. Nell lief dicht an den gestutzten Hecken vorbei und verursachte jedes Mal, wenn sie mit der Schulter die versteckten Zweige streifte, einen Tröpfchenregen. Am Kreisverkehr rannte sie über die offene geteerte Fläche, lief über die gewölbte Brücke und dachte dabei wie immer an die drei Ziegenböcke Gruff auf dem Weg zur Wiese. Als wäre sie wirklich gerade dem Ungeheuer entkommen, lag vor ihr das grüne Oval des Queen's Park. Er war von großen Häusern mit leuchtend bunt bemalten Türen gesäumt, mit weiß gestrichenen Holzverzierungen auf den Gesimsen. Im Park gab es einen Spielplatz, der vermutlich schon immer da gewesen war, den Nell jedoch erst entdeckte, als ihr dreißigster Geburtstag nahte. Es gab auch ein Café, in dem sie sich einen Becher heißen Tee zum Mitnehmen besorgte. Sie legte die Finger um den Pappbecher und schlenderte unter den großen, kahlen Bäumen weiter, blickte die Straße entlang auf noch größere Häuser und stellte sich ihre warmen Zimmer mit holzgetäfelten Wänden vor, mit dem Durcheinander an Gummistiefeln und Spielzeug, dem Geruch nach Fischstäbchen und Kuchen frisch aus dem Ofen. In einem Eingang hielt eine Frau zwei kleinen Mädchen in zugeknöpften Wollmänteln eine Standpauke, für die sie nur verständnisloses Staunen erntete. »Ich sag euch das nicht noch mal«, schimpfte sie. Nell wandte sich ab, um ungestört ihren Gedanken nachhängen zu können, und lief den Rundweg weiter. Dort befand sich ihr Lieblingshaus mit einem Puppenhaus im Regencystil im einen Fenster und einer Weihnachtskrippe aus schwarzer Pappe und Seidenpapier im anderen, das wie Buntglas aussah. Die Farben wurden von einer Lampe angestrahlt, die das Gold des Sterns und die roten Flammen des flackernden Feuers zwischen den braunen Zweigen zum Leuchten brachte. Das werde ich machen, beschloss sie, ich werde ein Fenster unserer Wohnung schmücken, und am Ende der Straße betrat sie den Zeitschriftenladen, um einen Stapel buntes Seidenpapier und ein wenig Pappe zu kaufen. Als sie den Laden verließ, sah sie auf ihr Handy. Ein Anruf in Abwesenheit. Wie war das möglich? Doch als sie ihn anklickte, sah sie, dass es nur ihre Schwester war, die, wie sie vermutete, als Abgesandte ihrer Mutter fungierte, um irgendwelche Neuigkeiten in Erfahrung zu bringen.

Als sie wieder zu Hause war, legte Nell die Pappe auf den Küchentisch und zeichnete mit Sorgfalt eine Palme, ein Kamel und einen Stern. Sie versuchte sich an einem Baby in einer Krippe, doch es sah wie eine Banane aus, und so zeichnete sie stattdessen drei Könige mit Kronen wie die Türmchen einer Burg und hüllte jeden in einen Umhang. Langsam fing sie mit dem Schneiden an, und während sie die Pappe zertrennte, träumte sie von ihrem neuen Leben. Sie würde hier ausziehen, das zugige Schlafzimmer, den schrottreifen Boiler im Badezimmer hinter sich lassen, dessen Warnhinweis sie schon so oft gelesen hatte, dass er nicht mehr im Mindesten bedrohlich schien. Sie lächelte bei der Vorstellung, was für ein verdutztes Gesicht ihr Vermieter machen würde, wenn sie ihm, nach all den Jahren, eröffnete, sie würde gehen. Würde er sich dafür entschuldigen, dass er die versprochenen Reparaturen nie durchgeführt, weder den schimmeligen Teppichboden ersetzt noch die undichte Stelle im Dach repariert hatte? Vielleicht würde er ihnen irgendeine Entschädigung dafür anbieten, dass sie und Sita ein ganzes Wochenende damit zugebracht hatten, den Teppich selbst herauszureißen und die Dielen zu lackieren. Vermutlich würde er wohl eher von ihnen fordern, das gute Stück zu ersetzen. Nell blickte an die blassblaue Decke – den Wolkeneffekt, den sie mit dem Schwamm gezaubert, die Früchte und Gemüse, die sie mit Schablonen an die Schranktüren gesprüht hatten. Aber vielleicht würde Sita nicht ausziehen wollen? Vielleicht würde sie die Wohnung zusammen mit Raj behalten?

Ihr Handy klingelte, und in ihrer Hast, dranzugehen, schnitt sie sich in den Finger. »Hi«, sagte sie und spannte den ganzen Körper an, um sich für die Neuigkeiten ihres Agenten zu wappnen. »Also.« Er klang weder überschwänglich noch betrübt. »Sie sind im Rennen, das ist die gute Nachricht. Aber es gibt noch zwei andere Mädchen.«

»Zwei?«, flüsterte Nell und sah ihre Hoffnung schwinden.

»Die letzte Entscheidung liegt beim Regisseur, aber die Produzenten müssen zustimmen. Sie legen keinen Wert darauf, dass das Mädchen bekannt ist, dafür haben sie einen großen australischen Soap-Star, Wayne Hull, der die männliche Hauptrolle spielt, und eine große alte Dame vom Theater – möglicherweise Judi – mit einem Kurzauftritt.«

Nell drückte das Handy ans Ohr. »Und … werden sie … bis wann müssen sie sich entscheiden? Ich meine, wollen sie, dass ich noch mal vorbeikomme und was lese oder so?«

»Kann schon sein. Aber nicht im Moment. Warten wir einfach ab.«

»Gut.« Nell war zu benommen, um ihn noch etwas zu fragen.

»Ich melde mich, okay?«

»Okay.« Nell griff wieder zu ihrem Messer, schnitt den ersten König mit seiner gezackten Krone aus und schnitt einen schmalen Lichtstreifen in seinen Stab. Sie riss eine Ecke Seidenpapier ab und klebte es über den Stern, und als sie feststellte, dass es nicht reichte, überdeckte sie ihn mit zwei weiteren Schichten. Sie hielt das Ganze ans Fenster, um ihr Werk zu bewundern, und sah mit Schrecken, dass es schon dunkel war. Ihre Schicht fing um halb sechs an. Hastig stapelte sie alles am Ende des Tischs, zog ihre Uniform aus schwarzem Rock und rotem T-Shirt an, die aus einem Material waren, das sie zu hassen angefangen hatte. Keine weitere Nachricht. Sie schrieb Sita eine Notiz und rannte zur Tür hinaus.

Erst an der U-Bahn-Station merkte sie, dass sie ihr Handy vergessen hatte. Sie wurde von einer solchen Woge der Panik erfasst, dass sie sich festhalten musste, als sei das Handy ein unverzichtbarer Teil von ihr so wie die Gelenke in ihren Knien. Sollte sie umkehren? Wenn sie rannte, schaffte sie es in zehn Minuten, aber sie war schon jetzt spät dran, und bei dem Gedanken, sich vom Geschäftsführer Sadiq – bis vor einer Woche selbst noch Kellner – zurechtweisen zu lassen, sträubte sich alles in ihr. Ich rufe nochmal an, wenn ich da bin, tröstete sie sich und trat auf die Rolltreppe.

Sadiq betrachtete sie ungerührt, als sie hereinstürmte. »Wir haben für Viertel nach sechs eine Reservierung für zwanzig Personen«, sagte er. Ich hab sie bei dir platziert, du solltest dich also beeilen.« Die Tische waren leer. Keine Bestecke oder Servietten, nur Blumensträußchen in winzigen Vasen. Also wirklich, dachte sie. Dabei war es schon fünf vor sechs. Sie würde decken und dann fragen, ob sie kurz das Telefon benutzen durfte, wegen eines Notfalls, ihre Mutter sei krank. Nein, zu einer solchen Lüge konnte sie sich nicht hinreißen lassen, sie war nicht einmal bereit, Lewis als Vorwand zu benutzen, sosehr sie ihn auch verachten mochte. Mit lautem Geklapper legte sie die Bestecke zurecht und huschte mit einem Stapel Servietten von einem Tisch zum anderen. Dann eben ihre Großmutter, die schon tot war. Sie war gerade dabei, Wassergläser hinzustellen, als die Gruppe von zwanzig Gästen mit triefenden Mänteln, Hüten und Schirmen lachend und schwatzend in der Tür stand, nachdem sie etwas früher aus dem Büro gekommen war. Nell ging zum Geschäftsführer. »Kann ich …« Doch er drückte ihr, ohne ihre Frage zu Ende anzuhören, einen Stapel Speisekarten in die Hand. »Nehmen Sie so schnell wie möglich ihre Bestellungen auf, dieser Tisch muss um Viertel vor acht wieder frei sein.«

Nell machte kehrt. Wahrscheinlich gab es sowieso keine Nachricht. Und was machte das schon? Sie würde für den Rest ihres Lebens hier arbeiten, am besten freundete sie sich schon mal mit der Tatsache an, und mit einem Lächeln quer über den Tisch reichte sie die Karten herum.

Das Schlimmste an großen Gruppen war, dass sich niemand mehr erinnern konnte, was er bestellt hatte. »Calzone«, überlegten sie, die Köpfe über die Karte gebeugt, »oder lieber *salade niçoise*? Doch zwanzig Minuten später nickte niemand, als sie mit der Bestellung kam. »Calzone!«, rief Nell, die schweren, heißen Teller in den Händen, doch zur Antwort bekam sie nur diffuses Geplapper und eine Reihe erhitzter, verständnislos dreinblickender Gesichter. Gelegentlich kam ein Gericht, das niemand bestellt haben wollte, wieder in die Küche, und erst wenn alle anderen bedient waren und ein einziger Gast verloren ohne Teller dasaß, fiel endlich der Groschen, und es dämmerte ihnen wieder: Calzone.

Bis zehn Uhr bekam Nell keine Atempause. Sie nahm ihren Salat und ein Glas Cola light mit an die Arbeitsplatte aus Edelstahl an der Rückseite der Küche. »Wie geht?«, fragte Dragan, der kroatische Tellerwäscher. Es war ein Gebot der Höflichkeit, dass sie mit einer Gegenfrage antwortete, doch es kam ihr grausam vor, ihn damit zu quälen. Sein Englisch war, selbst nach so langer Zeit, kaum vorhanden, und wenn er am Ende tatsächlich einen Satz herausbekam, war es meist eine traurige Nachricht. »Meine Freundin, sie nach Hause«, brachte er heraus. »Mein Baby. Sie nicht gesund.« Nell machte ein besorgtes Gesicht und kaute auf einem Salatblatt mit Thousand-Island-Dressing herum. Und wenn sie nun nie wieder hierher zur Arbeit kommen musste? Sie betrachtete die weiß gekachelten Wände, die Vorbereitungstische aus Edelstahl, die Berge an Geschirr. In der offenen Küche stellten die Köche in ihren gestreiften T-Shirts ihre Künste zur Schau, wirbelten Teig durch die Luft, streuten Käse, arrangierten Oliven, schoben Pizzen in den Ofen und zogen sie wieder heraus.

Erst nach Mitternacht wurden die letzten Gäste hinauskomplimentiert, die Tische abgeräumt und sauber gemacht, das Trinkgeld geteilt.

Nell schlüpfte in ihren Mantel, und als sie gerade in die Nacht hinaustreten wollte, drehte sie sich noch einmal um und ging in die Küche zurück, wo Dragan die Spülmaschine mit Kaffeetassen füllte. »Auf Wiedersehen«, sagte sie, und als sie seine verdutzte Reaktion über den unnötigen Wortwechsel sah, schrieb sie ihre Handynummer auf eine Serviette. »Nur für den Fall, dass du jemals einen Rat brauchst oder so ... mit jemandem reden willst ... du weißt schon ...«

Dragan versuchte gar nicht erst, die Wortfülle zu entschlüsseln. Stattdessen lächelte er nur, und mit einer feierlichen Verneigung steckte er die Serviette in die Tasche, bevor er sich wieder seiner Arbeit zuwandte.

Draußen war es deutlich kälter geworden. Nell nahm einen tiefen, kalten Atemzug und streckte das Gesicht gen Himmel, als eine weiße, sternförmige Flocke auf sie herunterschwebte. »Es schneit«, sagte sie zu zwei Männern, die betrunken an ihr vorbeischwankten. Für einen Moment hakten sie sich bei ihr ein, und zu dritt liefen sie schwungvoll die Straße weiter. Nell lachte und löste sich aus ihrem Griff. Die Flocken wurden jetzt dichter, waren weich wie Federn und schmolzen, bevor sie den Boden berührten. Sie schlug den Kragen hoch und eilte zur U-Bahn. Sie kaufte einen *Evening Standard*, dessen Titelfoto ihre Aufmerksamkeit auf sich gezogen hatte: ein ausgemergelter Saddam Hussein, der aus einem Erdloch zu den uniformierten Beinen amerikanischer Soldaten aufsah. Wohin sie auch blickte, starrten die Menschen auf das Bild. Ein zu Fall gebrachter Tyrann. Wie lange hatte er sich wohl in diesem Loch versteckt? Sie musste sich gegen den Impuls wehren, Mitleid mit ihm zu empfinden.

Als Nell die Treppen ihrer U-Bahn-Station hinauflief, war aus den ersten Flocken ein Gestöber geworden. Der Schnee tanzte in der Luft, fiel nieder und flog mit der nächsten Böe wieder hoch, wehte auf die Dächer und blieb dort liegen. Die grauen Straßen waren wie verwandelt, die Dachpfannen hatten einen schönen Zuckerguss, Fenstersimse einen Überzug wie Pfefferkuchen. Nell wirbelte auf ihrem Weg den Schnee auf, lächelte in dem Gefühl, dass in der üblichen Feindseligkeit eine kurze Waffenruhe herrschte, jeden, der an ihr vorbeikam, an. Ihre Schritte waren lautlos, ihr Gesicht prickelte, und gelegentlich schmolz ihr eine hauchdünne Schicht Schnee wie eine Oblate auf der Zunge.

Zu Hause waren alle Lichter aus, alle außer der einen Lampe, die Sita für sie anließ, wenn sie schon ins Bett gegangen war, doch schon am Fuß der Treppe konnte sie ihr Handy auf dem Dielentisch sehen, das ihr mit seinem Blinken einen verpassten Anruf signalisierte. Sie legte die Hand darauf und drückte, ohne die Handschuhe auszuziehen, auf die Nachricht. »Muss Sie verpasst haben.« Es war ihr Agent, schwungvoll und gut gelaunt. »Rufen Sie so schnell wie möglich zurück.«

Ihr Herz pochte heftig. Ihr Gesicht lief glühend heiß an, dann zitterte sie vor Kälte. Sie hörte sich die Nachricht noch einmal an und versuchte, jeden Tonfall zu deuten. Klang das tatsächlich freudig erregt? Oder war er einfach nur Profi genug, um jetzt, wo die schlimmste Befürchtung Gewissheit war, weiter Optimismus zu versprühen? Nell tappte auf Zehenspitzen den Flur entlang zu Sitas Zimmer. Das Licht war aus, doch sie blieb trotzdem hoffnungsvoll vor ihrem Zimmer stehen. Als sie sich gerade abwenden wollte, hörte sie Sitas schläfrige Stimme. »Nellie, bist du das?«

Nell machte ihre Tür einen Spaltbreit auf und huschte in das dunkle Zimmer. Sie setzte sich auf den Bettrand. »Was meinst du?«

Sita hielt sich das Handy ans Ohr. Sie setzte sich kerzengerade auf. »Hat dich offenbar nicht erreicht.« Die Stimme ihres Agenten vibrierte zwischen ihnen. »Rufen Sie so schnell wie möglich zurück.«

Sie runzelte die Stirn und inspizierte das Handy, als könnte seine kompakte Gestalt die Wahrheit ans Licht befördern.

»Hab ich die Rolle?«, fragte Nell, Sita sagte jedoch nichts und legte den Kopf wieder aufs Kissen.

»Ich glaube ehrlich und wahrhaftig, du könntest sie haben.«

Die beiden Mädchen stießen spitze Schreie aus und fassten einander an den Händen. »Ist natürlich nur meine Vermutung, aber was soll sonst dieser Anruf?«

»Ich weiß, dasselbe hab ich ja auch gedacht.« Nell hatte sich nicht getraut, den Gedanken zu Ende zu führen, oder falls doch, höchstens für einen kurzen Moment. »So schnell wie möglich«, wiederholte sie, dann sprang sie auf und zog am Rollo. »Hast du gesehen?« Ein Wattevorhang aus Schnee fiel senkrecht zu Boden.

Sita griff noch einmal zum Handy und hielt es sich ans Ohr.

»Was machst du da?«, fragte Nell.

»Ich rufe ihn an.«

Nell wand es ihr aus der Hand. »Es ist ein Uhr morgens«, sagte sie lachend, »und außerdem ist es ein Büro, es ist sowieso niemand da.«

»Aber das ist so aufregend«, beharrte Sita.

»Ich weiß.« Nell stieg neben ihr ins warme Bett. »Wenn es so ist.« Sie plauderten und planten, während sie in den Schnee blickten, der draußen vor dem Fenster fiel, und vertrieben sich mühsam die Stunden bis zum Morgen und dem Moment, in dem Nells Leben sich vielleicht mit einem Schlag ändern würde.

REISPLÄTZCHEN UND STARBUCKS

Als Dan und Jemma in Los Angeles eintrafen, regnete es. Es nieselte nicht, es schüttete auch nicht, vielmehr ging der Regen vor den Glastüren der Abflughalle in dicken grauen, seitlich einfallenden Regenwänden nieder. Das Wasser lief in Strömen die Flughafenstraßen entlang, stürzte in die Rinnsteine und drehte sich in den Rädern der Taxis, die spritzend vorfuhren, um die Glücklichen ganz vorne in der Warteschlange mitzunehmen. »Verdammt«, sagten sie fast gleichzeitig, und Dan legte lachend die Hand vor den Mund.

»Ich friere.« Honey zitterte in ihrem T-Shirt, und Dan kniete sich hin und zog verschiedene dürftige Kleidungsstücke aus einer Tasche heraus, die sie in der Erwartung eingepackt hatten, dem grauen Londoner Winter zu entfliehen und in einen strahlend blauen kalifornischen Nachmittag zu treten.

Dan und Jemma hatten ein Haus in den Bergen gemietet. Das Haus hatte ihnen ein Freund von Dan empfohlen, auch wenn seine Frau im letzten Moment eingewandt hatte: »Sie können doch nicht da oben wohnen! Sie müssen ans Meer. Nach Santa Monica.«

»Aber in Santa Monica herrschen reinste Wucherpreise, und du bekommst nicht mal einen Pool«, hatte Dans Freund entgegnet, »und was ist L.A. ohne Pool?«

Jemma und Dan hatten nervös zugehört. Sie hatten bei

dem Haus in den Bergen bereits fest zugesagt, ihre Anzahlung geleistet, zahllose Formulare für die Versicherung, das Gas, den Strom und das Telefon ausgefüllt, und so erwähnte keiner von ihnen noch einmal Santa Monica oder das Meer. Stattdessen redeten sie vom Pool. »Der Pool, der Pool«, wiederholten sie wie einen Zauberspruch, und Honey und Ben zerrten an ihren Badesachen, pusteten ihre Schwimmflügel auf und rannten kreischend die teppichbelegte zugige Treppe ihres Hauses im nördlichen London hoch und runter.

Je weiter sie in die Berge fuhren, desto stärker wurde der Regen. Er prasselte auf das Dach ihres Taxis, lief in breiten Bahnen über die Windschutzscheibe, und als der Fahrer anhielt, um die Nummer anzurufen, die sie ihm gegeben hatten, sahen sie, wie das Wasser über das Kopfsteinpflaster der Straßen strömte. »Verstanden, ja, verstanden«, bescheinigte er dem Vermieter, der mit dem Schlüssel wartete, doch fast im nächsten Moment hatten sie sich schon wieder verfahren und donnerten die schmalen Straßen rauf und runter, so dass sie hier und da einen Blick auf erleuchtete spanische Villen und triefnasse Palisanderbäume erhaschten – und immer wieder auf dieselbe Handvoll Straßennamen.

Als sie das Haus endlich gefunden hatten, waren Ben und die Zwillinge eingeschlafen, Honey war allerdings immer noch wach und starrte unbeirrt in die Nacht hinaus. »Vorsicht«, warnte sie der Fahrer, als Dan in einen reißenden Sturzbach trat, und der Vermieter sah ihnen unter einem weißen Schirm zu, wie sie sich mit ihrem Gepäck und den warmen, schweren Körpern ihrer Kinder abmühten und sie in der kühlen Stille der Diele abluden.

Die Reise war Jemmas Idee gewesen. »Dan!«, hatte er sie vom Badezimmer aus rufen gehört, und obwohl sie es hasste, wenn die Kinder von oben nach ihr brüllten, tat sie es jetzt selbst.

Langsam ging Dan nach oben und steckte den Kopf zur Tür herein. »Was ist?« Er wartete. Sie lag mit wirren, feuchten Locken um das rote Gesicht und blauen Äderchen an den vom Stillen der Zwillinge angeschwollenen Brüsten ausgestreckt in der Wanne.

»Hör mal, ich hab nachgedacht. Wir könnten dieses Haus vermieten, sagen wir, für ein halbes Jahr, alle unsere Sachen einlagern und dann, bevor die Kinder zu groß werden, nach Amerika gehen und dort unser Glück versuchen. Solange deine Serie noch läuft.«

Dan ließ sich auf dem Toilettensitz nieder. »Ist das dein Ernst? Mit vier Kindern?«

»Wieso nicht? Wir könnten für dieses Haus gutes Geld bekommen und uns dafür dort was mieten.«

Dan blickte auf seine Füße. »Ich schätze, theoretisch wäre das machbar.«

Jemma stellte emsig Rechnungen auf. »Ich rufe gleich am Montag den Makler an und sehe mal, was sie sagen. Und wir könnten gucken, wann die beste Zeit ist, rüberzugehen. Falls es eine gute Zeit, eine gute Jahreszeit gibt.«

»Ich glaube, sie haben da keine Jahreszeiten.«

»Haben die nicht so eine Saison für Pilotfilme im Fernsehen?«

»Ja, schon …«

Honey brüllte etwas aus der Küche. Eine Tür knallte zu, und Ben stieß einen markerschütternden Schrei aus. Dan sah in Türangeln eingeklemmte Finger vor Augen, kleine, zerquetschte Zeigefinger. Er rannte die Treppe hinunter. »Was macht ihr da?« Honey und Ben sahen sich zu ihm um. Sie waren auf die Arbeitsplatte geklettert, um an irgendwelche Kekse zu kommen, und eine Sekunde lang erstarrten sie. »Nein«, er schnappte ihnen die Kekse weg. »Es gibt bald Mittagessen«, sagte er zu ihnen, doch dann wurde ihm bewusst, dass Jemma in der Badewanne lag, die Babys schliefen, es folglich mit dem Mittagessen noch mindestens eine Stunde dauern würde, und so riss er die glänzende Plastikhülle auf und gab jedem einen Keks.

»Nur einen«, sagte er, um ihnen diese neue, eiserne Regel einzuschärfen.

»Ach, bitte, nur zwei.« Honey machte große Kulleraugen. Dan gab es auf, so zu tun, als hätte er die Situation im Griff, holte noch zwei Kekse heraus und legte sie ihnen in die warmen Hände.

»Dan!« Jemma rief wieder nach ihm, und er rannte wieder nach oben. »Was?«

»Sollen wir das machen?« Sie hatte leuchtende Augen.

»Ich weiß nicht.«

»Wieso nicht?«, forderte sie ihn heraus, und statt ihr zu sagen, wieso nicht – statt ihr die Schuld dafür zu geben, dass sie ihn beruflich aufhielt, dass sie vier Kinder hatten, obwohl er mit einem zufrieden gewesen wäre, dass es ihm unmöglich war, seine Träume zu verwirklichen, solange sie alle, alle fünf, darauf angewiesen waren, dass er ein Engagement in der Nähe annahm –, änderte er nur die Tonlage und zuckte die Achseln. »Wieso nicht?«

Sie sahen sich an, und Dan versuchte zu lächeln. »Ich meine, schlimmstenfalls werden sie mich hassen, und wir kommen eben wieder heim.«

»Na ja, nicht, wenn wir das Haus vermietet haben.«

»Stimmt.« Er biss sich auf die Lippen. »Schön, dann müssen sie mich eben lieben.«

»Das tun sie auch, natürlich lieben sie dich. Hat Finola nicht gesagt, die Serie bekäme tolle Kritiken?« Sie bespritzte ihn mit Wasser und stieg langsam aus der Wanne.

Das Haus war makellos eingerichtet, mit zarten Lampen und hochglanzpolierten Möbeln, und obwohl es zwei Arbeits- und ein Ankleidezimmer hatte, schien es nur über ein Schlafzimmer zu verfügen. »Aber es hat einen Pool«, sagte Jemma freudestrahlend, und sie drückten die Nasen an die Scheiben, um in das tiefe bewegte Wasser in dem rechteckigen Becken zu starren.

Es regnete die ganze Nacht. Dan hörte den Regen an die Fenster ihres kalten weißen Zimmers prasseln, während Lola und Grace im Bett zwischen ihnen strampelten und schnauften, Honey und Ben sich dagegen unbehaglich auf Luftmatratzen wälzten, die sie im Esszimmer nebenan hingelegt hatten. Um drei Uhr wachte Grace auf und fing vergnügt zu glucksen an, als sei es später Morgen, was es für sie natürlich war, und Dan drehte sich auf die Seite und tat so, als bekäme er nichts mit. Jemma stillte sie und versuchte sie zur Ruhe zu bringen, doch als auch Lola aufwachte, seufzte sie, stand auf und nahm sie beide mit. Nicht lange danach hörte er, wie Ben bettelte, in den Pool gehen zu dürfen, und dann schrie Honey, es sei gemein, gemein, weil Jemma ihnen nicht einmal erlaubte, es wenigstens zu versuchen. »Es ist dunkel«, wandte Jemma in bemerkenswert fröhlichem Ton ein, und einige Zeit später hörte er, obwohl es immer noch dunkel war, wie die Tür zum Garten knarrend aufging und Jemma, Honey und Ben vergnügt in den Regen hinausliefen, um ihre Füße ins Wasser zu tauchen. »Es ist eiskalt!«, beschwerte sich Honey. »Du hast gesagt, es wäre warm!« Und er hörte die Tür zukrachen, als sie wieder ins Haus zurückkamen. Als er irgendwann tatsächlich eingeschlafen war, schlüpfte Jemma neben ihm ins Bett. Sie war durchgefroren und drückte sich an seinen Rücken, um sich zu wärmen. »Die Zwillinge schlafen ein bisschen, die anderen beiden sehen *Sponge Bob*«, flüsterte sie, und Dan versuchte, sich zu erinnern, wo er war. Gott, es war alles schlagartig wieder da. Wenn sie mich nun nicht mögen? Wenn ich nun keinen einzigen Vorsprechtermin bekomme, geschweige denn einen Job, und bis ich wieder in London bin, haben sie alle vergessen, wer ich bin? Er fühlte sich so niedergeschlagen, dass ihn, als vierzig Minuten später das erste Baby aufwachte, Jemma ans Schienbein treten musste, um ihn aufzurütteln.

Doch als Dan, Grace auf dem Arm, in die Küche kam, hob sich seine Stimmung angesichts des unverwechselbar amerikanischen Ambientes. Die Größe des Kühlschranks, in dem sich ein Zweiliterkarton frischer Orangensaft und eine Riesentüte Bagels befanden, dann der riesige Herd mit seinem industriellen grauen Kochfeld und die schiere Breite des Flachbildfernsehers, vor dem seine Kinder mit offenem Mund und großen Kulleraugen saßen. Er blickte zum Pool hinaus, der die gesamte Gartenfläche einnahm und durch eine Glastür vom Wohnzimmer aus zugänglich war. Wenn es erst mal zu regnen aufhört, sagte sich Dan, schwimme ich jeden Tag in diesem Pool, hundert Bahnen, bis mein Körper schlank und kräftig und unwiderstehlich ist.

Doch es hörte nicht auf zu regnen. »Ist das normal?«, fragten sie den Vermieter, der kurz nach neun erschien, um ihnen zu erklären, wie die Waschmaschine und der Trockner funktionierten, wie man das gasbetriebene Kaminfeuer bediente und wie man die Temperatur im Pool regeln konnte – falls es überhaupt je zur Benutzung des Pools kommen sollte.

»Ganz und gar nicht normal.« Er schüttelte den Kopf und schaltete die Fernsehnachrichten ein, um ihnen zu zeigen, wie einige der benachbarten Häuser, die mithilfe von Stufen und Stützen am Hang errichtet waren, Gefahr liefen, die Böschung herunterzurutschen. »Es hat schon vier Todesopfer gegeben«, sagte er. »Und dieser Regen lässt immer noch nicht nach.«

Er lieh ihnen seinen Schirm und erbot sich, Dan zu einer Autovermietung zu fahren.

»Bin gleich wieder da«, sagte Dan zu Jemma, die seit sieben Uhr immer wieder betonte, wie schön es wäre, endlich mal rauszukommen, zum Frühstück, Mittagessen oder egal, was für eine Mahlzeit anstand.

»Dan …«, zischte sie und riss die Augen auf, doch er übersah es geflissentlich und wandte sich schnell ab. »Ich brauche höchstens eine halbe Stunde.«

Der Autoverleih war sauber und geräumig. Es gab hochglanzpolierte Limousinen und eindrucksvolle Geländewagen. »Ich brauche einen Familienwagen mit zwei Babysitzen und zwei Kindersitzen … und bekomme ich einen Rabatt, wenn ich ihn für …«, er schluckte, »ein halbes Jahr nehme?«

»Selbstverständlich bekommen sie den.« Der Mann lächelte ihn mit so blank geputzten Zähnen an, dass sie durchsichtig schienen. Nachdem er seine Wahl getroffen und alle Formulare ausgefüllt hatte, wünschte ihm der Verkäufer, ein Mann namens Duane, überschwänglich nicht nur einen schönen, sondern einen fantastischen Tag, so dass sich Dans Stimmung sofort hob. Als er erst einmal hinter dem Lenkrad saß, konnte er der Versuchung nicht widerstehen und machte eine kleine Spritztour, die ihn unversehens an einem Supermarkt vorbeiführte, wo er anhielt und Einkäufe machte. Der Laden war riesig, mit einem ganzen Gang allein für Schnittkäse, und nachdem er seinen Wagen mit Obst und Gemüse gefüllt hatte, zog ihn die Haushaltswarenabteilung an, in der er billige Regenmäntel, ein Kartenspiel und eine Riesentüte Beißringe für die Zwillinge einpackte. Auf dem Nachhauseweg vergaß er, dass das Straßenschild hinter dem umgefallenen Busch versteckt war, und fuhr mindestens fünf Mal in hohem Tempo daran vorbei. Als er schließlich wieder daheim eintraf, war es schon nach zwölf.

»Alles klar bei euch?« Er war durch den Regen gerannt, schüttelte sich und stapfte in die Eingangsdiele.

Jemma begrüßte ihn mit versteinerter Miene. »Bestens.« Sie reichte ihm Lola und knallte die Tür hinter sich zu.

»Was hat Mummy?«, fragte er in verschwörerischem Ton, und Honey ließ den Kopf hängen. Mummy ist sauer, sagte sie, weil sie Lola mit in den Garten genommen hatte. »Ich hab nur ihre Zehen in den Pool getaucht. Ich wollte wissen, ob es ihr gefällt.«

»Und hat es ihr gefallen?« Dan legte sich das Baby längs auf die Oberschenkel und küsste die Fußballen in den engen Socken.

»Nein, ich glaube nicht. Ich glaube, es ist zu kalt für sie. Sie hat nur geschrien und geheult.«

»So.« Jemma war mit Grace, die in einem Regenmäntelchen steckte, zurück. Sie sah aus, als hätte auch sie geweint. »Gehen wir, bloß raus aus diesem Haus. Auf der Stelle.«

»Du lieber Himmel«, rief sie stirnrunzelnd beim Anblick des Wagens. Ein imposanter schwarzer Siebensitzer-Geländewagen, in den sie alle vier Kinder hineinhieven mussten.

Dan hob die Hände, um zu beteuern, er hätte keine andere Wahl gehabt. »Das war alles, was sie hatten«, sagte er zu ihr. »Und wenn es weiter regnet, brauchen wir was Geländegängiges mit viel PS, um diesen gottverdammten Berg hoch- und runterzukommen ...«

»Klar doch ...« Jemma warf ihm einen ungläubigen Blick zu und stieg vorne ein.

»Wirklich.«

Innen roch das Auto so neu, so schick und sauber, dass Dan sich ein Lächeln nicht verkneifen konnte. Die Scheibenwischer peitschten hin und her, die Lichter an den Armaturen blinkten. »Kleinen Moment«, sagte er, rannte noch einmal ins Haus und kehrte mit einer CD zurück, die er einschob. Green Day dröhnte aus den Lautsprechern und übertönte das Prasseln des Regens. Die Kinder kreischten vor Vergnügen, und selbst Jemma musste schmunzeln. »Wo soll's hingehen?«, fragte er, als läge ab jetzt alles bei ihr.

»Fahren wir ein bisschen durch die Gegend und suchen uns ein nettes Lokal.«

Im Handschuhfach war eine Karte, und Jemma breitete sie auf dem Schoß aus. »Sunset Boulevard«, las sie.

»Im Ernst?« Dan spähte nach draußen.

»Nein. Ich musste es einfach nur sagen.« Sie holte Luft. »Venice Beach.«

»Du verwirrst mich.« Dan fegte über eine Kreuzung.

»Beverly Hills. West Hollywood.«

»Also, ich bin auf dem Santa Monica Boulevard.« Dan deutete nach vorn. »Soll ich weiterfahren?«

Jemma starrte auf die Karte. »Er führt zum Meer. Das wäre schön. Was meint ihr, Kinder? Zum Meer!«

Eine Stunde später waren sie immer noch auf dem Santa Monica Boulevard. Der Stop-and-go-Verkehr quälte sich im Regen mühsam voran. Dan hielt Ausschau nach einem Restaurant. Burger-Buden und andere Fast-Food-Ketten säumten die verlassenen Straßen. »Ich dachte, hier wären alle so gesund.« Jemma blickte angestrengt nach draußen.

»Nicht alle. Nur Brad Pitt. Alle anderen sind Fettklöpse.«

»Daddy!«

»Rund wie eine Weihnachtsgans, wollte ich sagen.«

»Was ist damit?« Jemma zeigte auf eine Ladenfront, doch es war gar kein Restaurant, sondern ein Antiquitätengeschäft mit einem gedeckten Abendbrottisch, einem Rosenknospenservice und einer Schale Weintrauben aus Glas. So fuhren sie, erneut zu den Klängen von Green Day, weiter.

Die Kinder waren vom Zeitunterschied, dem Regen und der Musik benommen und daher ungewöhnlich still. »Wenn wir nicht bald irgendwo anhalten, schlafen sie ein«, sagte Jemma besorgt. »Und wir sitzen wieder alle morgen Nacht um drei Uhr senkrecht im Bett. Zumindest eine von uns.«

Dan bog vom Santa Monica Boulevard ab und fuhr durch kleinere Straßen, über Kreuzungen und suchte links und rechts, bis er mit quietschenden Reifen an einem Schild für Pizza hielt.

Aber es war zu spät. Alle vier schliefen. Dan und Jemma drehten sich zu ihren Kindern um. Honey mit ihrem Heiligenschein aus blonden Locken und dem schwarzen Fächer ihrer Wimpern, Ben, dessen dicke Haarbüschel seit Tagen ungebürstet waren und aussahen, als hätte eine Maus daran genagt, mit einem Ohr, das beim Liegen an der Sitzlehne umgeknickt war und rot leuchtete, und schließlich die Zwillinge in ihrer eigenen Reihe – immer noch kahlköpfig, die Gesichter unkonturiert, mit einem silbrigen Sabberfaden an jedem Kinn.

»Sollen wir zum Haus zurück?«, fragte Dan leise. »Ich hab eingekauft. Wir könnten dort Mittagessen kochen und sie dann wecken.«

Sie warfen einen Blick zur Pizzeria hinüber. Mehrere Wachleute in beigen Uniformen saßen auf Edelstahlstühlen am Fenster. »Oder wir wecken sie nicht?«

Jemma strich ihm mit der Hand übers Knie. »Oder nicht sofort. Wir könnten die Lehnen nach hinten stellen und zuerst ein Nickerchen halten.«

»Mmm, gute Idee.« In gemächlichem Tempo, zu gedämpfter Musik fuhren sie nach Hause.

Es dauerte eine Woche, bis Dan sein erstes Casting hatte. Seine amerikanische Managerin, Finola, rief ihn an, um ihm zu sagen, es sähe ganz *toll* aus. Es liefe alles *echt gut*. Seine Serie – düstere, bedrückende Geschichten über Korruption in den höchsten Rängen der Polizei – hätte auf

BBC America tolle Einschaltquoten gehabt, sie hätte sein Demoband verschickt und ihn angepriesen, und jetzt hätte er endlich einen Termin mit einer Casting-Frau von CBS. »Aber wie kommen Sie klar?«, fragte sie besorgt. »Mit Ihren Kleinen und diesem Dauerregen?«

»Kein Problem«, antwortete Dan. »Wir sind das gewohnt.«

Doch das entsprach nicht der Wahrheit.

»Was haben wir davon, hier zu sein, wenn die Sonne nicht scheint?«

Jemma schüttelte den Kopf, und Dan hörte, wie sie zu Grace sagte: »Wenn es noch einen einzigen Tag regnet, fliegen wir heim.« Er fragte sie nicht, wie sie die Nachricht dem holländischen Osteopathen und seiner Familie beibringen wollte, die ihr Haus für ein halbes Jahr gemietet hatten, oder Finola, die schwor, rund um die Uhr zu arbeiten, damit er Termine bekam. »Ginge es nicht um den verdammten Pool, wäre ja alles halb so schlimm. Die Kinder geben keine Minute Ruhe und liegen mir in den Ohren, sie endlich schwimmen zu lassen.«

»Dann lass sie doch einfach«, murmelte Dan, auch wenn er zugeben musste, dass es eiskalt und das Wasser voller Unrat war, von Palmwedeln bis hin zu den getrockneten braunen Ranken einer Pflanze, die an Spinnen erinnerten.

Am Tag des Castings erwachte Dan früh. Zuerst dachte er, es müssten die Nerven sein, doch dann merkte er, dass ihn die Stille geweckt hatte. Das Prasseln des Regens hatte aufgehört, und durchs Fenster drang ein dunstiges, graues Licht herein. Wundersamerweise schliefen die Kinder noch – Grace und Lola in gerade erst aufgebauten Kinderbettchen an Jemmas und seinem Fußende, die anderen beiden im Zimmer nebenan. Behutsam ging er auf Zehenspitzen in die Küche. Er holte tief Luft. Zum ersten Mal seit einer Woche, seit dem Autoverleih, war er allein. Er öffnete die Gartentür und trat hinaus. Die Luft roch gut. Würzig feucht und fremd. Er kniete sich hin und tauchte die Finger in den Pool. Das Wasser war noch kalt, doch verheißungsvoll und berauschend, und über ihm hing eine einzige hohe Palme mit Wedeln wie eine verträumte Blume.

Dan erschrak von einem spitzen Schrei. »Wir gehen rein!« Ben und Honey erschienen und hüpften vor Freude, während sie an ihren Pyjamas zerrten.

»Moment mal, ihr beiden, es ist erst Viertel vor sieben!« Doch Dan brachte es nicht über sich, sie zu vertrösten.

»Rührt euch nicht vom Fleck!«, sagte er stattdessen, rannte nach drinnen und schnappte sich Bens noch verpackte Schwimmflügel, die seit dem ersten Tag auf ihn warteten, und blies sie, so schnell er konnte, auf. Honey war als Erste drin. »Es ist nicht kalt!«, rief sie tapfer, auch wenn sie mit den Zähnen klapperte. Ben sprang mit einem Schrei ins Wasser, und als er wieder auftauchte, schrie er noch lauter. »Es ist nicht kalt«, beteuerte auch er, als er sich von dem ersten Schock erholt hatte. Dan zog einen Stuhl nach draußen und sah ihnen dabei zu, wie sie untertauchten und rangelten und sich mit Wasser bespritzten, bis sie blaue Lippen hatten.

Jemma machte Porridge, auch wenn es anders schmeckte – feiner, weicher – und nicht sehr an die ursprünglichen Haferflocken erinnerte. Ihr Gesicht war von einer dieser seltenen Nächte, in denen sie durchschlafen konnte, verschwollen und hatte Liegefalten. »Ich denke, das

Schlimmste haben wir hinter uns.« Während sie die in Handtücher eingewickelten Kinderkörper abrubbelte, um sie aufzuwärmen, warf sie Dan ein hoffnungsvolles Lächeln zu.

Nach dem Frühstück probierte Dan seinen Anzug an. Trugen Männer in Kalifornien Anzug? Er wusste es nicht, doch er gefiel sich in dem anthrazitfarbenen, gut geschnittenen Kleidungsstück. Er trat vor dem Spiegel vor und wieder zurück, sog die Wangen ein, streckte seine Brust nach vorn und überprüfte die nicht ganz korrekten Bügelfalten seiner Hose. »Hände weg! Hände weg!«, hielt er die Kinder auf Abstand, als sie auf ihn zugerannt kamen, und er hörte, wie Jemma missbilligend mit der Zunge schnalzte.

»Ich dachte, dein Termin ist um zwölf.«

»Ja. Aber ich muss es ja erst mal finden. Es ist irgendwo in West Hollywood, und ich dachte, ich trink vorher irgendwo einen Kaffee ... zur Orientierung. Um mir Klarheit zu verschaffen.«

Zu seinem Leidwesen reichte ihm Jemma ein Baumwolltuch und danach Lola. »Gut«, sagte sie. »Ich geh mal duschen.«

Kaum war sie zurück, zog sie die Kinder an und packte eine Tasche. Reisplätzchen, Wasser, Mandarinen, Bananen.

»Wo willst du denn hin?«, fragte Dan, der jetzt beide Zwillinge hielt und für den Fall, dass sie ihm je über eine Schulter spuckten, kaum wagte, sie aus den Augen zu lassen.

»Ich dachte, wir kommen mit. Wir finden ein Starbucks-Café oder so und warten auf dich.«

Dan war entsetzt. »Nein ... wirklich.« Er stellte sich vor, wie er im Eilschritt seiner Horde Kinder entkam, nachdem er sich, trotz Baumwolltüchern, mit Reisplätzchen und Babymilch oder Frappuccino bekleckert hatte, bevor er zerzaust und mit rotem Gesicht bei CBS eintraf.

»Wir können nicht den ganzen Tag hierbleiben.« Jemma sah ihn nicht an. Sie wollte keinen Streit, und sie beide wussten, dass sie ins Wanken geraten würde, wenn sie die Wut in seinem Gesicht sah.

»Jem, deshalb sind wir hergekommen. Damit ich Arbeit finde! Das haben wir beschlossen.«

»Ich weiß, ich weiß.« Sie machte sich am Spülbecken zu schaffen, weichte den Porridgetopf ein, wischte die Arbeitsflächen ab. »Aber ich kann nicht noch einen Tag hier im Haus herumhängen …« Sie schluckte. »Keine Schule. Kein Kindergarten.«

Dan setzte beide Mädchen auf dem Boden ab, wo sie sich manchmal aus eigener Kraft aufrecht halten konnten und manchmal nicht. Grace saß eine Sekunde da und fiel dann nach vorne, mit dem Gesicht zuerst auf eine Gummimatte. »Liebling.« Er nahm Jemma bei der Schulter. »Ich bin nicht den ganzen Tag weg. Es hat aufgehört zu regnen. Du kannst mit ihnen einen Spaziergang machen oder so.«

»Dan«, sagte sie und sah ihn mit bleichem Gesicht an. »Was ist dir lieber? Eine Folge von *Entourage* oder dass du Frau und Kinder am Boden dieses Pools wiederfindest?«

»Du liebe Güte! Sind wir theatralisch! Warum hattest du noch gleich mit der Schauspielerei aufgehört?« Und er hob Grace auf, die einen uralten Keks gefunden hatte und dabei war, ihn sich in den Mund zu stecken.

»Weil ich aus der Schauspielschule geflogen bin. Erinnerst du dich?« Die Tränen standen ihr in den Augen. »Und für den Fall, dass du es schon vergessen hast: Die haben dich ein Jahr länger dabehalten, um dich davon zu überzeugen, dass du schwul bist.«

Grace spuckte Dan den Keks vorne auf den Anzug. »Scheiße!« Er setzte sie wieder auf den Boden, und sie fing zu weinen an. Er machte das Baumwolltuch nass und betupfte den Stoff, bevor er sich geschlagen gab, ins Wohnzimmer lief und den anderen zubrüllte, auf der Stelle Cartoon Network auszuschalten und in den Wagen zu steigen.

Das Starbucks-Café auf dem Wiltshire-Boulevard war riesig. Dan saß in einem Sessel und las den *International Guardian*. Der Fleck an seinem linken Revers war immer noch zu sehen. Jemma hatte es sich auf einem Sofa bequem gemacht und aß, während sie Grace stillte, in dessen Ohr sich Krümel sammelten. Die Kinder waren am anderen Ende des Raumes außer Rand und Band und sprangen auf eine hufeisenförmig angeordnete Gruppe von Sesseln in einer glücklicherweise menschenleeren Ecke. Gelegentlich blickte Dan von seiner Zeitung auf, um nachzusehen, ob die Mitarbeiter nicht gerade dabei waren, die Polizei zur Verstärkung zu holen, doch der Lärm wurde praktischerweise vom Geräusch der Cappuccinomaschine übertönt. Wie ist das schon wieder gelaufen?, fragte er sich, doch er musste trotzdem schmunzeln.

»So.« Es war 11 Uhr 30. »Ich bin dann mal weg.«

»Dann treffen wir uns nachher hier.« Jemma sah zu ihm auf. »Ruf mich an, wenn du auf dem Rückweg bist. Und Liebling …«

Er wartete.

»Viel Glück.«

Dan lief zwei Mal um den Block, um alle Gedanken an seine Familie abzuschütteln. Konnte man ein großer Schauspieler und trotzdem loyal zu seiner Frau sein? Er suchte nach Beispielen, ihm fielen keine ein. Doch dann erinnerte er sich zu seiner großen Erleichterung, dass Paul Newman fast fünfzig Jahre lang mit Joanne Woodward verheiratet gewesen war. Sie hatten drei Töchter und lebten auf einer Ranch in Connecticut, während er nicht nur bei zahlreichen Filmen Regie führte oder die Hauptrolle spielte, sondern nebenher auch noch seine eigene Marke Salatsoße vertrieb und den Erlös für karitative Zwecke spendete. Und der Mann hatte einen Oscar gewonnen. Zur Feier des Tages lief Dan noch einmal um den Block. »Hey, ganz toll, Sie kennenzulernen!« Er hatte fünf Minuten, um seinen amerikanischen Akzent zu üben. »Einen fantastischen Tag.« Doch als er schließlich Pammy, der Casting-Frau von CBS, tatsächlich gegenüberstand, reichte er ihr die Hand, und sein Gruß fiel so zurückhaltend und britisch aus wie eine Werbung für Marmite. »Sehr erfreut, Sie kennenzulernen.«

»Ganz meinerseits«, erwiderte sie. »Kommen Sie. Setzen Sie sich.«

Pammy hatte seine Aufnahmen gesehen und war voll des Lobes. »Ich glaube wirklich, dass wir Sie hier draußen gut brauchen könnten.« Sie nickte zur Bekräftigung und fing an, ihm in groben Zügen eine Serie zu erklären, die in Planung war. »Wie ist Ihr amerikanischer Akzent?«

»Gut. Ziemlich gut.« Dan wusste, dass er es sofort unter Beweis stellen könnte. »Ich hab in *Streetcar* mitgespielt. Ich war Stanley Kowalski … in Sheffield …«, er verstummte.

»Das ist ja wunderbar!« Pammy strahlte. »Wie ich höre, sind Sie mit Ihrer Familie hergekommen.«

»Ja.« Dan nickte. »Meine Frau und … wir haben vier Kinder, Honey, sie ist sechs, ein ganz liebes Geschöpf, aber auch ganz schön anstrengend.« Er zog sein Handy heraus und zeigte ihr ein Foto – Honey, die nach dem Schwimmen übermütig in die Kamera grinste. »Und Ben, zwei Jahre alt …« Gerade noch rechtzeitig merkte er, wie sie einen verstohlenen Blick auf die Uhr warf. Er steckte sein Handy weg.

»Also, sicher hat Finola Ihnen erklärt, dass dies erst mal eine grundsätzliche Vorbesprechung ist. Sobald es konkreter wird, melden wir uns wieder bei Ihnen.« Sie schwieg einen Moment, als fiele ihr etwas ein. »Wenn Sie doch nur letzten Monat schon da gewesen wären.«

»Tatsächlich?«

»Na ja. Macht nichts.« Pammy stand mit einem strahlenden Lächeln auf. »Wir sehen uns bald wieder.«

»Gut, bis dann.«

»Einen wunderschönen Tag noch.«

»Gleichfalls. Auch Ihnen einen …«, er hüstelte, »wunderschönen Tag.«

Dan stand draußen auf der Straße. Er holte tief Luft und brauchte eine Minute, um sich zu fangen. Vielleicht läuft's ja darauf hinaus – ein Leben lang allgemeine Vorbesprechungen, eine nach der anderen, und er stellte sich vor, wie er in seinem zunehmend fleckigen, verschmierten Anzug bis in alle Ewigkeit wunderschöne Tage hatte. Bevor er Jemma anrief, wählte er Finolas Nummer.

»Wie ist es gelaufen?«

»Gut, ziemlich gut. Sie hat von einem Projekt gesprochen, so was wie *Flamingos*.«

»Ach das.« Finola klang enttäuscht. »Da wird nie was draus. Und falls doch, ist da schon Declan McCloud vorgesehen. Aber waren Sie ihr sympathisch?«

»Ehm. Sah so aus. Ja. Es lief bestens.«

»Toll!« Finola schien beruhigt. »Also, ich ruf Sie an, sobald ich mehr weiß.«

Dan lief langsam Richtung Starbucks. Für drei Monate, rechnete er nach, kämen sie so gerade über die Runden, und falls sich bis dahin nichts tat, konnten sie immer noch nach Hause fliegen und … und bei seiner Mutter in Epping wohnen. Ein Wagen hupte, und er schnellte herum. Als der einzige Mensch, der zu Fuß unterwegs war, fühlte er sich unbehaglich, und er war sich sicher, dass einige Autos ein bisschen langsamer fuhren und dass er angestarrt wurde. Im Lauf des Tages wurde es wärmer, endlich lichteten sich die Wolken, und die Sonne kam zum Vorschein. Ich werde dafür sorgen, dass es klappt, sagte er sich. Ich schwimme jeden Morgen hundert Bahnen, verbringe eine Stunde am Tag mit meinen Sprachkassetten und arbeite an meinem Akzent. In dem Moment kam hinter ihm mit quietschenden Reifen ein Wagen zum Stehen. Dan schlug das Herz bis zum Hals. Ihm wurden die Knie weich. Das war's dann also? Am Ende meiner ersten Woche in L.A. ermordet, und er stellte sich vor, wie die Nachricht nach London durchdrang, der Schock, das Gelächter (er war zu Fuß unterwegs!), die stille Genugtuung einer Handvoll Kollegen, denen er immer Arbeit weggeschnappt hatte. »Hey!«, rief jemand, und er stellte sich vor, wie Jemma um drei Uhr morgens immer noch mit den Kindern bei Starbucks auf ihn wartete, bevor sie alle hinauskomplimentierten. »Halt, bleiben Sie stehen!«, und statt einen Schuss im Rücken zu spüren, drehte Dan sich langsam um. Ein junger Mann stürmte unrasiert, mit ausgebreiteten Armen auf ihn zu. »Hey«, er kniff die Augen zusammen, »Sie sind es wirklich! Sie sind es!« Der Junge hatte fast Tränen in den Augen. »Sie sind der Typ aus *Rainstorm*. Doody. Mann, Sie waren mein Vorbild, als ich ein Junge war.«

Was redest du da? Dan merkte, wie seine Angst verflog. Bist du nicht immer noch ein Junge, oder wofür hältst du dich? Doch er ließ sich von seinem Verehrer an der Schulter packen. »Die Serie, die hat mir alles bedeutet. Meine Mom, die ist auch abgehauen … und mein Dad …« Einen Moment sah er aus, als würde er gleich weinen, doch er riss sich zusammen und sah Dan in die Augen. »Ich dachte, dass Sie das sind. Ich bin einmal um den Block gefahren und musste einfach halten. Hey«, rief er Richtung Wagen, in dem mürrisch seine Freunde saßen. »Er ist es, das ist Doody!«

»Cool«, rief einer von ihnen, und ein anderer drückte auf die Hupe.

»Die haben keine Ahnung. Sie haben es nie gesehen. Hey, Mann … diese Szene, wo Sie in das Haus einbrechen.« Er lachte bei der Erinnerung. »Die verstehen das nicht. Aber wegen Ihnen hab ich irgendwie weitergemacht.« Dan machte eine vage Geste. »Das ist toll. Ich bin froh. Ich muss dann leider mal los. Passen Sie auf sich auf. Und … wissen Sie was, Kumpel … danke.«

»Gerne.« Er lächelte immer noch übers ganze Gesicht. »Was für ein Tag!« Er schüttelte den Kopf und lief zum Wagen zurück.

Als Dan zum Starbucks kam, entdeckte er Jemma auf dem Bürgersteig, wo sie ein Wettrennen zwischen Ben und Honey überwachte, als wären sie in einem Schwarz-Weiß-Streifen aus den Fünfzigern.

»Wie war's?«, fragte sie.

»Weißt du was«, sagte er und beugte sich zur Begrüßung zu den Babys hinunter, die Seite an Seite in ihrem Zwillingsbuggy festgeschnallt waren, »ich hab keine Ahnung, wie es gelaufen ist. Offenbar kann mich CBS *wirklich gebrauchen*. Aber auch gut möglich, dass ich nie wieder von denen höre.«

In dem Moment klingelte Dans Handy in seiner Tasche. »Vielleicht doch.« Es war Finola, und er grinste Jemma an, als er gut gelaunt auf die Taste drückte.

»Hey, hören Sie. Pammy hat gerade angerufen. Offenbar haben Sie erwähnt, dass Sie eine richtig niedliche sechsjährige Tochter haben, na ja, sie suchen nach einem kleinen britischen Mädchen für die Hauptrolle in diesem neuen Streifen, es ist eine Mischung zwischen *Running with Wolves* und – können Sie sich an diesen Amish-Streifen erinnern? Na ja, sie dachte nur ... ob Honey vielleicht im Lauf des Tages für ein Casting vorbeikommen könnte?«

»Das muss ich mir erst überlegen ...« Dan schluckte. »Also, dazu muss ich Sie später wieder anrufen, Finola. Ich bin mir einfach nicht sicher. Okay? Ich ruf Sie wieder an.«

»Was sollte das denn?« Jemma sah ihn an.

»Nichts.« Dan musste lachen. »Das Land der unbegrenzten Möglichkeiten, eh.« Er legte den Arm um sie. »Also«, rief er den Kindern zu, die wie echte Profi-Sprinter auf dem Bürgersteig hockten. »Achtung, fertig, los!« Und er beobachtete, wie sie mit stampfenden Füßen und ausgestreckten Armen auf ihn zukamen, um jeweils als Erster nach dem anthrazitfarbenen Revers seines guten Anzugs zu grapschen.

DER REIKI-MEISTER

Als Charlie aufwachte, hatte sie keine Ahnung, wo sie war. Sie konnte die Umrisse eines Fensters ausmachen, das ihr bei der Orientierung nicht weiterhalf, einen gepolsterten, mit einer hohen, in Weinrankenform geschnitzten Lehne und, als sie den Kopf zur Seite drehte, ein Poster von einer Boyband, das mit Tesafilm an eine fliederfarbene Wand geklebt war. Sie schloss die Augen und hörte den melodischen Tonfall ihres Vaters.

»Charlotte? Bist du wach?«

Charlie sank tiefer in die Kuhle ihres alten Betts, drehte sich, um weiterzuschlafen, auf die Seite, so dass nur eine kantige Schulter aus der Decke ragte. Doch die Tür ging trotzdem langsam auf, und sie hörte, wie eine Teetasse auf dem Unterteller klirrte. Augenblicklich wusste sie wieder, wieso sie da war. »Daddy?« Sie richtete sich auf.

Ihr Vater trat – im schwarzen Anzug, das weiße Haar im markanten Kontrast zu seinem dunklen Gesicht – an ihr Bett. »Hier«, sagte er, »schön trinken.«

Charlie spähte auf den Nachttischwecker und sah, dass es genau sieben Uhr war. »Danke.« Sie nahm einen Schluck und malte sich aus, wie er ungeduldig gewartet hatte, bis er sie um diese in seinen Augen zivilisierte Zeit endlich wecken durfte. »Ich komm gleich runter. Geh nur noch mal schnell unter die Dusche.«

Charlie beobachtete, wie ihr Vater sich verspannte. Das Krankenhaus lag zwanzig Minuten entfernt. Erst ab neun ließen sie Besucher herein, doch offensichtlich irritierte es ihn, ihretwegen vielleicht zu spät zu kommen. »Ich brauch nicht lange«, sagte sie mit einem Gähnen, um ihre eigene Verärgerung zu kaschieren, und langsam trat er den Rückzug in den Flur an.

Die Dusche war neu und hatte einen kräftigen Strahl. Seit sie das letzte Mal da gewesen war, hatten sie das Zimmer mit einem angrenzenden Bad ausgestattet. Ihre Mutter hatte die Renovierungsmaßnahme erwähnt, sich sogar bemüht, sie zu einem Besuch zu überreden, indem sie so tat, als könnte sie sich bei den Fliesen nicht für eine Farbe entscheiden, doch Charlie hatte sich tunlichst herausgehalten. Jetzt musste sie über das Dekor lachen. Rings um die Wände verlief ein Fries mit reliefartig vorstehenden Limonen und Zitronen. Wir waren sie nur auf so etwas verfallen? Charlie konnte sich keinen Reim darauf machen. Nachdem sie ihr Haar zu einem Knoten hochgebunden hatte, beugte sie sich vor, um in den neuen Spiegel zu sehen. Aus der Ferne wirkte er schmeichelnd, doch als sie näher herantrat, wurde deutlich, dass in den silbernen Rahmen an der Oberseite eine Leuchtröhre eingelassen war und den Betrachter in ein unbarmherzig grelles Licht tauchte. Es waren keine Pickel mehr da, doch eine alte Narbe mit einer dunklen Pigmentierung wollte einfach nicht verblassen und wirkte wie eine Vertiefung in ihrer Wange. Mist, fluchte sie und griff nach einem Abdeckstift, während sie mit einem Fuß die Waage zu sich heranzog. Vor einigen Monaten hatte sie das Rauchen aufgegeben, nachdem ihr alle versichert hatten, das würde ihrer Haut guttun, doch stattdessen hatte sie zum ersten Mal im Leben Hunger entdeckt. Sie hatte sich noch nie für Essen interessiert. Schon als kleines Kind hatte sie die faden Mahlzeiten zurückgewiesen, die ihre Mutter auf den Tisch brachte, und rebelliert, indem sie rabiat den Teller wegschob. Später am Internat war das Essen wirklich zum Abgewöhnen, und als sie von der Schule ging, war sie bereits passionierte Raucherin; der Griff zur Zigarette war so viel einfacher und befriedigender als die endlosen Entscheidungen, was sie essen sollte und wann. Dabei hatte sie nicht bemerkt, dass der Teer ihre Geschmacksknospen abgestumpft hatte. Jetzt erholten sie sich allmählich wieder und lechzten mit Heißhunger nach kulinarischen Genüssen, so dass sie in den letzten drei Monaten fast vier Kilo zugenommen hatte. Alles schmeckte gut. Obst, Chips, Nugat – der cremige Vanillegeschmack, wenn man es mit den Zähnen zerbiss –, in Olivenöl getunktes Brot, Kichererbsen mit Kreuzkümmel, sogar Salat. Und so sorgte sie sich einerseits darum, dass ihre Haut nicht von neuem aufblühte, und kämpfte andererseits ständig gegen den Wunsch an, eine Packung Pistazien zu öffnen oder einen Cracker mit Streichkäse zu essen. Ihr Bauch fühlte sich aufgebläht an, ihre Haut sah fleckig aus, und in Panik hatte sie zugestimmt, die Homöopathin aufzusuchen, deren Telefonnummer Nell für sie herausgefunden hatte. Die Naturheilärztin, eine rundliche Frau mit mausgrauem Haar, jedoch eindeutig von heiterem Wesen, befestigte einen Draht an einer ihrer Zehen, nahm eine Haarsträhne und erklärte ihr nach zeitaufwändigen, teuren Tests, sie leide an Nahrungsmittelunverträglichkeiten gegen Weizen, Milchprodukte, Schokolade, Tomaten, gebratene Speisen, Zwiebeln, Alkohol, Meeresfrüchte und die orangefarbene Würzmischung auf Chips. Sie druckte Charlie eine lange, strenge Verbotsliste aus.

Zwei Wochen lang hielt Charlie sich an diese eingeschränkte Ernährung, saß allein zu Hause, aß Gemüse und braunen Reis, bis sie in einem Anflug von Rebellion, zu der auch eine Flasche Rotwein und ein Streit mit Rob am Telefon gehörten, die Liste wegwarf. Jetzt rauchte sie wieder, naschte Schokokekse und Chips, und es war keineswegs ausgemacht, dass sie sich davon schlechter fühlte.

Charlie und ihr Vater saßen nebeneinander im Wartezimmer des Krankenhauses, blätterten in Zeitschriften oder starrten auf optimistische Ernte- oder Sonnenblumenbilder an den Wänden. Sie waren, wie Charlie vorausgesehen hatte, zu früh gekommen, und sie versuchte, nicht an den Kaffee zu denken, den sie sich hätte machen können, hätte ihr Vater nicht schon im Mantel auf sie gewartet, als sie nach unten kam. Die Wanduhren – eine Menge davon – schienen stur um halb neun stehen geblieben zu sein. »Sie ist jeden Moment fertig, dann können Sie zu ihr«, erklärte die Empfangsdame ihrem Vater, als er das zweite Mal an die Theke trat, um sich zu erkundigen. »Setzen Sie sich solange, und wir rufen Sie auf.« Sie sprach langsam und nachsichtig, als verstünde er vielleicht die Sprache nicht, und bei Charlie regten sich wieder die alten Gefühle der Demütigung und Wut, die sie ihre ganze Kindheit hindurch verfolgt hatten.

Schließlich wurden sie einen Flur entlang, durch Schwingtüren, eine kurze Treppe hinunter in eine kleine, behaglich wirkende Station geleitet. Ihre Mutter lag auf dieser Privatstation in einem Einzelzimmer, was jedoch genauso wenig wie das zurückgekämmte, beharrlich naturblonde Haar und der zarte Lippenstift etwas daran änderte, dass sie sich nicht aufsetzen konnte. »Mein liebes Mädchen, du siehst gar nicht übel aus.« Ihr Vater zog sich einen Stuhl heran. »Wirklich nicht übel.«

Gar nicht übel! Charlie hielt sich zurück. Sah er denn nicht, wie kraftlos sie war, eine ausgelaugte Gestalt, die flach im Bett lag und die sich all die Jahre hinter dieser unbeugsamen, kämpferischen, unverdrossen fröhlichen Frau verborgen hatte, als die sie ihre Mutter kannte?

»Mummy?« Charlie ging zur anderen Seite herum und beugte sich zaghaft zu einem Kuss herunter. Ihre Mutter lächelte erstaunt, während sie ihre Hand ergriff, und für den Rest ihres Besuchs blieben sie so – Charlies Hüfte ans Bettgestell gedrückt, mit ineinandergelegten Händen.

»Sie kommt in ein paar Tagen raus«, erklärte ihr Vater ihr auf der Heimfahrt feierlich, und obwohl Charlie wusste, dass es so war, dass die Prognose für ihre Mutter gut aussah, dass sie nach Meinung der Ärzte die besten Chancen hatte, durchzukommen, war Charlie in Tränen aufgelöst. »Sch, ist ja gut.« Doch sie hatte dieser Woge des Kummers, die über sie hinwegschwappte, nichts entgegenzusetzen. Der stechende Schmerz saß in jeder Faser ihres Körpers. »Na komm, komm«, versuchte es ihr Vater noch einmal, als sie sich nach vorne beugte und in die Hände schluchzte, doch in ihrem Kopf herrschte nur noch ein Chaos der Gefühle und die diffuse Angst vor Verlust. Ihr Vater scherte auf eine Parkbucht aus, wo er das weiße Taschentuch zückte, das er grundsätzlich immer gefaltet bei sich hatte, und glücklich darüber, dass es ihm endlich einmal nützte, drückte er es ihr in die Hand. »Danke.« Erleichtert schnäuzte sie sich kräftig die Nase. »Danke«, und es überkam sie ein allerletzter Schauder.

Kaum war Charlie am nächsten Tag in London, schrieb sie ihre Liste noch einmal auf. Weizen, Milchprodukte, Gebratenes, Schokolade, Tomaten, Zwiebeln ... Was noch? Ach ja. Sie warf die restlichen Silk-Cut-Zigaretten in den Mülleimer, fischte sie aber nach ein paar Minuten wieder heraus und versteckte sie im hintersten Winkel einer Schublade. Und Alkohol.

An diesem Nachmittag hatte sie ein Vorstellungsgespräch für die Rolle einer Schuldirektorin. Lächerlich, murmelte sie, während sie flüchtig ihre Garderobe durchsah. Sie hatte Maisie gesagt, sie sei nicht interessiert und außerdem doch sicher zu jung dafür, doch Maisie hatte ihr irgendwie das Gefühl gegeben, dass sie hingehen sollte. Ihr Ton hatte fast wie eine Warnung geklungen, sie sollte, falls sie sich dafür nicht erwärmen konnte, nicht glauben, sie hätte die große Auswahl. Charlie fand einen schmalen Rock, den sie am letzten Tag eines Fernsehfilms günstig gekauft hatte. Sie zwängte sich hinein, zog dazu eine passende Seidenbluse und ein Paar hochhackige Schuhe an, in denen sie sich wie eine Giraffe fühlte und fast die Treppe hinunterfiel, woraufhin sie in sportlichere Schuhe wechselte. Jetzt konnte sie wenigstens laufen, und ihr kam der Gedanke, früh genug loszuziehen und zu Fuß in die Stadt zu gehen. Sie hatte nichts anderes zu tun, und nachdem sie sich vergewissert hatte, dass sie Make-up in der Handtasche und genug Geld für ein Taxi bei sich hatte, falls sie die Kräfte verließen, brach sie nach Soho auf.

Es war Mai, und London erstrahlte im Sonnenschein. Fenster glänzten, müde Männer lächelten, und selbst der Dreck von Ladbroke Grove hatte seinen Reiz, als sie unter der Brücke hindurchkam.

Die schwarze Emaille des Bestattungsinstituts wirkte wie aus einem Film. An der Ecke, nicht weit vom Pub, leuchtete der Blumenladen in allen Farben. Rosen mit Schleierkraut, dichte Bündel Tulpen, vornehm in Weinrot und Weiß, daneben die etwas grellere Papageien-Sorte mit den gezackten, messerscharfen Rändern in leuchtendem Orange. Charlie blieb stehen, um die üppigen Sträuße knospender Osterglocken zu bewundern und an den duftenden Blüten der Narzissen zu riechen. »Kann ich Ihnen helfen, junge Frau?«, fragte die Verkäuferin. Es gab niemanden, dem sie Blumen schicken konnte. »Nein, vielen Dank«, und sie lief weiter.

Wieso ging sie überhaupt zu diesem Vorsprechen?, dachte sie, als sie den Hang hinaufmarschierte. Sie hatte das Drehbuch gelesen und auf Anhieb gesehen, dass es nur drei lohnende Rollen gab – für junge Mädchen, und sie gehörte mittlerweile in die Gruppe der älteren Generation – der Frauen. Charlie zupfte an ihrem Rock und strich sich das ohnehin schon chemisch geglättete Haar glatt. Das letzte Mal hatte sie vor fünf Jahren mit diesem Regisseur gearbeitet, und sie wappnete sich gegen seinen schockierten Blick, sobald er sah, wie sehr sie sich verändert hatte. Doch als sie in dem Gebäude eintraf, erfuhr sie, dass sie noch warten musste. »Wenn Sie solange Platz nehmen wollen«, sagte die Empfangsdame, »wir sind heute spät dran.« Sie reichte Charlie eine dürftige Drehbuchseite. Charlie fand einen Stuhl und beugte den Kopf über die Zeilen: *»Sollte mir eine* *solche Dreistigkeit noch einmal unterkommen …«*, las sie, doch bevor sie fortfahren konnte, hallte eine Stimme wie ein Echo durch die Rigipswand. »Sollte mir eine solche Dreistigkeit noch einmal unterkommen …« Die Vokale waren gedehnt, die kräftige Stimme klangvoll, und nach einem gedämpften Einwurf kamen die Worte erneut – noch gedehnter, klangvoller, gravitätischer in ihrer Intonation.

Charlie stand auf. »Wie lange wird es voraussichtlich dauern, bis ich dran bin?«

»Zwanzig Minuten … mindestens. Tut mir leid.«

»SOLLTE MIR EINE SOLCHE …« Inzwischen dröhnte die Stimme. »… DREISTIGKEIT NOCH EINMAL …«, und wie um der Kaskade der nächsten Zeile zu entkommen, nickte Charlie der Empfangsdame zu und formte mit den Lippen, sie sei mal kurz weg, bevor sie nach draußen rannte. Sie war immer noch im Laufschritt unterwegs, als sie die Old Compton Street erreichte, und drosselte ihr Tempo nur, um sich durch das Menschengewühl zu manövrieren, das bis auf die Straße reichte. Sie konnte auf einen Kaffee in die Bar Italia gehen und zu einem Eclair in die Patisserie Valerie, doch dann erinnerte sie sich an die Einschränkungen ihrer Diät und schlenderte weiter nach Covent Garden – am Käseladen mit den kürbisgroßen Cheddarkugeln vorbei, bis zu dem Tanzstudio, in dem sie einmal, bevor sie auf den Gedanken mit der Schauspielschule kam, vorgetanzt hatte, um sich für eine Truppe zu bewerben, die auf einem Kreuzfahrtschiff die Passagiere unterhielt. Am Neal's Yard gab es einen Bioladen, an dem sie schon hundert Mal vorübergekommen war. Jetzt ging sie hinein und kaufte sich einen Körnerriegel, dessen Farbe und Konsistenz irritierend an Dung erinnerte, den sie aber, ausgehungert, wie sie war, zu ihrem Staunen köstlich fand. Kauend sah sie auf die Uhr. Falls sie jetzt umkehrte, käme sie zum Vorsprechen einigermaßen pünktlich wieder, doch stattdessen kehrte sie noch einmal in den Laden zurück, um eine Tüte Trockenobst zu kaufen, und während sie langsam auf den harten Rändern einer Birne kaute, lief sie weiter die Neal Street entlang und am Theater an der Ecke vorbei, schaute versonnen in Kleider- und Hutgeschäfte, betrachtete Kristalle, die an Seidenfäden hingen und an ihren geschliffenen Spitzen in allen Regenbogenfarben schillerten. Ein Mann stand im Eingang und mischte Karten. Charlie schenkte ihm ein möglichst geheimnisvolles Lächeln und fragte nach dem Preis für einen Amethyst.

»Falls Sie interessiert sind«, sagte er, während er den zarten violetten Stein in mehrere Lagen Seidenpapier wickelte, »wir fangen heute Abend hier im Laden mit einem Tarot-Kurs an.« Er musterte sie mit einem kurzen, eindringlichen Blick. »Irgendwie glaube ich, Sie könnten ein Sensorium, eine natürliche Gabe dafür haben.«

Charlie lachte laut. »Wiedersehen«, fiel ihr gerade noch rechtzeitig ein, als sie schon an der Tür stand, und sie murmelte erstaunt und höchst amüsiert, »eine Gabe, wohl kaum.« Immer noch lachend griff sie erneut in die Tüte mit den Trockenfrüchten und ging die Straße hinunter.

Am nächsten Morgen hatte sie eine Nachricht von Maisie. »Was ist passiert?« Ihre Stimme war angespannt. »Die Leute bei Opus haben sich Sorgen um dich gemacht. Ruf mich an, und wir machen einen neuen Termin.«

Charlie lag in der Badewanne und blickte in das rechteckige Stück Himmel. Ein Vogel flog über die Dachluke und dann, beträchtlich höher, ein Flugzeug. *Sollte mir eine solche Dreistigkeit noch einmal unterkommen.* Und sie schloss die Augen.

Bei ihrem nächsten Besuch eine Woche später ermunterte die Homöopathin sie, bei der Diät zu bleiben. Sie diagnostizierte eine Hefepilz-Infektion, die behandelt werden müsse, und nachdem sie die wenig vielversprechenden Namen verschiedener Heilkräuter aufgeschrieben hatte, schlug sie vor, sie sich im Planet Organic Shop zu besorgen, der gar nicht weit von ihrer Wohnung eröffnet worden sei. Der Laden war groß, es gab eine Riesenauswahl an Hülsenfrüchten, Säften, Reis-Cracker und Vollkornwaren. Im Obergeschoss befand sich eine Apotheken- und Drogerieabteilung mit einer enormen Auswahl an Badezusätzen und Kosmetika und einer Drehsäule mit Büchern. *Depressionen, Schlaflosigkeit, Angstzustände, Sucht, Leben mit dem chronischen Erschöpfungssyndrom* ... Charlie las die Klappentexte. Oh Mann, dachte sie, dagegen bin ich ja mit einem blauen Auge davongekommen, und im Geist sah sie ihre Packung Silk Cut wie eine heilige Reliquie im Schrein der Küchenschublade liegen. Als sie gerade die Säule drehte, hörte sie jemanden telefonieren. »Klar, aber ist das nicht genau das Problem ...« Es war ein Mann. »Tatsächlich? Ja, dann versuchen Sie's noch mal mit mir. Und ich verspreche Ihnen, ich höre Ihnen genau zu.«

Auf der anderen Seite der Säule klangen die Titel optimistischer. *Visualisierung. Meditation. Reiki. Yoga.* Charlie zog *Sie können Ihr Leben heilen* aus dem Drahtgestell und hörte dem telefonierenden Mann zu. Als das Schweigen länger als gewöhnlich anhielt, sah Charlie auf. Der Mann war noch sehr jung, schlaksig und nachlässig gekleidet, doch er hatte strahlend blaue Augen, und als er einen heimlichen Blick von ihr auffing, lächelte er sie an.

»Gut«, sagte er nach einer Weile. »Das war mir nicht klar.« Er holte tief Luft. »Dann treffen wir uns besser persönlich und finden eine Lösung.« Charlie ging zur Kasse. »Was? Nein, ich meine, jetzt. Ich mach um drei Pause.« Er lachte und derjenige am anderen Ende wohl auch. »Super. Dann also bis heute Abend. Gut. Und wie gesagt, sobald Sie so weit sind, gebe ich Ihnen Ihre nächste Einweihung.«

»Was ist eine Einweihung?«, fragte Charlie unverblümt. Sie sah ihn an, und es blitzte in seinen blauen Augen. »Und falls es was Gutes ist, kann ich auch eine bekommen?«

»Aber sicher«, sagte er, nahm ihre Liste und suchte die Regale nach den Sachen ab, die sie brauchte. »Ich unterrichte, ich bin Reiki-Meister, und wenn Sie an einer Einweihung interessiert sind, dann kommen Sie nächsten Donnerstag. Kennen Sie sich mit Reiki ein bisschen aus?«

»Nein.« Charlie betrachtete die Bücherstapel.

»Macht nichts.« Er stellte die Heilmittel auf die Theke. »Bei einer Einweihung übertrage ich die Kraft, um damit zu heilen. Ich hab meine erste Einweihung von einer Nonne in Shoreditch bekommen. War reiner Zufall. Vielleicht«, fügte er hinzu und öffnete die Augen weit, »vielleicht auch Fügung.«

»Gut.« Charlie kramte in ihrer Tasche nach einem Zettel. »Sagen Sie mir, wann und wo, und ich probier's aus.«

Das Telefon klingelte, und der nächste Kunde wartete an der Theke, doch er beugte sich über das Papier und schrieb die Einzelheiten auf. »Ich heiße Bram«, sagte er. »Also, bis dann. Ich freu mich drauf.«

»Charlie«, sagte sie, und als sie hinausging, wurde ihr bewusst, dass sie kein einziges Mal an ihre Haut gedacht hatte.

Bis Donnerstag war sich Charlie nicht sicher, ob sie gehen sollte oder nicht. Vielleicht boten sie ihr die Rolle der Schuldirektorin ja auch so an und dann würde sie damit beschäftigt sein, für Kostüme mit Schulterpolstern Maß nehmen zu lassen. Oder bei ihrer Mutter gab es Komplikationen, so dass sie noch einmal ins Krankenhaus kam, und sie würde dann in Windeseile nach Cheltenham zurückfahren müssen, um ihr beizustehen. Doch dann kam der Donnerstag, und in ihrem Terminkalender stand nichts weiter als ein Fragezeichen und das Wort »Bram«. Die Adresse, die er ihr gegeben hatte, war in Stoke Newington. Was würde sie dort erwarten? Eine Art Tempel, Leute, die sich mit ihren Bittgebeten vor einem Schrein verneigten? Oder das Kloster der Nonne, die er erwähnt hatte, mit einem lichtdurchfluteten Raum und einem einzigen weißen Bett? Stattdessen wurde Charlie in eine ganz normale Souterrainwohnung geführt, in der ein Futonbett mit Kissen stand, Socken zum Trocknen auf der Heizung hingen und in schweren, farbigen Henkelbechern Tee serviert wurde. Außer ihr war noch ein Mädchen da, offenbar ebenso unsicher wie sie selbst, worauf sie sich eingelassen hatte. »Hi«, sagte sie. »Ich bin Tasha«, und sie tranken ihren Tee, während Bram sie beide fragte, wozu sie gekommen waren und was sie zu lernen hofften. Es roch nach Weihrauch. Auf dem schmalen Sims über dem Gaskamin brannten blass drei Kerzen, deren Dochte fast gänzlich in Wachsmulden eingesunken waren. Tasha erzählte, sie sei Massagetherapeutin und wollte ihre Kenntnisse erweitern, Charlie sagte, sie habe keine Ahnung, vermutlich habe sie die Neugier hergetrieben. Dann herrschte eine Weile Schweigen. Leise Musik erklang, nicht wirklich Musik, sondern nur eine Tonfolge, Plätschern, ein Gong und ein klirrendes metallisches Glockenspiel. Außerdem zwitscherte draußen ein Vogel, ein Auto fuhr vorbei. Schließlich meldete sich Bram von seinem Platz aus leise zu Wort. »Gut, jetzt, wo wir alle offen und empfänglich sind, gebe ich euch eure Einweihung.«

Er bat sie, die Hände nach vorn zu strecken, dann ging er sacht durch den Raum, ergriff ohne Vorwarnung Charlies Hände von hinten und blies, nachdem er sie über ihren Kopf gehoben hatte, hinein. Charlie bemühte sich, ernst zu bleiben. Sein Atem fühlte sich kühl und kitzlig an, sein Griff erstaunlich fest. Sie holte Luft, um sich gerade zu halten, als er ihre Hände wieder sinken ließ – erst bis zur Stirn, dann bis zur Kehle und schließlich bis zum Herzen. »Gut so«, murmelte er, »und jetzt lege ich meine Hände auf deine Energiechakren.« Charlie wartete auf seine Berührung, doch da kam nichts. Was zum Teufel soll das Ganze eigentlich?, fragte sie sich, doch es dauerte nicht lange, und quer durch ihre Schultern flutete ein Gefühl der Wärme. Sie wechselte die Stellung. Es war ein angenehmes Gefühl. Als ob die Sonne auf einen niederscheint. Die Wärme strömte ihr den Hals hoch und legte sich wie eine Kapuze um ihren Kopf. Nachdem ihre Gedanken zur Ruhe gekommen waren, fielen ihr die Augenlider zu. Eine ganze Weile saß sie so da, spürte, wo er seine Hände hatte, und fühlte Energieströme durch ihren Körper gehen, von deren Existenz sie überrascht war. Sie spürte diese Kraft wie den Schwanz eines chinesischen Drachens, der gleich einer Ziehharmonika in wellenförmigen Bewegungen auf und nieder ging. Und dann stockte diese Energie. Sie stieß an eine Schicht des Widerstands, als sei ihr Herz in einer gepolsterten Hülle versiegelt. »Schon besser«, murmelte Bram, als sich der Drachenschwanz mit Macht losriss und Bram noch einmal nach ihren Händen griff und hineinblies, bevor er weiterging. Komm zurück!, hätte sie ihm am liebsten hinterhergerufen, geh jetzt nicht weg, doch in Wahrheit war sie voll.

Später zeigte ihnen Bram, wie man systematisch die Hände auflegte, bis man die Reihenfolge wusste. Er sagte ihnen, sie sollten sich einundzwanzig Tage lang selbst die Hände auflegen – angefangen beim Kopf, bis hinunter zu den Füßen. »Zuerst müsst ihr Energie in die Hände bringen«, sagte er, »dann konzentriert euch auf den Bereich zwischen euren Händen.«

»Reiki, Reiki, Reiki«, gab er vor und bat sie, seinem Beispiel zu folgen. Charlie wehrte sich gegen ein Schmunzeln, das ihr um die Mundwinkel spielte, doch Bram hatte eine so geradlinige, herzerfrischende Art, dass das Grinsen ausblieb. »Reiki, Reiki, Reiki«, sagte sie und vertiefte sich in die Kraft, die sich zwischen ihren Handflächen sammelte.

»Wunderbar«, ermunterte sie Bram. »Bevor ihr mit dem Heilen anfangt, wäre es gut, denjenigen, mit dem ihr arbeitet, zu fragen, was er sich wünscht. Was wünschst du dir?«, fragte er Tasha.

»Kraft und Frieden.« Sie klang bestimmt, und Charlie war froh, dass sie sich nicht die weibliche Hauptrolle an der Seite von Daniel Craig gewünscht hatte.

»Glück und Gesundheit?«

»Glück und Gesundheit«, wiederholte Bram, und während er seine Hände über das Kraftfeld ihres Körpers bewegte, erklärte er ihr, dass man manchmal eine Empfindung im eigenen Körper hat, die einen zu der Stelle lenkte, an der die andere Person Heilung brauchte.

An diesem Abend saß Charlie zu Hause und probierte ihre neuen Fertigkeiten aus. Sie hielt die Hände parallel zueinander. Reiki, Reiki, Reiki, doch der Bereich dazwischen blieb kühl und leer. Sie legte die hohlen Hände zusammen und blies hinein, während sie sich fragte, was sie wollte. Offenbar nichts. Da war nichts. Stattdessen schaltete sie den Fernseher ein und ertappte sich entsetzt dabei, wie sie eine Wiederholung der ersten Folge von *The Inspectors* sah, der Krimiserie, die sie vor einem Jahr in Manchester gedreht hatte. Da war sie, zusammen mit diesem Vollidioten John Bulling. Sie rannten aus einem brennenden Haus und suchten in einer Lagerhalle Zuflucht, die von oben bis unten mit Federn gefüllt war. Sie hatte schon den Finger auf der Umschalttaste, starrte jedoch gebannt auf die Szene, in der sie sich blitzschnell abwandte, um Johns Umarmung auszuweichen, ihn dann aber ihrerseits zu packen und in den weichen Stapel Kissen zu sich herunterzuziehen. Mit einer wehmütigen Erinnerung sah sie weiter auf den Bildschirm und verfluchte sich dafür, dass sie es eines späten Abends aus purer Langeweile vermasselt hatte, indem sie beschloss, ihn zu verführen. Für den Rest der Serie musste sie von da an seine verletzten, wütenden Blicke ertragen und sich von den Maskenbildnerinnen erzählen lassen, dass er immer verzweifelter wurde – besonders, nachdem ihn so ein übertriebenes Bedürfnis nach Ehrlichkeit geritten und dazu verleitet hatte, es seiner Frau zu beichten, die ihn prompt verließ. »Armes Schwein«, murmelte sie, und noch während die Szene lief, hielt Charlie die Hände vors Gesicht. »Frieden und Vergebung«, flehte sie und spürte das erste warme Kribbeln in den Fingerspitzen.

In dieser Woche übte Charlie jeden Tag. Was will ich? Sie schloss die Augen und hielt ihre heilenden Hände wie ein neues Spielzeug in die Höhe.

»Tut mir leid«, erfuhr sie von Maisie am Telefon, »das mit der Direktorin hat nicht geklappt. Aber bei *Casualty* wären sie interessiert. Ich weiß nicht, ob du ...« Sie sprach den Satz nicht zu Ende. »Es geht um einen Gastauftritt.« Charlie hielt sich die Hand aufs Herz, um sich zu beruhigen. »Nein, macht nichts, Maisie. Ich denke, da muss ich passen.«

Maisie lachte. »Was ist los mit dir? Ich dachte, du sagst mir, du kannst mich mal.«

»Du kannst mich mal«, sagte Charlie. »Und eh ich's vergesse, ich bin ab morgen nicht in der Stadt. In dringenden Fällen kann ich kommen, aber nur, wenn's unbedingt sein muss. Ist nur für ein paar Tage.«

»Gut.« Maisie klang perplex. »Dann bis bald.« Sie legte auf.

Am nächsten Morgen fuhr Charlie nach Cheltenham. Sie war jedes Mal schockiert, wenn sie feststellte, dass sie nur zwei Stunden brauchte und trotzdem zuweilen Monate, in einem Fall sogar ein Jahr verstreichen ließ, bevor sie die Zeit für einen Besuch fand. Wie immer warteten ihre Eltern mit dem üblichen Zeremoniell im Wohnzimmer auf sie. Es stand ein Tablett mit Tee bereit, dazu ein paar Kekse auf einem Teller. Nach alter Gewohnheit reagierte sie innerlich gereizt. Wenn sie das Mürbeteiggebäck ablehnte, geschweige denn um Tee ohne Milch bat, war der Ärger vorprogrammiert.

»Meine Tochter, es ist schön, dich zu sehen.« Ihr Vater klopfte ihr auf die Schulter, und ihre Mutter versuchte mühsam, sich aus dem Sessel zu hieven.

»Nein, Mummy!« Charlie eilte zu ihr. »Bleib sitzen.«

Dankbar sank ihre Mutter zurück, und Charlie nahm ihre Hand. »Wie geht's dir?« Die aschfahle Gesichtsfarbe hatte sie nachhaltig verändert, und mit den dunklen, faltigen Ringen unter den Augen wirkte sie abgespannt.

»Ach, gar nicht mal so schlecht.« Ihre Mutter lächelte und beugte sich zu der Teekanne vor.

»Keine Milch«, warf Charlie ein, bevor es zu spät war. »Ich mache derzeit eine spezielle Diät, um meine Haut in Ordnung zu bringen.«

Ihre Mutter sah sie an, und selbst ihr Vater kam näher heran.

»Was redest du da?« Sie wirkten verstört. »Deine Haut ist doch schön.«

»Nein, wirklich …«

»Du brauchst keine spezielle Diät.« Ihre Mutter schüttelte den Kopf. »Na komm, nimm einen Keks. Wenn überhaupt bist du zu dünn.«

Charlie zuckte die Achseln. »Ich trinke sehr gerne eine Tasse Tee, mit Zitrone?« Und erleichtert, etwas zu tun zu haben, verschwand ihr Vater in der Küche.

»Also«, ihre Mutter lehnte sich zurück, »dann erzähl mal, was du so treibst. Wir haben schon länger nichts mehr von diesem netten jungen Mann, diesem Rob, gehört.«

Ihr Vater kehrte mit drei dünnen Zitronenscheiben auf einer Untertasse zurück. »Danke, Dad«, sagte sie lächelnd und richtete sich auf einen Abend surrealer Fragen und sprunghafter Gespräche ein, die hin und wieder von einem unbehaglichen Schaudern ihrer Mutter oder der besorgten Geschäftigkeit ihres Vaters unterbrochen wurden.

»Mummy, kann ich was ausprobieren?«, fragte Charlie, als es Zeit war, ins Bett zu gehen.

»Was denn, Liebes?« Ihre Mutter hatte die Füße auf einen Schemel gelegt.

»Etwas, das ich gelernt habe«, erklärte ihr Charlie. »Wenn du die Augen schließt, brauche ich dich nicht einmal zu berühren. Ich muss nur die Hände so vor dich halten.« Charlie streckte die Hände aus und sagte drei Mal ganz leise Reiki. Sie hörte, wie ihr Vater sich räusperte, doch dann zog er quietschend seinen Sessel näher heran. »Wie würdest du dich gerne fühlen?«, fragte sie und zuckte unter den ungewohnten Worten selbst zusammen, während sie die Hände über dem Kopf ihrer Mutter bewegte.

»Oh«, rief ihre Mutter, »na ja …« Sie lachte, als wäre die Frage belanglos. »Na ja, ich würde mich gerne … wohl fühlen und …« Charlie hörte förmlich, wie sie überlegte, »… und optimistisch. Ja.«

»Gut.« Charlie blinzelte die Tränen weg. »In Ordnung.« Die Wärme strömte in ihre Finger, als würde ihr Licht in die Adern dringen. Langsam bewegte sie die Hände und ließ sie schließlich, nachdem sie dem Schmerz wie einem unsichtbaren roten Faden gefolgt war, über der Gegend ruhen, wo die Beschwerden saßen. Ihre Hände wurden heiß, und je mehr sie sich konzentrierte, desto heller schien das

Licht in ihr – so ungewohnt, nachdem sie ihre Mutter ein Leben lang zurückgewiesen hatte. Langsam und tastend ließ sie die Hände über dem aufgedunsenen, empfindlichen Magen ihrer Mutter schweben und spürte dabei einen entsprechenden dumpfen Schmerz in ihrem eigenen Bauch, doch sowie die Hitze zunahm, riss ihre Mutter die Augen auf. »Nein!« Sie versuchte, sich hochzuziehen, doch als sie die Kraft nicht aufbrachte, erbrach sie sich über die Seite des Sessels. »Charlotte Adedayo!«, schrie ihr Vater. Doch ihre Mutter beschwichtigte ihn. »Es war zu viel.« Dankbar nahm sie das Taschentuch, das er ihr hinhielt. »Es war einfach nur zu viel für mich.«

Charlie rannte mit brennenden Wangen in die Küche. Ihre Hände waren plötzlich kalt. Sie füllte eine Schüssel mit Wasser, warf ein Tuch hinein, schob sich eine Rolle Küchenpapier unter den Arm. »Ich mach das schon«, insistierte ihr Vater, und einen Moment lang zerrten sie beide an der vollen Plastikschüssel. Charlie gab nach. Sie setzte sich wieder auf ihren Sessel und nahm einen bitteren Schluck Tee.

»Sollte eigentlich keine Flecken geben«, sagte ihr Vater wenig später, als er vor ihnen wie ein großer angegrauter Hund auf allen vieren hockte. »Und für euch zwei ist es jetzt sicher Zeit, ins Bett zu gehen. Bitte. Ich bring das hier unten nur noch in Ordnung.«

Gekränkt lag Charlie in ihrem Bett und betrachtete die alten Möbel, die schmuddeligen Poster von Schauspielern und Popstars, die sie, wenn sie in den Ferien aus der Schule nach Hause kam, so getröstet hatten. Es erstaunte sie, dass ihre sonst so sehr auf Ordnung und Sauberkeit bedachten

Eltern sich nie die Mühe gemacht hatten, sie abzuhängen. Vielleicht verging ihnen mit Ende sechzig die Zeit so schnell, dass es ihnen so vorkam, als sei sie gerade erst ausgezogen.

Sie hatte nicht übel Lust, Bram anzurufen und ihm für das, was passiert war, Vorhaltungen zu machen, doch der Gedanke daran, in dem stillen Haus ihre eigene Stimme zu hören, wenn sie von dem Missgeschick ihrer Mutter erzählte, schreckte sie ab. Außerdem hätte sie ihm gerne von diesem ungewöhnlichen Gefühl erzählt, das sie wie eine Woge erfasst hatte. Ihn gefragt, ob das normal – in Ordnung – war. Dieses Gefühl der Freude, bevor alles schiefging.

Am nächsten Morgen schlief Charlie aus, und als sie schließlich nach unten kam, war ihre Mutter, in ihre Schürze mit den Nadelstreifen gewickelt, sorgfältig frisiert und geschminkt in der Küche. »Liebling«, sagte sie und zog einen Teller mit Speck aus dem Ofen, »so unglaublich das klingt, aber ich fühle mich heute viel besser.«

»Tatsächlich?« Charlie bezweifelte, dass es irgendetwas mit ihr zu tun hatte, doch sie ging hinüber und nahm ihre nach Parfüm und Speck mit Toast riechende Mutter in die Arme. Später, beschloss sie, würde sie rausgehen und Blumen kaufen, und sie lächelte bei dem Gedanken, wie leicht es ihr fallen würde, sie zu überraschen.

»Nein, danke«, antwortete Dan, als Lenny ihm Theater anbot, »das kann ich mir nicht leisten. Bist du von Sinnen? Ich habe mich immer noch nicht von dem ausgedehnten Urlaub letztes Jahr in Los Angeles erholt.« Doch das war, bevor er *Nightfall* in die Hände bekam. *Nightfall* war vollkommen anders. Es war ein neues Stück, von einem Autor aus Nordengland. Als Dan es las, schoss ihm das Adrenalin in die Adern, und nur die Angst hätte ihn dazu bringen können, es abzulehnen.

»Was meinst du?« Er stand vor Jemma und verwies sie auf die langen Arbeitstage, dazu die jämmerliche Gage, doch bevor sie etwas dazu sagen konnte, erinnerte er sie auch an die kurze Laufzeit – gerade mal acht Wochen – und machte ihr vor allem klar, dass es das aufregendste Stück sei, das er seit Jahren gelesen habe.

»Wirklich?« Sie sah besorgt aus. »Das wird nicht leicht, wenn du jeden Abend weg bist, aber wenigstens ist es in London, und du bist tagsüber zu Hause. Du könntest Honey ab und zu zur Schule bringen, jetzt, wo sie endlich wieder geht, und freitags könntest du die Zwillinge in die Musikstunde drüben beim Krankenhaus fahren. Es ist wahnsinnig komisch, sie haben dieses riesige Tuch, sie werfen alle ihre Teddys in die Mitte, und wir schleudern sie hoch ...«

»Ich weiß nur nicht, wie ich das schaffen soll.« Dan war

zu aufgeregt, um ihr zuzuhören. »Ich bin in jeder Szene, und wir haben gerade mal vier Wochen Probezeit, es fängt dann zwar erst noch mal zwei Wochen später an, aber trotzdem – meine Figur stammt aus Newcastle, und der Akzent, verdammt, wie jeder weiß, ist der fast unmöglich. Du solltest es mal lesen, es ist brillant. Sehr düster, der Kerl, den ich spiele, ist ein vollkommen durchgeknallter Typ, und er ist – buchstäblich – jede Minute auf der Bühne.«

»Aber das ist doch gut, nicht wahr? Ich meine, das hast du doch am Bush Theatre so gehasst, dieses Warten hinter den Kulissen, du hast dich zu Tode gelangweilt, weil du nicht genug zu tun hattest.«

»Stimmt.« Dan merkte, wie ihm das Herz schneller schlug. Falls er zusagte, würde er ab heute, ab jetzt damit anfangen müssen, an seinem Akzent zu arbeiten.

»Und wahrscheinlich gäbe es Voraufführungen, es ginge nicht gleich mit einer Presse-Aufführung los?«

Bei dem Wort brach bei Dan am ganzen Körper der Schweiß aus. »Seit einer Ewigkeit hat mich nichts mehr so fasziniert.«

Jemma nahm seine beiden Hände. »Dann musst du es machen«, sagte sie zu ihm. »Wir kommen klar. Du wirst schon sehen.«

Die Proben waren die reinste Qual. Er hatte Probleme, den Text zu behalten, es war einfach zu viel, und der Akzent war noch schwieriger, als er befürchtet hatte. Doch die größten Probleme bereitete ihm das Stück selbst. Was ihn bei der ersten Lektüre elektrisiert hatte, erschien ihm, nachdem er erst einmal tiefer eingedrungen war, den Text zerpflückt und hin und her gewendet hatte, wie endlose, unerbittlich düstere Tiraden. Der Autor saß stumm an der

Rückseite des Proberaums und erlaubte ihnen nicht, auch nur ein einziges Wort zu ändern; selbst als Dan in einem Anfall von Frustration einen Stuhl umstieß, lenkte er nicht ein. In seiner Verzweiflung kramte Dan seine alten Notizen aus der Schauspielschule wieder hervor, blätterte in seinen Mitschriften von Silvios Vergleichen und stellte sich den enttäuschten alten Mann wie einen Frosch in seinem Versteck vor. Von nichts kommt nichts, hörte er ihn mit herabgezogenen Mundwinkeln und eingefallenen Schultern sagen. *Dicht dran*. Flexibel. Beweglich. Welchem Charaktertypus war dieser Gary zuzuordnen? Und er experimentierte mit Hieben, Schlägen und schneidenden Bewegungen, bis er über sich selbst lachen musste. Um sich wieder zu fangen, blieb er die halbe Nacht auf und schrieb die Vorgeschichte seiner Figur, wozu er sich von der spukhaften Gegenwart des Autors inspirieren ließ und die eine oder andere unbedachte Bemerkung zu Hilfe nahm, nicht zuletzt die Feststellung, alle seine Geschichten hätten einen persönlichen Kern. Das Übrige erfand Dan. Garys Kindheit, die Grausamkeiten, die er von seiner Mutter zu erdulden hatte, die Abwesenheit seines Vaters, die Entdeckung seines Halbbruders, der ebenfalls Gary hieß und bei Pflegeeltern aufgewachsen war.

Der Regisseur dagegen war ein jovialer Mann. Er unterhielt sie prächtig mit Anekdoten aus früheren Theatererfolgen und gelegentlichen Geschichten aus seiner eigenen Leidenszeit in einem zweitrangigen kleinen Internat. Am Ende überließ er es oft Dan und seinen Schauspielerkollegen – einem nervösen Mann namens Brian und Michelle, einem reizenden jungen Mädchen aus Newcastle, das ab und zu schmerzlich das Gesicht verzog, wenn sein

Akzent danebenging –, dem Plauderstündchen ein Ende zu setzen und mit den Proben voranzukommen. Als Erstes untergliederten sie das Stück, arbeiteten Licht und Schatten heraus und schließlich einen Spannungsbogen, der dem Rhythmus des dramatischen Geschehens entsprach, doch je härter sie arbeiteten, desto klarer erschien es Dan, dass es sich bei dem ganzen Drama um eine trostlose Aneinanderreihung von Predigten handelte – über Angst, Tod, Familienmiseren, Gewalt, Grausamkeit und Rache. Es blieb abzuwarten, wer sich diese zweistündige Tortur antun und auch noch gutes Geld dafür hinblättern würde. Manchmal driftete er in triste Zwangsvorstellungen ab, sah die Kritiken von Leuten vor sich, die nur bedauerten, zwei Stunden ihrer kostbaren Lebenszeit vergeudet zu haben, oder aber – falls ihnen das Stück gefiel – sich beschwerten, dass man jemanden wie Dan Linden, einen Mann aus dem Süden, auf eine so bedeutende Rolle einer Figur aus dem Norden losgelassen hatte. »Wieso *haben* die sich eigentlich für mich entschieden?«, fragte er die Dialektlehrerin, als sie wieder einmal mit Kehlkopfverschlusslauten und Vokalen kämpften, und er verfluchte sich dafür, auf die Schmeichelei seines Agenten hereingefallen zu sein, der ihm eine große Wandlungsfähigkeit bescheinigte. Künftig, so nahm er sich vor, würde er Herzrasen als das erkennen, was es war – nicht freudige Erregung, sondern panische Angst. Ein Alarmsignal, nein zu sagen.

Am Abend der ersten Voraufführung schickte Jemma ihm Blumen. Der Größe des Straußes nach musste sie seine halbe Wochengage dafür ausgegeben haben. *Du wirst brillant sein*, stand auf der Karte, *so wie immer. Alles Liebe von deinem größten Fan*. Doch an diesem Morgen hatte sie gewitzelt, er sollte an sie denken, wenn er glaubte, Lampenfieber zu haben. Sie sei die Frau in der mittleren Reihe, die hyperventiliere, und beim Abschiedskuss hatte er ihren rasenden Herzschlag an seiner Brust gespürt und sich aus Angst, durch sie noch nervöser zu werden, aus ihrer Umarmung gelöst.

»Also«, sagte der Regisseur, als er sie etwa eine halbe Stunde vor Aufführungsbeginn um sich scharte, »das hier ist eine Voraufführung, niemand erwartet, dass alles perfekt läuft. Nutzt diese Gelegenheit also, um euch einzustimmen, und vergesst nicht, aufeinander zu hören, auf das Publikum zu hören, euren Takt zu finden.« Er legte eine Pause ein, und sie hingen wie Angeklagte, die den Urteilsspruch erwarten, an seinen Lippen. »Ihr schlagt euch alle fantastisch. Jetzt geht da raus und verblüfft das Publikum.«

Die Schauspieler umarmten sich. Dan und Brian beließen es bei einer etwas steifen, kurzen Geste unter Männern. »Jetzt ich.« Michelle drückte sich an Dan, und er spürte, dass sie in ihren dünnen Sachen eine Gänsehaut hatte. »Sag mir, dass ich meine Sache gut machen werde.«

Dan sah sie erstaunt an. Ihr war alles in die Wiege gelegt – Jugend, Schönheit, ein echter Newcastle-Akzent –, und außerdem musste sie ohnehin nur in drei Szenen auf die Bühne. »Du wirst deine Sache gut machen«, versicherte er ihr. »Du bist großartig, wirklich.« Sie dankte es ihm mit einem so erleichterten Lächeln, dass er für einen Moment seine eigene Angst vergaß.

Dan musste als Erster raus. Er hörte das Gemurmel im Publikum, und er stellte sich Jemma auf dem Platz vor, den er für sie gebucht hatte, in der vierten Reihe, ein wenig links von der Mitte. Er hatte dafür gesorgt, dass sie nicht neben Brians Frau saß, denn er wollte nicht, dass die beiden Geschichten über nächtliche Schweißausbrüche und Anfälle von Verzweiflung austauschten. Zum Glück war sonst niemand da, den er kannte, zumindest hoffte er das, abgesehen von der Dialektlehrerin, die ihm versprochen hatte zu kommen und ihr Urteil zu seinem Akzent abzugeben. Dan ging die ersten Textzeilen an und tröstete sich damit, dass er es erst einmal nur bis zur Pause schaffen musste, fünf Szenen, die erste, die er am sichersten beherrschte, und dann noch einmal vier, danach nur noch drei ... Er merkte, wie ihn der Mut verließ. Blieb ihm noch Zeit für einen letzten kurzen Gang zur Toilette? Nein. Die Musik hatte aufgehört. Er hatte gar nicht gewusst, dass es Musik geben würde. Dann mussten die Lichter gedimmt worden sein, denn das Gemurmel im Publikum wurde leiser und verebbte schließlich ganz. Also gut. Jetzt lag es bei ihm, da rauszugehen, auch wenn für den Fall, dass er zögerte, vermutlich ein Bühneninspizient aus dem Nichts auftauchen und ihm einen Schubs versetzen würde.

Als er jetzt, gerade mal drei Wochen später, lässig dem besten Teil seines Tages entgegenschlenderte, musste Dan darüber lachen, wie er sich verändert hatte. *Nightfall* hatte eine Woche nach der ersten öffentlichen Generalprobe offiziell Premiere, und am nächsten Morgen kamen die ersten Kritiken heraus. »Es ist ein Bombenerfolg«, dröhnte Lenny auf der Mailbox, als Dan endlich dazu kam, sein Handy einzuschalten. Kurz darauf kam Jemma mit einem Stapel Zeitungen die Treppe hochgerannt, und sie gingen alle zusammen durch, während Grace und Lola ihn fast in den Wahnsinn trieben, indem sie zwischen ihren Eltern auf dem Bett hopsten, laut knisternd auf den Zeitungsseiten herumtrampelten und einzelne Blätter in die Luft schleuderten.

»Einer absolut euphorisch«, Jemma strich sie wieder glatt, »einer verdammt gut und einer, der dich großartig findet, aber mit dem Stück nichts anfangen kann. Also, alles in allem, ziemlich gut.« Sie lachte triumphierend und küsste ihn. Dan legte sich auf den Rücken und genoss die Woge der Erleichterung, während sie die besten Passagen laut vorlas. Später nahm er ein Bad, aß ein spätes, reichhaltiges Frühstück und ging ins Theater, um sich Notizen zu machen. Die Atmosphäre war überschwänglich. Der Kartenverkauf war sprunghaft in die Höhe geschnellt. Fast jeden Abend kamen Freunde, Leute aus dem College, Schauspieler, mit denen er schon zusammengearbeitet hatte, seine Mutter, Jemmas Eltern, seine Großtante Anne.

An diesem Wochenende gab es weitere positive Kritiken, womit sichergestellt war, dass der Saal mindestens einen Monat lang voll war mit Londons Theater-Liebhabern, die es sich zur Pflicht gemacht hatten, jede erfolgreiche Aufführung zu sehen, und anderen Besuchern aus dem ganzen Land, ja sogar einigen aus Amerika oder Japan. Die enthusiastischsten unter ihnen warteten anschließend am Bühneneingang, um allen drei Mitgliedern des Ensembles zu gratulieren und sich die Programme signieren zu lassen. Dans eigene Fangemeinde, die ihm seit *Rainstorm* treu ergeben war, wartete geduldig im Hintergrund, bis er frei war. Sie gaben eine seltsame Mischung ab, diese Fans – einsame Männer, die eine oder andere Frau mit Bommelmütze, die meisten mit Digitalkameras und aus dem Internet heruntergeladenen Fotos gewappnet. Kein einziges Mal erwähnte einer von ihnen, dass er gekommen sei, um das Stück zu sehen.

»Man sollte doch annehmen, dass sie es sehen wollen«, sagte Jemma, »und sei es auch nur, um dich zwei Stunden lang anzustarren«, doch Dan erklärte ihr, dass sie sich nicht wirklich fürs Theater interessierten, sondern für die Filme und Serien, die er im Fernsehen gemacht hatte; im Grunde treibe sie die Sammelleidenschaft – noch ein Autogramm, noch ein Foto, mit ihm selbst habe das alles herzlich wenig zu tun. Er nahm Jemma am Arm und eilte mit ihr in eine Bar. Egal, was sie sagen mochte, egal, wie sauer sie vielleicht darüber war, dass er kein einziges Mal rechtzeitig zum Frühstück aufgestanden war, geschweige denn die Zwillinge zu diesem Musikunterricht mit den riesigen Tüchern mitgenommen hatte, er wusste, dass ihn nichts daran hindern konnte, jeden Abend nach der Aufführung in schwindelnden Höhen wie auf Wolken zu schweben. Jedes Mal, wenn er all die Angst, all die Höllenqualen durchlitten und überstanden hatte, wuchsen ihm Flügel, und er fühlte sich allmächtig. In gerade mal zwei Stunden hatte er gelacht und gekämpft, gekotzt und geweint. Er war auf seinen Cousin, das einzige Familienmitglied, das er liebte, losgegangen, und in seiner Reue hatte er versehentlich sein bestgehütetes Geheimnis preisgegeben. Das unbedachte Wort erwies sich als Befreiungsschlag, er bemühte sich, seine Fehler wiedergutzumachen, und bekam völlig unerwartet zur Belohnung die schöne Carina, die ihm in ihrem bauchfreien Satin-Bustier in die Arme fiel. »Gut gelaufen heute Abend«, rief er Michelle augenzwinkernd zu, und sie erhob strahlend ihr Glas, nachdem sie noch vor wenigen Stunden gezittert hatte.

Das Stück lief jetzt bereits seit einem Monat, und wäre es nach ihm gegangen, hätte es ewig so weitergehen können. Er fühlte sich schlank und vital, brauchte nach der zweistündigen Schwerstarbeit auf der Bühne kein Fitnesscenter mehr. Das Adrenalin nahm ihm den Appetit, so dass er nach einem späten Frühstück lediglich nachmittags um fünf ein Sandwich aß und ansonsten nur noch etwas trank. An den meisten Tagen stand er spät auf, ging zu Voiceovers, Interviews und Besprechungen in die Stadt und schaute, wenn es gerade nichts zu tun gab, bei Lenny vorbei, der sich immer Zeit für einen Kaffee nahm und sich zur Feier des Tages draußen auf der Feuerleiter eine Zigarette gönnte. Von dort aus begab sich Dan zum Theater, kehrte unterwegs in ein Café ein, um etwas zu essen, und achtete stets darauf, dass von etwa vier Uhr nachmittags an nichts dazwischenkam, das die wachsende emotionale Spannung seiner Figur untergrub. Manchmal spielte er mit Michelle, die ebenfalls früher kam, Karten, und er lauschte ihrer angenehm erdigen Stimme, wenn sie ihm von ihrem Freund in Newcastle erzählte, den Schlägereien, in die er geriet, der sechsmonatigen Bewährungsstrafe, zu der sie ihn verurteilt hatten. Unten in den Garderoben gab es keinen Handy-Empfang und nur ein einziges hohes Fenster zur Straße, und sobald er die Treppe hochgegangen war, um seinen obligatorischen Anruf bei Jemma zu machen, die immer gerade mit den Kindern beschäftigt war, stellte er sich auf den Abend ein. Es gab ein Künstlerzimmer mit mehreren ramponierten alten Sofas, in dem man Tee und Kaffee bekam und in dem eine Mikrowelle und ein Wasserkocher standen. Gelegentlich kam jemand von der Bühnentechnik herein, um sich eine Tasse Suppe zu machen.

»Wer gewinnt?«, fragten sie dann, und es war jedes Mal Michelle. »Ich bin der Champion«, sagte sie, während sie an ihrem bleichen Arm die Muskeln spielen ließ, und sie lachte so breit, dass ihr rosa Gaumen zu sehen war.

Jeden Abend waren mindestens zehn Plätze für Leute aus der Branche reserviert. Regisseure, Produzenten, einflussreiche Schauspieler – hofften sie zumindest –, die vielleicht in letzter Minute anriefen, um Karten für das Stück zu kaufen. Es gab jetzt selten einen Abend, an dem diese Plätze nicht belegt waren.

Dan machte es sich zur Regel, niemals zu fragen, wer da war, doch nach der Vorstellung las Michelle die Namen laut vor, die in einem Ringbuch aufgelistet waren. Außerdem hatte sie, da sie im letzten Akt bewusstlos auf dem Boden lag, ein paar Stichworte zu den Reaktionen der Prominenten zusammengetragen. Sichtlich bewegt. Verhalten. Tränen.

»Hast du dir eigentlich noch nie Gedanken gemacht ...« Es war Sonntag, und Dan hatte ausgeschlafen.

»Worüber?« Er sah Jemma an, die mit finsterer Miene Karotten fürs Mittagessen der Kinder schälte.

»Dass ich dich eines Tages verlassen könnte?«

Dan musste unwillkürlich lachen. »Was?« Er nahm einen Schluck Tee, und dann sah er, dass sie mit den Tränen kämpfte.

»Hey«, er beugte sich zu ihr hinüber. »Was ist los?«

»Was los ist?« Sie biss die Zähne zusammen und blickte in den Garten, wo Honey Ben gerade lehmverschmierte Becher mit Wasser über den Kopf goss. »Du bist nie da. Du arbeitest zwei Stunden am Tag, doch die scheinen vierundzwanzig Stunden zu dauern. Ich meine, wann hast du die Kinder das letzte Mal gesehen?«

»Wie meinst du das?« Er war verwirrt und konnte keinen klaren Gedanken fassen. »Wann ich das letzte Mal … ich sehe sie doch. Ich sehe sie die ganze Zeit.«

Jemma verzog sarkastisch den Mund. »Ach ja? Wann denn? Bis du aufgestanden bist, ist Honey in der Schule und Ben im Kindergarten, und bis ich die Zwillinge zu Sacha gebracht habe, bist du gewöhnlich schon irgendwo …«

»Oder bei der Matinee.« Er war betreten.

»Ja.« Sie sah ihn wütend an. »Aber nur samstags.« Die Bemerkung schien ihr eine weitere Verletzung in Erinnerung zu rufen. »Ich meine, wo bist du, wenn Honey aus der Schule kommt? Meinst du nicht, es wäre nett, wenn du Honey auch nur einmal die Woche zur Schule … das ist vermutlich zu viel verlangt … oder sie wenigstens von der Schule abholen könntest? Ist es dir denn egal, dass du sie nie siehst? Vermisst du sie denn nicht?«

»Aber …« Dan fühlte sich in die Enge getrieben. »Es kommt mir nicht so vor. Jedenfalls mir nicht.«

»Mir schon.«

»Ich sehe sie sonntags.«

»Klar, sonntags. Aber mal ehrlich, Dan, selbst sonntags bist du kaum da.«

»Was soll das heißen? Ich bin doch da. Letzte Woche …« Was hatten sie letzte Woche gemacht? Er konnte sich nur an die Vorstellung am letzten Samstag erinnern – samstags war sie oft nicht so gut, das Wochenendpublikum bestand gewöhnlich aus Touristen und Leuten, die selbstverständlich das Recht für sich in Anspruch nahmen, unterhalten zu werden, aber letzten Samstagabend war etwas zwischen ihm und Michelle passiert. Sie hatten sich wie immer angebrüllt, doch diesmal war Dan am Gipfel ihres Streits weinend zusammengebrochen, und Michelle war zu ihm geeilt, hatte ihn in den Armen gehalten und denselben Text, den sie ihm am Vorabend unversöhnlich entgegengeschleudert hatte, sanft zugeraunt, und als am Ende der Aufführung endlich die Lichter langsam ausgegangen waren, hatte sich eine so tiefe Stille über das Theater gelegt, dass selbst die Bühnenarbeiter ergriffen waren. Vielleicht hatte Jemma recht. Vielleicht gab ihm sein Beruf alles, was er brauchte. Er sah in ihr gequältes Gesicht, doch ihm fiel kein einziges tröstliches Wort ein.

»Das Schreckliche ist, dass ich dich auch noch verstehen kann.« Es war, als hätte sie ihn gehört. »Aber was erwartest du von mir? Dass ich den Mund halte? Ich habe die letzten sechs Wochen den Mund gehalten, und ich schaff das keinen Tag länger.« Sie sah sich um, als suchte sie nach einem Gegenstand, den sie zerschlagen konnte. »Kein einziges Mal hast du dir für uns Zeit genommen. Es ist, als wären wir Luft. Ich hab mich schon gefragt, ob du eine Affäre hast.«

»Mach dich nicht lächerlich.«

»Es nimmt mir die Freude.« Jetzt war kein Halten mehr. »Wenn ich alles alleine mache …«

»Gut.« Dan stand auf. »Wie wär's, wenn ich jetzt mit den Kindern was unternehme? Ich klemm sie mir alle unter den Arm, und wir essen im Café im Park was zu Mittag.« Er knallte seinen eigenen Teller in das Waschbecken. Wieso hatte sie nicht warten können? Noch zwei Wochen, und das Stück wäre vorbei.

»Dann beeil dich besser.« Jemma ließ ihre Essensvorbereitungen liegen. »Es ist schon fast zwölf, und die Zwillinge brauchen ihren Mittagsschlaf.«

Dan ging in den Garten. »Also«, sagte er, »wir gehen raus. Zieht euch was über.« Er betrachtete Ben, der vom Gesicht bis zum Bauch dreckverschmiert war, und Lola, die im Sandkasten spielte und die Windel voll hatte. Wo war Grace? Er ertappte sie dabei, wie sie eine Schatulle mit CDs ausleerte, indem sie eine nach der anderen auf den Boden schob. »Hon, wo hat Mummy die Windeln?« Und Honey, die gerade damit beschäftigt war, auf dem Rasen Lehmfladen zu formen, antwortete ihm mit gebieterischer Miene, sie seien oben, in der Schublade mit den Strumpfhosen und Socken.

»Aber sie hat doch bestimmt einen Geheimvorrat ...« Er konnte nicht noch einmal Jemmas bitteres Gesicht ertragen, und so schnappte er sich Lola, wischte sie mit einem Spüllappen sauber und steckte sie ohne Windel in ihre Kleider.

Es dauerte eine halbe Stunde, bis er sie alle endlich so weit hatte, dass sie rausgehen konnten. Wo waren Honeys Schuhe? Der Zwillingsbuggy schien irgendwie zu klemmen, so dass es knackte, als er gewaltsam versuchte, ihn aufzubekommen, und das Verdeck danach schief herunterhing.

Irgendwann standen sie draußen auf der Eingangstreppe. Dan holte tief Luft und schloss für einen Moment die Augen. Als er sie wieder öffnete, war Ben, der darauf bestanden hatte, seinen Roller mitzunehmen, auf seinen kleinen Beinen so weit vorausgeeilt, dass Dan losrennen musste und ihm scherzhaft der Kopf pochte, als er ihn eingeholt hatte. »Ich bin müde«, erklärte Ben, als er ihn erwischte, »ich will nicht mehr Roller fahren«, folglich klappte Dan das unhandliche Metallgestell zusammen und versuchte, es auf die Ablage des Buggys zu schieben, so dass er, als er ihn wieder anschob, mit dem Schienbein gegen das scharfkantige Scharnier stieß. Sein Fluch ging in Lolas Protestgeschrei unter, als sich das Rad des Rollers durch den Leinensitz in ihren Hintern drückte. »Kannst du mich tragen?«, fragte Ben, und Honey verlangte, ebenfalls auf den Arm genommen zu werden, falls er Ben trug. »Nein, ihr könnt nicht auf den Arm, keiner von beiden«, schnauzte Dan und stapfte grimmig weiter.

Später tat es ihm leid, und so ließ er die Kinder selbst ihre Getränke bestellen, was er augenblicklich bereute, als sie sich für ein grellbuntes Gesöff mit Farbstoff und zerstoßenem Eis entschieden, das sie staunend bis zum letzten Tropfen leer schlürften. Sie bekamen einen blauen Mund und hatten bereits einen vollen Bauch, als die Bedienung endlich das Essen brachte, so dass sie kaum mehr als ein paar soßentriefende Spaghetti herunterbekamen. Und letztlich war das Ganze für die Katz. Bei seiner Rückkehr saß Jemma am Küchentisch und las angestrengt die Stellenangebote einer Zeitung, deren Gedrucktes von ihren Tränen gesprenkelt war. »Wieso hast du mich nicht gefragt, ob ich mitkommen will?«, sagte sie. »Den Kindern ist es egal, du fehlst *mir.*« Er nahm sie in die Arme und küsste ihre salzigen Augenlider, den nassen Nasenrücken. »Hey«, versuchte er sie zu trösten. »Das wird schon mit uns. Wir packen das. Hör mal, wieso besorgst du dir nicht einen Babysitter und kommst nach dem Stück zu mir?«

»Morgen Abend?«

»Jederzeit. Jeden Abend.«

Jemma drückte das Gesicht an seine Schulter.

»Machen wir uns keine Sorgen ums Geld. Wer weiß, vielleicht flattert jeden Moment ein ganz großes Angebot auf den Tisch.«

»Ja«, pflichtete sie bei. »Wer weiß.«

Für die letzten zwei Wochen war das Stück ausverkauft. Alle möglichen Leute fragten ihn ständig wegen Karten, und so traf er immer früher ein, feilschte mit der Dame an der Abendkasse, lehnte sich über die Theke, machte Vorschläge, wie sie durch Verrücken und Verschieben Platz für ein paar zusätzliche Sitze schaffen konnten.

Am Ende dieser Laufzeit sind wir so was von pleite, sorgte er sich im Stillen, als Jemma seinen Rat befolgte und für vier Abende die Woche einen Babysitter engagierte; zugleich versuchte er, die Angst vor dem überzogenen Steuerbescheid zu verdrängen, der zu seinem derzeitigen tatsächlichen Verdienst in keinem Verhältnis stand. Doch nach der Vorstellung lösten sich seine Ängste jedes Mal in Luft auf, und er freute sich, Jemma zu sehen, die jetzt gewissermaßen frei und ungebunden war und an der Bar auf ihn wartete. Sie hockten, bis die Lichter ausgingen, dicht gedrängt auf einer Sitzbank und redeten mit Freunden – Hettie und Samantha, Pierre, Stuart, Kevin und sogar Charlie, die über Nell Gilbys kometenhaften Aufstieg erstaunlich mitteilsam war, über die guten alten Zeiten. Jonathan, der frisch und gesund aussah, wartete mit der Neuigkeit auf, dass Silvio in den Ruhestand getreten war und dass Patrick gerade versuchte, das Geld für eine professionelle *Hamlet*-Inszenierung mit einer Tournee durch Provinztheater und anschließend einer kurzen Laufzeit in

London aufzutreiben. »Wundert mich eigentlich, dass er sich nicht bei dir gemeldet hat«, sagte Jonathan zu Dan. »Als ich ihn das letzte Mal gesehen habe, sprach er von nichts anderem. Noch einmal *Hamlet* aufzuführen. Diesmal mit dir.«

Dans Blick schwenkte zu Jemma.

»Natürlich«, fuhr Jonathan fort, »hatte ich gehofft, er würde mich noch einmal nehmen ... aber heutzutage tanzen alle nach der Pfeife der Investoren, nicht wahr, und mein Name sagt ja keinem was.« Er lachte. »Wenn ich Glück habe, darf ich den Geist spielen.« Er lachte.

»Und wenn *ich* Glück habe«, seufzte Stuart, »spiele ich die Herren und Frauen vom Hof, Offiziere, Soldaten und anderes Gefolge von Laertes. Das heißt, falls er dafür nicht Samantha nimmt.« Und selbst Samantha musste lachen.

»Ich denke, es ist Zeit für einen Trinkspruch.« Pierre beeilte sich, das Thema zu wechseln. »Auf Dan und seine herausragende schauspielerische Leistung hier und heute Abend.« Und er stand auf, um ihnen allen Champagner zu spendieren.

»*Hat* sich Patrick bei dir gemeldet?«, fragte Jemma, sobald sie draußen auf der Straße waren und an einer Bushaltestelle warteten.

Dan zuckte die Achseln. »Er hat mir geschrieben.« Er konnte es ihr ebenso gut sagen. »Und hat gefragt, ob er, sozusagen als Teil des Gesamtpakets, meinen Namen nennen darf, um die Gelder aufzutreiben.« Er merkte, wie Jemma neben ihm frostig wurde. »Hey, was macht das schon? Der stellt das nie und nimmer auf die Beine.«

»Du hättest ihm nicht mal antworten sollen. Je mehr

ich drüber nachdenke, desto mehr wird mir klar, dass er gefährlich ist …«

»Sch …« Dan sah das gelbe Licht eines Taxis nahen. Er winkte es heran und bugsierte Jemma hinein. »Nicht gefährlich. Nur ein verbitterter, enttäuschter Mann.«

»Du willst es machen!« Jemma funkelte ihn wütend an. »Du würdest es tun, gib's zu!«

Dan seufzte. Welcher Schauspieler hatte denn nicht schon davon geträumt, dass sein Name in einer Reihe mit Gielgud, Olivier, Sarah Bernhardt, Michael Redgrave, Jonathan Pryce, Kenneth Branagh unsterblich wird. »Keine Sorge«, sagte er, »ich hab ihm nichts versprochen, ich hab nur gesagt, wieso nicht, erwähnen Sie meinen Namen, viel Glück, und ich hab nie wieder von ihm gehört.«

»Schon seltsam, dass er sich das Stück nicht angesehen hat.« Ihre Augen funkelten. »Oder hat er?«

»Nein! Jedenfalls hab ich ihn nie gesehen.«

»Das Schreckliche bei dir«, sagte Jemma und rutschte auf ihrem Sitz nach vorn, »das Schreckliche ist, dass du so ein verdammt guter Schauspieler bist und ich nie weiß, ob du lügst.«

»Tu ich nicht. Ehrlich. Und falls er gekommen ist«, sagte Dan, von ihrem Kompliment geschmeichelt, »dann hat er sich vermutlich sofort wieder aus dem Staub gemacht. Sehr gut möglich, dass er es gehasst hat.«

»Stimmt. Er hat immer alles gehasst. Aber Dan, versprich mir, dich nicht darauf einzulassen. Das könnte ich nicht ertragen, und von allem anderen mal abgesehen, ist es auch irgendwie unrecht, so als würde man für Pol Pot Werbung machen.«

»Um Himmels willen«, sagte Dan lachend. »Ich leugne

ja nicht, dass er ein Tyrann war, aber gib dem Kerl nicht mehr Ehre, als ihm gebührt. Er war nur ein winzig kleiner Tyrann. Er hat mich angelogen, er hat dich aus dem College geschmissen. Er hat nicht unser ganzes Dorf massakriert.«

Jemma schwieg.

Dan nahm ihre Hand. »Du könntest es immer noch versuchen. Das weißt du doch, oder? Falls es dir fehlt, die Schauspielerei, meine ich.«

»Nein.« Sie runzelte die Stirn. »Nicht so sehr, wie ich die Kinder vermissen würde, falls ich tatsächlich je eine Stelle bekäme. Und überhaupt, wie sollten wir klarkommen, wenn ich auf Tournee gehen wollte? Aber eines Tages … bald fang ich wieder mit dem Übersetzen an … ich hab was entdeckt, das sogar ein gutes Stück abgeben könnte.«

Er legte den Arm um sie. »Hör mal, ich weiß, dass es verrückt ist, aber du kannst es schon verstehen, oder? Das mit *Hamlet*, dass es irgendwie eine Genugtuung war, gefragt zu werden?«

Das Taxi hielt vor ihrem Haus. Die Fenster waren dunkel, die Straße war dunkel. Einen Moment lang glaubte Dan, es hätte vielleicht einen Stromausfall gegeben, doch dann wurde ihm bewusst, dass es ein Uhr nachts war. »Sie können gleich unser Taxi nehmen«, sagte Dan zu der Babysitterin, öffnete die Brieftasche und zog einen Zwanzigpfundschein heraus. »Es bringt Sie direkt nach Hause«, und als Jemma gleich nach oben verschwand, um nach den Kindern zu sehen, sah er zu, wie das Mädchen ihren Oberstufen-Lernstoff in die Tasche steckte. »Was haben Sie für Leistungskurse?«

»Mathe, Französisch und Wirtschaft«, antwortete sie und lächelte schüchtern. »Gute Nacht.«

Die Haustür fiel mit einem Klicken ins Schloss, und das Brummen des Taxis wurde leiser, als es aus ihrer Straße abbog. Dan horchte. Drinnen war es still. Die tiefe, warme Stille von kleinen Menschen, die schliefen. »Sein oder Nichtsein«, murmelte er, und als ihm einfiel, dass er versprochen hatte, am nächsten Morgen endlich früh aufzustehen und Honey zur Schule zu bringen, ging er müde nach oben.

Die letzte Matinee fühlte sich unwirklich an. Jedes Wort schien, sobald es ihnen über die Lippen gekommen war, für immer unaussprechlich. Gelegentlich trafen sich ihre Blicke, und sie fielen für den Bruchteil einer Sekunde aus ihrer Rolle. Danach versammelten sie sich im Künstlerzimmer zum Tee und einem improvisierten Frühstück. Auch die Bühnenarbeiter kamen dazu, und sie legten alle ihren Proviant zusammen – Brot und Käse, kleine Schälchen mit Salat, Kuchen, Baiser und Schokolade. Es gab Limo in Dosen und Holunderblüten-Bionade. Sie stießen damit an, als wäre es Champagner.

Vor der Abendvorstellung schaute der Regisseur herein. »Was soll ich sagen?« Er hob die Hände, und ausnahmsweise fiel ihm einmal nichts ein. Vor der letzten Abendvorstellung nahmen sich die Schauspieler so wie vor der Premiere hinter den Kulissen in die Arme, und inzwischen waren sie so miteinander vertraut, dass sie nichts zu sagen brauchten. Die Musik verebbte, die Lichter gingen an, und Dan trat auf die Bühne. Er spürte es augenblicklich, das Publikum war anders. Es atmete mit ihm, seufzte und lachte, trauerte um jedes unwiederbringliche Wort. Er entdeckte den Autor, der verdrießlich wie immer auf einem der fürs Haus reservierten Plätze am Gang saß, und nur um ihn ein wenig aufzurütteln, probierte er etwas Neues aus, ein neckisches Tänzchen, mit dem er beinahe Brian aus dem Konzept gebracht hätte. Doch Brian ging darauf ein und ahmte ihn nach, so dass Michelle, als sie dazukam, lachte und ihnen mit ihrer offenen, frischen Mimik zeigte, dass sie bereit war, mitzuspielen.

In der Pause machte Dan um seine Garderobe einen großen Bogen und blieb stattdessen im Flur, wo er gierig Wasser trank und sich den Kopf mit einem Handtuch abtrocknete. Er hatte bereits die Karten heruntergenommen, seine Bücher und die Decke in Taschen gepackt, so dass es nicht länger sein Refugium war, woran er jetzt lieber nicht erinnert werden wollte. In der zweiten Hälfte war das Publikum ernster gestimmt, als strebten die Menschen mit ihm dem Ende zu oder warteten auch nur darauf, sobald der Vorhang fiel, ihre Gefühle zum Ausdruck zu bringen, was sie dann auch taten, indem sie stehend die Hände in die Höhe reckten und mit aller Kraft klatschten. Dan klebte das Hemd an der Brust, ihm klopfte das Herz wie wild, und er drückte Michelle die Finger so fest, dass sie einen spitzen Schrei ausstieß. Das Publikum lachte. Die Schauspieler verbeugten sich noch einmal, und als er den Kopf hob, fühlte er sich mächtig wie ein Herrscher.

Jetzt war er froh, dass er seine Sachen schon gepackt hatte. Er konnte nicht schnell genug nach draußen kommen. Zahnbürste, Kamm, iPod-Lautsprecher. Er schnappte sich die Orchidee, die Lenny ihm geschickt hatte, und hinterließ eine Spur Erde auf der Treppe.

Die anderen warteten, die Taschen an die Beine gelehnt, am Bühnenausgang auf ihn. »Und ...« Sie sahen sich an. »Noch jemand Lust, was zu trinken?«

Doch Dan wusste, dass Brian gleich am nächsten Morgen an einem Filmset auf der Isle of Man sein musste, und Michelles Eltern waren extra aus Newcastle heruntergekommen, um sie nach Hause zu bringen. »Wir bleiben in Verbindung«, versprachen sie einander, und genau in dem Moment drängte ein Mann in Overall mit einem Styroporfelsen an ihnen vorbei. Als hinter ihm eine Schwingtür aufschwang, hallten das Kreischen von Bohrern und Gehämmer herüber. »Man sollte meinen, sie hätten noch warten können«, bemerkte Dan verstimmt, »bevor sie das Bühnenbild auseinandernehmen.«

Ein anderer Mann kam mit einem Stuhl vorbei. Dans Stuhl. Dem Stuhl, auf den er vor kaum einer halben Stunde weinend gesunken war. »Es war toll.« Er machte ein bekümmertes Gesicht, und nachdem sie keinen Text mehr hatten, fehlten ihnen allen drei die Worte.

Michelle legte die Arme um Dan und gab ihm einen Kuss auf die Wange. »Danke für alles«, sagte sie, »es war unvergesslich«, und mit Brian machte sie dasselbe. »Ich werde euch vermissen.« Ihr standen Tränen in den Augen, dann packte sie ihre prall gefüllten Taschen und rannte davon.

Ein weiterer Styroporfelsen kreuzte ihren Weg, was Brian zu ihm sagte, ging in der Kreissäge unter. In wenigen Stunden würde ihr Bühnenbild verschwunden sein. Bis Montagmorgen stünden die neuen Kulissen, und die Schauspieler für das neue Stück, eine Komödie, würden zur Generalprobe kommen und – einander noch fremd – versuchen, sich zurechtzufinden.

»Alles Gute«, riefen sie sich noch zu, und da Dan jetzt keine Kneipe voller fremder Menschen ertragen hätte, machte er sich auf den Heimweg.

Am Sonntag ging es einigermaßen. Das war ohnehin sein freier Abend. Doch als Dan am Montag erwachte, war es, als wäre jemand gestorben. Jemma stupste ihn. »Kommst du zum Frühstück runter?«, fragte sie beschwingt, doch er konnte sich nicht rühren.

Später lief er in die Stadt, trank einen Kaffee, schaute bei Lenny vorbei, der jedoch für seine Verhältnisse ausgesprochen beschäftigt war. »Tut mir leid«, formte er, die Hand über dem Telefon, mit den Lippen und wandte sich wieder einer offenbar komplizierten Verhandlung auf hoher Ebene zu.

Am Nachmittag rief seine Voiceover-Agentin bei ihm an. »Was würden Sie davon halten ...«, sie zögerte, »die Worte ›erektile Dysfunktion‹ zu sprechen?«

»Hmmm. Ich bin ...« Dan wusste nicht recht, was er davon halten sollte.

»Es wird eine groß angelegte Kampagne.« Es lag ein Anflug von Amüsement in ihrer Stimme.

Dan sprach die Worte, nur so zur Probe, im Flüsterton aus. »Nein«, entschied er. »Ich denke, da passe ich.«

»Arthritis?«

»Wie bitte?«

»Ich weiß, das ist ziemlich weit hergeholt, aber die brauchen einen jungen Menschen an der Spitze einer Aufklärungskampagne, allerdings wollen sie jemanden, der tatsächlich daran leidet.«

»Ich könnte so tun ...«

»Schade«, seufzte seine Agentin. »Das wird wirklich eine ganz große Sache.«

Und sie versprach, sich bald wieder zu melden.

An diesem Abend saß er am Tisch und sah seinen Kindern beim Essen zu. Er half Ben dabei, sein Würstchen zu schneiden, und wischte Honey den Ketchup-Schnurrbart aus dem Gesicht. Er stand draußen im Garten, während die Zwillinge die zertrampelten, zerrupften Blumenbeete nach Schnecken absuchten, und saß auf dem Badewannenrand, als sie, jeweils zu zweit, planschten und spritzten. Er fühlte sich erschöpft, dabei war es gerade mal sieben. »Sollen wir sie ins Bett bringen?« Er hatte nur noch den einen Wunsch, sich aufs Sofa zu legen und die Glotze anzumachen.

Jemma blickte finster drein. »Wenn sie jetzt ins Bett kommen, sind sie im Morgengrauen wach. Ich lass sie möglichst immer erst um acht schlafen gehen.«

»Ach so.« Er stand in der Tür und sah zu, wie Jemma ihre feuchten, rosigen Körper in Pyjamas zwängte. Sie lachten und wanden sich ihr aus den Händen, sie jagte ihnen hinterher, indem sie glücklich auf allen vieren krabbelte und dabei knurrte, miaute und brüllte, bis sie sich vor Lachen nicht mehr halten konnten.

Dan schmunzelte müde. Es war, als sähe er aus der Ferne zu. Er stand auf und räkelte sich. »Dann gute Nacht.« Aus Angst, dass sie sich wehren könnten, wagte er nicht, sie zu küssen. »Ich mach uns dann schon mal was zum Abendessen, ja?«

»Klar.« Jemma sah weg.

Er ging in den Garten und sah auf sein Handy. Nichts.

Die Welt hatte beschlossen, ihm einen weiteren freien Tag zu gönnen. Er scrollte die Nummern herunter, bis er zu Brian kam. Sein Finger schwebte über dem Namen. Nein, das ließ er besser bleiben. Brian musste am Set sein, womöglich noch bei den Dreharbeiten, oder er brauchte nach der langen Fahrt seinen Schlaf. In dem Moment summte das Handy in seiner Hand. Es war Michelle.

»Hallo!«

»Wie spät ist es?«, fragte sie ihn in lachendem Ton.

»Wieso?« Dan drehte sich um und sah durch die Tür auf die Küchenuhr. Es war 19 Uhr 42.

»Es ist genau der Moment«, erklärte sie, »in dem wir uns auf der Bühne begegnen.«

»Stimmt.« Er sah weiter auf die Uhr. Normalerweise packte er sie jetzt bei der Hand und schnauzte sie böse an.

»Ich vermisse das alles so sehr«, flüsterte sie. »Ich fühle mich hundeelend.«

»Ich auch.« Er setzte sich auf die Plastikstufe der Rutsche und drückte das Handy fester ans Ohr. »Und was hast du jetzt vor?«

»Nichts«, seufzte sie. »Vielleicht für den Rest meines Lebens.«

Er hatte das Gefühl, an dem heutigen Tag zum ersten Mal lebendig zu sein. »Du fehlst mir«, sagte er, und am anderen Ende trat kurze Stille ein.

»Du mir auch«, antwortete sie mit brüchiger Stimme. »Falls ich mal nach London runterkäme … ich meine, nächste Woche oder so, meinst du … wir könnten uns treffen?«

Dan sah zum Fenster hoch und erhaschte einen Blick auf Jemma, die gerade die Gardinen zuzog. Sie winkte ihm zu, und im nächsten Moment erschienen die vier rosigen, blinzelnden Gesichter seiner Kinder über dem Sims. »Daddy!« Sie zeigten auf ihn wie auf ein exotisches wildes Tier. »Dad! Da ist er.«

»Sicher«, sagte er in beiläufigem Ton. »Lass uns in ein paar Tagen noch mal telefonieren.«

»Okay.« Ihre Stimme war leise, verwirrt. »Ich denke morgen um diese Zeit an dich.«

»Ich auch an dich.« Er nickte. »19 Uhr 42.« Und hastig schaltete er das Handy aus.

KÖNIGLICHES PROTOKOLL

Nell ließ sich ein Bad ein und spähte zu dem engen Kleid aus Silbersatin hinüber, das in einer Plastikhülle auf einem Kleiderbügel am Türhaken hing. Sie hatte zehn Karten für die heutige Premiere von *Mary Peacock* bekommen, doch außer Charlie, die ihr versprochen hatte, sie zu begleiten, würde sie die anderen erst sehen, wenn sie zu ihrem Platz ging. Ihre Mutter würde da sein, ihre Schwester und deren Mann, ihre Tanten und ihr Onkel und natürlich Lewis, der Freund ihrer Mutter. Poppy von der PR-Firma hatte sich erboten, sie abzuholen und zum Kino zu bringen, doch Nell hatte ihr erklärt, sie traute sich die kurze Fahrt von Queen's Park bis zum Leicester Square mit Wagen und Chauffeur alleine zu.

Nell kramte in ihrem Koffer, der offen auf dem Schlafzimmerboden lag. Sie hatte sich Miederwäsche von Spanx für einen flachen Bauch besorgt und einen Balconette-BH mit abnehmbaren Trägern, den sie unter dem Kleid tragen würde. Beides hatte sie an einem drehfreien Wochenende in Austin, Texas, gefunden, wo sie Außenaufnahmen in der Wüste gemacht hatten, und sie waren noch verpackt, woran sich auch bis in alle Ewigkeit nichts geändert hätte, gäbe es nicht den heutigen Abend. Die PR-Firma, die für die Werbung für den Film zuständig war, hatte Tara Laurie angeheuert, um ihr das Kleid zu besorgen. Tara hatte in den großen Modegeschäften herumtelefoniert und gebeten, alles zusammenzustellen, was sie in Nells Größe hatten, und ihr dann am Tag ihrer Ankunft in Großbritannien Bescheid gegeben, die Kleider seien per Taxi zu ihr unterwegs. Während sie durch die Straßen Londons flitzten, stellte Nell sich vor, dass sie dabei war, eine Gruppe neuer, einflussreicher Freunde kennenzulernen – der eine streng, der andere überschwänglich, der nächste unauffällig, einer lässig, hier ein eher scheues Wesen, dort ein sprödes Naturell. Und wenn wir uns nun nicht verstehen?, dachte sie auf einmal, während sie nervös dabei zusah, wie die Kleider auf ihrer Stange die Treppe hochgetragen wurden. Nell hielt die Luft an und schlüpfte nacheinander in jedes hinein. Sie trug die Schuhe mit den höchsten Absätzen dazu und rauschte zwischen Bad und Wohnzimmer hin und her, damit Tara und ihre Assistentin Milly, die sie beide mit unerschütterlich professionellem Strahlen musterten, begutachten konnten. Doch vom ersten Augenblick an setzte Nell ihre Hoffnungen auf das silbrige Kleid. Ein bodenlanges, fließendes Modell aus stahlgrauem Satin, mit schmaler Taille und freien Schultern, das sie vielleicht in den künftigen Filmstar verwandelte, den man in ihr sah.

»Oh, ja«, sagte Tara. »Ich glaube, das ist es. Ja, wirklich.« Milly brachte den Begeisterungspegel auf Höchststand. »Es ist perfekt«, hauchte sie.

Die rumänische Näherin, die auch dabei war, kam mit einem gespickten Nadelkissenarmband herein. Das Kleid war um die Hüften ein wenig eng, doch wenn sie es leicht anhob und unter dem Hintern etwas enger machte, sah Nell nicht nur atemberaubend kurvenreich aus, sondern war auch imstande, sich zu setzen.

In den drei Tagen seit ihrer Rückkehr war Nell pausenlos mit Fotoshootings, Telefonanrufen, Kleideranproben, Terminplanungen und Fragenkatalogen beschäftigt. Das London, das sie hinter sich gelassen hatte, ein Ort der Anonymität, des Pflastertretens, der verpassten Busse, überfüllten U-Bahnen, die man schweigend ertrug, hatte sich in einen pulsierenden Strudel verwandelt, der sie – den Mittelpunkt des Interesses – mit sich riss. Die Menschen, denen sie jetzt begegnete, waren von ihr begeistert, fragten gierig nach jeder Einzelheit in ihrem Leben. Sie wollten etwas über ihre frühe Kindheit erfahren, die Scheidung ihrer Eltern, ihren Umzug nach London, den Neuanfang ihres Vaters in den Highlands mit seiner neuen Frau, die sie voneinander fernhielt. Beflügelt von so viel Aufmerksamkeit, erzählte Nell ihnen alles, gab gewissenhaft Namen, Daten und Einzelheiten preis. »Und stimmt es …«, eine stark geschminkte Frau beugte sich zu ihr vor, »dass der Regisseur von *Mary Peacock*, Ciaran Conway, von Ihnen so hingerissen war, dass er eine Fortsetzung plant, damit Sie wieder zusammenarbeiten können?«

»Nein!«, protestierte Nell und bekam dabei ein rotes Gesicht. »Ich meine, natürlich würde ich von Herzen gerne wieder mit Ciaran arbeiten …« Und aufgeregt versuchte sie, die engen Freundschaften zu erklären, die sich an einem Filmset entwickeln konnten, besonders, wenn die Crew über Monate irgendwo im Niemandsland gestrandet war. »Was ich eigentlich fragen wollte … Tatsächlich? … Ist das wahr? … Und ordnet man das immer richtig ein?« Nell merkte, wie ihr bei der Erinnerung an ihre letzte Begegnung mit Ciaran das Herz schneller schlug. Sie war von der Abschiedsparty nach draußen gestolpert und hatte ihn mit einer Zigarette allein in der schwarzen Nacht stehen sehen. Drei Monate Sehnsucht und die unmittelbare Wirkung eines doppelten Brandy hatten ihr wohl den Mut verliehen, der ihr gewöhnlich abging, denn sie hatte sich hinter ihn geschlichen und ihm die Arme um die Taille geschlungen. »Das ist nicht das, was du brauchst«, hatte Ciaran geantwortet, auch wenn er sich zu ihr umdrehte und sie umarmte. »Es täte dir nicht gut, dich mit mir einzulassen.«

»Vielleicht doch.« Er hielt sie fest. »Vielleicht ist es genau das, was ich brauche.« Und sie hatten eng umschlungen dagestanden, während er ihr zuflüsterte, was sie schon wusste, dass er daheim in Irland eine Familie hatte, die bereits in die Brüche gegangen war, und dass er für den größten Teil des laufenden Jahres zur Nachproduktion am Film in Australien sei. »Du hast ein neues Leben vor dir«, flüsterte er, und es stimmte, ihre Taschen waren gepackt, ein Wagen gemietet, der sie am nächsten Tag zum Flughafen bringen sollte, von wo aus sie nach Moskau fliegen würde.

»Ich werde dich vermissen«, sagte sie, »es wird niemals dasselbe sein, egal, was ich künftig mache.« Er hatte ihre Hand genommen, sie geküsst und, wie um seine Willenskraft unter Beweis zu stellen, die Plane zum Partyzelt hochgehoben und sie wieder hineingeführt.

Nells Fragesteller richteten ihr Interesse auf ihren nächsten Film und hörten aufmerksam zu, als sie ihre Zeit in Russland beschrieb, das öde, graue Einerlei der Städte, den gelegentlichen Blick auf eine romantische Sommer-Datscha aus dem Fenster im Zug. Doch dann fragten sie unermüdlich nach dem Skandal um den Versuch des männlichen Hauptdarstellers, sich aus einem Fenster im dritten Stock zu stürzen, nachdem er gebeten wurde, dieselbe kurze Szene zum siebenundzwanzigsten Mal zu drehen. Als sie schließlich zu ihrem kurzen Intermezzo in Texas kamen – jenen seltsam friedlichen drei Monaten, in denen sie eine entführte Pionierin spielte –, hatte sie vergessen, welchen Film sie bewerben sollte. MARY PEACOCK, schrieb sie in Großbuchstaben auf einen Zettel neben dem Telefon, und sie blieb einen Moment stehen, um sich an jenen schönen Wintermorgen mit dem ersten Schneefall zurückzuerinnern, als dasselbe Telefon geklingelt und sie in ein neues Leben katapultiert hatte.

Das damalige Weihnachten hatte sie im Flugzeug verbracht. Sie hatte es sich zusammen mit einer kleinen Gemeinde von Festtagsabstinenzlern in der Business Class bequem gemacht und war ans andere Ende der Welt geflogen. Doch ein Jahr später hatte sie, um nicht wieder allein zu sein, zu Weihnachten ihre Mutter nach Amerika geholt, und sie hatten sich, in Cowboyhut und dickem Karohemd, in einem windigen, staubigen Hof ein zünftiges Barbecue schmecken lassen. Eine Band hatte gespielt, und später hatten, befeuert vom Tequila, die ältesten und schwerfälligsten Mitglieder der Crew unter einem Zeltdach einen Squaredance hingelegt.

Lieber Ciaran, Nell hatte Karten, E-Mails und Briefe geschrieben, in denen sie die aufregenden wie auch die beängstigenden Erfahrungen ihrer neuen Karriere schilderte, damit er erfuhr, wie sie das, was sie bei *Mary Peacock* von ihm gelernt hatte, bei ihrer weiteren Arbeit anwendete. Doch sie schickte sie nie ab. Sie war zu weit von zu Hause entfernt, um zu riskieren, dass sie keine Antwort bekam, eine Möglichkeit, die sie sich kaum auszumalen getraute und die sie schwer getroffen hätte.

Der einzige Mensch aus Fleisch und Blut, den Nell seit ihrer Rückkehr gesehen hatte, war Sita. Ihre Freundin war am ersten Abend mit Tupperschüsseln voller indischem Essen aus der Küche ihrer neuen Schwiegermutter und einer kleinen Wölbung, die unter den Lagen ihrer Kleidung kaum zu sehen war, bei ihr vorbeigekommen.

»Sita!« Bei ihrer Umarmung hatte Nell die Wärme in ihrem Körper gespürt, die fest gespannte Haut ihres vorstehenden Bauchs. »Wieso hast du mir nichts davon erzählt?«

»Ich konnte nicht«, sagte Sita gequält. »Nicht am Telefon.«

Nell umarmte sie noch einmal. »Tut mir leid. Ich bin nur … es ist so etwas Wichtiges, deswegen.«

»Na ja, ich *bin* verheiratet …« Sita lachte. »Ich bin zweiunddreißig. Wenn ich noch viel länger gewartet hätte, wäre meine Schwester Großmutter, bevor ich das erste Kind bekomme.«

»Es ist toll, ich freu mich so für dich«, Nell schniefte. »Wirklich. Kann ich Patentante werden?«

»Du kannst Tante werden. Eine der Tanten. Bis in alle Ewigkeit.«

Sie lachten und setzten sich zum Essen, und als Nell Auberginen und Blumenkohl und die langen grünen Schoten der Okras auf die Teller löffelte, fragte sie: »Und? Hast du es aufgegeben? Ich meine, ist es endgültig passé? Mit der Schauspielerei?«

»Die Schauspielerei hat *mich* aufgegeben, um ehrlich zu sein.«

»Aber du warst so gut.« Nell wusste selbst nicht, warum sie das sagte. »Im Jugendtheater. Die Beste von uns allen.«

»Das stimmt nicht. Und überhaupt …« Sie zuckte die Achseln. »Darum geht es auch nicht. Im Moment bin ich glücklich. Ich bin endlich nicht mehr in jemanden verliebt, der nicht zu haben ist, oder in jemanden, der nicht gerade freundlich zu mir ist, und habe … na ja, eben Raj gefunden, der tatsächlich da ist, und ein wunderbarer Mensch.«

Nell nahm noch eine Gabel Reis. Sie merkte, dass sie stur und unnachgiebig war. »Vielleicht könnten wir jetzt, wo ich zurück bin, eine von unseren Shows aufführen.«

»Klar doch«, Sita drehte ihr schwarzes Haar im Nacken zu einem Knoten, der sich auf ihrer seidigen Haut wieder aufrollen würde, »der Filmstar und die schwangere Vorzimmerdame.«

»Was sagt deine Agentin?«

»Nicht viel.«

Eine Weile sahen sie sich an, und dann mussten sie beide lachen. Nell stand auf und legte Musik ein, die alten Blues-Titel, die sie immer samstagmorgens zum Hausputz gespielt hatten.

»Erinnerst du dich, wie wir in Somerset waren?« Sita wiegte sich zur Musik.

»Ja«, sagte Nell. »Wie verzweifelt waren wir bloß? Ich meine, ich. Du warst natürlich immer die Coole.«

»Aber jetzt sieh dich an.«

»Schon. Aber sieh dich an.«

Sita streckte die Hände aus, und sie tanzten lachend, stießen gegen Schränke, fegten Zeitungs- und Zeitschriften-Ausschnitte vom Tisch, verstreuten Party-Einladungen auf dem Boden.

»Ich wünschte, du könntest bleiben«, sagte Nell. Sie hatte Sita gesagt, sie könnte die Wohnung haben, zusammen mit Raj, sie wäre vermutlich sowieso kaum einmal da, doch zu ihrer Hochzeit hatte Rajs Vater ihnen die Anzahlung für ein Haus in New Cross geschenkt, mit zwei Schlafzimmern und einer eigenen kleinen Gartenterrasse, und obwohl Sita ihr anvertraut hatte, sie wäre eigentlich lieber zur Miete dageblieben, wussten sie beide, dass es gelogen war.

Nell stieg aus dem seifigen, inzwischen lauwarmen Wasser ihrer Badewanne. Sie trocknete sich ab und zog einen dieser flauschigen weißen Frotteemäntel über, von denen sich jedes Hotel erhofft, dass die Gäste sie nicht mitgehen lassen. Doch dank der Produzenten des Films, die ihr genau so einen geschenkt hatten, noch dazu mit dem Namen ihrer Figur, Mary Peacock, in roten Lettern auf den Rücken gestickt, hatte sie der Versuchung widerstehen können. Wie seltsam, dachte sie, wo ich ihn mir endlich hätte leisten können, und ihr dämmerte, dass es viel leichter war, reich zu bleiben, wenn man es erst einmal war. Für einen Moment legte sich Nell in ihr zerwühltes Bett. Zum ersten Mal in den letzten drei Tagen hatte sie eine Minute für sich allein, und sie holte drei Mal tief Luft, bevor sie zu dem Terminplan griff, den Poppy am Nachmittag mit einem Boten vorbeigeschickt hatte.

Mary Peacock. Ablaufplan zur Königlichen Premiere. Nell Gilby.

18 Uhr 05 Wagen, der Sie zu Hause abholt und zum Kino bringt.

Dresscode. Abendgarderobe. (Handschuhe sind vorgeschrieben.)

Handschuhe? Nell sah sich um. Wer hatte je Handschuhe erwähnt?

18 Uhr 45 Ankunft vor dem Kino, wo Sie in Empfang genommen und an der Presse vorbeigeleitet werden.

Sie werden anschließend zum oberen Foyer geführt, wo Sie wieder mit Ihrem Gast zusammentreffen und darauf warten, den Repräsentanten des Königshauses vorgestellt zu werden.

Ein zweites Blatt war angeheftet:

Königliches Protokoll.

Wenn Seine Königliche Hoheit, der Prinz von Wales, und Ihre Königliche Hoheit, die Herzogin von Cornwall, die Reihe der Personen abschreiten, die ihnen vorgestellt werden …

In dem Moment klingelte es an der Tür. Mein Gast, dachte sie, und für Sekunden hatte sie ein wenig Angst. Hätte sie doch nur Sita gebeten, sie zu begleiten, aber Sita wollte natürlich mit Raj hingehen, und außerdem schien es einfach richtig, Charlie zu fragen, so wie Charlie umgekehrt sie zur Premiere von *The Haven Report* gefragt hatte, wenn auch nur, weil sie sich gerade mit ihrem damaligen Freund gestritten hatte – zu schön, dass sie sich jetzt nicht einmal mehr an seinen Namen erinnern konnte – und es zu ihrer Rache gehört hatte, an seiner Stelle Nell mitzunehmen.

»Eine Sekunde.« Nell sah in den Spiegel oberhalb der Treppe und band sich schnell die Haare zusammen. »Ich komme«, und als sie mit nackten Füßen zur Haustür hinunterlief, begutachtete sie ihre makellosen, kirschroten

Zehennägel, als wäre sie ein anderer Mensch. Doch es war nicht Charlie, sondern Melissa, die Maskenbildnerin, die, gegen die Kälte vermummt, mit einem derart großen Rollkoffer an Zubehör dastand, dass sie Mühe hatte, ihn die Treppe hochzuwuchten. »Ich hätte gerne einen natürlichen Look, wenn das gestattet ist«, sagte Nell, und als sie sich ins Gedächtnis rief, wer sie jetzt war, fügte sie mit mehr Nachdruck hinzu: »Natürlich, aber absolut hinreißend bitte.« Und sie leitete Melissa in die Küche.

Wenig später trafen zitternd Tara und Milly ein, die sich vor Kälte in die Hände hauchten, obwohl Nell noch sah, wie das warme Taxi, aus dem sie gestiegen waren, davonbrauste.

»Verflucht«, schimpfte Tara, »das sind ja arktische Temperaturen«, und als sie Nell in ihrem Frotteemantel sah, mahnte sie – nicht zum ersten Mal –, sie dürfe unter gar keinen Umständen an diesem Abend einen Mantel tragen. »Du kannst im Auto einen anziehen, kein Problem, aber lass dich auf keinen Fall dazu hinreißen, ihn mitzunehmen, und sei es auch nur, um ihn über die Schulter zu hängen, sonst wird dein Kleid nicht fotografiert, die Designerin bekommt einen Tobsuchtsanfall, und rate mal, wer eins auf die Mütze kriegt. Meine Wenigkeit, so sieht's nämlich aus.«

»In Ordnung«, sagte Nell. Sie ging zum Fenster und blickte in das schiefergraue Dämmerlicht des späten Nachmittags hinaus.

Melissa war halb mit Nells Make-up fertig, als es wieder an der Haustür klingelte. »Ich geh runter«, erbot sich Milly.

»Nein, schon gut.« Nell wartete, bis ihre Wimpern von einem mittelalterlichen Folterinstrument befreit waren, das versprach, sie ein gutes Stück länger aussehen zu lassen. »Ich geh selbst.« Ihr Haar war am Hinterkopf hochgesteckt und ihr Gesicht nur halb geschminkt, doch sie rannte trotzdem die Treppe hinunter.

»Charlie!« Charlie stand im Parka, mit hochgezogener Kapuze vor Nell. Irgendetwas war anders an ihr, doch bevor Nell ausmachen konnte, was, hatte Charlie sie in die Arme geschlossen. »Sachte, sachte«, warnte sie, als die klebrige Schicht ihres Make-ups verschmierte.

»Kein Problem«, sagte Charlie, »ich hab mein Kleid hier drin«, und sie hielt eine Plastiktüte hoch.

»Nein!« Nell lachte. »Ich meinte mich!« Charlie legte den Kopf schief und sagte: »Du siehst toll aus.«

»Du auch.« Nell trat einen Schritt zurück, um sie besser sehen zu können.

»Was ist?« Charlie zog ihre Kapuze herunter.

»Nichts.« Nell wurde rot. »Du siehst einfach … ich hab dich so lange nicht mehr gesehen, weiter nichts.«

»Sehe wie aus?«

»Dein Haar …« Charlies Haar stand in einer Afrofrisur vom Kopf ab. »Ist das für eine Rolle?«

»Nein. Ich dachte mir nur, ich versuch's mal natürlich. Ich hab mich seit meinem vierzehnten Lebensjahr nicht mehr so gesehen.«

Nell führte sie nach oben. »Mir gefällt's.« Sie drehte sich noch einmal zu ihr um. »Es ist nur erst mal ein Schock.« Als Charlie ihren Mantel auszog, sah Nell, dass sie auch etwas dicker geworden war. Nicht richtig dick, das war unvorstellbar, doch ihre kantige Gestalt hatte rundere Formen angenommen, ihre Gesichtszüge waren weicher, die Kinnpartie verlief in sanftem Bogen zum Ohr.

»Hi allerseits.« Nell geleitete sie ins Zimmer. »Das ist meine Freundin, Charlie Adedayo-Martin.«

»Bemüht euch nicht«, sagte Charlie zu ihnen. »Ich lege mein Make-up selbst auf, und im Moment kann man an meinem Haar ohnehin nichts ändern.«

»Wie du willst«, sagte Melissa pikiert. »Falls du es dir noch anders überlegst, brauchst du nur was zu sagen.«

»Und jetzt lass mal sehen, was du da in der stylischen Tasche hast.« Nell setzte sich wieder vor die Unmenge der Schminktöpfe und neigte den Kopf, um sich weiter bearbeiten zu lassen, während Charlie ein elfenbeinfarbenes Seidenkleid mit cremefarbenen Federn am tiefen V-Ausschnitt herauszog. »Ich häng es auf, wenn ich darf«, und nachdem sie einen Kleiderbügel aus ihrer Einkaufstasche gezogen hatte, hängte sie es an eine hohe Schranktür.

»Bist du sicher, dass du es nicht bügeln willst?« Nell betrachtete die kreuz und quer verlaufenden Knitterfalten, doch Charlie zuckte die Achseln. »Macht nichts. Ich hab's schon mal getragen. Besser Knitter-Look als versengt.«

»Ich kann es mitbügeln«, bot ihr Milly an. Sie bearbeitete bereits Nells Kleid durch eine Schicht von Tüchern mit dem Dampfbügeleisen. Charlie war nicht zu erweichen. »Ich versichere euch, es ist in Ordnung.«

Taras Handy klingelte, und sie schnauzte hinein, indem sie einer Kollegin am anderen Ende, die kaum zu Wort kam, Anweisungen gab, sie beschwichtigte und ihr dann wieder Vorschriften machte.

»Also, Charlie ...« Nell konnte es nicht abwarten, die letzten Neuigkeiten zu hören, doch Melissa war gerade dabei, Nells Lippen mit einem kleinen, feuchten, kitzeligen Bürstchen zu konturieren. »Was ... ich meine ... seid ...«

Doch Melissas konzentrierter Ausdruck so dicht über ihrem Gesicht zwang sie, sich zu fügen.

»Irgendwer Tee?« Charlie stellte den Wasserkocher an und bewegte sich durch den Raum, als wäre er ihr vertraut, obwohl sie in all den Jahren, in denen Nell dort gewohnt hatte, wahrscheinlich nur zwei Mal zu Besuch gekommen war. Es war immer umgekehrt gewesen, Nell war gesprungen, hatte Trost gespendet und sie mit ihrem eigenen glanzlosen Leben beruhigt, denn sosehr Charlie ihre Liebhaber, ihre Finanzen, ihre Karriere auch in die Verzweiflung treiben mochten, schien es im Vergleich zu Nell alles nur halb so schlimm.

»Vergiss sie«, hatte Sita sie wütend gedrängt, doch das hätte Nell nie fertiggebracht. Einmal war sie sogar, nachdem Charlie am Telefon fast hyperventiliert hatte, mit dem Zug nach Manchester gefahren, doch als sie eintraf, hatte Charlie bereits in den Armen eines Kameramanns Trost gefunden und Nell am Ende allein in ihrem Pensionszimmer gesessen.

Charlie stellte die alte gepunktete Teekanne auf den Tisch. »Kann ich noch irgendwas bringen?«, fragte sie, nachdem sie Becher und Milch hingestellt hatte, und Nell bat sie, einen Spiegel zu holen. »Das kann ich doch machen.« Milly setzte das Bügeleisen ab, doch Charlie war schon gegangen. Sie kehrte mit dem größten, schwersten Spiegel zurück, den sie von der Badezimmerwand abgehängt hatte, hievte ihn auf den Tisch und hielt ihn mit beiden Händen. »Du siehst schön aus«, sagte sie in aufrichtigem Ton, bevor Nell eine Chance hatte, hineinzusehen, und Nell atmete langsam aus, senkte die Schultern und machte sich für den eigenen Anblick bereit.

»Ja, das ist gut.« Ihre Haut strahlte, ihre Lippen hatten dasselbe Kirschrot wie ihre Zehennägel. Ihre Augen waren mit rauchfarbenem Lidschatten geschminkt, ihre Wangenknochen durch dunklere Flächen darunter betont.

»Genug?« Charlie nahm den Spiegel und stellte ihn auf den Kaminsims. »Wann müssen wir hier los?« Sie fing mit ihrem eigenen Make-up an.

»Der Wagen kommt um sechs, soviel ich weiß«, sagte Nell. »Irgendwo liegt ein Ablaufplan.« Melissa bürstete und befeuchtete ihr Haar. »Er liegt auf meinem Bett.«

»Ich seh mal nach.«

»Entschuldige die Unordnung.« Nell merkte, wie sie ein wohliger Schauer überkam. Wie seltsam, dass Charlie Adedayo-Martin für sie herumlief, und sie dachte an die Premiere von *Celestina*, vor der sie die ganze Nacht aufgeblieben war, um Stoffbahnen schwarzer Spitze zusammenzunähen und damit, wenn möglich, einen nostalgischen Glamour zu erzielen, der dem Ereignis gerecht werden würde. Doch als der Abend gekommen war, fand sie sich inmitten von Mädchen in orangefarbener, gecrashter Seide und mit gebräunten Beinen wieder, zwischen denen sie wie ein Undercover-Bodyguard oder die altjüngferliche Tante einer der jungen Damen wirkte.

»›Nell Gilby‹«, las Charlie, als sie hereinkam. »›Königliche Premiere von *Mary Peacock,* zugunsten des Schauspieler-Unterstützungsfonds‹.« Sie stand am Ende des Tischs. »Königliches Protokoll‹«, fing sie an und legte eine Pause ein. »Hast du das hier gelesen?«

»Zum Teil.«

»Oh mein Gott.« Charlie riss sich zusammen, auch wenn ihr ein Grinsen um die Mundwinkel zuckte. »›Während Seine Königliche Hoheit, der Prinz von Wales, und Ihre Königliche Hoheit, die Herzogin von Cornwall, die Reihe der ihnen vorzustellenden Personen abschreiten, wird ihnen jeder mit vollem Namen und Titel vorgestellt.‹« Sie hüstelte und senkte die Stimme, um dem Regelwerk das Gewicht zu verleihen, das ihm zukam. »›Sowie Ihre Königliche Hoheit Ihren Namen hört, wird sie Ihnen die Hand reichen. Sie sollte mit leichtem Griff entgegengenommen werden, unmittelbar gefolgt von einer Verneigung – Männer leichte Verbeugung, Frauen entweder Knicks oder leichte Verbeugung‹«, Charlie versuchte beides, »›und Sie sollten ‚Eure Königliche Hoheit' oder ‚Ma'am' (reimt sich auf Spam) sagen, während Sie ihr die Hand schütteln.‹«

Nell, Melissa und sogar Tara kreischten vor Vergnügen. »Konnten sie nichts Würdigeres finden?« Charlie betrachtete das Blatt Papier. »*Ham* … *Pam* … Was gibt's sonst noch?«

»Lamb?«, schlug Nell vor, doch Charlie fürchtete, das könnte die Ausländer verwirren. »Ma'amb oder sogar Maaarm«, und Nell bekam einen solchen Lachanfall, dass sich der Frisierstab, mit dem Melissa ihr Haar traktierte, darin verfing.

»Also, ich denke mal, Spam ist urbritisch.« Charlie gebot mit erhobener Hand Ruhe. »Es kommt noch besser.« Sie räusperte sich. »›Wenn man Seiner Königlichen Hoheit, dem Prinzen von Wales, vorgestellt wird, sollte man ihm kurz die Hand schütteln und anschließend eine knappe Verbeugung machen – Männer. Angedeuteter Knicks oder Verbeugung – Frauen. Und man sollte ‚Eure Königliche Hoheit' oder ‚Sir' sagen, während man ihm die Hand schüttelt. Bitte beachten Sie, dass Frauen die Wahl haben zwischen einer kurzen Verbeugung oder einem Knicks.‹ Und jetzt kommt was richtig Wichtiges. ›Sie sollten nicht von sich aus eine Unterhaltung beginnen oder Ihrer Königlichen Hoheit Fragen stellen. Sollte Ihre Königliche Hoheit Sie etwas fragen, antworten Sie natürlich, indem Sie ‚Ma'am' einfließen lassen, zum Beispiel, Ihre Königliche Hoheit: ‚Hat Ihnen die Arbeit an diesem Film Freude gemacht?'‹ Antwort: ›‚Ja, Ma'am …'‹« Charlies Schultern bebten. »Ganz ehrlich, ich denk mir das nicht aus! ›Falls Seine Königliche Hoheit Ihnen eine Frage stellt‹«, sie riss sich zusammen, »›antworten Sie mit dem Wort ‚Sir', wie oben. Falls Ehepartner oder Lebensgefährten eingeladen sind, um dem Königlichen Defilee beizuwohnen, sollten sie hinter der vorzustellenden Person bleiben und UNTER KEINEN UMSTÄNDEN in die erste Reihe vortreten. Sobald die Königlichen Hoheiten die Reihe abgeschritten haben, werden die vorzustellenden Personen zur Bühne oder zu ihren Plätzen geleitet.‹«

»Gott sei's gedankt.«

»Nun, Nell Gilby, sagen Sie«, Charlie übertraf die kehlig königliche Aussprache des Prinzen von Wales, »hat Ihnen die Arbeit am Film Freude gemacht?«

»Ja, Sir«, Nell versuchte, im Sitzen zu knicksen. »Es hat richtig Spaß gemacht. Es war …«

»Die Zeit ist um«, schnauzte Charlie. »Inzwischen ist Seine Königliche Hoheit längst beim Nächsten. Glauben Sie, er hat den ganzen Abend zur Verfügung?« Sie drehte sich zu Tara um, die endlich aufgehört hatte zu telefonieren. »Nun, sagen Sie, hat Ihnen die Arbeit am Film Freude gemacht?«

Tara sah mit leuchtenden Augen zu Charlie auf und suchte krampfhaft nach einer Antwort.

»Ab in den Tower«, verfügte Charlie unerbittlich. Und Nell flehte sie an, aufzuhören.

»Gut.« Melissa legte den Lockenstab weg. »Schau dich an und sag, wie du es findest. Wir können immer noch Hand anlegen, wenn du dein Kleid anhast.« Sie tupfte Nells Gesicht mit Puder ab und entfernte das Mascararinnsal, das ihre hysterischen Tränen angerichtet hatten. Als Nell aufstand, herrschte einen Moment Schweigen. »Wunderschön«, flüsterte Charlie, und Tara kam heran und befestigte ein Paar Diamantgehänge an Nells Ohrläppchen.

»Ja«, seufzte Milly. »Ganz zauberhaft.«

Nell betrachtete sich im Spiegel. »Danke.« Sie musste unentwegt lächeln. Das Haar fiel ihr in glänzenden Wellen ein gutes Stück über den Rücken, und ihr Gesicht strahlte wie eine Blume.

»Also dann«, Tara nahm das frisch gebügelte Kleid von der Stange. »Wo möchtest du dich umziehen?«

»Danke«, Charlie nahm es ihr ab, bevor sie ihr eigenes Kleid von der Schranktür holte. »Wir sagen Bescheid, wenn wir euch brauchen.« Und nachdem sie so beide Frauen auf Abstand gehalten hatte, ging sie durch den Flur zu Nells altem Schlafzimmer voraus.

»Hast du ihr Gesicht gesehen?« Nell zitterte in BH und Höschen. »Sie kommt drüber weg«, antwortete Charlie. »Diese Frauen sind zäh wie altes Schuhleder.« Sie hielt das silberne Gewand, während Nell vorsichtig hineinstieg.

»So«, Nell spürte Charlies Hände im Rücken. »Wie ist es dir nun wirklich ergangen?«

Nell sah sich zu ihr um. In ihren hochhackigen Schuhen war sie fast auf Augenhöhe.

»Ich meine …« Charlie war ernst. »… ich weiß, wie einsam es am Set sein kann. Ich hab mir Sorgen gemacht. Ich hab was über Ciaran gelesen …«

Nell widerstand der alten Versuchung, mit allen Neuigkeiten herauszuplatzen. »Es kann recht einsam sein«, bestätigte sie und zog den Bauch ein, um Charlie dabei zu helfen, langsam und behutsam den Reißverschluss hochzuziehen.

»Weißt du«, Nell fühlte Charlies warmen Atem an der Schulter, »ich wollte mich schon seit einer Ewigkeit bei dir entschuldigen.«

Nells nackte Arme zitterten. »Wofür?«

»Du weißt schon. Für …« Nell hörte nur ihren Atem, dann wurde er von ihrem eigenen Herzschlag, dem Aufruhr in ihrem Innern übertönt. »Dafür, dass ich dir keine richtige Freundin gewesen bin. Am College, du weißt schon. Und auch nachher.«

Ihre Stimme kippte, und Nell drehte sich um. »Hey«, eine Träne tropfte auf Nells Hand. »Was hast du?« Doch Charlie schniefte nur. »Ich freu mich, dass du wieder da bist, nichts weiter. Ich hab dich vermisst.«

Nell merkte, wie sie zitterte. »Schon gut. Ich hab das nie so gesehen. Es hat mir nichts ausgemacht. Na ja, jedenfalls nicht viel.« Sie lachte. »Ich bin nur froh, dass wir immer noch Freunde sind. Auch wenn du mich jetzt nur kennen willst, weil ich reich und berühmt bin.«

»Wenigstens eine von uns«, sagte Charlie und wischte sich die Augen. »Ich brauche jemanden, der mich im Alter unterstützt. Das oder der Schauspieler-Unterstützungsfonds.«

»Hör auf.«

»Nein, im Ernst. Ich arbeite seit einiger Zeit im Bioladen bei mir am Ende der Straße.«

»Ist nicht wahr!«

»Ich sortiere das Gemüse um, so dass die gammeligen braunen Stellen nicht zu sehen sind. Es macht eigentlich Spaß. Du glaubst nicht, wie ich da drinnen angebaggert werde. Wenn ich nicht gerade eine Auszeit vom Sex hätte, wer weiß, was ich treiben würde.«

»Der Wagen ist da«, rief Tara kurz angebunden von der Küche aus.

Nell zuckte erschrocken zusammen.

»Sag ihm, er soll warten«, rief Charlie. Sie streckte die Hände aus und hielt sie leicht über Nells Kopf.

Nell schloss die Augen. »Was machst du da?« Sie spürte, wie sie eine Wärme gleich einer Decke einhüllte. Sie seufzte. Selbst ihre Schuhe fühlten sich bequemer an.

»Das geht schon klar«, flüsterte Charlie, »sie schicken den Wagen immer zu früh«, und indem sie Nell umkreiste, wirbelte sie die Energie auf, so dass Nell in Strudeln davon erfasst wurde, und dann strich sie mit ausholenden Bewegungen Nells Körper hoch und herunter, bis sie ruhig war. »Danke.« Nell hatte glänzende Augen. »Das war unglaublich.« Und sie betrachtete Charlies dicht gelocktes Haar, den rundlichen Arm, ihre kräftigere Schulter, und fragte sich, was in ihrer Abwesenheit passiert war.

Erst als sie im Auto saßen, fiel Nell ein, dass sie vergessen hatte, ihre Spanx-Unterwäsche anzuziehen. »Ach was. Das macht nichts«, beruhigte Charlie sie. »Du siehst toll aus, auch wenn das Ding vielleicht noch nützlich gewesen wäre. Falls es schneit, hättest du es ausziehen und als Mütze tragen können.« In diesem Moment rief Poppy von der PR-Firma an. Sie klang angespannt. »Wo sind Sie?«

»Ich bin nicht sicher.« Nell sah aus dem Fenster auf die dunklen Straßen. »Wo sind wir?«

»Fünf Minuten entfernt«, antwortete der Fahrer von vorne.

»Fünf«, gab Nell weiter, und Poppy kreischte. »Nein, das ist zu früh, Sie müssen als Letzte kommen, Sie dürfen nicht vor Wayne Hull da sein, fahren Sie noch fünf Minuten um den Block. Ich ruf Sie an, aber warten Sie mindestens bis Viertel vor sieben.«

Der Fahrer hielt in einer Nebenstraße vom Leicester Square, Nell und Charlie lehnten sich ans Lederpolster des Wagens und warteten. Wenn ich für immer so bleiben könnte – *dicht dran* –, doch als Poppy sich wieder meldete, war sie bereit.

Fast eine Stunde lang stand Nell auf dem roten Teppich, redete mit der Menge der Fans, die gekommen waren, um ihr Applaus zu spenden, gab Autogramme und schüttelte Hände. Poppy, die in einen roten Mantel gehüllt war, führte sie, während Nell dem Starkult und dem Designerkleid zuliebe halb nackt in der eisigen Februarnacht stand. »Nell, Nell Gilby!« Junge Mädchen winkten kreischend mit Fotos von ihr, und Nell, die sich von ihrem Jubel anstecken ließ, ging von einem zum anderen und schrieb ihren Namen auf alles, was sie ihr entgegenhielten. Sie war zu beschäftigt, um die Kälte zu registrieren, bis sie den Eingang des Kinos erreichte, wo ein Mann mit blauen Lippen und einem mitfühlenden Gesicht auf sie zutrat. »Nell Gilby.« Er sprach in die Kamera, die ihr Bild für die wartende Menge drinnen übertragen würde. »Wie fühlt sich das heute Abend an? Die

Premiere Ihres ersten Films?« Nell lächelte. »Wunderbar«, sagte sie, obwohl sie in Wahrheit keinerlei Gefühl mehr in den Füßen hatte und fürchtete, hinzufallen, wenn sie nur einen einzigen Schritt machte.

»Alles scheint darauf hinzudeuten, dass dieser Film ein großer Erfolg wird«, sprudelte der Mann los, und Nell, die vor mehreren hundert glänzenden Augenpaaren zitterte, war ihm für das Stichwort dankbar, das ihr Gelegenheit gab, ihre werbenden Worte abzuspulen. »Dieser Film ist mit unglaublich viel Fleiß und Hingabe entstanden ...«, fing sie an, und sie unterhielten sich weiter, während der Wind ihr durch die Haare fuhr und sich die Finger des Mannes, mit denen er das Mikrofon hielt, weiß verfärbten.

Irgendwann wurde Nell ins Kino und dort die Treppe hoch geleitet, wo die anderen Schauspieler und ihre Gäste, die Produzenten von beiden Seiten des Atlantiks wie auch Ciaran, der sich in Anzug und Krawatte sichtlich unwohl fühlte, warteten. »Gut gemacht.« Charlie hatte ein Glas Wein für sie und hüllte sie in ihren eigenen Mantel. »Tut mir leid, dass es keine heiße Schokolade ist.« Sie nahm eine Hand von Nell und versuchte, sie in ihrer eigenen zu wärmen. Nell spähte zu Ciaran hinüber. Er war nicht in Begleitung, zumindest sah es so aus, und eine Sekunde lang schien er drauf und dran, zu ihr zu kommen. Doch hinter ihnen war durch die Glaswand zu sehen, wie der königliche Wagen auf den Platz einbog und auf dem roten Teppich bis vor den Kinoeingang fuhr. So schnell wie möglich bezogen alle ihre Position – die vordere Reihe in feierlicher Erwartung, die hintere kichernd, als wären sie in der Schule.

»Sch«, versuchte Nell Charlie, die mit der blutjungen Freundin des Produzenten tratschte, zur Ruhe zu bringen, und nachdem sie den Mantel wieder abgegeben hatte, drehte sie sich zu den Königlichen Hoheiten um, die ihre Reihe abschritten. »Hat Ihnen die Arbeit an dem Film Freude gemacht?«, fragte der Prinz seinem Drehbuch getreu und neigte den Kopf in gespannter Erwartung der Antworten nach vorn, während Camilla in einem bordeauxroten, langen Kleid neben ihm entlangschritt. »Vernünftig«, zischte ihr Charlie über die Schulter, »wärmer als Spam«, doch ihr blieb keine Zeit zu reagieren, denn die königlichen Gäste waren bei ihr angelangt. »Hat es …« Dem Prinzen war eine Idee gekommen, man sah es seinem Gesicht an. »Ist es Ihnen schwergefallen, Ihren Text auswendig zu lernen?«

Die Frage erwischte Nell eiskalt. Nicht nur die Frage, sondern das schiere Vergnügen, das es dem Prinzen zu bereiten schien, sie zu stellen. »Also, nein, eigentlich nicht …« Von hinten knuffte sie jemand. »Sir … Aber es hat Spaß gemacht. Bei dem Film mitzumachen. Es war eine wunderbare Erfahrung.«

»Hallo.« Camilla hatte Charlie entdeckt, die über Nells Kopf hinwegspähte. »Wieso in aller Welt …«, sie schien amüsiert, »stehen Sie da hinten?«

Charlie versuchte, sich wegzuducken. »Wir haben unsere Anweisungen. Ma'am. Ich darf nicht mal mit Ihnen reden.« Sie verzog das Gesicht und machte einen Knicks. »Tun Sie so, als hätten Sie mich nie gesehen.«

Camilla lachte. »Aber ich *habe* Sie gesehen. Sind Sie nicht das Mädchen aus *The Inspectors*? Ja, das hat mir gefallen. Ich fand Sie furchtbar gut.«

»Tatsächlich?« Charlie runzelte die Stirn. »Ich fand es furchtbar … andererseits, danke. Ich freue mich, dass Sie es mochten. Das bedeutet mir viel.«

Nell und Prinz Charles, das ungleiche Paar, standen da und nickten höflich, während sie überlegten, was sie noch sagen sollten. Doch dann geleitete ein Helfer die königlichen Herrschaften mit einer sachten Hand am Ellbogen des Prinzen weiter, und auch Nell wurde eine Treppe hinunter und dann durch einen dunklen Flur in das geheime Innere des Kinos hinter die Kulissen der Bühne entführt.

Ciaran Conway stand vor dem Vorhang, der die Leinwand verhüllte. »Und natürlich wäre dies alles nicht ohne meinen brillanten Drehbuchautor, den Kameramann, die Cutter und die Produzenten möglich gewesen, die so unermüdlich im Einsatz waren und denen allen ich aus tiefstem Herzen danke …« Seine Stimme kam ins Stocken und seine Finger zitterten, als er die Arme weit ausbreitete, »womit mir am Ende nur noch die Aufgabe bleibt, die Darsteller vorzustellen, die ihr Innerstes nach außen gekehrt haben, um die Geschichte auf der Leinwand mit Leben zu erfüllen. Dieses Gewerbe ist voller Tücken, doch auch voller Wunder, und wir haben heute Abend die Ehre, so viele der Schauspieler bei uns zu haben …« Und nachdem er seine gewohnte Scheu abgelegt hatte und Leidenschaft zeigte, fing Ciaran an, die Schauspieler einzeln auf die Bühne zu rufen und dann jeden zu umarmen, bis Nell ihren Namen hörte. Sie holte noch einmal tief Luft und lief in seine Arme. Ciaran hielt sie mit einem Arm fest, als er sagte: »Und jetzt verkünden wir mit großer Freude die Anwesenheit des Prinzen von Wales und der Herzogin von Cornwall.« Über ihnen erschienen hinter den Sperrsitzen zwei Trompeter und ließen mit ihren Silberklängen einen mittelalterlichen Fanfarenstoß ertönen. Tahdatadaaaaaah! Nach dem feierlichen Willkommensgruß erhob sich das königliche Paar, während das gesamte Publikum aufsprang und klatschte. Ciaran nahm Nells Hand und drückte sie. »Es tut so gut, dich zu sehen«, sagte er aus dem Mundwinkel heraus. »Ich hab dich entsetzlich vermisst.« Die Trompeter gaben einen weiteren langen, volltönenden Triller zum Besten.

»Glaub ja nicht«, fuhr Ciaran fort, »dass ich dich je wieder gehen lasse.« Und Nell, vor Glück ganz benommen, blickte über die tausend strahlenden Gesichter. Als sie ihre Mutter und, entgegen aller Erwartung, in der Reihe darüber ihren Vater entdeckte, zwickte sie sich, um zu sehen, ob sie das alles nicht nur träumte. Ein Stück weiter in der Reihe folgte Pierre mit seinem Verlobten Robin und neben ihnen in einer Art Federhut Hettie. Auch ihre Schwester saß dort mit ihrem Mann, dann eng umschlungen Sita und Raj. Und da drüben, ganz am Ende, strahlte Charlie in ihrem weißen Kleid, winkte und warf ihr über die Menge hinweg eine Kusshand zu.

»Ja«, brachte Nell nur heraus, als sich Ciarans Arm fester um sie schloss, dann hob sie die freie Hand und warf ihr einen Kuss zurück.

Danksagung

Ich danke den vielen Schauspielern, die mich zu diesem Buch inspiriert haben. Keiner von ihnen diente jedoch als Vorbild für eine bestimmte Figur. Um Missverständnisse zu vermeiden, nenne ich an dieser Stelle keine Namen. Aber wenn ich sie interviewte oder ihnen auf einer Party begegnete oder ihnen bloß zugesehen habe – ich danke ihnen, dieses Buch hätte ich nicht ohne sie schreiben können.

Ich möchte des Weiteren meinen frühen Lesern danken, namentlich Georgia Garrett, Alexandra Pringle, Xandra Bingley, Natania Jansz, Bella Freud und meinem Ehemann David Morrissey.

ESTHER FREUD

Das Haus am Meer

Lily, eine junge Studentin, ist dem großen Architekten Klaus Lehmann auf der Spur. Seine Liebesgeschichte führt sie in das schöne entlegene Dorf Steerborough, an der lichtüberfluteten Küste Suffolks. Mit großer erzählerischer Kraft schafft Esther Freud ein Mosaik von Passion und Verrat, von preisgegebener und wieder gefundener Nähe, und Lily sieht sich unausweichlich mit ihren eigenen Sehnsüchten konfrontiert.

»Ein sinnlicher und intelligenter Roman über die Liebe und die Spuren, die sie hinterlässt.« *Washington Post*

»Der Kontrast zwischen der sommerlichen Atmosphäre der englischen Küstenlandschaft, deren elegante Beschreibung mitunter an Virginia Woolfs »Zum Leuchtturm« erinnert, und den bedrückenden Lebensgeschichten der jüdischen Emigranten verleiht dem Roman den faszinierenden Charakter einer Hell-Dunkel-Studie im Stil eines Vermeer-Gemäldes.« *FAZ*

BLOOMSBURY BERLIN

ESTHER FREUD

Liebe fällt

Im Juli, drei Monate nach ihrem siebzehnten Geburtstag, reist Lara zusammen mit ihrem Vater, der getrennt von der Familie lebt und den sie kaum kennt, aus dem stickigen London für einige Wochen zu Freunden in die Hügel der Toskana. Als Lara sich in Kip, einen um einige Jahre älteren Jungen, verliebt, gerät sie in einen Strudel von Geheimnissen und Lügen, die ihr Leben radikal verändern.

»Schlicht und ergreifend ein guter Roman.« *Die Zeit*

»Wie eine Kulisse gestaltet sie ihre Räume, und dem Text liegt letztlich eine dramatische Struktur zugrunde und auch ein dramatisches Erzählanliegen. Und wie jedes gute Drama einen Kern hat, einen einzigen Satz, auf den sich alles reduzieren lässt, was sich abendfüllend auf der Bühne abspielt, so bewahrt auch dieser Roman ein Geheimnis, das sich ganz zuletzt offenbart.« *Deutschlandfunk*

BLOOMSBURY BERLIN